U0062454

随园文史研究丛书·第二辑

求是集

——戏曲小说理论与文献丛稿

陆　林　著

中 华 书 局

图书在版编目(CIP)数据

求是集:戏曲小说理论与文献丛稿 / 陆林著. —北京:中华
书局, 2011.6
　(随园文史研究丛书)
　ISBN 978 – 7 – 101– 07791 – 9

　Ⅰ.求… Ⅱ.陆… Ⅲ.①古代戏曲 — 文学研究 — 中国—
文集②古典小说—文学研究—中国—文集 Ⅳ.①I207.37–53
②I207.41–53

中国版本图书馆 CIP数据核字(2010)第 265071 号

书　　名	求是集——戏曲小说理论与文献丛稿
著　　者	陆　林
丛 书 名	随园文史研究丛书
责任编辑	罗华彤
出版发行	中华书局
	(北京市丰台区太平桥西里 38 号 100073)
	http://www.zhbc.com.cn
	E-mail:zhbc@zhbc.com.cn
印　　刷	北京天来印务有限公司
版　　次	2011 年 6 月北京第 1 版
	2011 年 6 月北京第 1 次印刷
规　　格	开本 /630 × 960 毫米　1/16
	印张 18¼　插页 2　字数 310 千字
印　　数	1—1500 册
国际书号	ISBN 978 – 7 – 101– 07791 – 9
定　　价	46.00 元

目　录

试论先秦小说观念

在先秦文化典籍中，已存在一些被后人视为小说或类似后世小说的文学作品。受着神话传说、寓言故事和史传杂记的孕育，这一时期今能见其存书或佚文的小说著作，便有三种先后问世。如以"诸国卜梦妖怪相书"①为内容的《琐语》，元末杨维桢即视之为古代早期小说的代表②；"序述山水，多参以神怪"的《山海经》，清代纪昀等认为是"小说之最古者"③；记述"周穆王游行之事"④的《穆天子传》，明代胡应麟推尊之"颇为小说滥觞"⑤。小说之作在先秦时期的实际存在，不仅能从这三部著作得到证明，而且在《庄子》、《孟子》、《韩非子》、《列子》、《吕氏春秋》、《晏子春秋》等诸子杂著中，也间有一些产生于想象和虚构、颇富形象性和情节性的精彩片断。其中不少篇什，小说艺术之成熟，即使置身于后之典型的笔记小说中亦毫无愧色。

但是，作为古代小说的初级形态，先秦小说，无论是专门的小说著作，还是诸子中的单篇作品，其存在形式多有几个共同的特点，即驳杂性、衍化性和琐屑性。

所谓驳杂性，是指先秦罕有独立存在的小说，而是小说与其他文体并存。在小说著作中，虽以类似小说的传说故事为主，但也夹杂着

①《晋书》卷五一《束皙传》，中华书局 1974 年版，第 1433 页。
②[元]杨维桢《说郛序》："《琐语》、《虞初》之流，博雅君子所不弃也。"涵芬楼排印本卷首，民国十六年（1927）出版。
③《四库全书总目》卷一四二《穆天子传》提要，中华书局 1987 年版，第 1205 页。
④[晋]荀勖：《穆天子传序》，见《汉魏六朝百三家集》卷三八，《四库全书》本。
⑤[明]胡应麟：《三坟补逸下》，见《少室山房笔丛正集》卷一八，《四库全书》本。

历史、地理乃至自然科学的大量文献。如《山海经》便记载了有关上古历史、地理、物产、医药的丰富史料;《穆天子传》记述周王西行里程及沿途风俗,也颇多详实之处;《琐语》现存佚文中也不乏逸事杂史之作①。在诸子杂著中,则虽时时可见类似小说之作,但大量的是寓言、神话和政论散文。百家诸子为了增强各自著作的论辩性、说服性和可读性,调动了当时已经产生的、并创造着各种文学手段和文学样式,以著书立说,从而在其著作中便形成了诸体兼容交杂的现象。

如果说驳杂性是就整部著作而言,衍化性便是专指单篇之作。在小说著作中,衍化性主要表现为史体向小说体的衍化,或是史体的外壳包裹着小说的内核。如《琐语》现存佚文,内容上描述的多是虚构的历史故事,或是假托历史的虚构故事,体例、手法上则仍然多用史传化的记叙手段;《山海经》则以历史地理书的形式出现,具体篇目姑且不论,书以"经"名②,体分"山"、"水",便都反映了这一点;《穆天子传》记述事件多标日期、里数,类似后之史书编年体起居注。然而,这些小说虽在形式上尚未能完全蜕尽史著的胎记,但"实则恍惚无征"③。今天看来,旧时史书如《隋志》、《旧唐志》等,多归《琐语》入史部杂史类,归《山海经》入史部地理类,归《穆天子传》入史部起居注类,虽是不无道理,却实为遗神取貌之举。衍化性在诸子杂著中主要表现为寓言体向小说体的衍变和转化。如《庄子》的《盗跖》、《孟子》的《齐人有一妻一妾》、《列子·汤问》中扁鹊换心的传说,或以形象丰满见长,或以对话精警取胜,或以情节离奇著称,但其共同之处是,显示出诸子杂著中的某些篇目,已开始了寓言向小说的衍化。这种衍化,主要表现为小说主题的独立性和写实性代替了寓言主题的寓意性和哲理性,即这些篇目所表现的主题,是由艺术描写的全部内容通过形象而独立显现的,而非作者在开头结尾所着意点出或附加的(《齐人有一妻一妾》篇

---

① [唐]刘知几撰、〔清〕浦起龙释《史通》卷一四《申左》原注:"《琐语》载春秋时事,多与左氏同。"上海古籍出版社 1978 年版,第 423 页。

②《孟子·滕文公上》曰:"夫仁政必自经界始。"章学诚《文史通义·经解中》释"经界"曰:"地界言经,取经纪之意也。是以地理书多以经名,《汉志》有《山海经》……"上海书店 1988 年版,第 27 页。

③《四库全书总目》卷一四二《穆天子传》提要,中华书局 1987 年版,第 1205 页。

尾"由君子观之"云云,则是此篇小说主题的自然引申,实为后世文言小说"外史氏曰"、"异史氏曰"的远绍);所表现的主题直接表达作者对现实社会的种种看法,而不再是哲学概念的演绎或几无哲理意味。这类小说,在诸子杂著中虽然还不普遍,但也不是个别现象。

所谓琐屑性,是指先秦小说在形式上以短小零碎为主要特征。这一特征,由《琐语》的名称便尽显无遗了。《说文》释"琐"为"玉声也",清代段玉裁注"谓玉之小声也";《后汉书·刘梁传》"庚桑琐隶",唐李贤注:"琐,碎也。"据此,可知"琐语"当为细言碎语、短书杂记之意①。《山海经》也是形式琐屑的典型代表,篇幅短小,记述单纯,手法简朴,内容零散,甚至鲜有完整的故事情节而流于支离性。但是,这种以琐屑为形式特征的小说文体,在中国古代小说史上却有历久不衰的命运。究其原因,一是作者喜用:短小零碎,便于信笔漫记耳闻目睹的琐言轶事;细言琐语,无需殚精竭虑于情节构思和谋篇布局。二是读者乐见:琐语体小说往往信息容量较大,异闻奇事层出不穷,很合古代文人士子悠悠消闲的读书心境。明代毛晋评《西京杂记》便说:"余喜其记书真杂,一则一事,错出别见,令阅者不厌其小碎重叠云。"②

在百家争鸣、诸子辩难的历史背景下,面对这样的小说创作现实,诸子各家将会产生怎样的小说观念;各自学派的文学、哲学、政治观念和小说自身形式的驳杂性、衍化性、琐屑性,又将怎样制约着小说观念的内涵和外延呢?

一、孔子学派小说观念

先秦学者的著述中,包含着或反映了某种小说观念的文献材料屈指可数。最早问世,且被后人时常征引的当为《论语·子张》所引孔子晚年弟子子夏之语:

①参李剑国《唐前志怪小说史》,南开大学出版社 1984 年版,第 96 页。
②[明]毛晋:《西京杂记》跋,见《津逮秘书》第十集,明崇祯汲古阁刻本。

虽小道,必有可观者焉;致远恐泥,是以君子不为也。

子夏,是卜商的字,春秋战国之际卫国人。孔子死后,子夏居西河教授,曾为魏文侯之师。他所谓之"小道",东汉郑玄注为"如今诸子书也"①,是当时对礼乐政教之外的诸子杂学和农医百技的泛称,亦必包括小说在内。这里既肯定了包括小说或借助小说、寓言、传说等手段以传播的"小道"具有"可观"的价值和功能,又明言其不能成就远大的事业、达到宏深的境界,表明儒门弟子不屑为之,流露出对非儒家学派及其学术的低调态度。

子夏一段话,作为孔子亲传高足之语并在《论语》中得到正面引述,无疑在很大程度上代表或体现了孔子的学术观和文学观。班固撰《汉书·艺文志》,在"小说家"小序中,便将此段话置于孔子名下。所不同的是,"君子不为"写作"君子弗为"罢了。清人周寿昌《汉书注校补》认为,班固所据底本"或是齐、古两《论语》也"②。这段话与孔子学术思想的一致性,还可以从以下两个方面得到印证,即文学为末和诗可以观。

文学为末。《论语·先进》中,孔子对其著名弟子,按其特长和成就,分为"德行"、"言语"、"政事"、"文学"四类,后人称之为孔门"四科"③。从其叙述顺序来看,不难知道具体各科在孔子观念中的孰重孰轻;《论语·述而》所云"子以四教:文、行、忠、信"④,则从教学顺序的角度,说明了同样的问题,即文学只是用于启蒙教育的⑤。故清代李中孚《四书反身录》说:"孔门以德行为本,文学为末。"⑥在传统的"立德"、"立功"、"立言"三"不朽"(《左传》襄公二十四年)之外,特辟文学一科,固然是文学思想的重大进步,但同时毕竟也显示出孔子在

---

① 《后汉书》卷六〇下《蔡邕传注》引,中华书局1965年版,第1997页。
② 见陈国庆《汉书艺文志注释汇编》,中华书局1983年版,第163页。
③ 《后汉书》卷三五《郑玄传》,中华书局1965年版,第1211页。
④ [宋]刘敞《公是弟子记》卷二曰:"文,所谓文学也;行,所谓德行也;政事,主忠;言语,主信。"《四库全书》本。
⑤ [南朝梁]皇侃《义疏》引李充语:"以文发其蒙。"见《论语集解义疏》卷四,《四库全书》本。
⑥ [清]李颙:《四书反身录》卷四《论语·先进篇》,清康熙二十五年(1686)刻本。

人生事业的创建和人生道路的选择中,更注重其他三科。"行有馀力,则以学文"(《论语·学而》)和"游于艺"(《论语·述而》)诸说,也无不流露出把文学艺术视为"不足依据"①的馀事。客观评述尚且如此,一旦以之评价孔子大雅之学而外的诸家杂派,则难免要得出"小道"的结论。

诗可以观。馀事、末事之说,是孔子在整个社会人文领域乃至人生事业的总体范围内,对文学地位所作的一种评估;至于就文学而论文学,则又是另外一回事了。孔子在为其门人弟子不学诗而感到不解时,曾提出著名的兴、观、群、怨之说:

> 子曰:"小子何莫学夫诗? 诗可以兴,可以观,可以群,可以怨。"(《论语·阳货》)

孔子对诗歌(实际上不妨视之为整个文学)具有感发人心、博观万物、协和群体、抒泄怨情等社会作用的全面概括,在文学思想史上有着久远的影响;而在古代小说观念学的发展过程中,留下自己深刻印记的,则首推诗"可以观"之论。"观",据郑玄注,意为"观风俗之盛衰"②;宋代朱熹《四书集注》认为是指"考见得失"。总之,"观"当是指人们可以通过诗歌乃至文学去观察社会的盛衰、认知政治的得失、感受民心的趋避。如果说文学这种"可以观"的功能,在以抒情为主要特征的诗歌中,尚有其间接性的局限;那么,在以叙事为主要特征的小说中,则可以发挥得淋漓尽致了。子夏继承其师的学术思想,用"必有可观"来评价包括小说在内的"小道",不能不说是将诗"可以观"的学说,在小说观念学上一个积极的引申。

需要探讨的是,文学为"末"与诗可以"观"在孔子看来是否存在着矛盾。我们认为,两者并无抵触之处,只是论述的对象和范围不同罢了。前者是指在整个人文科学和人生追求中文学所处的地位,后者

---

①[宋]邢昺《论语注疏》卷七引[魏]何晏语:"艺,六艺也,不足依据,故曰'游'。"《四库全书》本。
②[宋]邢昺《论语注疏》卷一七引。

是就文学论文学而言其作用。在孔子思想中,文学只是工具,"不学诗,无以言"(《论语·季氏》),"文以足言"(《左传》襄公二十五年引孔子语)。作为工具,作用是大的,"迩之事父,远之事君"(《论语·阳货》),均可有所借助,因此必须"学";然而,唯其是工具,故只需学以致用,而无需写(即创作)了。用时为先,写时为末,所以孔子多次让人"学诗"、"学文"而从未劝人写诗作文,原因当即在此。子夏论"小道"认为可观而不可为,撇去其中对于儒学之外的"异端之说"①的轻视态度,恐怕正是孔子认为文学可用而无需为的思想在儒家小说观念中的具体化。

子夏之后,至战国后期,儒学大师荀子(约前313—约前230),也曾发表过关涉小说的言论。荀子哲学观上主"性恶"说(《荀子·性恶》),推衍至文艺思想上,则注重以政治和道德教化作用而导人性以向善。至于论及小说之处,在《荀子·正名》论"道"之文中曾略有涉及:

> ……故可道而从之,奚以损之而乱;不可道而离之,奚以益之而治;故知者论道而已矣,小家珍说之所愿皆衰矣。

此处"小家珍说",据汉代高诱《吕氏春秋》注"珍,异也",即指小家异说。荀子从维护封建统治秩序和儒家正统观念出发,把凡是不符合其"辩说"和"正名"思想、异于儒家之"道"的各家杂说,均以"小家珍说"视之。

荀子提出的这一概念,似乎比子夏的"小道"说更为具体和明确,似乎更加接近"小说"概念的直接提出。其实,无论是在学术观念上,还是在思维形式上,"小家珍说"之论均未超出"小道"说的藩篱。其一,无论是子夏的"道"还是荀子的"说",均主要是指论说或著述;其二,两者的"小"字,均是对儒家宏学大道之外的诸子杂学的抑称;其三,两者对小说及小说家的论及,均属学术文化领域中的泛指,而非小

①[宋]邢昺《论语注疏》卷一九:"小道,谓异端之说,百家语也。"

说批评学科中的专指。因此，严格地说，在小说观念学发展史上，荀子并未比子夏(或即为孔子)提供什么新的思想成分，因而也极少被论者所提及①。这与后世动辄引述"小道可观，圣人之训"②的盛况，是迥然有别的。

二、庄子学派小说观念

在中国古代文化史上，"小说"一词，首见于《庄子》一书中。该书今存 33 篇，主要为战国中期庄周所撰，亦杂有其弟子及后学之作。在《庄子·外物》篇中，有这样两句著名的话："饰小说以干县令，其于大达亦远矣。"说其著名，是因为凡是论及中国古代小说观念者，鲜有不提到此语的。但是对其中"小说"一词的解释，却说法不一。较有影响的，是鲁迅先生的见解："案其实际，乃谓琐屑之言，非道术所在，与后来所谓小说者固不同。"③但近年来也有学者提出不同意见，认为"小说"是一个名词，已近似后世小说的含义，而不是"小的学说"和"琐屑之言"的意思。观点颇为抵牾。

为了讨论庄子"小说"的含义，有必要过录其具体上下文：

> 任公子为大钩巨缁，五十犗以为饵，蹲乎会稽，投竿东海，旦旦而钓，期年不得鱼。已而大鱼食之，牵巨钩鿔，没而下骛，扬而奋鳍，白波若山，海水震荡，声侔鬼神，惮赫千里。任公子得若鱼，离而腊之，自制河以东，苍梧以北，莫不厌若鱼者。已而后世辁才讽说之徒，皆惊而相告也。夫揭竿累，趣灌渎，守鲵鲋，其于得大鱼难矣；饰小说以干县令，其于大达亦远矣。是以未尝闻任氏之风俗，其不可与经于世亦远矣。

①侯忠义辑《中国文言小说参考资料》予以收录，北京大学出版社 1985 年版，第 3 页。
②[宋]曾慥：《类说序》，见《中国文言小说参考资料》，第 23 页。
③鲁迅：《中国小说史略》，见《鲁迅全集》第 8 册，人民文学出版社 1957 年版，第 5 页。

《庄子》文风的诙诡汪洋,令后人对其语句的理解,很难达到完全准确的程度;但我们依然试图从文中"轻才讽说之徒"入手,去体会庄子"小说"的含义。

"轻才",清末章太炎(炳麟)曰:"轻本短轻,则轻才者,短才也。"①故轻才当指浅学小才。"讽",即背诵、诵说、传诵。"说"者,当是指故事性的叙事文体。首先,从引文来看,任公子钓大鱼的故事,便是讽说者"惊而相告"的内容。但是,由于讽说者的浅俗不经,辗转相传的结果,却使故事大为走样。使大钩、蹲高山、临东海,竟变成了持竹竿、赴小河、守小鱼,而这样怎么可能会钓到大鱼呢?"饰小说"云云,便是庄子对讽说者的才疏学浅油然而生的慨叹。

"说"是指故事性的叙事文体,还可在《庄子》中找到旁证。先看《天下》篇:

> 南方有绮人焉曰黄缭,问天地所以不坠不陷、风雨雷霆之故。惠施不辞而应,不虑而对,遍为万物说。

惠施为好奇的黄缭讲述万物奥秘的故事,话如泉涌,滔滔不绝。"为……说"之说,当是指故事而言。再看《说剑》篇。如果说任公子钓大鱼是一个充满怪异色彩的神话故事,那么《说剑》则是一篇虚构出来的历史故事。诚然,无论是就题目还是就内容来看,"说剑"之说均是指阐说、叙述的动作,而非指文体;但是就"说剑"的表现方式或《说剑》篇的文体来看,庄子对剑之功能的述说,则是借助一个完整生动的故事来进行的,从而赋予"说剑"之说以"说故事"的深层意象。

"说"指故事性的叙事文体,从庄子同时代人对这一词的使用上也可得到证明。当时诸子,在其著作中喜言"说"者,一为荀子,一为韩非。前者除上文已讨论过的"小家珍说"外,尚有"谈说之术"(《荀子·非相》),"期、命、辩、说"(《荀子·正名》),"治怪说"、"饰邪说"、"谓之奸说"(《荀子·非十二子》)等诸种提法。但或指遣词造句,或

---

① [清]马其昶《定本庄子故》引,黄山书社1989年版,第192—193页。

指解说论辩,或指学说言论,与故事性文体无直接关系。韩非却不同。在《韩非子》中,有《说林》上、下,此中汇辑了各种历史传说和怪异故事,实可视为故事集。《史记·韩非传》索引曰:"《说林》者,广说诸事,其多若林,故曰'说林'也。"①可见唐代司马贞亦认为"说"即说事——叙述故事。在韩非著作中,不仅《说林》具有"广说诸事"的特点,《内储说》和《外储说》各篇也多是如此,足证韩非是在"说"指故事这一语义上为其有关篇目命名的。明代冯梦龙撰《古今小说序》,将韩非列入"小说之祖"的行辈中,着眼点当也在"说"与后世小说的内在联系之上。

"说"是指故事性叙事文体,最后可从当时小说书名上得到印证。东汉班固《汉书·艺文志》所载小说家 15 种,前九种未注明创作年代,后世认为多为战国人所作,其中有三部是以"说"取名者,即《伊尹说》、《鬻子说》、《黄帝说》。《伊尹说》记汤相伊尹的传说故事,《庄子·庚桑楚》中亦加采用。而班固按语除《鬻子说》"后世所加"者不明其义外,"其语浅薄,似依托也"和"迂诞依托"等特点②,均与小说创作特色相合。可见,"说"作为故事性叙事文体的通称,是被当时小说家所认可的。

如果以上围绕"讽说"之说是指故事性叙事文体的分析尚能勉强成立的话,这里想说明两个问题。一、"讽说之徒"是指当时的小说家。他们以收集、加工、传播民间传说故事为己任,借以博取高名美誉而引起当权者的注意。虽然其中一些人因所讽之"说"与本事差距太大而被庄子看成离"大达"甚远的"辁才"之徒,但这却是专业小说家在历史典籍中留下的最初影像。如果《汉书·艺文志》的有关著录表明先秦时代确实存在一个小说家学派,那么"讽说"者则是对某些小说家的泛称。二、庄子的"小说"论不等于其小说观。"饰小说以干县令"中的"小说",不是庄子对当时小说的固定称谓,而是具体针对那些小说家所讽的将任公子钓大鱼故事传走样的"说"所下的贬语。虽然他看不起这些"辁才"的"讽说"者——低能的小说家——所撰创的无聊之

①[汉]司马迁:《史记》卷六三,中华书局 1959 年版,第 2148 页。
②[汉]班固:《汉书》卷三〇,中华书局 1962 年版,第 1744 页。

作,但在其整体的小说观念中,却很难发现轻视小说本身的思想痕迹。相反,无论是《庄子》创作好"谬悠之说、荒唐之言、无端崖之辞"(《庄子·天下》)的艺术特色,还是《庄子》内容的具体构成,都不难发现作者对小说的认同。现代日本学人青木正儿(1887—1964)就曾说过,《庄子》所记载的许多神怪故事,"采用小说家言者大概不少"①。

那么,究竟什么是庄子的小说观呢? 至此我们可以回答:文体上的特点"说",内容上的特点"志怪",形式上的特点"卮言",这三点便是庄子小说观念的基本构成。"说",即故事性叙事文体,是庄子小说观的核心和主体,上面已涉及很多。下面着重讨论一下"志怪"与"卮言"。

志怪:小说内容的主要特点。

《庄子》首篇《逍遥游》之首段,讲述了一个鲲鱼化鹏的故事:

> 北冥有鱼,其名为鲲。鲲之大,不知其几千里也,化而为鸟,其名为鹏。鹏之背,不知其几千里也。怒而飞,其翼若垂天之云。是鸟也,海运则将徙于南冥。南冥者,天池也。齐谐者,志怪者也。谐之言曰:"鹏之徙于南冥也,水击三千里,抟扶摇而上者九万里,去以六月息者也。"

表面上看,此段以"齐谐者,志怪者也"为界,是均以鲲鹏为主角的两个故事,前由庄子所述,后乃所引"齐谐者"言。晚清马其昶《定本庄子故》在"去以六月息者也"之后,引方潜语曰:"述谐未竟,'野马'以下,推论其义。"②同样我们以为,"鹏之徙于南冥也"也并非齐谐所讲故事的开头。真正的开头,当是此篇首句"北冥有鱼"。即庄子采取暗用和明引相结合的方法,讲述了一个出自齐谐的怪异故事。这里值得注意的有三点:一、此段文中虽然没有出现具有文体性质的"说"字,但就其故事的神奇性和描写的夸张性来看,均与任公子钓大鱼故事极其相似,应同为"说"之一体。齐谐,是人是书,今已不可确考,但是"无论

---

①青木正儿:《中国文学概说》,重庆出版社 1982 年版,第 144 页。
②[清]马其昶《定本庄子故》引,第 2 页。

怎样,总可以把它看做小说家"①。即齐谐所言,与当时的小说——"说"有密切关系。二、书中对"谐之言"的正面引述,是《庄子》"重言十七"(《寓言》)、"重言为真"(《天下》)的创作特点的一个表现。"重言,为人所重者之言。"②在创作中多体现为常常引述先哲时贤的言论以自重,这是《庄子》喜用的艺术手法。可见作者对以齐谐为代表的小说家言,还是颇为看重的。他并不是笼统地将当时小说视为"小"之"说"而加以排斥,相反,是借助小说家言,用以说明自己"充实不可以已,上与造物者游"的大道③。三、"志怪者也",是对"谐之言"之类小说内容特点的一个描述或概括。"志怪",唐代成玄英疏云:"志,记也……齐谐所著之书所记怪异之事。"陆德明《经典释文》曰:"志,记也;怪,异也。"都是把"怪"理解为怪异之事。"怪",在《庄子》中多作奇异罕见解。如《齐物论》篇所云:"诙诡谲怪,道通为一。"其意当与唐释玄应《一切经音义》卷六"凡奇异非常皆曰怪"的解释相同。可见,志怪者,所记正为一切奇异非常之人、物、事,即各种怪异故事。前所引《庄子·天下》篇中描述惠施"为万物说"时,"说而不休,多而无已,犹以为寡,益之以怪",亦是把"怪"当作万物之"说"不可缺少的内容。

对"谐之言"等先秦小说作"志怪者也"的肯定性描述,客观上准确地反映了当时小说创作的内容特色,主观上隐现出倡异尚奇的观念色彩。这是庄子喜"谬悠之说,荒唐之言"的创作观在小说观念上的具体化。

卮言:小说形式的主要特点。

《庄子》中有多处谈到"卮言",较著名者有以下两段:

> 寓言十九,重言十七,卮言日出,和以天倪。(《寓言》)
> 以卮言为曼衍,以重言为真,以寓言为广。(《天下》)

---

① 青木正儿:《中国文学概说》,第 144 页。
② [清]马其昶《定本庄子故》引[唐]陆德明语,第 198 页。
③ [清]马其昶《定本庄子故》引[清]郭嵩焘语曰:"《天下》篇,庄子自言其道术'充实不可以已,上与造物者游'。首篇曰《逍遥游》者,用其无端崖之词,以自喻也。"第 1 页。

卮,为古代圆形酒器。作为庄子喜用的三种创作形式之一,"卮言"所论乃是某种文体在形式上的特点。综合古代各家注庄之说,所谓卮言者,是以卮形酒器空满任物、倾仰随人的性质,比喻一种短小零散、支离琐屑的文体在形式上因物随变、己无常形的特色,这种文体在《庄子》中起着"曼衍"变化的作用。

这种具有随物赋形、变化无穷的表现力,且能表达一定事理的"卮言"①,它与寓言、重言对举并论,则必然既非指具有文体意义的寓言,也不是指具有修辞意义的重言,我们认为所指便是《庄子》中多所采用的小说家言。首先,卮言的含义与先秦小说的存在方式相同。先秦小说短简琐碎,以短书小语杂记各种逸事传闻,除了短和杂外,形式无一定之规,随所描述内容的不同而变化,并且多为诸子百家所采录,或掐头去尾,或断章取义,曼衍成文,为己所用。当时小说虽多赖此以传存,却也支离而破碎,《逍遥游》所引"谐之言"便是显例。《列子·仲尼》篇载子舆对公子牟批评公孙龙是"漫衍而无家,好怪而妄言",将手法的曼衍与内容的好怪互文并言,有助于我们认识"因以曼衍"(《庄子·寓言》)的卮言与以志怪为特色的小说家言之间的密切联系。再者,卮言的含义与后世小说观念相似。汉代桓谭《新论》说"小说家"是"合残丛小语,近取譬喻,以作短书"。如果在桓谭与庄子的小说观念之间寻找继承关系的话,"残丛小语"相当于"卮言","近取譬喻"②近似于"曼衍"。至唐代,刘知几撰《史通》对小说形式不仅有"言皆琐碎,事必丛残"的概括,而且首次将小说与卮言直截了当地联系在一起,明确称之为"小说卮言"③。明代杨慎撰《卮言》,清代张元赓撰《张氏卮言》,祝文彦撰《闻见卮言》,当时各种公私书目均将它们列入子部小说家类④。无论是小说家的取名,还是目录学家的归类,都可看出庄子"卮言"论对后世小说学的影响。这种影响之所以会产

---

① 参欧阳景贤、欧阳超《庄子释译》(下)"寓言"篇引[清]阮毓崧语:"因其事理而曼衍之。"湖北人民出版社 1986 年版,第 314 页。

② [唐]李善《文选注》卷三一李陵《从军》诗注,《四库全书》本。

③ [唐]刘知几撰、[清]浦起龙释《史通通释》卷一〇《杂述》,上海古籍出版社 1978 年版,第 274 页。

④ 参袁行霈、侯忠义辑《中国文言小说书目》,北京大学出版社 1981 年版。

生,便是植根于卮言对先秦小说丛残琐语的形式特点的准确反映之中。

三、两家小说观之异同

孔子学派和庄子学派两大小说观,对小说的认识各有异同,并且同中有异,异多于同。在古代小说学发展史上,也各有其积极和消极的影响。

1. 两家学派对小说均有过"小"的评价。如孔子学派的"小道"说,庄子学派的"小说"论。但是,平心而论,他们对小说这一文体均无偏见。"小道"说是就不同于儒学大道的诸子百家而泛言之,诚然其中包括小说家,然而却非专指;"小说"论的提出,虽是确与"说"这种文体有密切关系,却是专就某些"轻才"小说家的低能之作而下的评语,而非对"说"之整体以"小"视之。至于后世封建正统文人将"小道"作为小说的代名词而将之排斥于传统文学殿堂之外,实在是有违其先师"小道可观"的中庸平和之意。同样,如果将庄子的"小说"论视之为对整个小说的轻视,恐与庄子本意也有相当距离。

2. 两家学派小说观在思维形式上属于不同范畴。孔子学派小说观的核心是"道",在观念上将小说家言等同于其他诸子的学说言论,把小说看作是逻辑思维的产物,从而忽视了小说的文学性质。以"道"为核心的小说观,是政治家的心理定势在文学思想上的具体化,或者可称之为在小说观念上的扩散。严格地说,这还只是文化意义上的小说观,其实质是将小说等同于其他各种学术文化。庄子学派小说观的核心是"说",即把故事看作小说的基本要素或主体,说明对小说的叙事性、情节性有了初步认识,朦胧地意识到小说是形象思维的产物。以重视故事为特征的小说观,是作为文学家的庄子在小说观念上的自然选择,它在后世形象化和心理化的全面展开,便构成了古代小说创作追求故事性、读者欣赏偏爱故事性的民族传统。可以说,故事,是文学意义上的中国古代小说的最基本要素。

3. 两家对小说均提出过富有各自学派特点的建设性意见。孔子学派从儒家的立场出发,肯定小说有"可观"之辞,具有反映社会的功能,人们可以据此认识朝政得失、社会兴衰,表现出对小说内容的一种儒家的求实态度。庄子学派对"志怪"之谈的正面引录,对"谬悠之说,荒唐之言"的自觉采用,表现出身为道家先人的庄子对神异的外部世界和奇闻怪事的浓厚兴趣,并显示出追求小说创作奇异美的心理趋向,其中流露出对小说艺术的一种道家的务虚精神。但是,应该指出,"可观"说与"志怪"说积极作用的具体发生,是有条件的,即各以对方的存在为前提,两者互补才会产生有益的影响。从小说史的实际看,强调"可观"的一面,极易将小说与史书相混淆而忽视小说的虚构特点,取消了一种文学样式的独立品格;仅注重"志怪"的一面,以搜奇辑异为小说创作的唯一指归而忽视其反映社会现实的艺术功能,势必将之降格于"扪虱者类资之以送日"①的消闲地位。只有既充分发挥小说的反映—认识功能,使之具有内容上的可观性,又赋予这种内容以奇异美的艺术表现,顺应"世好奇怪,古今同情"②的民族心理,才能从艺术内容到审美规律保证小说创作的健康发展。

4. 两家小说观念均存在着消极因素。孔子学派的"君子不为"论,使中国古代小说的作家队伍,在漫长的历史时期内,总体上处于一种较低的文化水准,博雅君子鲜有染指者;间或有之,也持以游戏笔墨的创作态度,从而限制了古代小说的艺术品位和思想深度所应达到的层面。诚然,小道可观、君子"不弃"是后世小说撰辑者常说的借口之一,但与君子"不为"论的巨大影响相比,也只是一种无力的反拨。庄子学派的"卮言"论对小说史的消极影响也有迹可寻。虽然"卮言"体小说"古人以比玉屑满筐"③,但笔记杂著体小说占居主导地位,势必酿成小说形成期的漫长和中长篇说部的晚出。虽经唐传奇的出现而开始了古代小说的成熟期,经元明中长篇的问世而打破笔记杂著体的一统

---

① [明]胡应麟:《九流绪论下》,见《少室山房笔丛正集》卷一三,《四库全书》本。

② [汉]王充:《奇怪》,见《论衡》卷三,《四库全书》本。

③ [唐]刘知几撰、[清]浦起龙释《史通通释》卷一〇《杂述》,第277页。

天下,但两者联袂,最终也只是与笔记体形成鼎足而三的局面。究其原因,在观念上则可寻根至庄子学派的"卮言"论。

（原载于《安徽大学学报》1996 年第 6 期,人大报刊复印资料《中国古代、近代文学研究》1997 年第 3 期转载。发表时有所删节）

包公艺术形象的早期塑造

——宋金笔记、话本、杂剧摭谈

作为北宋中期的著名清官,包拯在生前就有很高威望。与其同时代的欧阳修,虽然由于难脱"宋人好为议论之习"①,对包拯有过"蹊田夺牛"之讥,但就是在同篇文章中,他也不得不承认自己批评的对象"少有孝行,闻于乡里;晚有直节,著在朝廷"②。包拯以其光明磊落、耿介正直的品格操守,驰誉山野,威震京城,正如司马光所说的那样:"吏民畏服,远近称之。"③

到了嘉祐七年(1062),为宋王朝操劳30多年的包拯,已经在朝中担任官阶正二品的枢密副使。五月的一天,当他正在枢密院里处理公务时,忽然得了急病,回家不久就去世了,享年64岁④。消息传开,"忠党之士,哭之尽哀;京师吏民,莫不感伤;叹息之声,闻于衢路"(《墓志》⑤),真可谓举城皆悲悼包公了。可见他刚毅无私、廉洁正直的人格风范,是深得民心的。其业绩政声,历历在人耳目。

古代民众有一个很突出的特点,就是对那些为自己做过好事的大

①《四库全书总目》卷五五《包孝肃奏议》提要,中华书局1987年版,第496页。

②[宋]欧阳修:《论包拯除三司使上书》,见《文忠集》卷一一一,《四库全书》本。

③[宋]司马光《涑水记闻》卷一〇,《四库全书》本。

④《国史·本传》:"一日,暴得疾,归,遂卒,年六十四。"见《包拯集》附,中华书局1963年版,第141页。

⑤民国编《四十七种宋代传记综合引得》和台湾编《宋人传记资料索引》均未著录包拯有墓志,1973年始于其故乡合肥东郊大兴集出土。据云全文三千多字,尚可辨认者有三分之二。今据《江淮论坛》1979年第1期《从包拯墓志看包拯》转引。

人物很容易感恩戴德,随后便自然产生恭敬崇拜的心理。不久,传说故事就围绕着这个人物的名字,在社会上很快地流传开来。经过民间口头和文人笔下不断地加工渲染,使历史人物传奇化,传奇人物神异化。往往到最后,干脆把这个人物当作神圣来歌颂。探索包拯艺术形象初期的发展过程,可以清楚地看到,人民对包拯的爱戴尊敬之情,不仅没有随着他的逝世而消失,相反却有增无已。于是新的传说便在民间逐渐地流传开来,被文人采录而成为宋金笔记,经艺人加工而成为宋代话本,由演员塑造而成为宋金杂剧。

一、宋金笔记中的包公形象

在包拯逝世以后到元杂剧出现之前的文人笔记中,关于包拯趣闻轶事的记载,有价值的不下七八条。这些笔记的内容,多不见于包拯死后不久所修国史本传。其中,有的是民谣,如:

> 为人刚严,不可干以私,京师为之语曰:"关节不到,有阎罗包老。"①
> 孝肃天性峭严,未尝有笑容。人谓:"包希仁笑比黄河清。"②

有的是用典型的事例,突出表现包拯死后仍然名震朝野、声传宇内的深远影响,如:

> 西羌于龙呵既归朝,至阙下引见。谓押伴使曰:"平生闻包中丞拯,朝廷忠臣;某既归汉,乞赐姓包。"神宗遂如其请,名顺。③
> 包孝肃在言路,极言时事,复为京尹,令行禁止。至今天下皆

---

① [宋]司马光:《涑水记闻》卷一〇,《四库全书》本。
② [宋]沈括:《梦溪笔谈》卷二二,《四库全书》本。
③ [宋]王巩:《甲申杂记》,《四库全书》本。

呼"包待制",又曰"包家"。①

　　开封府有府尹题名(引者按:此府尹题名碑至今存开封博物馆)……独包孝肃公姓名为人所指,指痕甚深。②

但是,这几条笔记只是不加雕饰、简单地将一些零星琐碎的历史事实和民间传说记录下来,体现了当时人们鲜明的爱憎感情,对后世塑造包公艺术形象也颇富有启发性。但它们只是一些信手写来的随笔杂录,质朴无文,尚不能视之为文学作品。

宋金时代,对包拯富于文学性描述的笔记,有一些则写得生动活泼,或颇具风趣,或离奇诡异,名之曰笔记小说,实是当之无愧的。

《梦溪笔谈》,是北宋著名学者沈括在晚年所著的一部笔记,它的一个特点就是记事与考证并著。在此书的记事部分,有一条关于包拯的记载:

　　包孝肃尹京,号为明察。有编民犯法,当杖脊。吏受赇,与之约曰:"今见尹,必付我责状。汝第呼号自辨,我与汝分此罪。汝决杖,我亦决杖。"既而包引囚问毕,果付吏责状。囚如吏言,分辨不已。吏大声呵之曰:"但受脊杖出去,何用多言!"包谓其市权,摔吏于庭,杖之七十,特宽囚罪,止从杖,坐以抑吏势。不知乃为所卖,卒如素约。小人为奸,固难防也。③

我们看到,这时的包公形象还非常淳厚朴实,没有丝毫神化的油彩。虽然他判案一向英明,但绝不是料事如神,竟能为吏所卖;虽然执法威严,但却不是为官暴虐、滥施刑法。号为明察而被小人奸诈所算计,诚可叹也;但作为现实中活生生的人来说,有此遭际却无可厚非,小人为奸,素来就是难以防范的。对于包拯形象的塑造,这样辩证地写来,反显其善良之心、淳厚之质和血肉之躯。

————————

① [宋]吕祖谦:《吕氏家塾记》,见[宋]赵善璙《自警编》卷六,《四库全书》本。
② [宋]周密:《癸辛杂识别集》卷上,《四库全书》本。
③ [宋]沈括:《梦溪笔谈》卷二二,《四库全书》本。

沈括著书,是包拯死后 20 多年的事。此条笔记对于故事的始末细节述说得如此之详,又不见史传所载,恐怕是口说耳闻之事,而不是历史事实。但考之以《国史·本传》"旧制,凡讼诉不得入门,拯使径造庭下,自道曲直,吏民不敢欺"①的事迹,可见"常恶俗吏苛刻,务为敦厚"②,乃是包拯平生的秉性。笔记可能是以包拯的性格为本,通过想象,融合进日常生活的细节,从而生发出人物的言语、行动、关系和矛盾。而笔记体现出的以人物性格为基因,但并不以历史事件为依据,设计故事、情节的写作方法,从此竟成了后世戏剧作家创造包公戏时所遵循的主要途径。

如果说上面的包公形象还不是很突出、文学色彩还不够浓的话,在南宋初年朱弁所著的《曲洧旧闻》里,就会令人惊喜地发现一条写得非常精彩的包拯弹劾张尧佐的记载,堪称典型的古代历史短篇小说。包拯弹劾张尧佐,历史上实有其事。张贵妃(温成)的伯父张尧佐,任三司使时因失职遭到反对,仁宗不仅未将其撤职论罪,反而一下封他四个官职:宣徽南院使,淮康军节度使,兼景灵宫使,又同群牧制置使。圣旨一下,"中外惊骇"。身为监察御史的包拯更是屡次上书反对,告诫仁宗"臣等累次论列,陛下欲务保全,乃曲假宠荣,并领要职,求之前代则无例,访以人情则不安……成此过举,俾天下窃议,谓陛下私于后宫,不独于圣德有损,抑又事体不可之至甚者也!"③言语激烈,大有微词。加之他在宫中向仁宗"进对之时,喧哗失礼",以至向来"乐闻直谏,容纳是止"④的仁宗皇帝这次也心中恼怒,很是光火:"若以常法,便当责降",只是念及"朝廷务存政体,特示含容,宜令诚谕知悉"⑤。既然历史本身就如此具有戏剧性,笔记作者便从包拯数劾尧佐的疾恶如仇、锲而不舍的精神入手,以历史事件做素材,在"进对之时,喧哗失礼"八个字上巧用笔墨,大加发挥,紧紧照应"立朝刚毅……性不苟合,

---

①见《包拯集》附,中华书局 1963 年版,第 141 页。
②[宋]李焘:《续资治通鉴长编》卷一九六,《四库全书》本。
③[宋]包拯:《弹张尧佐三》,见《包拯集》卷六,第 66 页。
④[宋]张环:《孝肃包公祠堂记》,见《包拯集》附,第 147 页。
⑤宋仁宗:《答诏》,见《包拯集》卷六《弹张尧佐三》附,第 67 页。

未尝伪色辞以悦人"①,写下这篇有声有色的笔记小说:

> 张尧佐除宣徽使,以廷论未谐,遂止。久之,上以温成故,欲申前命。一日将御朝,温成送至殿门,抚背曰:"官家今日不要忘了宣徽使。"上曰:"得、得。"既降旨,包拯乞对,大陈其不可,反复数百言。音吐愤激,唾溅其面。帝卒为罢之。温成遣小黄门次第探伺,知拯犯颜切直,迎拜谢过。帝举袖拭面曰:"中丞向前说话,直唾我面。汝只管要宣徽使、宣徽使!岂不知包拯为御史中丞乎?"②

此篇的重点是塑造包公形象,在对人物行为的正面描写中,烘托出慷慨陈词、犯颜直谏的诤者性格,并选用典型的情节——唾溅帝面——做点睛之笔,更是精彩之极。把包拯干大事不拘细谨、陈大义不顾小节的耿直之风和愤激之情写活了。而以仁宗一边举袖拭面、一边对贵妃发泄不满作全篇之结,则是在结尾处又从侧面为包拯的刚毅正直涂上重重一笔。戛然而止,干脆利落,馀音如缕,回味无穷。岂只是"贵戚宦官为之敛手"③,就是仁宗本人也惧之三分。通观全篇,夸张而不失其真,戏谑而极有分寸,包公形象活泼生动,亦庄亦谐,富有情趣,与仁宗皇帝一起,成功地扮演了一出宫中小喜剧。

二、宋金话本杂剧中的包公形象

宋金时代,一方面是文人在自己的书斋里,用短小的篇幅津津有味地记叙着包拯轶事传说。另一方面,随着属于市民艺术的说话和杂剧艺术在都市中的蓬勃兴起,包括包公判案的故事也出现在南宋话本

---

① 《国史·本传》,见《包拯集》附,第141页。
② [宋]朱弁《曲洧旧闻》卷一,《四库全书》本。
③ 《国史·本传》,见《包拯集》附,第141页。

和金代院本杂剧中。包公形象终于走出了士大夫的笔记,通过"京师老郎"的编写和艺人们的表演,来到了百艺汇合的瓦舍勾栏和市民聚集的茶楼酒肆,活跃在书场里,搬演在舞台上。因而,宋金话本和戏剧中的包公形象,在更大的程度上被广大市民观众的爱好所左右,表现了城市中下层人民的思想感情和艺术趣味。

宋金戏剧中的包公戏,宋官本杂剧段数中有《三献身》,金院本里则有《刁包待制》、《蝴蝶梦》和《三献身》。可惜本子均已失传,使庐山真面目无从可窥,但从名目推测,或是写包待制精明能干,或是在姊妹艺术话本中能见其内容,或是元杂剧《包待制三勘蝴蝶梦》的前身。可想见其内容,多属于公案剧的性质。而宋代话本中的包公故事,仅存的两种,即保存在《清平山堂话本》中的《合同文字记》和《警世通言》里的《三现身包龙图断冤》①,都是公案性质。

《合同文字记》叙述宋代汴梁农民刘添瑞因遭荒旱,出外逃荒。临行时与兄长添祥立下了一张合同文字,作为日后回家的见证。后来死在外面,遗下儿子刘安住,十几年后带了合同文字回乡。不料添祥妻子王氏为了独霸家业,硬不相认。结果告到开封府,包拯辨明真假合同,判决刘安住归宗,而且因其"孝义双全",荐举他做了官。《三现身》说的是祥符县押司孙文,被算命先生算定当年当月当天晚上三更天必死,晚上在家果然死去。原来孙文曾救过一个冻倒在雪地中的人,此人反和其妻私通,设计将他害死。后来孙文鬼魂连续三次出现,并托梦给新任知县包拯,终于审明案情,将凶犯正法。从此包拯"名闻天下","至今人说包龙图,日间断人,夜间断鬼"。

与宋代文人笔记比较,较晚出的属于市民文艺的话本和戏剧,有着自己的显著特点。

首先,它不像文人笔记着重记录表现个人品质的片段轶事,而是专门创作以奸情凶杀、家产纠纷、民事诉讼、平反冤狱为内容的公案作品。关心朝政的进步知识分子,感兴趣的主要是有关包拯清廉正直事迹的那些传说故事,以示褒贬劝诫。社会地位低下的市民群众,在秩

---

①时代考证见胡士莹《话本小说概论》,中华书局 1980 年版,第 210、225 页。

序混乱、官吏腐败的生活环境中,更关心自身生命财产的安全,希望在突如其来的灾难中能转危为安,得到贤吏清官的拯救。历史人物包拯,由于他在民间享有的声誉和威望而被市民艺术家所看中,于是被请进表现市民生活的公案作品中,做了一位公正明察的审案官。艺术家们把想象中的包公的所作所为,与人民的生活结合在一起,在形象塑造中融注了他们对现实生活的态度和对未来的理想,从而使这一形象的社会作用和意义更为扩大了,这是宋金话本和杂剧对包公艺术形象发展的一个重要贡献。

其次,文人笔记大多只限于生活趣闻的捕捉,篇幅短小,缺乏展开,没有扑朔迷离的情节和引人入胜的事件,过多受历史真人真事的限制,新的创作难以为继。市民文艺中的公案作品,则是在离奇曲折的故事和出人意表的变化中,描述人物生死突变的命运和悲欢离合的境遇;包公断案的巧计多谋、奇谲诡异,更可以熏陶欣赏者的智慧,并满足他们的好奇心。话本和杂剧的编写者和表演者,为了更自由地创作这类以包公为审判者的作品,扩大包公艺术形象的伸缩性和可塑性,他们突破了史实的束缚,或是以包拯性格的某个侧面为中心来编写作品;或是移花接木,在与其无关的民间传说和当时新闻中加进包公。此时,包公已远离历史事实,而成为富于传说性的艺术形象了。这种不受历史事实限制,从现实生活出发,源于历史、立于现实的形象塑造方法,为以包公为主角的戏曲、小说借真人之名、系虚构故事这一历史传说文学特色的形成,为后世不同时代的人们自由地借助包公形象来表达对当时社会生活的看法与态度,为元明清源远流长、不断翻新出奇的包公文学创作,提供了可贵的艺术经验。

第三,创作者和欣赏者身份的改变,也给包公形象本身带来了很大变化。话本和杂剧,不再像文人笔记那样仅仅记录各种琐闻闲谈,以赞美包拯刚毅不阿、正直敦厚的个人品质;而是将包公塑造为一位英明的清官,作为正义和公道的化身,在作品中主持着法律,褒贬世情,惩恶扬善,孝义者荐之为官,犯法者拿之下狱。其形象艺术风貌,已经沾染上了"日间断人,夜间断鬼"的神话色彩。他不但敢于主持正义,而且能用超现实的方式,"剖人间暧昧之情,断天下狐疑之狱"

（《三现身》）。屈死的鬼魂都期待他来申冤报仇，并能在梦中暗示破案的线索，从而使包公成为初露神化倾向的传奇人物。封建生产关系下的善良柔弱的人民，总是把命运寄托在强者身上，希望能有维持社会安定的清官保障他们平安无事；迷信的思想意识，又决定了他们总是借助幻想，把心目中的强者塑造成完美如神的形象，这就是马克思所说的"弱者总是靠相信奇迹求得解救"。虽然包公此时尚没有成为法力无边、神人合一的形象，但应指出，表现在他身上的神化倾向和作品中的迷信色彩，对后世此类题材的创作，有着一定的消极影响。

总之，宋金笔记、话本和杂剧，是包公艺术形象发展史上的早期阶段。在此时，形象的雏形已经具备，并逐渐与当代社会生活结合起来，与下层民众思想感情发生联系，为后世戏曲小说形象的塑造积累了经验。它蓄势待发，显示着潜在的生命力。历史时机和社会条件一旦成熟，必将出现一个迅猛的发展。等待它的，是元代包公戏创作的繁荣局面。

（原载于《中国典籍与文化》1997 年第 3 期）

理学家与曲学家的统一

——元初胡祗遹曲学思想的重新审视

13世纪下半叶,是中国古典文艺史上的一个重要转折时期。以宋杂剧和金院本为基础,并吸收当时多种说唱、舞蹈和音乐形式之长而诞生的北杂剧,经过数十年的发展磨练,至此已进入成熟阶段。无论是剧本创作,还是舞台表演,都出现了卓荦冠群的大家。关汉卿和朱帘秀,便分别是各自领域中的翘楚。戏剧艺术的成熟,呼唤着舆论界给予应有的承认;由成熟向艺术高峰挺进,也需要学术界加以理论上的总结和指导。胡祗遹有关元杂剧艺术的系列序跋及歌咏,可以说是应运而生的了。

胡祗遹,字绍开,号紫山,磁州武安(今属河北)人。幼年丧父,八岁金亡入元。成年后因学问渊博,"见知于名流"。中统元年(1260)张文谦以左丞行大名等路宣抚司事,荐之为员外郎,从此踏上仕途。至元年间,授应奉翰林文字兼太常博士。后因忤权奸阿合马而出为太原路治中,升河东山西道提刑按察副使。元灭宋后,历任至江南浙西道提刑按察使。所至"抑豪右,扶寡弱,以敦教化,以厉士风"①,政声甚佳。

作为元代前期的高级官吏,胡祗遹不同他人之处是有着较高的文化学术修养。在艺术方面,其书法造诣精深,"自成一家"②,艺林珍

---

① 《元史》卷一七〇本传,中华书局1976年版,第3992页。
② [元]刘赓:《紫山大全集》序,《四库全书》本。

之;在传统经学方面,曾撰有《易经直解》①;在理学著述和诗文创作方面,著有《紫山大全集》六十七卷。惜全帙久已散佚,今存者为清修《四库全书》据《永乐大典》所载诗文辑抄重编二十六卷本。《四库全书总目》论其学术渊源和创作特色如下:

> 大抵学问出于宋儒,以笃实为宗,而务求明体达用,不屑为空虚之谈。诗文自抒胸臆,无所依仿,亦无所雕饰,惟以理明词达为主。②

认为他在崇尚风华词藻的元代文坛上,堪称"中流一柱"。此外,在新兴文艺样式散曲的写作上,胡祗遹也颇有创获,所作今存 11 首,散见于元明编刊散曲集和笔记杂著中。

胡紫山染指于元曲创作,既是时代风气使然;就其本人而言,也非偶然现象,是与他对元曲的另一主要形式——杂剧的态度相辅相成的。从生平交游来看,他与元剧大家白朴(1226—?)为故友旧知③,与关汉卿在创作上互通声气④,对杂剧艺人朱帘秀、赵文益等也颇器重(参见下文);从艺术观念来看,他对新兴的北杂剧有着较深刻的体认,所撰有关杂剧及相关曲艺样式的序跋歌咏,是元代前期戏剧学最为珍贵的文献。胡祗遹通过对戏曲曲艺演员的赠诗作序,表达了较为系统的戏剧及表演艺术观念。

1. 胡祗遹非常重视戏剧艺术反映生活的广泛性:"杂"。元杂剧之所以能够具有较高的艺术水平,是因为它善于博采前此伎艺的众家之长。最为主要的是两个方面:在表演形式上,主要吸取宋金杂剧院本的精华;在音乐体制上,直接滥觞于说唱诸宫调,因此它具备了表演故

---

① [元]王恽:《紫山先生〈易直解〉序》,见《秋涧集》卷四三,《四库全书》本。
②《四库全书总目》卷一六六《紫山大全集》提要,中华书局 1987 年版,第 1427 页。
③ 白朴至元二十六年(1289)与胡氏、王恽重逢于广陵,作[木兰花慢]词表达"恨一樽不尽故人情"。王文才:《天籁集编年》,见《白朴戏曲集校注》附编,人民文学出版社 1984 年版,第 279 页。
④ 关氏《调风月》第二折[五煞]:"你又不是'残花酝酿蜂儿蜜,细雨调和燕子泥'。"系直接引用胡氏[中吕·阳春曲]小令《春景》首两句。

事性和长篇叙事性的艺术特征。作为叙事性文艺样式,戏剧应该从复杂丰富的社会生活中汲取多样化的题材,反映不同领域、不同阶层的各种生活。胡氏在向戏剧女演员宋氏解释"杂剧"定义时,对此有很好的说明:

> 既谓之"杂",上则朝廷君臣政治之得失,下则闾里市井父子兄弟夫妇朋友之厚薄,医药卜巫释道商贾之人情物理,殊方异域风俗语言之不同:无一物不得其情、不穷其态。①

这里没有朝廷法令什么准演、什么禁演的律条,也没有腐士酸丁什么"只看"、什么"徒然"的箴规,所具备的只是元代前期特有的理论倡导的宽宏与戏剧实践的博大之间绝好的配合。尤其是"无一物不得其情、不穷其态"的结语,既是对元剧艺术成就的充分肯定,也是对戏剧艺术潜能的由衷赞美。现代任中敏在比较杂剧、传奇、散曲三者内在特点之不同时,曾指出"杂剧则其精神端在内容之杂"②,可见胡氏曲论的深远影响。

2. 胡祗遹非常重视戏剧欣赏心理调节的泄导性:"宣"。戏剧艺术的作用,固然贵在能反映社会生活的各个方面,塑造不同领域中的各种人物,以便观众认知社会、感悟人生。但如果仅仅如此,戏剧则等同于教科书了。它之能令普通观众"谛听忘倦,唯恐不得闻"③,则应有其特殊的艺术功能在。胡紫山在其《赠宋氏序》开篇,以小品文的精彩笔法,对此进行了生动描述:

> 百物之中,莫灵莫贵于人,然莫愁苦于人。鸡鸣而兴,夜分而寐,十二时中,纷纷扰扰。役筋骸,劳志虑,口体之外,仰事俯畜。吉凶庆吊乎乡党闾里,输税应役于官府边戍。十室而九不足,眉

---

① [元]胡祗遹:《赠宋氏序》,见《紫山大全集》卷八。蔡美彪《关于关汉卿的生平》从该序内容和朱宋易讹等多方面论证"宋氏"应当就是"朱氏"之误,见《戏剧论丛》1957 年第二辑。
② 任中敏:《散曲概论》卷二《作法》,民国中华书局聚珍仿宋排印《散曲丛刊》本。
③ [元]胡祗遹:《黄氏诗卷序》,见《紫山大全集》卷八。

鞾心结,郁抑而不得舒;七情之发,不中节而乖戾者,又十常八九。
得一二时安身于枕席,而梦寐惊惶,亦不少安。朝夕昼夜,起居癙
寐,一心百骸,常不得其和平。所以无疾而呻吟,未半百而衰。于
斯时也,不有解尘网,消世虑,熙熙皞皞,畅然怡然,少导欢适者,
一去其苦,则亦难乎其为人矣! 此圣人所以作乐以宣其抑郁,乐
工伶人之亦可爱也。

乐以宣郁,在胡氏的艺术思想中,并非偶尔言之的闪念,而是一种明确
的美学观点。他在词作[木兰花慢]《赠歌妓》里,也曾以"日日新声妙
语,人间何事鞾眉?"①赞扬演员新奇绝妙的演唱艺术能化解观众的百
转愁肠,艺术欣赏能够冲淡他们的郁闷心情。涉世艰难,生存不易,精
神紧张,筋骨疲惫,人生常苦辛,欢适有几时? 以高级儒士和上层官吏
而提出生活"愁苦"说,是其体贴世情处,也显示出他对生命人生的独
特体味和咀嚼;而把生活愁苦与排遣需要相联系——"少导欢适",并
进而提出戏剧源于对苦难人生的心理补偿、欣赏戏剧可暂时排解人心
的苦闷和舒缓体魄的疲劳,此即所谓"少导欢适"、"宣其抑郁"之说。
这是胡氏对元代戏剧学乃至中国古代美学的独特贡献,是一个至今仍
有其学术和实践生命力的戏剧美学命题。笔者有一篇旧文曾认为元
代曲家"都没有提出戏曲的娱乐功能"②,从上述引文来看,显然是失
察之论了。

3. 胡祗遹非常重视舞台演出表演技巧的艺术性:"美"。在戏剧说
唱的各种表现手段中,论者看重的是演唱和说白,即所谓"女乐之百
伎,惟唱、说焉"③。这句话似有两层含义:一是指说、唱是最为重要的
表演手段,二是指其表现技巧最难掌握。唯其最为重要,又最难掌握,
他才紧接着提出了表演艺术"九美"说,即九项艺术原则:

一、姿质浓粹,光彩动人;二、举止闲雅,无尘俗态;三、心思聪

① [元]胡祗遹:《紫山大全集》卷七诗馀。
② 见拙文《元人戏曲功能论初探》,《文学遗产》1989 年第 1 期。
③ [元]胡祗遹:《黄氏诗卷序》,《紫山大全集》卷八。

慧,洞达事物之情状;四、语言辨利,字真句明;五、歌喉清和圆转,累累然如贯珠;六、分付顾盼,使人人解悟;七、一唱一说,轻重疾徐,中节合度,虽记诵娴熟,非如老僧之诵经;八、发明古人喜怒哀乐、忧悲愉佚、言行功业,使观听者如在目前,谛听忘倦,惟恐不得闻;九、温故知新,关键词藻时出新奇,使人不能测度、为之限量。

"九美"涉及到演员的自然条件、气质风度、才学修养、唱念功夫、表现技巧等多方面的美学要求。"近世优于此者,李心心、赵真、秦玉莲"一句,说明这九条原则,并非论者随口所言,而是对前此戏剧说唱伎艺的总结①。"九美"说与胡氏《朱氏诗卷序》"外则曲尽其态,内则详悉其情"②的"内外"说和《优伶赵文益诗序》的"耻踪尘烂,以新巧而易拙"的"新巧"说,共同构成了对戏剧表演之"美"的系统认识,在中国戏剧表演学史上,是最有价值的早期专论。

以今人的眼光审视胡祗遹有关戏剧的序跋歌咏,其价值自然是毋庸置疑的;其理论内涵,笔者在有关文章中也曾予以展开评述③。但是,作为一位肩有振兴教化之职的地方长官和倡导学风之责的理学之士,与艺人唱和题赠、交往甚密,在旧时正统文人的脑海里,实在是百思不得其解。如清人便曾直截了当地指责《紫山大全集》:

> 编录之时,意取繁富,遂多收应俗之作,颇为冗杂。甚至如《黄氏诗卷序》、《优伶赵文益诗序》、《赠宋氏序》诸篇,以阐明道学之人,作媟狎倡优之语。其为白璧之瑕,有不止萧统之讥陶潜者④。……以原本所有,姑仍其旧录之,而附纠其缪于此,亦足为

---

① 此文开篇"女乐之百伎",应已包括戏剧在内;据《青楼集》载,赵真真——冯蛮子妻,当与赵真为一人,"善杂剧,有绕梁之声";秦玉莲"善唱诸宫调"。

② [元]胡祗遹:《朱氏诗卷序》,见《紫山大全集》卷八。

③ 见《元人戏曲功能论初探》和《元人戏曲表演论初探》,后者连载于《戏曲艺术》1987年第3、4期。

④ 此指南朝梁昭明太子萧统《陶渊明集序》:"余爱嗜其文,不能释手……白璧微瑕,惟在《闲情》一赋。扬雄所谓劝百而讽一者,卒无讽谏,何足播其笔端?惜哉,亡是可也!"

操觚之炯戒也！①

我们今天阅读这段文字，一方面固然感到顽固迂腐的四库馆臣所谓"附纠其缪"的可笑和文艺观念的落后；另一方面也庆幸他们能"姑仍其旧"、手下留情，录存了一批珍贵的元初戏剧学文献。同时，笔者更感兴趣的是：胡氏所撰有关文字，即使是在古人的思想范畴内，是否便属"媒狎倡优之语"，其写作意图是"应俗"还是"励俗"，是否有违"阐明道学之人"的思想意识。探讨这个问题，不能无视《紫山大全集》中的这样一篇重要文论：《礼乐刑政论》。

胡祗遹这一论题，出自儒家经典著作《乐记·乐本》："礼、乐、刑、政，其极一也，所以同民心而出治道也。"然胡氏此文，名为论礼、乐、刑、政，实则为主论"乐"的社会作用。他首先指出，"礼立矣而和之以乐"，认为乐可以从感情上协调下至"匹夫之贱"、上至"天子之贵"等社会各阶层人物之间的关系，使一举一动，既合于礼制，又顺乎自然；其次，提出了"乐以成德"，认为乐有助于培养人的道德修养，对人的思想品德有感染熏陶的作用。这两点，分别渊源于《乐记·乐论》"乐者为同，礼者为异，同则相亲，异则相敬"和《论语·泰伯》"兴于诗，立于礼，成于乐"（孔安国注"成于乐"为"乐所以成性"），不为新见；并由此化用《乐记·乐本》的成句，得出"故曰'审乐以知政'，因以知国祚之兴亡"的论断，也就顺理成章了。

"乐"既然关系到国家命运的存亡、安危、治乱和贤愚贵贱的伦理道德教化，作为身兼执政之官和理学之士的胡紫山，他所看到的现实却是令其大失所望的。在另一篇类似的文章里，胡氏曾痛心地述说道：

仆自入仕临民，伤礼乐之消亡，哀民心之乖戾。为政者直以刑罚使民畏威而不犯，力务改过于棰楚之下，杖痛未止，恶念复起。条法责吏曰："词讼简，盗贼息。"何不思之？甚也，礼乐教化

---

①《四库全书总目》卷一六六《紫山大全集》提要，第1427页。

既已消亡，休养生息、安宁富庶、学校训诲又不知务。民生日用之间，父子夫妇，兄弟朋友，愁苦悲怨，逃亡贫困，冻饿劳役。居官府者，晏然自得，而以为治民抚字之功，可哀也哉！①

胡祗遹对当政者一味以严刑酷法震慑百姓，而不知用礼乐教化安抚民众（这正是元初统治的特点），十分不满。认为这样造成了人民的"愁苦悲怨，逃亡贫困，冻饿劳役"，原因即是《礼乐刑政论》所云"道德礼乐既废，所谓区区之刑政，亦从而废"。加之"曰刑曰政，亦无定法"，政策刑律又无一定之规，其结果必然导致道德沦丧，法律混乱，政治腐败，社会黑暗。所谓"善人喑哑，凶人日炽，暴官污吏，顽弟逆子，戾妻僭妾，强奴悍婢，市井无赖，日增月盛"的社会现象，在元杂剧尤其是公案剧中早已是屡见不鲜了。这不能不说是对元朝前期蒙古统治者只知崇尚铁血腥风、野蛮落后的暴戾手段一针见血的批判，亦是其产生杂剧艺术宣泄说、忘倦说的社会认识根源，虽然这是出于传统理学家和有远见政治家的立场，目的在于恢复中原儒家的礼乐教化文化。

那么，由谁来光复传统的乐以和礼、乐以成德的教化呢？腐儒俗士是不行的，"礼乐固非庸儒之所能复"，因为他们根本认识不到"乐"的重要作用（清代四库馆臣亦属此类人），只能加速此道的堕落和毁灭。试看下面两段论述：

古之君子，燕居养德，假物之善鸣者以宣道，纯粹和平之气；今之"君子"，随俗进伎，以妩媚哇淫（引者按：指靡曼的乐声，鄙俗淫靡）之欲，快耳而称口：噫！其于乐以成德也，不亦远乎？②

今之老师宿儒，礼学、乐学绝口不谈，并以所假之器略不考较，一听于贱工俗子，是将古人之饰文末节，复不能举明而并绝之也！③

①[元]胡祗遹：《礼乐论》，见《紫山大全集》卷一三。
②[元]胡祗遹：《语录》，见《紫山大全集》卷二四。
③[元]胡祗遹：《礼乐刑政论》，见《紫山大全集》卷一三。

要弄清这两段话的含义,首先要理解其中主要词语的基本所指。上段"物之善鸣者"与下段"所假之器"同义,在古为"金石丝竹"之类①,在元代则为包括戏剧在内的各种文艺样式。上段的"道"是指符合社会伦理规范的礼义道德,"欲"是指流于纯粹感官欲望的自然情感。两者的关系,古人早已说得清清楚楚:"君子乐得其道,小人乐得其欲:以道制欲,则乐而不乱;以欲忘道,则惑而不乐。"(《乐记·乐象》)下段的"乐学",则是包括乐以"和礼"、"成德"、"宣道"、"知政"在内的儒家经典文艺美学思想;而所谓"饰文末节",则是指"乐"的形式美及其表现的有关规律②,在元代则应包括唱念表演、声韵格律等戏剧艺术规律。

如果上面的解释大致不差的话,那么不妨认为胡祗遹的有关论说针砭的是这样的现象:当今的有学有道者,对"乐学"之精粹不加研讨论究,对有关文艺样式的社会作用和艺术规律更是避而不谈;而将这有关教化政治的大事听任艺人优伶随意表现,在内容上只求以"妩媚哇淫"之欲"以助淫荒",在形式上不能发扬光大,反而使之走向末路。

正因为不满于如此的文艺现状,他撰《礼乐刑政论》、《礼乐论》等以探讨"乐学",撰《赠宋氏序》、《黄氏诗卷序》等以论述"乐"之"所假之器"的社会功能和"饰文末节"的艺术规律。他是自觉站在那些仅把戏剧当作遣兴娱宾之具而无视其深刻内容的今之"君子"的对立面,以"古之君子"自任,一方面借论戏剧以"宣道",一方面对戏剧艺术规律加以总结"考较",这就是其撰写戏剧序赠歌咏的内在深层目的。"宣道"不仅表现在经常化用《乐记》"先王之制礼乐也"、"声音之道与政通矣"(《乐记·乐本》)的成句,提出"圣人所以作乐"、"乐音与政通"③的观点;他对戏剧反映生活之"杂"的肯定,对戏剧表现"五方之风俗,诸路之音声,往古之事迹,历代之典型,下吏污浊,官长公清……居家则父子慈孝,立朝则君臣圣明"④的赞赏,也都是《乐记·乐本》

①《乐记·乐论》:"钟鼓管磬羽龠干戚,乐之器也。"《乐记·乐象》:"金石丝竹,乐之器也。"
②《乐记·乐论》:"屈伸俯仰缀兆舒疾,乐之文也。"《乐记·乐象》:"文采节奏,声之饰也。"
　《乐记·乐情》:"乐者,非谓黄钟大吕弦歌干扬也,乐之末节也。"
③[元]胡祗遹:《赠宋氏序》,见《紫山大全集》卷八。
④[元]胡祗遹:《朱氏诗卷序》,见《紫山大全集》卷八。

"审乐以知政"、"乐者通伦理者"之论在与元初戏剧实际相结合后而作出的独特阐发。"考较"则表现为集中体现在《黄氏诗卷序》、《优伶赵文益诗序》中的对戏剧表演学的精彩总结。

明白胡氏戏剧序赠之作意在"励俗"而非"应俗",也就不难理解他的这样一段议论:

> 人之知见志趣,赋分既定,苦不可移,小不可使之大,近不可使之远。……居官者不以政治勋业、致君泽民为乐,而日与优伶女妓、酒色声乐为娱,其位则卿相,其志趣则伶伦也。①

乍看起来,此段语录对优伶的态度与论者自身有关演员的言行甚相矛盾,故向来不被论胡氏曲学者所征引。但是,当我们弄清其乐学思想体系,也就不难理解有关提法了。这里的"居官者",也就是只知"随俗进伎"的今之"君子",他们与优伶交往,只是以"酒色声乐为娱",只图"悦耳娱心,以助淫荒"②,高安道[般涉调·哨遍]《嗓淡行院》所咏"抱官囚",便是此等人物,他观剧心理十分阴暗,"倦游柳陌恋烟花,且向棚阑玩俳优",看戏成了嫖妓的临时替代,用一"玩"字已道尽其行为之龌龊;这里的"优伶",也就是所谓"贱工俗子",他们所进之伎,只能是以"妩媚哇淫之欲快耳而称口"。按照胡祗遹的观点,"其于乐以成德也,不亦远乎!"当然都要受到严厉的批评。而胡氏与优伶的交往,目的在宣道观政、考较伎艺;胡氏交往的优伶,均为演艺"心得三昧,天然老成,见一时之教养,乐百年之升平"③的一代名伶。他们"颇喜读,知古今,趋承士君子",于所学"已精而益求其精"④,也就是与乐之"所假之器"勤于"考较"了。这样的艺人,套用胡氏的话头,便是"其位则优伶,其志趣则卿相也"。对位在卿相而志趣优伶者予以抨击,对位在优伶而志趣卿相者加以褒

① [元]胡祗遹:《语录》,见《紫山大全集》卷二四。
② [元]胡祗遹:《礼乐刑政论》,见《紫山大全集》卷一三。
③ [元]胡祗遹:《朱氏诗卷序》,见《紫山大全集》卷八。
④ [元]胡祗遹:《优伶赵文益诗序》,见《紫山大全集》卷八。

奖,在倡导教化的理学家看来,两者应该是没有矛盾的。四库馆臣认为这便属"媟狎"之举,即便是置于传统理学范畴内来考察,也实在是曲解了胡紫山,起码也是流于形式的皮相之论。

　　本文论述胡氏对戏剧的评说实以理学家的身份为之,并不只是要指出清人评价的失准,更无意于贬低胡氏戏剧理论的价值,而是想说明这样一个问题:在元代前期这个传统文化中断、新兴文艺突起、博学大儒无心于此、才人文士只求自娱的特殊时代,对新兴戏剧艺术功能的概括和社会地位的肯定,原本就不是一件易事;借助儒家传统美学思想予以归纳总结,或许是在当时的历史和思想条件下,所能提供的最好选择。此外应该指出的是,胡氏对元代戏剧学的贡献,不仅表现在以传统《乐记》的美学思想为基础对新兴文艺样式进行理论指导,有助于稳固其社会地位;不仅表现在从宋儒"以笃学为宗而务求明体达用"的理学观念出发,成功地总结了元杂剧内容的充实性和反映的广泛性等艺术特点;还在于他的阐述抓住了元剧的叙事性、表演性和人物塑造性,由此而提出的戏剧美学思想和原则,就势必会丰富中国戏剧学的理论建树。同时,作为一位优秀的学问家和理论家,他所做的工作也不可能只是简单重复前人的言论,如所提出的"作乐以宣其抑郁"之说,就不仅仅是乐可以"善民心"、"感人深"、"移风易俗"(《乐记·乐施》)所能包容的;这其中对"莫愁苦于人"的喟叹,可以看到宋金灭亡、元朝建立过程中残酷的战乱兵燹在人们心理上留下的沉重阴影,是一种苦难时代的独有感受;而对"莫灵莫贵于人"的讴歌,则体现了封建士子在元代社会里拯世济民的理想难以实现、转而追求自身存在价值的心灵轨迹,也叠印出这样一种时代特征:伴随着市民意识的逐渐觉醒而来的对普通民众人生价值的关注。

　　胡祗遹逝世后,其友王恽曾这样评价他:"材超卓而不凡,气正大而有养,可以挺公论而励衰俗,激清风而作士气。"①当这一切具体化

----

①［元］王恽:《紫山胡公哀挽诗卷小序》,见《秋涧集》卷四三。

为较强的现实批判精神、较深的传统美学修养和较高的艺术理论造诣,并与明确的戏剧研究目的相结合时,便造就了胡祗遹元初戏剧学第一人的历史地位,无论从何种意义上说都是如此。

（原载于《河北师范大学学报》1998 年第 3 期,人大报刊复印资料《中国古代、近代文学研究》1998 年第 10 期转载）

论周德清为代表的
元人戏曲语言声律论

在中国文学史上，创作往往领着理论走。元代文学因杂剧、散曲而著称于世、于史，但方其盛时，元人却无暇论曲。直到曲势由盛转衰，才有一些识者将精力从创作中抽回部分，用之于曲学研究。这样，在杂剧创作高潮灿灿馀辉的照耀下，从 14 世纪 20 年代开始，出现了一个北曲研究阵容。此阵容以创作客体为研究对象，以曲词写作为论述中心，兼及情节结构之论。坐帐中军的是周德清，两翼有虞集、罗宗信等，钟嗣成《录鬼簿》也以片断言语与之桴鼓相应①，最后是以杨维桢为其殿军。他们在艺术观念上多数人是剧、曲不分，或是以曲为剧；在理论对象上是论散曲而兼及杂剧，论杂剧则主论曲词，往往将散曲和杂剧的不同之处忽略不计，而集中注意力于两者相同的地方。这样一来，融散曲与剧曲于一身的北曲曲词的创作理论和创作方法，便普遍为曲学家所关注。如周德清的曲论，就得益于对散曲和剧曲两类作品的总结归纳。他对剧曲的研究，直接表露在《中原音韵》之中的，便有下列几端：

1.《中原音韵》自序中"乐府之盛、之备、之难，莫如今时"一段文字中②，周氏对"其备"、"其难"的具体解释，非索解于杂剧创作而不能领会。2.《正语作词起例》中，诸如"齐微韵'玺'字，前辈《剐王莽》传奇与支思韵通押"和"以开口陌以唐内盲至德以登五韵，闭口缉以侵至

---

① 钟嗣成《录鬼簿》论剧之处甚多，但主要是针对创作主体而发的，即所谓作家论。详见拙文《钟嗣成戏曲文学创作论新探》，载《戏曲研究》第二十六辑，文化艺术出版社 1988 年版。
② 本文所引《中原音韵》，均据《中国古典戏曲论著集成》第一册，中国戏剧出版社 1959 年版。

乏以凡九韵,逐一字调平、上、去、入,必须极力念之,悉如今之搬演南宋戏文唱念声腔"诸语,显示出论者对北曲用韵规律的总结,乃是从正反两方面兼顾了戏曲的用韵经验。3.《作词十法》中,以剧曲为例论述曲词创作技巧者凡七见,所涉剧目有《周公摄政》、《西厢记》(两出三例)、《黄粱梦》、《岳阳楼》、《王粲登楼》、《范蠡归湖》等。此外,"语病"条所举"达不着主母机"一例,已故任二北先生认为"应是杂剧中语"①,当是。如《灰阑记》第四折[步步娇],即有"万一个达不着大人机"之曲。4.《乐府共三百三十五章》中,"仙吕四十二章"所属曲牌首列[端正好],下注两个小字"楔儿",对此不可等闲视之。"楔儿"也称"楔子",是杂剧创作独有的术语。论者注明此事,不仅说明[端正好]曲牌仅用于杂剧楔子的创作②,而且点破了杂剧曲牌的运用规律也在其335章的统计范围之内。任二北曾说《中原音韵》"一书而兼有曲韵、曲论、曲谱、曲选四种作用"③,而书中这四个方面,无不涉及到剧曲的创作情况。因此,笔者认为在元人曲论中,北乐府论和北杂剧论有一个相当大的重叠部分,这就是北曲的语言文辞论和声韵格律论,下面分论之。

一、"字畅语俊"——语言文辞论

周德清《中原音韵》自序,在评论元剧四大家"关、郑、白、马一新制作"时,曾下八字评语:"字畅语俊,韵促音调"。前四字,概括的便是当时曲家对戏曲语言文辞论的总体美学要求。在这一理论范围内,元人论述了意与语、文与俗、华丽与自然等三组关系。

先看意与语。它们分别讲的是作品的内在意蕴和作品的文学表现。周氏是这样阐释两者关系的:"未造其语,先立其意,语、意俱高为

①任讷:《作词十法疏证》,《散曲丛刊》第十三种,民国中华书局聚珍仿宋排印本。
②王玉章《元词斠律》卷四曰:"此章元人惯用为楔子,不入套内。"经笔者翻检现存金元散曲,无论小令和套数,均不见出[端正好]制曲者。这正好说明为什么杂剧楔子曲牌甚多,而周氏唯独在此曲牌下注出"楔儿":因为其特性便是专用于杂剧楔子的创作。
③任讷:《作词十法疏证序》,《散曲丛刊》第十三种。

上。"两者在艺术构思上有着先后之别,立意在先,造语在后。但论者重视的是语与意的和谐统一而非矛盾对立,倡导的是"俱高"和"俱好"。

关于"意"的具体内容,在《中原音韵》中实际上有两层含意。一是外显的伦理层次,如论述四大家的创作是"观其所述,曰忠曰孝"。"所述"一词和忠孝内容,说明论者观照的主要是四大家叙事性的杂剧,而非抒情性的散曲;曰忠曰孝的伦理思想,则是从作品所述的具体内容中流露出的作家主观意念,无疑是属于"意"的范畴。但是,这种"意"是被论者凭借"知性"从具体描写和整体形象中剥离出来的,因而是一种抽象的、概念化的伦理意念。一是内隐的审美的层次,主要是指包蕴在艺术形象之中的意气风神,周氏有时又称之为"意度"。如评白朴[寄生草]《饮》是"命意、造语、下字俱好";评张可久[山坡羊]《春睡》为"意度、平仄俱好"。如果以传统的标准来衡量,这两首曲子的命意无论如何是当不起一个"好"字的,既无兼济天下的抱负,又乏独善其身的操守。然而绝不是"志深轩冕而泛咏皋壤,心缠几务而虚述人外"(《文心雕龙·情采篇》);鄙弃的是仕途的名位、事功,珍重的是世俗的情爱、任诞。因而洋溢着直抒胸臆的豪辣灏烂和体心摹声的俊利佻达。这一切便构成了元代杂剧散曲所特有的"意"。它不是抽象的伦理意念,而是反映了特定人生态度的一种具体形象的审美意蕴。当时贯云石曾以"西山朝来有爽气"①称道北曲创作,这种流贯在北曲优秀之作中的健康勃郁的"爽气",与周氏所说之"意"或"意度"庶几相近。由于重视这种意,那么在对意的表达上,就相应地提出"意尽"的美学观点。如周氏论"造语"曰"辞既简,意欲尽";论"末句"曰"其句意尽,可为末句";评关汉卿[梧叶儿]《别情》是"音如破竹,语尽意尽,冠绝诸词"。可见其主张的"意尽",乃是淋漓尽致、挥洒尽情之"尽";也只有表达上的尽情尽致,才能与曲意的灏烂佻达足相配伍。当然,也就必然与诗论所谓"不尽之意"②、"篇中有馀意"③的含蕴境

---

① [元]贯云石:《阳春白雪序》,见《乐府新编阳春白雪》卷首,明刻本。
② [宋]欧阳修《六一诗话》:"含不尽之意见于言外。"《四库全书》本。
③ [宋]姜夔《白石诗说》:"句中有馀味,篇中有馀意,善之善者也。"见[宋]魏庆之《诗人玉屑》卷一,《四库全书》本。

地划出界限了。

明乎此,再来看周氏"造语必俊"的要求,对其内涵就比较易于理解了。"俊语"在元人曲论中是一个使用颇为广泛的概念,罗宗信、琐非复初为《中原音韵》作序时,都曾用它来评曲。在周氏《中原音韵》里更是到处可见,如评《岳阳楼》杂剧[金盏儿]曲曰:"妙在七字'黄鹤送酒仙人唱',俊语也。"评《西厢记》杂剧[四边静]曲曰:"'可憎',俊语也。"评《别情》曲曰:"'殃及杀'三字,俊哉语也!"评《章台行》曲曰:"阵有赢输,扇有炎凉,俊语也。"对《指甲》、《春妆》、《香茶》等曲,也都评之以"俊词"。周氏所评,无论是全曲、数句、单句还是数字,他所嘉许的都是涵茹其中的情致意蕴。正如当代有的学者所指出的,这种"俊语"与明清曲论的"旨趣"、"机趣"的涵义有相通之处,比之汤显祖标举的"以意、趣、神、色为主"的"丽词俊音"①亦相去不远,其中"包含着立意、构思、用语俱佳的意思"②。

需要进一步说明的是,"俊语"褒扬的不是一般的"佳",而是具体针对那些通过巧妙构思,把北曲特有的审美意蕴详尽地表露出来的曲语所发的。故而,凡被周氏施以"俊语"之评的作品或曲句,其情致机趣或艳逸超妙,或尖新俊拔,或隽爽波俏,或灵动显豁,无不与元曲所独有的豪辣灏烂、俊利佻达的审美意蕴息息相通,而无周氏力戒的"语粗——无细腻俊美之言;语嫩——谓其言太弱,既庸且腐,又不切当,鄙猥小家而无大气象"等弊病。这就是"俊语"一词在元人曲论中的具体内容。其次,这个概念所涵括的主要是曲语的文学性(表意性和文采性),而非指曲语的音乐性(声韵、格律)。所以罗宗信对北曲创作之难曾作如此之论:"当其歌咏之时,得俊语而平仄不协,平仄协语则不俊。"③所以周德清在评《九日》曲"拍拍满怀都是春"之句时曾说:"语固俊矣,然歌为'都是蠢',甚遭讥诮。"平仄不协、发音倒字之曲,尚不失"俊"评。因此,笔者认为此处的"语、意俱高为上",指的是北曲语言文辞论范围内的文学表现与内在意蕴的关系,还不能说这就是

①[明]汤显祖:《答吕姜山》,见《汤显祖诗文集》卷四七,上海古籍出版社1882年版,第1337页。
②叶长海:《中国戏剧学史稿》,上海文艺出版社1986年版,第67页。
③[元]罗宗信:《中原音韵序》,《中国古典戏曲论著集成》第一册,第177页。

开了明代后期"守词隐先生之矩矱,而运以清远道人之才情"的"双美"①说之"先声"②——"矩矱"和"才情"分别指的是格律和文采——当然这不等于说周氏曲论尚未论及文与律的关系。

再看文与俗。文与俗的关系,实际上就是语、意关系中"语"的内容的具体展开。如果说"俊"是对曲语的最高美学要求,那么文俗论所说的则是怎样造出"俊语"的一些具体规范。其总的原则是周氏所云:"太文则迂,不文则俗;文而不文,俗而不俗。"北曲的创作和欣赏,从来不只是文人士大夫的雅事,在元代它更受到社会各阶层的共同关心,"其盛,则自缙绅及间阎歌咏者众"③,自然需要雅俗共赏;下层文人又多"杂屠沽中"④,所作之曲往往也雅俗各有其源;此外,剧曲乃是供"雅人俗子同闻而共见"⑤之作,并具有"案头"、"场上"相兼的艺术特点,因此更需雅俗深浅相宜。难怪清代曲家黄周星认为"制曲之诀无他",全在"雅俗共赏"四字⑥。但是,在创作中真正要做到不文不俗、亦文亦俗的自然和谐,却绝非易事。元代杨维桢就曾针对"今乐府"创作之弊而感叹:"风骨过遒,则邻于文人诗;情致过媟,则沦于诨官语也:其得体裁亦不易!"⑦文而不能失于板正遒硬,俗而不能流于媟亵粗鄙,真是运用之妙,存乎一心。明代徐渭受元人启发,指出写剧"文又不可,俗又不可,自有一种妙处,要在人领解妙悟,未可言传"⑧。然而,元代曲家并非"未可言传"的消极无为论者,他们在努力探寻一些有利于掌握文俗之间艺术分寸的曲词创作规律和技法。《中原音韵·作词十法》中的"造语"、"用事"、"用字"、"对偶"诸法,对此便多有

①[明]吕天成:《曲品》,《中国古典戏曲论著集成》第六册,中国戏剧出版社1959年版,第213页。

②《试论周德清的〈作词十法〉》,《曲苑》第一辑,江苏古籍出版社1984年版。

③[元]周德清:《中原音韵》自序,《中国古典戏曲论著集成》第一册,第175页。

④[明]张燧:《中华名士耻为元虏用》,见《千百年眼》卷一一,《笔记小说大观》本。

⑤[清]李渔:《闲情偶寄·词采第二·贵显浅》,《中国古典戏曲论著集成》第七册,中国戏剧出版社1959年版,第23页。

⑥[清]黄周星:《制曲枝语》,《中国古典戏曲论著集成》第七册,第120页。

⑦[元]杨维桢:《渔樵谱序》,见《东维子文集》卷一,《四部丛刊》本。

⑧[明]徐渭:《南词叙录》,《中国古典戏曲论著集成》第三册,中国戏剧出版社1959年版,第243页。

讨论。

造语之"可作"和"不可作"。从"文而不文"的角度论,可作"乐府语"而不可作"书生语"。乐府语指的是"有文章者"即富于文采之语,"如无文饰者谓之俚歌,不可与乐府共论也";书生语指的是"书之纸上,详解方晓,歌则莫知所云",曲学家要求的是观时有文采,听时知所云。从"俗而不俗"的角度论,可作"天下通语"而不可作"构肆语"。天下通语指的是当时各地通行之语,即自序中赞元曲四大家创作时所云"字能通天下之语";构肆语是指"不必要上纸,但只要好听"的"俗语、谑语、市语"以及张打油语,此类语言多诉之听觉琅琅流畅,呈之视觉则鄙野粗俗。曲学家要求的还是听时知所云,观时有文采。但"文而不文"侧重的是讲文采而避艰涩,"俗而不俗"侧重的是讲通俗而避庸俗。合起来看,便是文而不文,俗而不俗。

用字与用事。周氏对字的提倡是"用字必熟",反对的是"生硬字、太文字、太俗字"。何为"熟",借用方回评张道洽《梅花》诗语,就是"熟也者,非腐烂陈故之熟,取之左右逢其源是也"①。正因为不是腐烂陈故之熟,所以反对太文字和太俗字;正因为是取之左右逢其源,所以反对生硬字。其中也贯穿着通俗易晓、不文不俗的原则。关于曲中"用事",周氏明确主张"明事隐使,隐事明使"。从文与俗的关系来看,明事隐使是化俗为文,隐事明使是化文为俗,所求的依然是亦文亦俗、雅俗共赏。明代王骥德吸收元人见解并加以发挥:"明事暗使,隐事显使,务使唱去人人都晓,不须解说;又有一等事,用在句中令人不觉,如禅家所谓撮盐水中,饮水乃知咸味,方是妙手。"②

在北曲语言文俗论中,有不少具体的理论材料是继承前人的。如关于造语、用字,南宋张炎认为"一个生硬字用不得,须是深加锻炼"(《词源·字面》);沈义父要求作词须"字面好而不俗",批评词有"鄙俗语"和"市井语"(《乐府指迷》)。如论用事,北宋苏轼主张"当以故为新,以俗为雅"(《题柳子厚诗》);南宋姜夔提倡"僻事实用,熟事虚

① [元]方回:《瀛奎律髓》卷二〇,《四库全书》本。
② [明]王骥德:《曲律》卷三《论用事》,《中国古典戏曲论著集成》第四册,中国戏剧出版社1959年版,第127页。

用"(《白石诗说》)。凡此,都在元人曲论中留下自己的印记,显示出诗论、词论对曲论的影响。这一方面是由于曲本身与诗、词本有着千丝万缕的联系,另一方面在具体作法上也确有许多相通之处,有着某种程度上的共性。但应当指出的是,周德清对这种共性的吸收,是在把握了北曲创作特殊规律的前提下进行的;对前人理论材料的选择、融汇,是受其曲词创作总原则所制约的。因此也就带来了其曲论与前此诗论、词论的最根本区别,即前人重文而抑俗,他却明确主张文俗贯通、文俗对流,应该说这是根据北曲创作实际经验总结出来的美学准则,并且已经较好地解决了后世争执不休的本色与文采的关系问题。在以此为准则构筑起来的理论系统中,前人的思想资料也不可能完全以原来的内涵存在下去。同时还应看到问题的另一面,即传统的因袭力量对创新者的左右,在曲学阐述中表现为具体之论对总原则的背离,如对文采华美的"乐府语"的偏爱,对"语粗"是"无细腻俊美之言"的偏见,无不体现出一种以诗词的细腻华丽来反拨北曲的通俗粗放的创作企图和理论摇摆。这种略偏于文的文俗论,在同时的钟嗣成和稍后的杨维桢那里,也得到了积极的响应。如钟氏《录鬼簿》赞许郑光祖剧作"锦绣文章满肺腑",反对其"贪于俳谐"[1]。杨维桢也反对勾栏笑谑,曾为得北曲之"体裁"而努力在"文人诗"与"诨官语"之间寻找一种中间状态,但更多地表现为对"俗"的贬抑,提倡"锦脏绣腑"而鄙弃"街谈市谚"[2];斥责"小叶俳辈类以今乐自鸣,往往流于街谈市谚之陋,有渔樵欸乃之不如者"[3]。油滑浮浪的市井之谣固不足取,然而对渔歌樵唱的自然天籁之音也抱着不得已而求其次的态度,想得元曲之体裁就更不"易"了。

三看华丽与自然。如果说文俗之论是对"语"的具体展开,华丽、自然之论便是对"文"的进一步描述。周德清既反对曲语"无细腻俊美之言",又反对字句之"生硬",实际上已从反面初步接触了两者之

[1] [元]钟嗣成:《录鬼簿》,《中国古典戏曲论著集成》第二册,中国戏剧出版社1959年版,第119页。

[2] [元]杨维桢:《周月湖今乐府序》,见《东维子文集》卷一一。

[3] [元]杨维桢:《沈氏今乐府序》,见《东维子文集》卷一一。

间的关系。钟嗣成则从正面提倡北曲创作要"华丽自然"①。华丽,有
其人工的一面,所以唐释皎然主张"至丽而自然"②。钟氏将两者并
举,追求的是人工与自然的结合,是浓艳美与自然美相统一的文采美。
但在具体批评中,却更多地着眼于"丽"。如认为金仁杰剧作语"不骈
丽"是其创作缺陷,赞扬剧作家陈以仁"其乐章间出一二,俱有骈丽之
句",首肯赵良弼《梨花雨》剧作"其辞甚丽"和屈子敬"乐章华丽"等
等③,显见其对华丽美的偏好。以此论质朴率直、活泼俊爽的散曲,已
属隔靴搔痒;以此论叙事生动、口角逼真的剧曲,更是失之千里了。研
究主体的美学趣味,限制了对客体规律的科学归纳。

元人戏曲语言文辞论,自语、意关系始,至华丽、自然关系终,由详
语而略意,繁衍出文、俗之辨;由扬文而抑俗,生发出"华丽自然"并重
之论,最后又落脚于尚丽。其中存在着一条清晰的轨迹,即以文人崇
雅尚丽的美学观念去匡正北曲民间文艺的创作特色和艺术风格;并包
含着一个深刻的矛盾,即在总体原则上对北曲创作特点的认同与在具
体规范上对北曲艺术规律的离异。这种文艺思潮在元代中、后期的兴
起,乃是植根于当时曲坛创作风气的转变。乔吉甫、张小山的崛起,使
剧曲和散曲创作逐渐成了文人的专业,语言风格逐渐转向典雅清丽,
骚雅蕴藉也逐渐为时所尚。曲学家们,一方面浸染在前辈北曲佳作之
中,一方面置身于当时的曲坛风气之下,出现理论阐述的矛盾现象也
可说是时代使然。

二、"韵促音调"——声韵格律论

周德清《中原音韵》对北曲声韵格律的研究,代表了北曲声律论的
最高水平。归纳起来,可分为既有联系、又有区别的三方面内容,即明

---

①[元]钟嗣成:《录鬼簿》,《中国古典戏曲论著集成》第二册,第133页。
②[唐]释皎然:《诗式》,见[宋]魏庆之《诗人玉屑》卷五。
③[元]钟嗣成:《录鬼簿》,《中国古典戏曲论著集成》第二册,第120、122、125、134页。

腔、识谱和审音。

明腔。周氏把"明腔"视为制曲之首事,是要求北曲作者要明了和掌握宫调、曲牌的音乐特色和性能。他通过转述古人"作乐府切忌有伤于音律"之语,来强调这一问题的重要性。明腔,钟嗣成称之为"明曲调"。在周氏著作中大体有三层意思。

一要明各宫各调之声情。他与芝庵相同,认为表达思想感情的言语声音,与宫调律吕是相通相应的。语言不仅用它自身包含的概念去表现思想感情,而且还存在着与特定思想情绪相一致的音乐形式,即所谓"大凡声音,各应于律吕,分于六宫十一调,共计十七宫调:仙吕调清新绵邈,南吕宫感叹伤悲……"。戏曲作家必须了解各宫调的情感特色,在进行创作时根据不同的剧情内容慎加选择,才有可能写出声情并茂的优秀之作。清代刘熙载认为"制曲者每用一宫一调,俱宜与其神理吻合"[①],说的就是这个道理。如果剧作家"不明此理",填词而词、调不合,"使唱者从调则与事违,从事则与调违,此作词者之过矣;若词、调相合,而唱者不能寻宫别调,则咎在唱者矣"[②]。早在元代,芝庵和周氏就同时强调了这一问题,其目的当是为了使唱者和作者分别免其过咎。

二要明各宫各调所统领的曲牌数量和具体名目。某一宫调的声情自有其总的倾向,但每一宫调所辖的众多曲牌,在与总倾向不矛盾的前提下,也各有其自己的声情特色,即明代魏良辅所谓"曲须要唱出各样曲名理趣"[③]和清代刘熙载所谓"牌名亦各具神理"[④]。正是具备了这种总体倾向性和个体丰富性的统一,才使北杂剧创作即使是运用同一宫调,所表现的情感内容和所显示的感情色彩,也是那样的千差万别。这就要求戏曲作者在音乐形式上熟悉可供自己支配和调派的艺术材料,明确每一宫调统领的各曲牌的特点。周氏对此虽然缺乏理论阐述,但是首次对北曲曲牌进行了全面的收集、整理和研究:统计出

---

①［清］刘熙载:《词曲概》,见《艺概》卷四,上海古籍出版社1978年版,第126页。

②［清］徐大椿:《乐府传声·宫调》,《中国古典戏曲论著集成》第七册,第171页。

③［明］魏良辅:《曲律》第六则,《中国古典戏曲论著集成》第五册,中国戏剧出版社1959年版,第6页。

④［清］刘熙载:《词曲概》,见《艺概》卷四,第126页。

北曲曲牌总数为 335 章,列出它们对十二宫调的具体归属,标明每一宫调所辖之曲牌数量、名目,并注出可供借宫转调、名异实同或"名同音律不同"等曲牌特性,从而为北曲创作时的曲牌遣用,提供了极大方便。

三要明北曲各宫各调的曲牌联套规律。北曲联套的主要形式是多曲体,即全套是由若干不同的曲牌组成,而众多曲牌的组合又有一定的章法,要考虑到旋律的衔接过渡和曲情的起承转合。因此不仅首尾之曲比较固定,哪些曲牌在前在后、哪些曲牌必须连用,也都有一定之规。倘不明联套之法,"必然乖音舛律,不能登诸场上"①。周德清对每个宫调所辖曲牌排列次序的具体安排,反映出北曲联套的基本方式,其中也体现了他对北曲联套规律的认识和总结。如"南吕二十一章"的编排是:

[一枝花][梁州第七][隔尾][牧羊关]……[骂玉郎][感皇恩][采茶歌]……[煞][黄钟尾]

翻检现存元杂剧,凡以南吕宫制曲者,起头和结尾都与周德清所列次序大致相符([隔尾]有时不用,[煞]有时叠用或省去),[骂玉郎]等三支曲子必连环而出现,《元曲选》本《曲江池》第二折和《张天师》第二折,便是显例。

识谱。就是要求北曲作家熟悉每一曲牌的格律规范,按照定格的标准,严守谱式的规定,去制曲填词。周氏所注重的谱式规定有四点:

一是务头。他认为务头在曲中有着固定的位置,提醒作者"要知某调某句、某字是务头,可施俊语于其上",并在"定格各调内"对此一一注明。在"不可作——六字三韵语"中,他还指出应将那些构思精妙、音律调协的字句,专于"务头上使,以别精粗,如众星中显一月之孤明",这样才能令人"唱采"。综合周氏的论述,务头是指那些文俊律谐、声情并茂、能给人以最强烈的艺术感受、能产生最动人的艺术效果

———————————

①曾永义:《评骘中国古典戏剧的态度和方法》,见《说戏曲》,台北联经出版事业公司 1976年版。

的"紧要句字"①,作曲者不可不识。

二是对偶。汉字的单音单形化,导致了古代韵文学中对偶的产生,这是古人"利用汉字的特点,以达到高度艺术技巧的表现"②。曲体风格追求气盛语尽、恣肆灏烂,因此对偶排比之处,较诗词尤多尤盛。周氏不仅主张"逢双必对",并且把一些曲体所独有的对偶形式,视之为曲牌格律使然。如指出扇面对在[调笑令]中是"第四句对第六句,第五句对第七句",在[驻马听]中"起四句是也","定格"评带过曲《指甲》中[德胜令]曲牌是"必要扇面对方好";救尾对,[红绣鞋]是"第四句、第五句、第六句为三对",[寨儿令]是"第九句、第十句、第十一句为三对"。对此,作者就应遵循其规律,按谱填词。

三是末句。作曲最重曲尾,往往全曲的精神命脉都凝结此处。周德清曾曰"诗头曲尾是也",说明他对末句重要性的认识乃是产生于对北曲艺术特性的把握。重曲尾,从内容上说,要求作者"如得好句,其句意尽,可为末句";从形式上说,每一曲牌末句的字数、平仄都有严格的规定。周氏根据"前辈已有'某调某句是平煞、某调某句是上煞、某调某句是去煞'"之论,进而总结出69种常用曲牌末句的字数和平仄四声。其中末句为五字的有31种曲牌、七字的有22种曲牌。可见曲体末句仍以五、七字为主要形式,但各自平仄都有八九种的句型变化,并且也有定律可循,所以周氏常常注明"×声属第二着"的字样。

四是衬字。使用衬字,是北曲的一大特点,它有助于曲语的流利活泼、生动晓畅。每句可衬多少字,无硬性规定,总的说来,剧曲、套数和小令,衬字有着多与少的显著不同。然而周德清对衬字却没有好感,对滥用衬字的现象多有抨击。自序中把"逢双不对,衬字尤多"视为北曲创作的两大弊端,告诫作者"切不可用……衬垫字",指责某些人的北曲创作不顾句式定格"每句七字而止,却用衬字加倍,则刺眼矣"。周氏对衬字持如此态度,一方面与他主要是评论小令和制订定

---

① [明]王骥德《曲论》卷二《论务头》指出务头"系是调中最紧要句字。凡曲遇揭起其音而宛转其调,如俗之所谓'做腔'处,每调或一句,或二、三句,或一字,或二、三字,即是务头"。《中国古典戏曲论著集成》第四册,第114页。

② 郭绍虞:《声律说考辨》,见《照隅室古典文学论集》下编,上海古籍出版社1983年版,第251页。

格有关,另一方面当与衬字用得太滥有关。在"切不可用"的严厉背后,他反对的是"加倍"和"尤多"。元剧虽有死腔活板之说,然而"字多难唱"也是事实①,衬字使用得过多,是不利于戏曲演唱的。剧曲的乐声为了迁就唱词而随意伸缩,"就变成吟哦的格调,或至少歌曲形式的完整受到了损害"②。明代李开先评郑光祖剧作"又有不甚齐整者,衬字亦多,大势则不可及"③,着眼点可能也在保护戏曲音乐美不受伤害④。

审音。音节声韵之美是韵文学语言形式美不可缺少的因素,四声是构成汉民族韵文学声律之美的基础。"同声相应谓之韵"(《文心雕龙·声律篇》),以四声来定韵,才能做到更精密的"同声相应"。因此周德清"审声以知音,审音以类字"而创《中原音韵》⑤,其"审音"之论便围绕着四声也相应地分为"正语"和"知韵"两个部分。

正语是将《广韵》之入声字,派入其他三声,即《正语作词起例》所言:"平、上、去、入四声,《音韵》无入声,派入平、上、去三声。"其中重点是入声向平声的转化,认为"入声于句中不能歌者,不知入声作平声也"。同时在自序和《作词十法》第五"入声作平声"中,反复提请作者注意:"作平者最为紧切,施之句中,不可不谨。"并举出七例细为剖析,如以"瘦马独行真可哀"为例,指出"第三'独'字,若施于仄仄平平仄仄平之句则可,施于他调皆不可"。此句后三字为平仄平,非仄仄平,若"独"派入平声,"独行真"为三平调,乱平仄之常轨,故而不可。"知韵"是将"正语"的成果施之于用韵。其一是以阴、阳、上、去"撮其同声",即是将韵字按中原四声排列;其二是将入声派入平、上、去三声,目的在于"广其押韵"。

---

① [明]朱权《太和正音谱》:"词中有字多难唱处……非老于文学者,则为劣调也。"见《中国古典戏曲论著集成》第三册,第23页。

② 沈知白:《中国音乐史纲要·元剧》,上海文艺出版社1982年版,第89页。

③ [明]李开先:《词谑·词套》,《中国古典戏曲论著集成》第三册,第297页。

④ 近人常认为北曲有腔无板,故可以随意加衬。其实根据清代戏曲音乐家徐大椿的研究,北曲"惟过文转接之间,板可略为增损,所以便歌也;至紧要之处,板不可少有移易,所以存调也;此北曲之板虽宽,而实未尝不严也"。《乐府传声·定板》,见《中国古典戏曲论著集成》第七册,第182页。——结集补注

⑤ [元]李祁:《周德清乐府韵序》,见《云阳集》卷四,《四库全书》本。

在"正语"和"知韵"中,论者最为关心的是平之阴阳的措置和仄之上去的安排,认为这是"作词之膏肓,用字之骨髓"。平须分阴阳,是因为"歌其字,音非其字者,合用阴而阳、阳而阴也",阴阳倒错,字音必倒。仄须别上去,是因为"上去而去上,去上而上去者,谚云'钮折嗓子'是也"(自序)。周氏在定格中更结合作品实例,对阴阳和上去的使用,从"协音"和"务头"的角度详加辨析,如评《饮》"但知音尽说陶潜是"句曰:"最是'陶'字属阳,协音;若以'渊明'字,则'渊'字唱作'元'字:盖'渊'字属阴。"评《金山寺》"天地安排"句曰:"'天地'二字,若得去上为上,上去次之,馀无用矣:盖务头在上。"针对具体语句,品其优劣,评其得失,使作者"出语不偏,作词有法"①,学有所守,循有其规。虞集序《中原音韵》曰:"其法以声之清浊,定字为阴阳,如高声从阳,低声从阴:使用字者随声高下,措字为词,各有攸当,则清浊得宜,而无凌犯之患矣;以声之上下,分韵为平仄,如入声直促,难谐音调,成韵之入声,悉派三声,志以黑白,使用韵者随字阴阳,置韵成文,各有所协,则上下中律,而无拘拗之病矣。"②这段话所评价的,正是由"正语"和"知韵"所构成的"审音"的声律原理和实践意义。

明腔、识谱、审音,既是元人声韵格律理论中的三大要素,又是北曲创作链条上的三个实际环节。对此,周德清说得很明白:"大抵先要明腔,后要识谱,审其音而作之,庶无劣调之失。"否则,只能是"用尽自己心,徒快一时意,不能传久"。至于贯穿在明腔、识谱、审音之中的声律美学思想,或者说蕴寓其中的艺术追求,则可以用人工与自然的统一、制曲与演唱的统一、严谨与变通的统一来概括。

寓人工于自然之理。元人戏曲声律论中,固然有着比重很大的人工规范的成分,但是这种人工性,却不是违背自然的主观人为性,而是本之于自然之理的艺术加工,是对自然律声经过艺术锻造之后所得出的北曲声律原则。正如周德清所说,作北乐府"考其词音者,人人能之;究其词之平仄、阴阳者,则无有也"。他的贡献就在于,将"人人能之"的自然音调和律声,提炼总结成前此"无有"的北曲声律理论。而

①[元]琐非复初:《中原音韵序》,《中国古典戏曲论著集成》第一册,第178页。
②[元]虞集:《中原音韵序》,《中国古典戏曲论著集成》第一册,第173—174页。

在其提炼和总结的过程中,十分注意寓人工于自然之理。从四声来看,他之所以主张平分阴阳、入派三声,是因为"混一日久,四海同音,上自缙绅讲论治道,及国语翻译,国学教授言语,下而讼庭理民,莫非中原之音"。四声中,上去二声的语音性能,前者读音向上,有高呼之象;后者读音向下,有渐逝之象①,均宜于拖腔曳声,因此"施于句中、施于韵脚,无用阴阳,惟慢词中仅可曳其声尔:此自然之理"。从押韵来看,他强调"韵共守自然之音",用韵规律在"前辈佳作中间,备载明白,但未有以集之者,今撮其同声",以成《中原音韵》。从修辞来看,他反对"故国观光君未归"之类的双声叠韵语,认为"夫乐府贵在音律浏亮,何乃反人艰难之乡?"反对韵脚过密、两字一韵的"六字三韵语",指出"全淳则已;若不淳,则句句急口令矣";提倡对偶,认为"逢双必对,自然之理"。完全依照当时语言实际归纳声律之学,重自然之理,反作意矫强,"其说则皆本于自然,非有所安排布置而为之"②,这确是元人声律论的一大特色。

论制曲意在演唱。周德清认为北曲是语言艺术和音乐艺术的统一,他把能否演唱——"歌咏者众"——视为北曲繁盛的首要象征,主张文人制曲之时,心中必须考虑到歌伎演唱之便,要"便于音而好唱"。否则,无视曲谱格律规定,必然"'钮折嗓子'是也,其如歌姬之喉咽何?"汉字四声不同音高的自然特性,在戏曲演唱中便形成了"四声腔格"原理③。对此,周氏是颇为熟悉的。如他指出"歌其字,音非其字者,合用阴而阳、阳而阴也",这就是因为在演唱时阴平、阳平字的腔格是不同的。阴平字多用高平腔,或是一音延长,或是在同音反复的基础上作多种装饰;阳平字的腔格则由低而高,或上行后再作下行。如果在阴平字的腔格中用了阳平字,唱来仍然是一音延长或同音反复,阳平字便成了阴平字了,反之亦然。《作词十法》之六"阴阳"法,便专门举例谈此问题。其实,不仅阴阳倒错要产生倒字,平仄错用也是如

---

① [清]徐大椿:《乐府传声·辨四音诀》:"上声高呼猛力强"、"去声分明直远送"。《中国古典戏曲论著集成》第七册,第185页。

② [元]李祁:《周德清乐府韵序》,见《云阳集》卷四。

③ 关于"四声腔格",参见《中国大百科全书·戏曲曲艺》卷《曲牌联套体》条目,中国大百科全书出版社1983年版。

此。曲中四声"皆位置有定,不可倒置而逆施"①。再看上声字的腔格,其特点是出字前必有一个下行大跳的上倚音作装饰,这种装饰还可将旋律处理为由低向高作逐级上行。正是把握了上声字的这种特色,周德清在《作词十法》"定格"中,对那些恰当地使用上声字的作者,均予以好评。如评《岳阳楼》"黄鹤送酒仙人唱"曰:"'酒'字上声以转其音,务头在其上";对《春晚》、《感怀》、《得书》也都施以"妙在"某某字"上声起音"的赞语;评《春怨》曰:"音律浏亮,贵在'却'、'温'二字上声,音从上转,取务头也。"所谓"起音"和"转音",当是指上声腔格特有的装饰性艺术处理,均是从演唱角度考虑,为获得最佳的音乐效果而安排的。周氏赞美《登楼》"十二玉阑天外倚"是"妙在'倚'字上声起音,一篇之中唱此一字",着眼点依然在音乐效果和处理上。根据四声腔格的音乐特点,在同一曲牌的不同句中,或同一句子的不同字面,精心准确地设置声调不同的字眼,乃是产生曲调旋律变化的语音基础②,如《渔夫》全曲,"妙在'杨'字属阳,以起其音,取务头;'杀'字上声,以转其音;至下'户'字去声,以承其音。紧在此一句,承上接下,末句收之"。所赏识的就是作者善于利用四声特色,烘托曲牌旋律的起承转合、回环起伏之美,为演员的演唱奠定了基础。

尚严谨能容变通。从明腔、识谱和审音的具体规定中,元人声律论的严谨性是在在可见的,如罗宗信序《中原音韵》所言:"愈严密而不容于忽易,虽毫发不可以间。"然而其理论仍有变通的一面。就指导思想而言,周氏反对"泥古非今,不达时变",《中原音韵》便是针对变化了的语言实际、意在为作曲者服务的产物,是以"正其语、便其作"为其编著宗旨的。这种"便其作"的指导思想,反映在明腔、识谱上,一方面表现为允许"借宫"、"转调"。在"乐府共三百三十五章"中,对于那些可以被其他宫调转借的曲牌,有意识地将此特点用小字一一注明。这表明,曲作家为了更好地表达声情辞情而向相近宫调借用曲牌的做

---

① [元]罗宗信:《中原音韵序》,《中国古典戏曲论著集成》第一册,第177页。

② [明]魏良辅《曲律》第三则论述平仄四声与戏曲音乐的关系是:"五音以四声为主,四声不得其宜,则五音废矣。平上去入,逐一考究,务得中正。如或苟且舛误,声调自乖,虽具绕梁,终不足取。"《中国古典戏曲论著集成》第五册,第5页。——结集补注

法,已经得到了曲学家的首肯。另一方面表现为允许某些曲牌"句字不拘,可以增损",这类曲牌据周氏总结共有十四章,它们往往产生于因为表达内容的需要而对某一曲牌格式的创造性突破,其特点是可以凭借曲牌自身的句字变化来丰富其情感表现力。对此,曲学家的态度也是赞同的。"便其作"的思想,反映在审声、知韵上,一见于入派三声的用意:"入声派入平、上、去三声者,以广其押韵,为作词而设耳";在韵字排列上,"次本韵后,使黑白分明,以别本声、外来,庶使(便?)学者。有才者,本韵自足矣",扩大选韵用字的范围,以方便初学者。二见于四声限制的宽松:在"定格"中对许多曲作平仄四声运用的品评,往往都指出上、中、下三等选择。如评《别友》"冷雨清灯读书舍"云:"'冷雨'二字,去上为上,平上、上上、上去次之,去去属下着";评《夜雨》"江南二老忧"中第三、四两字云:"但得上去为上,平去次之,平上下下着"。有才者自用上着,常人取法乎中也足可为曲。既然有上、中之选,规避下下着应是不难之事。三见于造语且熟的通融:在"末句"法中,周氏历数了若干平仄四声的规定,并着重强调"上上、去去,若得回避尤妙";但是紧接着笔锋一转,指出"若是造句且熟,亦无害"。造句既熟,唱来一听就懂,故尔即使有违平仄律度,于辞义表达也无多少妨碍,从而给作者以相当的回旋馀地,法度之中不乏自由的存在。

固然创作往往领着理论走,然而富于生命力的理论一旦产生,反过来又必然要作用于当时以及后世的创作。由于元剧历史的大势已去,以周德清为代表的元人戏曲语言声律论并未能挽救当时戏剧创作的颓势。但是,我们却不能因其功不在当代,而无视其在戏曲史和戏曲理论史上的重要地位。尤其是元人对戏曲声律的研究,从元杂剧对明清传奇的作曲方法和制曲原则的重大影响来看,这一时期高歌声律的重要性,对形成中国戏曲的民族风格和特点,其功实巨,虽然因有时难免过甚其词而授人口实。其实,对于语言文辞和声韵格律,元人不仅比较细致地探讨了各自的艺术经验和技法,而且对两者的辩证关系发表了富有启发性的见解。如周德清通过肯定元剧四大家的剧作成就而提倡"字畅语俊,韵促音调",主张北曲创作"要耸观、又耸听;格调高,音律好",即是提倡曲辞既要格调高雅、文采焕然,又要动听入耳、谐音合律。虞集序《中原音韵》曾以北曲创作"文、律二者,不能兼美"为憾;杨维桢《周月湖今乐府序》则为创作实践中"泥文采者失音节,谐音节者亏文采:兼之者实难"的状况而叹惋;罗宗信《中原音韵序》反对"得俊语而平仄不协,平仄协语则不俊",认为"必使耳中耸听,纸上可观为上"。无论是提倡,还是反对,他们的基本旨趣都是主张曲辞的演唱价值和文学价值并重,以求达到"词、律兼优"①的美学境界。可以说,这是元代戏剧学家的共识。这种观、听皆重,文、律兼美的声律原则和理想,已经昭示了两百多年后那场曲学大辩争中矛盾解决的途径。

（原载于《戏曲研究》第四十五辑,文化艺术出版社 1993 年版）

---

① [元]欧阳玄:《中原音韵序》,《中国古典戏曲论著集成》第一册,第 174 页。

叛逆与创新

——钟嗣成《录鬼簿》剧学思想综论

元代自一统以后,虽为少数民族入主中原,在思想界仍是程朱理学占着统治地位。在文坛上起着主导作用的,便是文以载道的传统儒学理论,对新兴的戏剧艺术更是抱着无视、蔑视的态度。但是,在下层,在民间,随着商业经济的发达和城市文化的繁荣,社会意识也在潜移默化之中涌动着新潮。波及到文艺领域,于潮头澎湃处矗立的便是一代曲学异人钟嗣成。他在旷世奇典《录鬼簿》中,围绕着考评作家、著录剧目、品题作品,启动以"剧"为中心的戏剧学体系的初步建立,公然向传统挑战,替戏剧呐喊,为新学奠基。

一、起新奇古怪之名 寓讽时骂世之意

——由命名看著书的叛逆精神

在中国古代语典中,"鬼"之为词,或多用为詈人的贬语,或指称已死之人。随着神鬼观念的完善,出现了阴间有生死簿的传说,"鬼录"、"鬼簿"之词也相应而生。早在三国时代,曹丕(187—226)在给元城令吴质(177—230)的信中,陈述建安诸子相继亡故时,便已云:"顷撰其遗文,都为一集;观其姓名,已为鬼录。追思昔游,犹在心目,而此诸

子化为粪壤,可复道哉!"①姓名已为鬼录,便是人已去世的同义语。唐代张鷟议论初唐四杰中杨炯、骆宾王诗文之短,则云:"杨之为文,好以古人姓名连用,如'张平子之略谈,陆士衡之所记';'潘安仁宜其陋矣,仲长统何足知之':号为'点鬼簿'。骆宾王文好以数对,如'秦地重关一百二,汉家离宫三十六',时人号为'算博士'。"②此"点鬼簿"与"算博士"相对,嘲讽之意甚明。至元代,点鬼、鬼录之词贬义益重,后期陶宗仪据《江氏类苑》语曰:"文章用事,填塞故实,旧谓之'点鬼录',又谓之'堆垛死尸'。"③所谓"旧谓",可知在钟氏生活的时代,"点鬼录"已与"堆垛死尸"并称,讽而近于虐了。

正是在这种思想背景下,钟嗣成与陈法时论唱反调,提出了充满反叛意识的新的人鬼观:

> 人之生斯世也,但以已死者为鬼,而不知未死者亦鬼也。酒罂饭囊,或醉或梦,块然泥土者,则其人与已死之鬼何异?此固未暇论也。其或稍知义理,口发善言,而于学问之道,甘于暴弃,临终之后,漠然无闻,则又不若块然之鬼为愈也。予尝见未死之鬼,吊已死之鬼,未之思也,特一间耳。独不知天地开辟,亘古及今,自有不死之鬼在!(《录鬼簿》自序)④

在这贤愚不分、人鬼颠倒的现实世界中,有的人未必不是混世之鬼,有的鬼则胜于芸芸众生远甚。生而无为,生亦为鬼;死而有名,虽鬼犹人。基于这种人鬼观,钟氏决心写一部以"录鬼"为内容的著作,以表彰那些位卑才高、名堪久传之士,这就是《录鬼簿》取名的由来。难能可贵的是,在他的心目中,当代戏曲家便是那与山岳并峙、与日月同辉、与天地共存的不死之鬼:

---

① [三国]曹丕:《与吴质书》,见《文选》卷四二。
② [唐]张鷟:《朝野佥载》卷六,《四库全书》本。
③ [元]陶宗仪:《点鬼录》,见《南村辍耕录》卷一四,中华书局1959年版,第174页。
④ 本文所引《录鬼簿》,不一一出注,均据《中国古典戏曲论著集成》第二册,中国戏剧出版社1959年版。

> 余因暇日,缅怀故人,门第卑微,职位不振,高才博识,俱有可
> 录……名之曰《录鬼簿》。嗟乎,余亦鬼也! 使已死未死之鬼作不
> 死之鬼,得以传远,余又何幸焉? (自序)

应该说,这段话与千馀年前曹丕《与吴质书》颇有相通之处,如"录鬼"之与"鬼录"、"缅怀故人"与"追思昔游",均可谓一脉相承;但是,曹氏接下来的"诸子化为粪壤,可复道哉"的无奈慨叹,与钟氏"使已死未死之鬼作不死之鬼"的崇高努力,其间相去,已不可以道里计了。

二、日月炳焕　山川流峙
——在比较中论曲家崇高地位

宋金元三朝,既是古典戏剧艺术逐渐走向成熟的时代,又是封建理学舆论控制逐渐强化的时代。在传统理学家眼中,主要从民间通俗文艺基础上发展起来的宋元戏曲,其强烈奔放的情感追求、肆诞无忌的内容表现,实在有碍礼教秩序和道德教化。南宋宁宗庆元三年(1197),理学家陈淳,便曾上书前寺丞、漳州知府傅伯成①,要求他"申严止绝"优人作戏,其理由一共八条之多,其中五至七条均涉演戏内容:

> 五,贪夫萌抢夺之奸;六,后生逞斗殴之忿;七,旷夫怨女,邂
> 逅为淫奔之丑。

可见其所谓"淫戏",案狱、武打、爱情诸剧无不包括其内;并警告当政者"若漠然不之禁,则人心波流风靡,无由而止,岂不为仁人君子德政之累?"②这种戏剧诲淫诲盗的思想,在元代仍很盛行。元初刘一清撰

---

① 有关考证参金宁芬《南戏形成时间考辨》,《文学遗产增刊》第15辑,中华书局1983年版。
② [宋]陈淳:《上傅寺丞论淫戏》,见《北溪大全集》卷四七,《四库全书》本。

《戏文诲淫》①,叙南宋末叶咸淳四至五年(1268—1269)间,《王焕戏文》"盛行于都下,始自太学,有黄可道者为之。一仓官诸妾见之,至于群奔。遂以言去"②。虽然这位南宋太学博士是最早见于记载的文人剧作家,但不仅在现实中遭到因戏去官的处罚,留之于旧史的也是"戏文诲淫"的贬斥评价。与理学之士对戏曲关注点稍异其趣的是:从马上得天下、充满粗犷剽悍之风的元蒙统治者,似乎并不介意诲淫与否,而是更重视戏剧与政权稳定的关系。如元朝国家法令便明确规定:"诸妄撰词曲,诬人以犯上恶言者,处死"③;"诸乱制词曲,为讥议者,流"④。他们对剧本政治倾向的戒备,远甚于对有伤风化的畏惧。但是,无论宋元理学家,还是元蒙统治者,其共同点是对进步剧作家的贬抑和打击。

与占统治地位的态度截然相反的是,钟嗣成对元代戏剧家的崭新评价。他认为戏剧家是一代文化精英,理应受到社会的尊重,而不该"门第卑微,职位不振";更应得到历史的承认,而不该"岁月弥久,湮没无闻"。这个观点,在《录鬼簿》中,是从三个层次或方面的比较中得出或阐发的。

首先,在均为没有功名利禄的下层文士这一社会层次上,从与浪荡人生、消极混世的"块然"之鬼和口谈道学、百无一用的"漠然"之鬼的比较中,论证"高才博识,俱有可录"的剧作家是"不死"之鬼。

其次,在儒家的理想人格这一观念层次上,从与"占夺魁科、首登甲第"的达则兼济天下者和"甘心岩壑、乐道守志"的穷则独善其身者的比较中,论证"心机灵变、世法通疏、移宫换羽、搜奇索怪"的剧作家是"诚绝无而仅有者"⑤。

第三,在传统的名垂青史这一史学层次上,从与圣明贤能的君臣和忠贞孝义的士子的比较中,论证剧作家亦同样是"日月炳焕,山川流

---

①《四库全书总目》卷五一《钱塘遗事》提要"革代之际,目击债败",言及作者时代。中华书局 1987 年版,第 466 页。

②[元]刘一清:《戏文诲淫》,见《钱塘遗事》卷六,《四库全书》本。

③《元史》卷一〇四《刑法》三《大恶》,中华书局 1976 年版,第 2651 页。

④《元史》卷一〇五《刑法》四《禁令》,中华书局 1976 年版,第 2685 页。

⑤[元]钟嗣成《录鬼簿》"方今已亡名公才人余相知者"跋语。

峙,及乎千万劫无穷已",也应"小善大功,著在方册"。

这三个层次的论说,既有现实的广阔视角,又有历史的深邃眼光,在对社会各阶层、历史各类型人物的评判、睥睨和对比中,第一次在戏剧学史上论述了戏曲家及其事业在文化历史和社会生活中的应有地位。过情之论和愤激之语,难掩其真知灼见的锋光崭露,并猛烈地冲击了古今腐论和酷律对剧作家的恶评与严禁。

三、无畏得罪圣门　别与知味者道
——以"戏玩"说向传统文论挑战

以"绝无仅有"论戏剧家,在当时视诗文为正宗、正业的传统文坛上,确具有振聋发聩之力。但钟氏作出的并非是言过其实的评价,而是对新兴艺术家群体创作倾向的极好归纳,也是对传统儒家文论狭隘束缚的有力摆脱。

元代一统近百年间,实行科举 45 年,实际开科 16 次,总共取士 1200 人①。既然传统的仕途是如此闭塞和狭窄,欲用世者唯有以吏升官一途可走。但这里不仅有人所共知的蒙汉之分,在汉人中又有识字小民与真正儒士及北人与南人的差别。时人庐州余阙(1303—1358)曾于元代后期回首世祖至元统一中国以来,传统儒士人生道路和地位的变化:

> 我国初有金宋,天下之人,惟才是用之,无所专主,然用儒者为居多也。自至元以下,始浸用吏,虽执政大臣,亦以吏为之。由是中州小民粗识字能治文书者,得入台阁,共笔札,累日积月,皆可以致通显,而中州之士见用者遂浸寡。况南方之地远,士多不能自至于京师,其抱才缊者又往往不屑为吏,故其见用者尤寡也。

---

① 参许凡《论元代的吏员出职制度》,载《历史研究》1984 年第 6 期。

及其久也,则南北之士亦自町畦以相訾,甚若晋之与秦,不可与同中国。故夫南方之士微矣!延祐中,仁皇初设科目,亦有所不屑而甘自没溺于山林之间者,不可胜道,是可惜也。①

粗通文字、仅识文书的中州小民,无功名观念之累,故能抓住机遇,奋身从吏,以致通显;而那些身为"中州之士"和南方之士的"儒者"却往往很难看透仕途的根本变化。他们既不能像"自云金张胄,祖父皆朱幡"的"北方"贵族子弟,"不用识文字,二十为高官"②;也不能像素无"薄吏"之心的普通识字夫抱着"公卿出自兹"的向往,"十岁学文史,十五从吏师"③。即使为养家糊口不得已而从吏者,也是以一种自毁自虐心态,鄙薄从事的职业。如《录鬼簿》中所记,"初业儒,长事吏"的鲍天祐认为"簿书之役,非其志也";"幼年屑就簿书"的黄天泽始终"郁郁不得志";"家世儒业"的周文质,"俯就路吏",以及钟嗣成从吏"亦不屑就"。这种"不屑"为之的"薄吏"心态,是对元代以吏治国必有的"法律愈重,儒者愈轻"④的实际处境的心理反拨。

然而,对原本就不算宽广的用世之门又自我予以关闭,留给传统文人儒士的,如果不是隐居山林,便只有"玩世"一途了。他们游戏人生⑤,"以儒为戏"⑥,以"名儒"身份交伶伦(郑光祖)、职卜卦(范玉壶)、业坐贾(施惠)、习道术(乔吉),"优游于市井"(曾瑞)⑦。钟嗣成自己更是以儒为戏的典范,他在[醉太平]中所宣称的"风流贫最好……做一个穷风月训导",便很能说明问题:训导本为职司教化的学官,如今却

---

①[元]余阙:《杨君显民诗集序》,见《青阳集》卷二,《四库全书》本。

②[元]陈高:《感兴》之十七,见《不系舟渔集》卷三,《四库全书》本。

③[元]虞集:《赠艺监小吏》,见《道园学古录》卷一,《四库全书》本。

④[元]揭傒斯:《送也速答儿赤序》,见《揭傒斯全集》文集卷四,上海古籍出版社1985年版,第310页。

⑤[元]马致远[般涉调·哨遍]散套首句便是"半世逢场作戏"。

⑥[元]郝经《去鲁记》:"近世以来,以儒为戏,放辟邪侈者莫之惩。"见《陵川集》卷二六,《四库全书》本。

⑦晚明闵景贤撰家训《法楹》,于"择学术"条规定子孙不得以医学、星命、商贾为业,"以其操术事人,随时俯仰,无异市井"(明天启六年刻《快书》卷四九),与元人以浪迹市井为"优游"形成鲜明对照。

自诩风流,传授风月。以儒为戏,莫此为甚。

　　他们不仅玩世,而且玩文,此即余阙所谓"士惟不得用于世,则多致力于文字之间,以为不朽"。但其文字,并非传统的诗文,甚至罕及昌于宋的词作(元代杂剧家仅白朴一人有词集、乔吉一人有词一阕传世,实在是一个值得玩味的现象),而是上流文人不屑染指的(显贵作家仅史九散先、杨梓,皆为武夫)、盛行于市井、流行于民间的新兴文艺;其内容多表达愤世之情、玩世之意①;其创作起因和过程,亦颇多戏玩的成分。如范康"因王伯成有《李太白贬夜郎》,乃编《杜子美游曲江》",从主角到剧名,皆有对仗之巧;又如"维扬诸公俱作"《高祖还乡》以竞奇争胜,优胜者睢景臣则为人津津乐道。故笔者认为"以文章为戏玩"的确是元代剧作家创作上的一个显著特点,此也即王国维所说的"以自娱娱人"②。

　　另一方面,钟嗣成以"戏玩"说正面褒扬剧作家为"诚绝无而仅有者",也是对传统文论公开冲阵挑战。自宋代理学始祖周敦颐(1017—1073)提出"文所以载道也"③,文以载道——即为封建政治、伦理、教化服务,便成为理学家对文艺的唯一要求。曾向周氏问学的北宋理学大家程颐(1033—1107)更是将文以载道说的偏执推向极致:

　　　　问:作文害道否?曰:害也。凡为文,不专意则不工,若专意则志局于此,又安能与天地同其大也?《书》云:"玩物丧志。"为文亦玩物也。……今为文者专务章句,悦人耳目。既务悦人,非俳优而何!④

认为文道对立,主张存道斥文。至南宋中叶,陈淳首次将理学家的为文即玩物丧志的文学思想,具体运用于对戏剧的抨击。在他列举的"戏乐"八大罪状中,"二,荒民本业事游观;三,鼓簧人家子弟,玩物丧

①如马致远《荐福碑》、费唐臣《贬黄州》、郑光祖《王粲登楼》及散曲关汉卿《不伏老》、钟嗣成《自序丑斋》等。
②王国维:《宋元戏曲史·元剧之文章》,商务印书馆1944年版,第99页。
③[宋]周敦颐:《通书·文辞第二十八章》,见《周元公集》卷一,《四库全书》本。
④《二程遗书》卷一八,《四库全书》本。

恭谨之志"①,便是明确反对戏剧艺术的娱乐观赏性。所谓"事游观",也即程颐的"悦人耳目";"丧恭谨之志"则可视为"为文亦玩物"在戏剧评论中的体现。

降至元代,北方理学鲁斋学派的创始人许衡(1209—1281)继承先儒衣钵,再次将文以害道与优孟之艺相提并论:

> 文章之为害,害于道,优孟学孙叔敖,楚王以为真叔敖也。是宁可责以叔敖之事? 文士与优孟何异?②

总之,对文艺的美学特性带有深深偏见和轻视的宋元礼法之士,多是从作文害道的观点出发,"否定文学的审美功能"③。

具体到钟嗣成提出"戏玩"说的逆反背景,还有两点值得指出:第一,在语言材料上,这些道学批评家已多将文章(戏乐)与戏玩(玩物)联系起来;第二,在思想观念上,已将致力词章与戏剧(俳优、优孟)悦人联系起来。只是戏玩与戏剧,是分别作为提出论点的否定特性和反面坐标。也正是基于这一点,笔者认为钟氏是以《录鬼簿》向理学之士公开叫阵。这不仅表现在其所推崇的元曲创作本来便为"礼法士所不为"④,不仅表现在对那些"稍知义理、口发善言"的浅薄皮相之士的鄙视,不仅表现在对"以为得罪于圣门"的"高尚之士、性理之学"的无畏,也表现在明确提出了"以文章为戏玩"这一反传统的文学口号。这一口号,与元剧自娱娱人的创作思潮,应该是互为波澜、互壮声势的。而程朱理学自皇庆二年(1313),随着考试制度的恢复已享有"官学之尊"⑤,钟氏的所作所为是颇需一些胆识,甚至要担一些风险的。事实上,他就曾"为评跋上惹是非,折莫("无论"义)旧友新知,才见了着人

① [宋]陈淳:《上傅寺丞论淫戏》,见《北溪大全集》卷四七,《四库全书》本。
② [元]许衡:《语录》,见《鲁斋遗书》卷一,《四库全书》本。
③ 参吕薇芬《〈录鬼簿〉的历史地位》,载《戏曲研究》第二十六辑,文化艺术出版社1988年版。
④ 戴表元在《余景游乐府编序》中,曾以书法中的草体比拟诗歌中的散曲:"草之于书,乐府之于词章;礼法士所不为。"《剡源集戴先生文集》卷九,《四部丛刊》本。
⑤ 参黄俊杰《儒学传统与文化创新》,台北东大图书有限公司1983年版。

笑起"①。只是笑骂由他,我行我素:"吾党且啖蛤蜊,别与知味者道!"
(自序)

四、述其所作 传其本末
——剧学批评体系的初步建立

从纵向的叙述模式来看,钟嗣成《录鬼簿》无愧于一部当代人写的现当代戏剧史的评价②;从横向的论述重心来看,《录鬼簿》又堪称是一部以作家和剧作为聚焦点的剧学批评专著。钟氏以自身在作家论和作品论领域筚路蓝缕的草创,开辟了古典戏剧文学批评学的新天宇。他以"心机灵变、世法通疏、移宫换羽、搜奇索怪"为纲,在戏剧作家创作论方面系统的理论建树,笔者曾有专文予以详论③,此处仅就其戏剧批评学方面的开山伐林之功略作评述。

(一)以作家为纲著录剧目,结束了有史以来有剧目无作家或有作家无剧目的反常现象,开启了科学意义上的戏剧目录学。

远者如汉代《东海黄公》、北齐《踏谣娘》等戏剧雏形不去说它,宋金为中国古典戏剧形成之期,杂剧、院本及南戏皆有相当数量的剧目流传于世。然而关于作者,除了"曾撰杂剧本子"的孟角球④和曾撰《王焕戏文》的黄可道偶被提及外(孟角球是仅提名而未及作品,黄可道名、作双全却是为了骂其"诲淫",可怜其馀作者连此等待遇都没有),其他作者姓氏名号难觅蛛丝马迹。这里既有客观方面的原因,即不少剧作原本便属不详其名的世代累积型民间文艺创作;又受主观因素的影响,如对作家作品地位认识的不同、剧作研究目的的不同以及

---

①[元]钟嗣成:南吕[一枝花]《自序丑斋》。
②李春祥《钟嗣成〈录鬼簿〉对戏剧史的贡献》认为此书是"元代戏曲家写的当代杂剧史",见《元杂剧论稿》,河南大学出版社1988年版,第35页。
③见拙文《钟嗣成戏曲文学创作论新探》,载《戏曲研究》第二十六辑,文化艺术出版社1988年版。
④[宋]灌圃耐得翁:《都城纪胜·瓦舍众伎》,中国商业出版社1982年版,第9页。

剧学思想的不同等。但是无论如何,《录鬼簿》有意识地将作者与作品直接联系在一起,是戏剧学的历史性进步,既有助于后人了解戏剧史真相,也为后世的作家作品综合研究提供了可能。虽然就其主观而言是论作家兼及剧作,即首重"传其本末"而次及"述其所作",但在客观上却开创了戏剧目录学的研究领域。亦惟其主观如此,故凡无名氏剧目一概不予著录。如果说这是缺陷,也是由《录鬼簿》首重作家的特点而必然带来的,对此不宜厚非。

（二）人名下所附小传,既有基本的字号、籍贯、履历、职官的交待,又能扣住传主的剧作家的身份特点,介绍其资质、才能、风度、性格。

仅以"传其本末,吊以乐章"的全书重点所在"方今已亡名公才人余相知者"所涉 16 位剧作家看①,除金仁杰小传主要是叙两人交情,其馀诸位或多或少皆有作家主观特点的描述。为求直观,列表如下:

特点 / 人名	心 性	资 质	风 范	音乐（律）
宫天挺	志在乾坤外	当今无比英才		
曾 瑞	志不屈物,不解趋承		神采卓异如神仙中人	
郑光祖	为人方直	锦绣文章满肺腑		
乔 吉	威严自饬人敬畏		美容仪	
黄天泽	咄咄书空		风流才调真英俊	
范居中	大言矜肆	精神秀异		善操琴
鲍天祐	簿书之役非其志,视荣华总是干忙			谈音律占断排场
陈以仁	不求闻达		待客潇洒无难色	善讴歌

①据朱权《太和正音谱》,范居中、施惠、黄天泽、沈拱曾合撰《鹔鹴裘》,《中国古典戏曲论著集成》第三册,中国戏剧出版社 1959 年版,第 40 页。

特点 人名	心 性	资 质	风 范	音乐（律）
沈 拱	不能俯仰	天资颖悟	文质彬彬	
范 康		天资卓异		通音律
沈 和			天性风流	明音律
施 惠			巨目美髯好 谈笑	
赵良弼		文才宿世天资	风流酝藉	
睢景臣		心性聪明		酷嗜音律
周文质		资性工巧	性尚豪侠，好 事敬客	明曲调、谐 音律

仅由以上表格化的文字所示，钟嗣成所撰写的已不是一般意义上的人物小传，亦非普通的文学家小传，而是具有一定理论内涵、具体鲜活的元代戏剧家小传。心性、资质、风范和音乐音律这四个关注点，是其戏剧学思想在曲家小传撰写上的具体显现。如对第一类的重视，实根源于钟氏对剧作家"职位不振"的同情及对正统社会的叛逆；第二类的强调，更是与礼法士对剧作家的歧视、贬低唱反调；第三类描述的正是以文章为戏玩的元曲作家的特有风采；第四类表现出对戏剧创作相关才能的提倡及对戏曲艺术音乐特点的体认。

（三）在撰述中所运用的批评武器、在著录中所体现的批评意识，显示出钟嗣成是一位颇富新见卓识的戏剧批评家。

分析钟嗣成剧学批评实践中所采用的方法、所使用的词汇，可以大致梳理、归纳出他的戏剧学思想和戏剧美学观念，主要有这样几个方面：

1. 对关汉卿的推崇。在钟氏心目中，一代戏剧伟人关汉卿有着崇高地位。关氏不仅以剧作最丰而雄居"前辈已死名公才人有所编传奇行于世者"之首，而且在钟氏看来，他犹如一座辉映众生的灿烂灯塔，一个能照亮他人成就的辉煌星座。如《录鬼簿》所记高文秀"都下人号小汉卿"(见明天一阁抄本),杨显之"与汉卿莫逆交",沈和"江西称为蛮子关汉卿",既是关汉卿历史地位的如实写照,也说明他在著述者心中的分量。对关汉卿在元杂剧中至高无上的位置,今天是无人置疑了;但在明清两代,却认同者甚少,诟病者甚多,如明初朱权的关氏"可上可下之才"说①、明中叶何良俊的关曲"激厉而少蕴藉"说②以及诸多论者在《西厢记》"王作关续"说中流露出的扬王(实甫)抑关之见等皆是。直到王国维于《宋元戏曲史》中评价"关汉卿一空倚傍,自铸伟词,而其言曲尽人情,字字本色,故当为元人第一"③,历史才又重新回到它的起点。

2. 对剧作创新的强调。钟氏非常重视戏剧创作的出新出奇,所下评语、吊曲涉及新奇的词语如"一下笔即新奇"、"惟务搜奇索古"、"一篇篇字字新"、"文笔新奇"等,不绝于目,评散曲亦有"制作新奇"、"发越新鲜,皆非蹈袭"诸语。元曲创作发展至钟嗣成时代,已经是后学纷起了,而后学者最易走的"捷径"便是模仿前人。但一味地模仿而无创造,必然导致艺术生命的衰竭。钟氏希望通过编著此书而使"初学之士"能够"冰寒于水、青胜于蓝"(自序),与其流贯全书的鼓励创新、反对蹈袭的戏剧美学思想,是一脉相通的。

3. 对戏曲语言的要求。从谐音合唱的角度论,钟氏主张剧作应对音律"讲"、"明"、"通"、"谐";从文辞风格角度论,他既爱"华丽"、"骈丽",亦喜通俗率真。如吊宫天挺"更词章压倒元、白",吊沈和"一曲能传冠柳词",对元曲家继承唐代元稹、白居易新乐府通俗晓畅和宋代柳永词作由雅转俗的创作风尚④并取得更高成就,给予了充分的肯定。过去学术界包括笔者未注意这两句吊词的理论内涵,多认为钟氏

---

①[明]朱权:《太和正音谱·古今群英乐府格式》,《中国古典戏曲论著集成》第三册,第17页。
②[明]何良俊:《曲论》,《中国古典戏曲论著集成》第四册,中国戏剧出版社1959年版,第6页。
③王国维:《宋元戏曲史·元剧之文章》,商务印书馆1944年版,第105页。
④章培恒、骆玉明主编《中国文学史》指出元、白乐府诗语言特点是"平易通俗",柳永词"善于运用口语俚句",分见复旦大学出版社1996年版,中册,第173、367页。

曲学论词章只强调文采①。其实,如果着眼于全书,从总体来看,钟氏是文、俗兼顾的。即使落眼于元代中后期曲坛,创作上亦并非皆主文采清丽,钟氏本人的散曲语言便是"雅""俗"并具、不拘一格②;而同期"方今才人相知者"杂剧作家中的优秀人物,如秦简夫、萧德祥,仅从所作剧名来看,显然走的仍是"文辞本色"、"俚俗朴劲"一路③。

4. 对节要大概的留心。作为一位开辟剧学研究新领域的批评家,钟嗣成难能可贵的是,他并不是将评论的眼光仅仅投注于戏剧的语言一面,而是有着较为广泛的剧学视角。如评金仁杰剧作,认为其"大概多有可取";叙与鲍吉甫论剧,"余与之谈论节要,至今得其良法"。所谓戏剧"大概"、"节要"的良法,当是以剧本情节结构为主要内容的编剧法;再如指出郑光祖的美中不足是"惜乎所作,贪于俳谐,未免多于斧凿",当是惋惜作家为迎合观众对插科打诨的逗笑情节的偏爱而做人为过量的硬性的戏谑性穿插,有明显的刻意造作之迹,即是"为了喜剧的情节而牺牲了自然美的原则"④。上引诸论,虽多语焉不详,但戏剧观念、评论标准已经包括了戏剧特有的情节、结构诸法,应该是没有太多疑问的。

作为本文结语,尚有如下交待:《录鬼簿》的剧学奠基性,首先表现在戏剧文学观念的觉醒。只有到了钟嗣成这里,戏剧文学的创造者——剧作家和戏剧文学本身——剧本,才得到戏剧学家的全面认同,才被当作戏剧艺术最基本最重要的部分载入典籍。没有这种观念和意识,明清剧学的发展都将无从谈起。其次,作为古典剧学的奠基之作,《录鬼簿》不是一部直述理论的概论型著作,而是一部运用理论的批评型著作。所运用的理论,有的在自序、类跋中已作阐述,有的则

---

①王季思《谈〈录鬼簿〉》:钟嗣成"追求工巧、骈丽,这些可以看出元曲后期作家的风气",见《玉轮轩曲论》,中华书局1980年版,第125页;王严《评钟嗣成的〈录鬼簿〉》:"钟嗣成提倡曲词骈丽、工巧,这是南方杂剧家所崇尚的艺术风格。"河南《戏曲艺术》1983年增刊第2期;陆林《试论周德清为代表的元人戏曲语言声律论》:"这种偏于文的文俗论,在同时的钟嗣成……那里,也得到了积极的响应。"《戏曲研究》第四十五辑,文化艺术出版社1993年版。
②参李昌集《中国古代散曲史》,华东师范大学出版社1991年版,第595页。
③刘大杰:《中国文学发展史》,上海古籍出版社1982年版,第879、881页。
④林同华:《中国古代戏剧美学思想的发展述评》,见《中国美学史论集》,江苏人民出版社1984年版,第271页。

在具体著录或个案评析中予以表露。故其理论系统,需要后人细心审慎地发掘归纳。其三,《录鬼簿》的剧学奠基性,不仅表现为其剧学思想已然具有一定的系统性,更主要的是表现为对剧学研究和剧学批评的格局、框架的设立。以作家和剧目为中心,去评价创作的得失、剧作的优劣,在后世戏剧学领域里是占有半壁江山的显宗,数典寻祖,必然在《录鬼簿》及其作者这里发现源头。如果借用元人有关话语来评价,那就是:《录鬼簿》在戏剧学上的独特创造堪称"古怪新奇"①,钟嗣成对戏剧学的卓越贡献可谓"德业辉光"②。

　　(原载于《艺术百家》1998 年第 3 期,人大报刊复印资料《中国古代、近代文学研究》1998 年第 11 期转载)

---

① [元]邵元长:[湘妃曲]赠钟嗣成,《中国古典戏曲论著集成》第二册,第 139 页。
② [元]朱凯:《录鬼簿》后序,《中国古典戏曲论著集成》第二册,第 138 页。

杨维桢戏剧序跋新论

　　无论是着眼于文坛,还是注目于剧坛,在元代末期,有一人绝对是举足轻重、不可漠视的。他"学问渊博,才力横轶,掉鞅词坛,牢笼当代"①:在文学上,致力于古乐府诗创作,开创了奇崛瑰丽的"铁崖体"诗风②,一时承学者众;在戏剧上,不仅有口自吹曲、身自教舞的艺术实践,不仅在末期所有剧学家中堪称师长、影响众人,而且撰写了一批较受后人重视的戏剧序跋体论文。其文数量之多,在元代戏剧学史上,只有前期的胡祗遹可与之相提并论。此人,便是被清代四库馆臣誉为有"横绝一世之才"③的杨维桢。

　　杨维桢,字廉夫,号铁崖、铁雅、东维子、铁笛道人等,诸暨(今属浙江)人。生于元成宗元贞二年(1296),享年75岁。著有《春秋合题著说》、《史义拾遗》、《东维子文集》、《铁崖古乐府》、《复古诗集》、《丽则遗音》等(参见《四库全书总目》有关提要)。

　　纵观杨维桢一生,履历上确可"以五十岁为界"④分为前后两期。前期未中试前不去管它,举进士后约20年间,从政时多,在野时少,虽官阶不显,却有职在肩;后期约25年间,从政时少,在野时多,浪迹于东南水乡,可谓横笛游吴越,携伎走江浙⑤,有关戏剧散曲的序跋便多

①[清]钱谦益:《列朝诗集小传》甲前集,上海古籍出版社1983年版,第20页。
②《明史》卷二八五《本传》:"诗名控一时,号铁崖体。"中华书局1974年版,第7309页。
③《四库全书总目》卷一六八《铁崖古乐府》提要,中华书局1987年版,第1462页。
④参陈书录《杨维桢——明代诗文逻辑发展的起点》,载《南京师大学报》1995年第3期。
⑤[元]杨维桢《风月福人序》:"吾未七十,休官在九峰三沜间殆且二十年,优游光景,过于乐天。有……桃叶、柳枝、琼花、翠羽为歌歈伎。"《东维子文集》卷九,《四部丛刊》本。

写于此时。其前后思想的大致特点，诚如学界所指出的那样："前期倾向于崇儒尚理、忠君忧国，后期侧重于尊情尚俗，乃至于任性放纵"①，确为识者之论。当然前期并非没有尊情尚俗的一面，如最能表现其对自然的追求、对食色的肯定等"世俗情趣"②的古乐府诗，便主要写于50岁之前③；后期也非没有忠君忧国的一面，如至正八年（1348）曾嘉许天台李廷臣"虽在布衣，忧君忧民之识时见于咏歌之次"④，实为夫子自道。因为他毕竟不能超脱出这个"寇盗日横，楮币日塞，民日不聊生"⑤的时代。或者说，由于维桢"所处的时代是复杂的，其经历、思想也是复杂的"⑥可能更恰切一些。从某种程度上说，其戏剧学的有关论述也构成了一种思想矛盾体。

一、元曲源流论

对新兴文艺样式"今乐府"——元曲，杨维桢在撰于至正七年（1347）的《周月湖今乐府序》这篇重要曲论中，一方面以肯定的语气论说"词曲本古诗之流"。所谓"古诗"，即是以《风》、《雅》为代表的诗三百等古代民歌，所以又说："既以'乐府'名编，则宜有《风》、《雅》馀韵在焉。"⑦这种以古诗为标准来评价今曲的批评方式，是与其古乐府创作以"复古"为号召完全一致的。以《诗经》为北曲之源，确实是"对于元代新兴的、活泼而自然的戏曲给予高度的评价"⑧，有助于肯定元曲的价值和地位。但是，杨氏又同时反对北曲创作"逐时变、竞俗趋，不

---

① 参《杨维桢——明代诗文逻辑发展的起点》。
② 陈建华：《中国江浙地区十四至十七世纪社会意识与文学》，学林出版社1992年版，第38页。
③《铁崖先生古乐府》编成于至正六年（1346）51岁时，见编者吴复序。
④［元］杨维桢：《李仲虞诗序》，见《东维子文集》卷七。
⑤［元］杨维桢：《送庆童公翰林承旨序》，至正十五年（1355）撰，见《东维子文集》卷二。
⑥ 陈建华：《中国江浙地区十四至十七世纪社会意识与文学》，第39页。
⑦［元］杨维桢：《周月湖今乐府序》，见《东维子文集》卷一一。
⑧ 陈建华：《论杨维桢的戏曲理论与实践》，载《复旦学报》1984年第6期。

自知其流于街谈市谚之陋",则是对元曲"活泼而自然"的民间文艺风格的明确抵制,从而使自己在元曲源流论的评价上处于一种相互冲突的境地。如果无视这一点,不能不说是对杨氏元曲源流论认识上的偏差。

其实,杨维桢对北曲创作"逐时变、竞俗趋"的批评,不仅与自身古乐府尊情尚俗的内在精神和审美情趣相抵牾,而且与其远离"雅正"的诗句风格相矛盾。明代胡应麟(1551—1602)《诗薮》就曾指出杨氏《香奁八咏》"是曲子语约束入诗耳,句稍参差,便落王实甫、关汉卿"①。从元代戏剧学史的角度看,则是从元代前期胡祗遹"乐音与政通,而伎剧亦随时所尚而变"②的著名论断的倒退。

此外,杨维桢以古诗为今曲之源,有时也暗含着不满的意味。如他给《渔樵谱》作序时,就曾这样说过:

> 诗三百后,一变为骚赋,再变为曲引、为歌谣,极变为倚声制辞,而长短句、平仄调出焉。至于今乐府之靡,杂以街巷齿舌之狡。诗之变,盖于是乎极矣!③

对今乐府——元曲豪辣灏烂、奔纵恣肆的艺术品格,对它的天然机趣、世俗情味的语言形式,分别以"靡"和"狡"相概括,贬意也自在其中了。但是考虑到这是一篇为"遗山天籁之风骨、《花间》镜上之情致,殆兼而有之"的词集作序,美学观点之偏于雅正,还是合乎情理的。

最能体现杨维桢元曲源流论的矛盾心态之处,是至正十二年(1352)为吴兴沈子厚散曲所撰序文的开篇语:

> 或问:《骚》可以被弦乎?曰:《骚》,《诗》之流。《诗》可以弦,则《骚》其不可乎?或于曰:《骚》无古、今,而乐府有古、今,何也?曰:《骚》之下为乐府,则亦《骚》之今矣。然乐府出于汉,可以言古;六朝而下皆今矣,又况今之今乎?吁,乐府曰"今",则乐府之

---

① 陈衍:《元诗纪事》卷一六,上海古籍出版社1987年版,第376页。
② [元]胡祗遹:《赠宋氏序》,见《紫山大全集》卷八,《四库全书》本。
③ [元]杨维桢:《〈渔樵谱〉序》,见《东维子文集》卷一。

去汉也远矣！①

这段文字，语句似乎有些绕人，其实旨在"论次乐府之有古、今"。其观点不外是：《诗经》之流为《楚辞》，《楚辞》之流为汉魏古乐府，古乐府之流则为今乐府即元曲。这段话主要是从可以"被弦"人乐的特点来总结从诗三百到元曲的艺术特性，从而论定了《诗经》是元曲的远源。但是在所举的文体中，他最为推崇并竭力倡导的是古乐府。早年与李孝光倡和此体，"泰定文风为之一变"②，是令其颇为自豪的。一时间"吾铁门称能诗者，南北凡百馀人"③。然而除了盟主本人之外，毕竟没有堪称大家之士，难以与盛行当时、有"一代词伯"参与其事的今乐府相抗衡。所以对于元曲，既肯定它源于《诗经》、源于乐府的高贵血统，又要挑它"去汉也远"、"街谈市谚"的毛病。从"乐府曰'今'，则乐府之去汉也远矣"的慨叹中，表面上似乎是说今乐府不如古乐府；其实，序中"杨、卢、滕、李、冯、贯、马、白，皆一代词伯而不能不游于是"诸语，已实实在在地展露出一位在客观上认识到新兴元曲的历史地位和存在价值、主观上又受制于自身的创作思想和复古追求的诗人，在古乐府不敌今乐府时的无奈和失落。

二、戏剧本体论

在杨氏之前的元代戏剧学史上，关于什么是戏剧的问题，不能说无人思考过。前期胡紫山《赠宋氏序》对何谓"杂"剧的解释，中期虞集对"杂剧"的有关论断④，都曾涉及到这一问题，但皆不如杨维桢诸论完备或全面。他在至正六年（1346）给剧作家钱塘王晔《优戏录》写

①［元］杨维桢：《沈氏今乐府序》，见《东维子文集》卷一一。
②［元］杨维桢：《潇湘集序》，见《东维子文集》卷一一。
③［元］杨维桢：《可传集》序，见袁华《可传集》卷首，《四库全书》本。
④［元］孔齐《虞邵庵论》引虞集语："所谓杂剧者，虽曰本于梨园之戏，中间多以古史编成，包含讽谏，无中生有，有深意焉。"《至正直记》卷三，中华书局1987年版，第96页。

过一篇序文,文字稍长,略引如下:

> 侏儒奇伟之戏,出于古亡国之君。春秋之世,陵轹大诸侯,后代
> 离析文义,至侮圣人之言为剧,盖在诛绝之法!而太史公为滑稽者
> 作传,取其谈言微中,则感世道者深矣!钱塘王晔,集历代之优辞有
> 关于世道者……凡若干条,太史公之旨,其有概于中者乎?……观
> 优之寓于讽者,如漆城、瓦衣、雨税之类,皆一言之微,有回天倒日
> 之力,而勿烦乎牵裾伏蒲之劝也。则优戏之伎虽在诛绝,而优谏
> 之功岂可少乎?……至其锡教,及于弥侯解愁,具死也,足以愧北
> 面二君者,则忧世君子不能不三喈于此矣![①]

此时的杨维桢已 51 岁,他以"忧世君子"自居,摆出一副卫道者的模样,对敢于离析儒学经典、调侃戏弄圣人的优伶,斥以"盖在诛绝之法",较之元律"诸乱制词曲,为讥议者,流"[②]、明律"凡乐人搬做杂剧戏文,不许妆扮……先圣先贤神像,违者杖一百"[③],远为严厉。但值得注意的是:他对什么是"优戏"的认识,是从"伎"艺和"功"能两个方面来评价的。只可惜过于强烈的忧世意识,使之对"优谏之功"强调太过,而对"优戏之伎"贬之太甚。殊不知"诛绝"了戏之伎,谏之功又将焉存?

至其晚年,曾给傀儡戏下过一个定义:"引以人音,至于嬉笑怒骂,备五方之音,演为谐诨咽哑而成剧者。"[④]这是一个偏重于艺术形式的定义,认为戏剧(广义的)就是由演员表演嬉笑怒骂各种情感和谐诨咽哑各种动作;但在同篇文章中,他又指出"俳优侏儒之戏"高于百戏之处,是在于"或有关于讽谏而非徒为一时耳目之玩",这是一个偏重于表现内容的说法,显示出戏剧学家对戏剧的社会功能和思想倾向的关注。在此序中,"耳目之玩"与"讽谏所系"已非对立不可并存,或者说已看出讽谏之功便系于耳目之玩中,但两者的理论联系在论述上还不

---

①[元]杨维桢:《〈优戏录〉序》,见《东维子文集》卷一一。
②《元史》卷一〇五《刑法》四《禁令》,中华书局 1976 年版,第 2685 页。
③《大明律讲解》卷二六《刑律杂犯》,《元明清三代禁毁小说戏曲史料》,上海古籍出版社 1981 年版,第 11 页。
④[元]杨维桢:《朱明优戏序》,见《东维子文集》卷一一。

是紧密无间的。

最能体现杨维桢戏剧本体观的,是他对关汉卿、庚吉甫杂剧创作总体特征的概括:

> 其于声文,缀于君臣、夫妇、仙释氏之典故,以警人视听,使痴儿女知有古今美恶成败之劝惩,则出于关、庚氏传奇之变。①

在他看来,所谓戏剧,就是作家进行剧本创作,将声律、文辞与一定的故事情节相连缀、相配合,也即是借助声律文辞等手段表现特定的"典故",通过刺激欣赏者的视听感官,使之了解历史的盛衰成败,感受人生的美丑善恶。

杨氏这段话,涉及到作家、剧本、戏剧功能、传播方式、接受对象等本体论要素,作为文学性的戏剧定义,其理解还算是比较全面的。尤其是明确将普通观众——"痴儿女"视为戏剧欣赏的主体、戏剧作用的主要对象,其理论的鲜明性,可以说是前无古人的。所谓"痴儿女",就是那些在剧场内"层层叠叠团圞坐"②的构栏观众们,也是那些昼观"聚嬉"、纷然"浪悲"的街头看客们③。正是他们,奠定了元剧繁荣最为广泛的群众基础。在理论上视之为戏剧作用的当然对象,在戏剧学史上始自杨维桢。

但是,其戏剧本体论也有先天性缺陷。从戏剧学体系看,作家(剧本)和观众,皆在其论述范围之内;唯有演员在剧本与观众之间的桥梁作用,已逸出其理论视野。好像观众只要直接面对缀于典故的声文而无需艺人的搬演便可接受视听之警。这不知是否为明代杂剧案头化的先声,但却是因忽略了戏剧艺术鼎足之一演员的作用,而成了一个纯文学化的戏剧本体论。从本体论内部看,劝惩讽谏念念不忘,娱乐消遣("耳目之玩")罕见论及;"警人"强调太过,"娱人"重视不足。尽管杨维桢对劝惩、讽谏的大力张扬自有其历史、时代和个人的原因在,

---

① [元] 杨维桢:《沈氏今乐府序》,见《东维子文集》卷一一。
② [元] 杜仁杰:《庄家不识构栏》[耍孩儿五煞]。
③ [元] 赵半闲:《构栏曲》,见《皇元风雅》前集卷四,《四部丛刊》本。

也有其理论提出的实践意义;但是对元曲"自娱娱人"①的忽略和无视,却与论者本人同期"耽好声色"②的生活经历和"声伎高宴"③的艺术实践是颇相径庭的。这种理论与实践的悖反现象,或可对照其后期忠君忧民与任情放纵的思想矛盾来体味;但笔者倾向于这样的看法:"老子之疏狂"④的表面,难掩其"忧世君子"的内心。起码在其戏剧学思想中,忧世意识占了娱玩意识的上风。

三、元剧时代特征论

对当代戏剧——元曲创作的研究,在论述范围上杨维桢并没有超出前人的话题,但在具体观点上却与前人大唱反调。所谓"前人",在此处是确指的,就是《中原音韵》及其序文的有关作者,而话题就是元曲创作是何种时代的产物。周德清《中原音韵正语作词起例》第22则,在论说南宋戏文如《乐昌分镜》之类"总亡国之音,奚足为明世法"之后,谈到了元曲创作所反映的时代性质:"惟我圣朝兴自北方,五十馀年,言语之间,必以中原之音为正,鼓舞歌颂,治世之音。"⑤明确提出元曲为鼓舞歌颂的治世之音。此论一出,应者甚众。其友罗宗信序《中原音韵》即云:"北方诸俊"新声一作,"实治世之音也"⑥;七十老人虞集也认为"北乐府"是"足以鸣国家气化之盛"的"正声","凡所制作","一洗东南习俗之陋"⑦。杨维桢却对这些论点深不以为然,他尖

---

① 王国维:《宋元戏曲史·元剧之文章》,商务印书馆1944年版,第99页。
② [元]陶宗仪《金莲杯》:"杨铁崖耽好声色,每于筵间,见歌儿舞女有缠足纤小者,则脱其鞋载盏以行酒,谓之'金莲杯'。"《南村辍耕录》卷二三,中华书局1959年版,第279页。
③ 杨维桢《风月福人序》:"东诸侯如李越州、张吴兴、韩松江、钟海盐,声伎高宴,余未尝不居其右席。""东诸侯"系指张士诚驻扎各地的诸将。
④ [元]陶宗仪:《金莲杯》,见《南村辍耕录》卷二三,第279页。
⑤ [元]周德清:《中原音韵》,《中国古典戏曲论著集成》第一册,中国戏剧出版社1959年版,第219页。
⑥ [元]罗宗信:《中原音韵序》,《中国古典戏曲论著集成》第一册,第177页。
⑦ [元]虞集:《中原音韵》序,《中国古典戏曲论著集成》第一册,第173页。

锐地指出,如果对关、庾氏所撰的以警人视听、使痴儿女感受古今劝惩的杂剧创作,"或者以为'治世之音',则辱国甚矣!吁!《关雎》、《麟趾》之化,渐渍于声乐者,固若是其班乎?"这里虽然没有点名批评,但矛头所向,应该是明显不过的事情。

对杨氏"其于声文……则出于关、庾氏传奇之变"的剧论,凡论及元代曲论者,均给以高度评价;而对"传奇之变"后的上引诸语,却未见有人论及。然而,如果忽略了这后一段话语,便难以全面理解或准确认识杨氏戏剧学的矛盾意识。细究其反对元剧为"治世之音",大约是基于两种观点:

一是认为以关、庾氏传奇为代表的元剧创作,从剧情上看反映的不是治世的盛景,内容上的劝惩性、批判性,不应是国泰民安时所应有的产物。如果说它是治世之音,则是对国家的严重侮辱。庾天锡剧作均已散佚不便评说①,关汉卿现存诸剧,不论是从总体倾向上来说,还是就其代表作来论,若说是"治世之音",确实是莫大的嘲讽。

一是认为关、庾氏"以警人视听"的戏剧创作,从美学风格上看与传统的治世之音凿枘不合。所谓"《关雎》、《麟趾》之化,渐渍于声乐者",指的便是真正的治世之音教育、影响人的方式:"渐渍"——浸润、渍染和感化。这两句话根源于汉代《毛诗序》,上句为原文照引,下句是化用其意。上句是《毛诗序》在解释为什么《关雎》、《麟趾》皆列于《国风·周南》时所言:"《关雎》、《麟趾》之化,王者之风,故系之周公;南,言化自北而南也。"《麟趾》即《周南》最后一篇《麟之趾》,《诗小序》认为它与首篇《关雎》遥相呼应:"《关雎》之化行,则天下无犯非礼,虽衰世之公子皆信厚如麟趾之时也。"而下句"渐渍于声乐"大约化用的是"《关雎》,后妃之德也,风之始也。……风,风也,教也;风以动之,教以化之……情发于声,声成文谓之音:治世之音安以乐"诸句。两句共同表达了这样的思想:真正的治世之音,是像歌颂贤淑后妃、仁德公子的关、麟那样,以安而乐的平和风格,对人民起到风教感化作用。而在杨氏看来是以警人为特征、以劝惩为目的的元剧创作,"固若是其班

---

① 然其《玉女琵琶怨》、《列女青绫台》、《隋炀帝游幸锦帆舟》、《杨太真浴罢华清宫》诸剧当分属怨世、讽世、刺世之作。

乎?"怎么可以被同样称为是"鸣国家气化之盛"的"治世之音"呢?

那么,元剧创作究竟体现了怎样的时代之音? 杨维桢没有(或许是不便)明说,但从《毛诗序》中仍不难找出答案:

> 治世之音安以乐,其政和;乱世之音怨以怒,其政乖;亡国之音哀以思,其民困。……至于王道衰,礼义废,政教失,国异政,家殊俗,而变风、变雅作矣。

所谓风、雅之"变",指的是"时世由盛变衰,政教纲纪大坏"①,杨维桢"关、庾氏传奇之变"的变,即与此同义。其表面上是说关、庾氏剧作为今乐府之变,实质上是沿用《毛诗序》之意,说明关、庾所作反映了"王道衰,……家殊俗"的社会现实。鉴于其归纳的劝惩、警人的美学风尚与"怨以怒"最为接近,其潜台词当是以"乱世之音"来评价以关、庾氏戏剧创作为代表的元剧时代特征。

杨维桢元剧创作非"治世之音"说,不仅见解的深刻性是前无古人的,直接启示着今人的研究;而且其准确性也高出"北方诸俊"所作皆"治世之音"的笼统提法。面对大致相同的研究对象而得出尖锐对立、完全相反的结论,当主要是时代的差异所造成的。罗、虞序书身处"天下治平"之时②;维桢撰此文乃是"民日不聊生"的乱世之秋。时代不同,感受也就各异。而维桢能将异于前人的感受用"辱国甚矣"的激烈言辞表达出来,又自有其个人的原因在。其性格遭际,友人的总结是"数奇谐寡"③,史传的评价是"狷直忤物"④,反对者言其"志过矫激"⑤,自叙则是"余性急率"⑥。无论是"谐寡"、"狷直"、"矫激"还是

①郭绍虞主编《中国历代文论选》第一册第66页"变风变雅"注,上海古籍出版社1979年版。在《国风》中,一般认为《邶风》以下十三国风为变风,即为《周南》、《召南》等正风之变。

②[元]虞集《中原音韵》序:"方今天下治平,朝廷事必有大制作,兴乐府以协律。"《中国古典戏曲论著集成》第一册,第173页。

③[明]宋濂:《杨公墓志铭》,见《国朝献征录》卷一一五,上海书店1987年版,第5054页。

④《明史》卷二八五《本传》,中华书局1974年版,第7308页。

⑤欧阳玄荐其修史,"司选曹者"反对曰:"杨公虽名进士,有史才,其人志过矫激。"见杨维桢《上宝相公书》,《东维子文集》卷二七。

⑥[元]杨维桢:《吴君见心墓志铭》,见《铁崖先生古乐府》附,《四部丛刊》本。

"急率",发为剧论,自然容易表现为剀切率直、慷慨激烈。

但是,杨氏的反"治世之音"说,与其说是对关、庚剧作的"赞扬"①,毋宁说再次反映出其戏剧学思想的矛盾意识:从戏剧与时代的关系论,在乱世之秋戏剧确应以劝惩的内容去警人视听;从乐府的传统论,警人劝惩的美学风尚又确与风教化人的遗韵大异其趣。因此,关、庚氏剧作固然有其产生的合理性,但终究只是今乐府的变体而非正体,这恐怕是杨氏有关剧论的本意。而在一位复古诗人的眼中,今乐府已是古乐府之等而下者,更何况今之变乎?

作为一位以"复古"为理论号召、以古乐府为创作专攻的元末文学大家,杨维桢无论是文学思想还是诗歌实践,都在提倡以古体的形式来表现现实,提倡褒贬世道、臧否人心的内容倾向,不是为古而古、无为而作。其门人吴复(约1300—1343)所编杨氏《铁崖先生古乐府》的有关评语,对这种创作倾向多有揭示:

> 上至精卫之古愤,下至刺客之悲歌,而美刺存焉,劝戒彰焉。读者有所感发,则事父事君,而天伦无不厚矣!(卷一总评)
> 盖伤世教之陵替、时事之间关,大而天变,细而民情,微几沉虑,寓于谲讽之中。闻之者可以戒,采之者可以观矣!(卷五总评)

此外,卷六、卷七总评也分别有"其激扬世教,岂小补哉"和"其旨则劝善惩恶,盖亦不无补云"诸语。作为被评者,杨氏曾肯定吴复的"评注"是"能道余所欲言,余善其能知诗"②,可见吴复所言皆为作者心声,是为其所首肯的"知诗"之论。而内容要有美刺、劝戒、天变、民情,但表达则是"寓于谲讽",接受则是"有所感发",仍然是《毛诗序》"上以风化下,下以风刺上,主文而谲谏"、讲究温柔敦厚、委婉规陈的一路③。晚年杨维桢,于至正十九年(1359)为同时的王逢诗集作序时,

---

① 《论中原音韵》:"杨维桢就赞扬关汉卿、庚吉甫两人作品……。"中国戏剧出版社1990年版,第159页。

② [元]杨维桢:《吴君见心墓志铭》。

③ 郭绍虞《中国文学批评史》六七:"由温柔敦厚言,所以重在比兴,重在蕴蓄,重在反复唱叹,重在婉陈,重在主文谲谏。"上海古籍出版社1979年版,第523页。

曾借评杜甫,再次陈述了既要反映、批判现实,又要隐约、委婉地表达之创作观:

> 世称老杜为诗史,以其所著,备见时事。予谓老杜非直纪事史也,有《春秋》之法也:其旨直而婉,其词隐而见。①

所谓《春秋》之法,不仅仅是指通过叙史事来褒贬是非,有批评与表彰,而且是指表达上要曲折婉约。以这样的文学观和美学观来看待元代戏剧,便很难摆脱矛盾的处境:"古今美恶成败之劝惩"固然是古乐府创作和《春秋》笔法题中应有之义,"可被于弦竹"②也使今乐府(北曲)与古诗歌(《诗经》)牵扯上了远缘;但直露斩截的针砭、酣畅俗野的曲风,又是令讲究"《风》《雅》馀韵"的复古诗人难以接受的。从而使杨氏的戏剧学研究时常处于一种低调的论说、保守的评价之状态中。然而,正是在与古诗歌从表现内容、表达方式、美学品格到接受对象的参比对照中,杨维桢对戏剧艺术作出了以声文缀典故、以警痴儿女视听、使知古今劝惩等特性的概括,并对以关、庾为代表的剧作特点以"乱世之音"相暗示。这,无论如何不能不说是元代戏剧学的理论进步,并且是对元代戏剧研究的理论贡献。此外,其直接批评众所周知的元曲"治世之音"说是"辱国之论",亦开戏剧学史上辩争驳难之风,于明代戏剧学的繁荣,影响至深至远。相比之下,其论元曲创作应"文采、音节"兼通③所包含的文律双美思想,尽管最受今人称道,其实只不过是对此前的周、罗、虞诸人有关论点的重复而已。

(原载于《暨南学报》2000 年第 5 期)

---

① [元]杨维桢:《〈梧溪诗集〉序》,见《东维子文集》卷七。
② [元]杨维桢:《周月湖今乐府序》,见《东维子文集》卷一一。
③ [元]杨维桢:《周月湖今乐府序》。

明代前期元杂剧研究论略

　　自明朝建立(1368年)至明宣德末期(1435年)的将近70年间,是元剧研究史的第一阶段。在漫长的明清、近代,尤其是在完整的有明一代,切割下这么一段"古来稀"的时间长度,进行元剧研究的独立考察,主要是出于艺术本身阶段性特点的考虑。这70年,从戏剧史的角度看,元杂剧固然是寿终正寝了,但北杂剧艺术形式在明初仍顺着惯性向前延续,上至王府,下至民间,尚有一批作家热衷于杂剧创作之道。其中,既有由元入明而享年较高者,也有生于元末明初而成名较早者。虽然总的创作成就已难与前朝高峰之作同日而语,但就其风味而言,较之后世的南杂剧,似仍差可视为元杂剧的裔传。从曲学史的角度看,对元剧创作的关爱,并未随着元代戏剧学家的退出历史舞台而终止;相反,明初的有关学者,对前朝艺术的代表依然兴趣不减。他们或以总括集成为追求,或以拾遗补阙为己任;所取得的戏剧学成果,起码在论题的广泛性上,是承继了元代前贤诸作的。换句话说,从戏剧学的实践来论,明初这段时间所取得的成绩,是旧时代的继续,而非新时代的开始。在这一点上,与明中叶传奇的复兴和晚期曲学的繁盛,是有着本质的区别和天然的界限的。

一、元代戏剧学总成:《太和正音谱》平议

　　讨论明代前期元剧研究得失,无论是就时间性,还是就影响力而

言,均要首推朱权所撰《太和正音谱》。

朱权(1378—1448),明太祖朱元璋第 17 子,号涵虚子,别署丹丘先生。初封于大宁,改封南昌;谥"献",史称宁献王。精音律,工戏剧,所撰杂剧今存两种。《太和正音谱》自序于洪武三十一年(1398),作者年方 21 岁。全书两卷,由八个篇幅长短不一的章节组成。其言论较有分量者,在戏剧学的范围内大致可分为创作学、目录学和曲谱学。在这三个部分中,编著者朱权对元代戏剧学在文献上的继承可谓无所不包,下面分论之:

(一)**戏剧创作学**。这在朱氏著作中主要由元剧风格论、曲辞写作论和题材分类论组成。

1. 元剧风格论。平心而论,朱权于风格学上,对元代戏剧的研究颇有独创之处,如其对乐府创作 15 种"体式"的归纳与描述,如其以四字分别代表 81 位曲作家的创作特点,对后人理解元曲风格类型和作家艺术特色,皆具有一定的启发性。尤其是他对元剧名家艺术风格的品评,虽因部分评语流于空泛而今人多有诟病,但也确有少数统摄了作家风神的精品而值得后世借鉴。例如论《西厢记》作者:

> 王实甫之词,如花间美人。铺叙委婉,深得骚人之趣。极有佳句,若玉环之出浴华清,绿珠之采莲洛浦。①

衡之于王作华彩璨然、曲折摇曳的美学风范,"花间美人"之论堪称一锤定音的千古不易之评;再如把马致远介于文采和本色之间的艺术特征,概括成"典雅清丽",在元剧研究史上朱权还是第一人;说关汉卿所作如"琼筵醉客",似也把关氏剧作中历历可见的嬉笑怒骂、挥洒自如、豪辣诙谐、骋情纵恣的神情风貌,勾画出三五分,但是"可上可下"之评,又流露出论者对这种风格的轻视。对照元代曲学著述,还应该指出的是:对众多剧作家予以创作的品评,这种方式用之于戏剧评论并非始于朱权,早在《录鬼簿》"方今已亡名公才人余相知者"类中,所采

①本文所引《太和正音谱》,不一一出注,均据《中国古典戏曲论著集成》第三册,中国戏剧出版社 1959 年版。

用的"传其本末,吊以乐章"的批评方法,可以说是朱氏采用骈散结合的曲品语式的直接启迪者。

2. 曲辞写作论。朱权继承周德清《作词十法》重视审音知律和对偶的曲学思想,在《乐府体势》后"对式名目"中总结出合璧对、连璧对等七种新的对偶名称;而结语所谓"凡作乐府,古人云有文章者谓之乐府,如无文饰者谓之俚歌,不可与乐府共论也"以及《古今群英乐府格势》结语所谓"大概作乐府切忌有伤于音律……大抵先要明腔,后要识谱,审其音而作之,庶不有忝于先辈焉",则是割裂周氏《作词十法》引言而仅更易一二字词。今人据此而视"提出剧作者必须'审音'的主张"是朱权的理论贡献①,恐非确论。至于朱权在曲辞写作上的理论建树,则主要表现在对文辞与音律关系的态度上:"如词中有字多难唱处、横放杰出者,皆是才人拴缚不住的豪气;然此若非老于文学者,则为劣调矣。"对才气横溢、才能超群的剧作家突破格律束缚的欣赏,体现了曲学家对艺术创造性的提倡和对戏曲格律变通性的宽容。

3. 题材分类论。朱权以"十二科"对元杂剧所涉题材的归纳,既非出自凭空想象,也非完全是直面剧作实践而得出的,而是参考了前人尤其是元末夏庭芝的有关成果并重新予以文字上的整饬。如将"十二科"与《青楼集志》②有关论述加以比较,便不难发现两者或字等句合,或意思相近,前后借鉴之迹甚明:

杂剧十二科	青楼集志
一曰神仙道化	神仙道化
三曰披袍秉笏	披秉
四曰忠臣烈士	君臣("君臣如《伊尹扶汤》、《比干剖腹》")
五曰孝义廉节	母子、夫妇、朋友、公吏
八曰铊刀赶棒	绿林
十曰悲欢离合	闺怨
十一曰烟花粉黛	鸨儿花旦

---

① 《明代文学批评史》,上海古籍出版社 1992 年版,第 101 页。
② [元]夏庭芝:《青楼集志》,《中国古典戏曲论著集成》第二册,中国戏剧出版社 1959 年版,第 7 页。

《太和正音谱》沿袭夏庭芝观点处,还可从第七《词林须知》内所云"'杂剧'之说,唐为传奇,宋为戏文,金为院本、杂剧合而为一,元分院本为一,杂剧为一"得到印证,此段话不过是《青楼集志》开篇"唐时有传奇……宋之戏文……,金则院本、杂剧合而为一,至我朝乃分院本、杂剧为二"的删节而已。至于十二科中其馀五科,除了"神头鬼面"确可独设一类,其他如"隐居乐道"、"叱奸骂谗"、"逐臣孤子"、"风花雪月",与上举七类交叉重叠之处甚多,在具体作品实际归类时已很难区分了。

(二)戏剧目录学。朱权在《群英所编杂剧》及"倡夫不入群英"中共著录72位元代杂剧作家所撰546本剧目,与钟嗣成所著相比,人名全不出《录鬼簿》,分明是以之为据①;剧目可能因朱氏所据《录鬼簿》版本与现存各本不同而略有出入②。然《太和正音谱》较钟嗣成退步的是:1.作家排列顺序随意抑扬,2.姓氏多以字号相属,3.人名后无小传,4.剧目多用简名,5.有个别误入之处③。这些都给后人了解、考索元人戏剧创作实绩,带来了人为的障碍。就目录学体例的完备性来看,朱权是有逊于其元代前辈的。

但是,《太和正音谱》在戏剧目录学史上也自有其贡献,这就是该书在剧目类中创设了"古今无名杂剧"一类,在戏剧学的历史上首次将元代及明初"无名氏"所撰剧目110本(其中有少量是作者可考的,此又另当别论)归拢起来,集中著录。在有关剧目的曲学专著中,有意识地专门收入姓名无考者之作,这实在是戏剧目录学意识的一大进步。它对戏剧目录资料记载的完整性、科学性,起到了有益的影响。就元代戏剧的研究来说,我们要深深庆幸这一意识觉醒得尚不为迟:明初

---

① 朱权参考钟氏之作的证据还有《古今群英乐府格势》"已下一百五十人"以董解元为首,并注云"始制北曲",与《录鬼簿》将董列于"前辈已死名公有乐府行于世者"之首,并注"以其创始,故列诸首"相同。

② 如朱氏于赵文宝名下缺《醉写满庭芳》、《村学堂》、《负亲沉子》,秦简夫下缺《天寿太子邢台记》、郑庭玉下缺《奴杀主因祸折福》;而于范冰壶下多出一本与施均美、黄德润、沈拱之合撰的《鹌鹑衮》,此四人皆为杭州人,在《录鬼簿》"方今已亡名公才人余相知者"类联袂而出,必非无因。

③ 如沈和甫下有《潇湘八景》,无论从曲名,还是据《录鬼簿》沈和小传,皆可知其为散套。

之人还来得及将元代此类著作加以追记，使后人对元剧创作总体成就的认识，在现存剧本和《录鬼簿》等书之外，还能得到为数不少的重要补充。

（三）**戏剧曲谱学**。曲谱是古代戏曲填词和演唱时必须遵循的格式规范，在一定的句式、字数的前提下，它受着语言声调和音乐旋律的双重制约。作为一种艺术实践，曲谱由来已久；但见之于曲学家的文字描述或规律总结，则发轫于周德清《中原音韵》。

《太和正音谱》有关曲谱的文字分两块，一是第七《词林须知》内的"乐府共三百三十五章"，一是最后一章《乐府》。前者从题名到细目排列以及小注皆抄自《中原音韵》，是周氏所创牌名谱的原文照录；后者则是对前所列举 335 支曲牌名，按其十二宫调联套顺序，逐一以例曲注明字句格式（正、衬）和正字平仄四声。值得肯定的是，所引例曲不仅用大小字标明曲辞的正、衬，并且在正字下一一注明平仄，为填词唱曲者提供了依谱寻声的粉本样板。从而在周德清《乐府共三百三十五章》仅有曲牌名及排列顺序的牌名谱和《作词十法》"末句"、"定格"中所标示的 68 支末句平仄和 40 支音律格式的基础上，首次具体化为十二宫调 335 支曲牌皆有例曲、有正衬、有声调的格律谱。以具体的例曲代替曲名的罗列，以直观的谱式代替文字的叙述，是朱权戏剧曲谱学对周德清的进步；此外，所涉元剧例曲均标明选自某人某剧第几折，其戏剧文献著录的明确性和细致性，也非前人所能望其项背。

朱权在元剧研究史上的地位可从两个方面来看：其一，在元朝灭亡、明朝初建的这个特殊历史时期，他全盘接收了元代戏剧学文献的重要成果，为后人研究元代戏剧，提供了较易寻觅的丰富资料。《太和正音谱》对元人曲论的集成，除了上述所涉《中原音韵》、《录鬼簿》、《青楼集》等元代曲学三鼎足外，另有戏曲演唱学方面对芝庵《唱论》的大量抄录①、《杂剧十二科》后对赵孟頫论的引述等，这种元代曲学文献的收集汇编之功不可抹杀。其次，朱权将涉及多种子学科的有关文献汇于一书，表现在曲学意识和戏剧研究观念上，又不仅仅是一种

---

①《唱论》共 23 条，《太和正音谱·词林须知》全引 17 条，改动和略去各三条。

集成。《太和正音谱》虽然以曲谱为重点，但广采博纳元代戏剧学大家以毕生精力所著某一方面的曲学专著及有关曲论，实际上显示出集成者的元剧研究观念，已从单一的角度向全面系统的领域迈进。这种曲学角度的广泛性，是任何一位元代戏剧学家所难以比拟的。至于朱权把优伶剧作家斥为"倡夫不入群英"而贬入"异类"，不惜割裂剧目著录体例而另辟一栏，这种天潢贵胄对戏剧艺人的深深鄙薄，与元人胡祗遹、周德清、钟嗣成、夏庭芝的尊重、理解、同情、宽容的态度已相去甚远；在今人梳理元剧研究史时，它不过是提供了一个因皇家偏见导致学术倒退的典型例证，而无任何参考价值了。

二、钟嗣成的嗣续：《录鬼簿》补曲及续编

在朱权张开口袋全面吸纳元代戏剧学文献的同时或略晚，也有曲学家酝酿着对元代有关要籍加以补阙拾遗。这就是针对钟嗣成《录鬼簿》而进行的补撰吊曲和再作续编的工作，续补者一为贾仲明，一为无名氏。

贾仲明（1343—？），淄川（今山东淄博西南）人，号云水散人。明初寓金陵，出入燕王朱棣府邸，甚受称赏。一生创作甚丰，今存杂剧五种。晚年罢笔于剧本写作之后，因见钟嗣成《录鬼簿》仅于"宫大用以下十八人"以［凌波仙］曲吊挽，遂着手增补吊曲，"自关先生至高安道八十二人，各各勉强次前曲以缀之。呜呼！未敢于前辈中驰骋，未免拾其遗而补其缺。以此言之，正所谓附骥续貂云也，愧哉！"①流露出他对曲学前辈的仰慕敬佩和著述作风的虚怀唯谨，时在永乐二十年（1422），贾氏已80高龄。他通过撰补［凌波仙］曲②，表达了对元杂剧的基本看法，主要表现在三个方面：

（一）强调"美"的元剧文学论。贾仲明评价元杂剧，一是重视关目美，他非常注意元剧创作在情节结构方面"布关串目"的技巧工夫，

①［明］贾仲明：《书〈录鬼簿〉后》，《中国古典戏曲论著集成》第二册，第98页。
②本文所引贾仲明［凌波仙］吊曲，不一一出注，均据《中国古典戏曲论著集成》第二册。

提倡要有"运节意脉精"的艺术造诣。他所总结的元剧关目美的几个要点是:"关目真"——内容符合生活真实,情节安排合情合理;"关目奇"、"关目冷"——题材新颖,结构奇巧;"关目风骚"、"关目辉光"——情节结构要有神韵飞扬、生香活色的美学风貌。二是重视语言美,他比较看重语言的文采,赞扬的是"诗词华藻语言佳"、"作词章,风韵美"。但是曲语的文采美既是对生活语言的文学加工,因此要"语言脱洒不粗疏";又是出于自然、流自肺腑的,因此是"珠玑语唾自然流,金玉词源既便有":语言美是自然美与文采美的统一。三是重视声韵美,他所总结的元剧这一方面的成就是:曲调新人耳目,有"黄钟商调新声"即"曲调鲜"的艺术特色;曲调依腔合律、圆转和谐,做到"音律和谐"、"段段和协",从而产生"曲调清滑"的韵律美;曲调浏亮清润,有"敲金句,击玉声"、"音清亮……金玉铿锵"的音乐美感。

(二)强调"善"的元剧功能论。贾仲明十分重视元杂剧的教化功能和社会效果,可以说是元剧研究史上第一位明确提出高台("戏台")教化的曲论家。他有这样两首吊曲:

> 论纲常有道弘仁,捻《东窗事犯》,是西湖旧本,明善恶劝化浊民。
>
> 历像演史全忠信,将贤愚善恶分,戏台上考试人伦。

他认为元剧创作和演出已具备论纲常、分贤愚、全忠信、明善恶的伦理价值,起到了"劝化浊民"和"考试人伦"的高台教化作用,推重的是戏剧功能的伦理学意义及其对时代的道德精神风貌和社会伦理规范的左右力量。贾仲明还指出,优秀的元剧能做到"用舍行藏有道理,贤愚善恶合天地",并能通过具体的事件将一定的历史规律反映出来,从而起到教育作用,即所谓"大都来一时事,搬弄出千载因,辨是非好歹清混":在特定的戏剧情节中,揭示历史的普遍规律("千载因")。这里已经涉及到情节的典型性和艺术的真实性等理论问题,从而在元剧研究中把对善的推崇置于对真的尊重之基础上,应该说是杂剧优秀之作为其理论归纳提供了厚实的土壤。

（三）强调"泰"的元剧发展论。关于元杂剧是在怎样的社会环境中发展起来的，以及繁荣兴盛的原因，贾氏是这样认识的：

> 元贞大德秀华夷，至大皇庆锦社稷，延祐至治承平世，养人才编传奇，一时气候云集。
>
> 元贞大德乾元象，宏文开，环世广。
>
> 秀华治，风物美，乐章兴南北东西。

在他看来，国家的昌盛兴隆、社会的平和安定，是元杂剧得以发展的历史氛围。所谓"盛时人物多才俊"，更是直言太平盛世与戏剧作家的关系。对此，他还有具体的描述：

> 教坊总管喜时丰，斗米三钱大德中，饱食终日心无用，撚汉高，歌《大风》……朝野兴隆。
>
> 元贞年里升平乐章歌汝曹，喜丰登雨顺风调。

"朝野兴隆"在经济上表现为五谷丰登、斗米三钱，作家的境遇自然也是一番美好的景象。他的眼中，剧作家们或者是无忧无虑的风流浪子，如费唐臣的"双歌莺韵配鸳鸯，一曲鸾箫品凤凰。醉鞭误入平康巷，在佳人锦瑟傍"和刘唐卿的"莺花队，罗绮丛，倚翠偎红"；或者是闲极无聊的歌功颂德者，如赵子祥的"一时人物出元贞，击壤讴歌贺太平"和赵明道的"茶坊中嗑，勾肆里嘲，明明德，道泰歌谣"。相对稳定的社会秩序和比较丰足的经济基础——"道泰"，固然是杂剧艺术得以发展和兴荣的必要条件；然而如此高抬社会的太平盛景和元剧作家处境的优裕悠哉，是否残留着更多的应制文臣的庸人之气而非元代现实的客观写照呢？

贾仲明的元剧研究，最有价值的是其戏剧文学论："关目"论对元杂剧的情节叙事性和结构技巧性的审美特征的探讨，是中国古典戏剧学的重大进步。从忽视关目到重视关目，是元剧研究一个历史性的突破；在肯定语言美和声律美的同时，辩证地提出"言词俊，曲调美"的文律双美说,也是对杂剧曲辞创作规律的科学总结。其戏剧功能论和发展论,一方面因探索了元剧艺术的某些规律和特点而具有一定程度的真理性或合理性,另一方面又存在着许多落后的归纳或失真的评价。如功能论中他所理解的历史规律或生活真实,实质上便是那些以儒家思想和封建伦常为核心的天经地义的道理;在发展论中把元代作家风流浪子的侧影当作全身肖像去摹写,把发愤之作当作道泰歌谣去肯定,其实是把自己的人生理想和现实态度,真诚而庸俗地强加给了元代杂剧发展史①。

《录鬼簿续编》一书原本未题撰人,因附存于贾仲明增补吊曲的天一阁藏明抄本《录鬼簿》之后,遂于其作者向有无名氏与贾仲明两说。但是在"没有发现更确实的史料、或是其它的旁证以前"②,学术界多审慎地视之为明初无名氏作。

作者与贾仲明年岁相仿,书约成于洪熙(1425)或宣德(1426—1435)初年。该书之于元代戏剧研究的价值或贡献,主要有三点:

1. 保存了元代中后期戏剧创作的珍贵史料。全书著录元末明初作家71人,杂剧作品156种,元人及其剧作约占半数以上;而其人其作为《录鬼簿》所未载者甚夥,并有70馀种剧本唯赖此书而得存目于后世③,从而成为研究元代后期杂剧创作的"唯一重要史料"④。元末明初一些现有存本的剧目,如《西游记》的作者到底是吴昌龄还是杨景贤,也因有《录鬼簿续编》的详实记载而得到准确的归属。

2. 肯定元代戏剧学家的历史地位。《录鬼簿续编》首次为钟嗣成、周德清、夏庭芝等曲学家正式列传,说明续编作者将曲学研究者与戏剧创作者同样视为应传不朽的不死之鬼,这在戏剧学史上是空前绝后之举。钟、周、夏诸传,虽多据所著序跋编写而成,并或有以讹传讹之处(如云周德清系"宋周美成之后"),然亦不乏新见。如云钟嗣成因

---

① 贾仲明的思想历程和创作倾向,参见拙文《贾仲明》,载《中国古代戏曲家评传》,中州古籍出版社1992年版。

②《〈录鬼簿续编〉提要》,《中国古典戏曲论著集成》第二册,第278页。

③ 参何绵山撰《元明之际的重要戏曲家——贾仲明》,载《戏剧丛刊》(山东)1986年1期。作者认为《录鬼簿续编》为贾氏撰。

④《〈录鬼簿续编〉提要》,《中国古典戏曲论著集成》第二册,第278页。

"数与心违"而"杜门养浩然之志",便首次感受到孟子对钟氏著述的影响;言夏庭芝系出"乔木故家"、杨维桢为其"西宾"(家塾先生),也为其他史料所不载者。此外,为《录鬼簿》题曲的邾经和为《青楼集》作序的张择也皆有传,均有助于研究钟、夏二位的生平或交游。

3.元剧目录学形式上的创新。在对小传及剧目的撰写和记载方面,续编作者不仅继承了钟嗣成所创设的戏剧著录的基本形式,即以人系传、传后附目;而且在剧目的记载上首次努力于题目与正名并举,颇有创造性。如于"故元省掾"燕山刘君锡传后,对其所撰剧目的著录是:

> 东门宴 贤大夫疏广东门宴
> 三丧不举 范尧夫全付麦丹 石梦卿三丧不举
> 来生债 灵昭女显花度丹霞 庞居士误放来生债

第一种是简名与正名相结合,后两种是简名与题目、正名并列。一剧而有简名、正名、题目之分,是宋元杂剧、戏文特有的现象①。注出一剧的题目正名,在元剧目录学上至少有两点意义:元人论及杂剧时,或只提简名,如《中原音韵》所涉者②;或多提正名,如《录鬼簿》通行本所著录者。续编作者在注明简名的前提下,尽量标出其题目和正名,既较仅记简名为规范,也较仅标正名为全面。其次,题目、正名并出,对大量原本已佚的现存剧目③,在进行本事考证时,有着概括内容、揭示线索的重要作用,较之仅有正名或简名者,无疑要方便得多。鉴于描述故事情节、勾稽剧目本事向来是元代剧目研究的重要任务之一,那么由《录鬼簿续编》创立的题目、正名和简名并列的剧目著录法,其实践意义是不可低估的。另外,该书在有名作家之后能将"诸公传奇失

①参徐扶明《元代杂剧艺术》,上海文艺出版社 1981 年版,第 307 至 321 页。
②如《正语作词起例》第十六则"前辈《刷王莽》传奇"、《作词十法》第二"造语""前辈《周公摄政》传奇"、第十定格第六曲[金盏儿]"此是《岳阳楼》头折中词也"。《中国古典戏曲论著集成》第一册,中国戏剧出版社 1959 年版,第 212、233 页。
③据徐扶明《元代杂剧艺术》第 30 页统计,元人作剧已知者约七百三四十种,现存剧本连有残曲者在内,仅有二百三十七种。

载名氏并附于此",更是对《录鬼簿》以人系传附目体例的重大突破。虽此举首创者当为朱权,然续编作者能在《录鬼簿》旧有格局下加以仿效,其破旧立新的学术努力,便显得分外可贵。

明初学人对元代戏剧学的继承和对元代戏剧的研究,成绩和局限均十分明显。对元代曲学文献的全面接收、对元代曲学家列传表彰,足见明初曲学观念的兼容并蓄;将无名氏之作不约而同予以著录采纳,对曲牌格律谱以标注例曲的方式予以具体描述,对元剧作家在布关串目、运节意脉方面所取得的成就予以好评,对元剧作家、剧目的历史文献予以拾遗补缺,也无不显示出元剧目录、格律、创作和文献整理等戏剧学领域的进步或深化。而在杂剧繁荣原因探讨中充斥着的"杂剧者太平之胜事,非太平则无以出"①、"承平世养人才编传奇"②以及对皇府"宠遇"、"宠爱"、"礼重"、"恩赍"的津津乐道③,既是元代虞集、罗宗信、周德清"治世之音"说的隔世馀响,也是明初强调声教、乐治的特殊政治背景之下的必然产物④。此外,从纵向考察,明初曲学家对元剧研究虽在艺术认识上有一定进步,但在思想认识上表现出的退步迹象也较明显。在回首明初70年元剧研究史时,这些也是不应忽略的问题。

(原载于《河北学刊》2000 年第 1 期)

---

① [明]朱权:《太和正音谱·群英所编杂剧》结语,《中国古典戏曲论著集成》第三册,第43页。

② [明]贾仲明:《录鬼簿》补曲,《中国古典戏曲论著集成》第二册,第202页。

③ [明]佚名:《录鬼簿续编》,《中国古典戏曲论著集成》第二册。

④ 关于明初统治者重视声教乐治的问题,参谢柏良《明初百年的皇家声教派剧论》,载《古代文学理论研究》丛刊第十六辑,上海古籍出版社1992年版。

明代中后期元杂剧研究论略

自明中期嘉靖初年(1522)至晚明崇祯末年(1644)约120年间,是元杂剧研究的第二阶段。对杂剧衰落的迷惘,为南曲复兴的准备,使嘉靖前的百馀年,无论是创作还是理论,曲坛上都是一片沉寂。到了嘉靖、万历间,一个世纪左右的戏曲发展低潮,被戏曲创作和理论批评的振兴、繁荣所代替。新的经济因素和思想意识在文艺领域中的折射,使得戏曲研究受到前所未有的重视。传奇初兴之时的粗糙和不足,要求人们从此前的元杂剧中汲取艺术素养;杂剧本身的兴盛衰落,也有着许多经验教训需要总结。一时间,思想家、剧作家和理论家都对元杂剧颇为关注,展开了以其戏剧文学为中心、以戏剧评论为主要形式的全面研讨,重要者有李开先、何良俊、徐渭、王世贞、李贽、汤显祖、臧懋循、王骥德、陈继儒、徐复祚、王思任、沈德符、凌濛初等人。思想领域的活跃、创作流派的纷争、美学观点的异同,也使这一时期的元杂剧研究呈现出一派总体"尊元",在具体问题上又论辩驳难、百家争鸣的兴旺局面。

一、元剧总体论

这一时期的大多数曲论家,对元杂剧的总体评价都是很高的。他们不再满足仅从艺术体裁的嬗替中去寻找元杂剧的历史地位,而是从多方面、多角度对元杂剧的文学价值加以肯定。李开先(1502—1568)归纳元杂剧的思想倾向是"要之激劝人心,感移风化,非徒作,非苟作,非无益而作之者",对元剧的社会作用和作家创作态度的评价,与元人钟嗣成"以文章为戏玩"相比,显得更深入了。他因此认为"今所选传奇"依然不减其社会意义:"与人心风教俱有激劝感移之功。"①臧懋循(1550—1620)明确地以语言、情节、声律为标准,论定元杂剧达到了很高的艺术水平,即体现出"情词稳称之难"、"关目紧凑之难"和"音律谐叶之难"②。从其具体阐述中还可看见,贯串"三难"始终的,是从内容到形式的各方面,论者都比较重视元杂剧适于舞台演出的艺术特点。王骥德从总体上把握元杂剧的艺术特色是"夫元之曲以摹绘神理,殚极才情,足抉宇壤之秘"③,已经是从剧本的内在风神和外部品貌的高度融合处,去体察元剧的博大精深。

　　明代曲论家对元剧的重视,还体现在剧本的汇辑、编选、刊行上。如李开先、臧懋循、王骥德(?—1623)、孟称舜(1599—?),都是元杂剧的重要出版家,分别刊行过《改定元贤传奇》、《元曲选》、《古杂剧》、《古今名剧合选》。王骥德、凌濛初(1580—1644)还是《西厢记》较早的校注者。对剧本的细致研究,使他们能做到"尊元"而不"佞元":在高度赞扬元剧成就的同时,也能正确对待元剧之不足。如臧懋循和祁彪佳(1602—1645)对剧本第四折"强弩之末"④和"往往力弱"⑤的批评,王骥德对内容"一涉丽情,便关节大略相同,亦是一短"⑥的指责,都属实事求是之语。沈德符(1578—1642)分北杂剧为五类:《王粲登楼》、《单刀会》等,"不特命词之高秀,而意象悲壮,自足笼盖一时";

①[明]李开先:《改定元贤传奇后序》,《李开先集》,中华书局上海编辑所1959年版,第317页。

②[明]臧懋循:《元曲选》序二,见《元曲选》卷首,中华书局1979年版,第4页。

③[明]王骥德:《古杂剧序》,陈多、叶长海注释《王骥德曲律》附录,湖南人民出版社1983年版,第337页。

④[明]臧懋循:《元曲选》序,见《元曲选》卷首,第3页。

⑤[明]祁彪佳《远山堂剧品》"妙品""继母大贤":"元人多于风檐中作剧,故至第四折往往力弱。"《中国古典戏曲论著集成》第六册,中国戏剧出版社1959年版,第139页。风檐作剧即以曲取士,此系盛行于明代的对元曲创作的误解。——结集补注

⑥[明]王骥德:《曲律》卷三《杂论》上,《中国古典戏曲论著集成》第四册,中国戏剧出版社1959年版,第148页。

《㑇梅香》、《倩女离魂》等，"非不轻俊，然不出房帏窠臼"；《送荆娘》、《闹东京》等，"则近粗莽"；《华光显圣》、《大圣收魔》等，"则太妖诞"；《三星下界》、《天官赐福》等种种"喜庆"杂剧，"但宜教坊及钟鼓司肄习之，并勋戚贵珰辈赞赏之耳"①。偏见不掩真知，以"意象悲壮"评《单刀会》可谓得其神髓。对后四类剧作，或从情节的真实性上给以臧否，或从内容的社会性上予以褒贬，也都颇中要害。但对臧懋循和王骥德指责元剧宾白多"鄙俚蹈袭"②、"猥鄙俚亵"③，明末孟称舜则大唱反调："予谓元曲固不可及，其宾白妙处更不可及……盖曲体似诗似词，而白则可与小说演义同观。"④他看到了元剧宾白艺术在表现手段和艺术风格上对话本小说等民间说唱文学的继承，并将此视为"更不可及"的妙处。相比之下，臧、王之见便失之于浅了。

二、南北曲异同论

嘉靖、隆庆时期，"四大声腔"竞美争胜，把传奇创作逐渐推向鼎盛。北杂剧的灿烂馀辉虽然仍在，但南曲取代北曲已成定势。在这样一个新旧交替时期，许多曲论家抱着不同目的，探讨起南传奇和北杂剧的异同问题。其结果，使人们对杂剧的特色、成就和不足，认识更加准确和深刻了。

早在嘉靖初，胡侍(1492—1553)即涉及过这个问题。他说："北曲音调大都舒雅宏壮，真能令人手舞足蹈，一唱三叹"；"若南曲则凄惋妩媚，令人不欢，直顾长康所谓老婢声耳!"⑤除了美学风格的偏爱之外，还有对新兴艺术的内心轻视，因此难免有过情之论。但对杂剧风貌的

① [明]沈德符：《顾曲杂言·杂剧院本》，《中国古典戏曲论著集成》第四册，第 215 页。
② [明]臧懋循：《元曲选》序，见《元曲选》卷首，第 3 页。
③ [明]王骥德：《曲律》卷三《杂论》上，《中国古典戏曲论著集成》第四册，第 148 页。
④ [明]孟称舜：《古今名剧合选》第十五集评语，《古本戏曲丛刊》第四集，商务印书馆 1958 年版。
⑤ [明]胡侍：《北曲》，见《真珠船》卷三，《丛书集成初编》本。

感受,尚不失一得之见。稍后的徐渭(1521—1593)通过与南曲比较,对北剧的艺术风格有更为传神的论述:"听北曲使人神气鹰扬,毛发洒淅,足以作人勇往之志,信胡人之善于鼓怒也,所谓'其声嘄杀而立怨'是已。"①从充满着阳刚之美的艺术风格中,体味到其中积淀着的"怒"与"怨"的历史内容。有明一代影响最大的,要数王世贞(1526—1590)的观点。他指出"大抵北主劲切雄丽,南主清峭柔远"②;"北字多而调促、促处见筋,南字少而调缓、缓处见眼;北则辞情多而声情少,南则辞情少而声情多;北力在弦,南力在板;北宜和歌,南宜独奏;北气宜粗,南气宜弱"③。身为"后七子"之一的王世贞,文学上力倡"文必西汉,诗必盛唐"(《明史》本传),却能以如此客观的态度研究近世的杂剧、传奇的声腔特点和表情特征,实属难能可贵。虽然后来臧懋循对王说多有异议,但整个明代从者甚多,曲学界即使大家如魏良辅(1502—1583)、徐复祚(1560—约1630)、张琦(明末在世)等,也只是概括其意、沿袭其语或略作补充。王骥德也认为南北曲之"大较",应以"王论为确"④。

从万历开始,一批熟悉戏曲艺术规律的曲学家,从体裁、创作和表演的角度,将南北剧异同研究推进了一步。王骥德首开此端:"剧之于戏,南、北故自异体。北剧仅一人唱,南戏则各(人)唱。一人唱则意可舒展,而有才者得尽其春容之致。"⑤指出一人主唱的体制,使剧作家在主要人物的塑造上可以恣其所长,尽情发挥,有主角形象丰满之长。沈德符则是更为欣赏传奇"几十倍杂剧"的长篇体裁,认为一剧四折和一人主唱是元剧之短:"总只四折,盖才情有限,北调又无多,且登场虽数人而唱曲只一人,作者与扮者力量俱尽现矣。"⑥一人主唱,又使杂剧的人物塑造受到严重的限制。应该说,他们分别道出了杂剧体制的

---

① [明]徐渭:《南词叙录》,《中国古典戏曲论著集成》第三册,中国戏剧出版社1959年版,第245页。
② [明]王世贞:《曲藻》序,《中国古典戏曲论著集成》第四册,第25页。
③ [明]王世贞:《曲藻》,《中国古典戏曲论著集成》第四册,第27页。
④ [明]王骥德:《曲律》卷一《总论南北曲》,《中国古典戏曲论著集成》第四册,第57页。
⑤ [明]王骥德:《曲律》卷三《论剧戏》,《中国古典戏曲论著集成》第四册,第137页。
⑥ [明]沈德符:《顾曲杂言·杂剧院本》,《中国古典戏曲论著集成》第四册,第215页。

长短所在。对杂剧、传奇在戏剧形式上的异同长短,吕天成(1580—1618)所论也颇为精当:"杂剧折惟四,唱止一人;传奇折数多,唱必匀派。"杂剧"但摭一事颠末,其境促;传奇备述一人始终,其味长。无杂剧则孰开传奇之门?非传奇则未畅杂剧之趣也。"①杂剧的研究促进了传奇创作的发展,而成熟后了的传奇,自然能映射出许多杂剧本身固有的缺陷。只是由于处在传奇发展的鼎盛期,使得论者往往只见传奇之长和杂剧之短,而忽视了传奇之短和杂剧之长,这又未尝不是导致传奇后来衰落的一个因素。与传奇由振兴到繁荣的进程相一致,明代元杂剧研究在某些方面也从"尚元"②而转向"抑元"。

三、"本色"、"当行"论

在明代元剧研究中,"本色"主要是论述杂剧艺术的创作特征问题,"当行"主要是论述杂剧艺术的舞台特征问题;但两者经常又互相包容。明代嘉靖之后,随着传奇创作的逐渐繁荣,雕琢堆垛的"时文风"和逞才使气的"案头曲"也充斥着当时的曲坛。现实的需要推动着研究的深入,一些曲论家为针砭时弊而从元杂剧中寻找良药,于是"本色"和"当行"之论便被提了出来。

何良俊(1506—1573)是根据郑光祖诸剧和王实甫《芙蓉亭》来论述他对元剧"本色"的认识。其一,他的"本色"是指元剧的语言风格;其二,他欣赏元剧的"天然"俊语而非"秾艳"芜词。因而他说郑作"清丽流便,语入本色";说王作"通篇皆本色,词殊简淡可喜"。在此基础上,他提出了"当行家"或"作家"的两个特点是:"填词须用本色语"和艺术描写要"情真语切"③。后者已关联到人物塑造的标准——"真

---

① [明]吕天成:《曲品》,《中国古典戏曲论著集成》第六册,第209页。
② 明万历时朱朝鼎为王骥德校注《西厢记》作跋时,曾指出"剧尚元"是当时"尽人知之"之事。陈多、叶长海注释《王骥德曲律》附录,第361页。
③ 所引见[明]何良俊《曲论》,《中国古典戏曲论著集成》第四册,第7、8、6、9页。

切"了。徐渭论"本色"是与矫揉造作的"相色"相对①,强调元杂剧对人世性情的真切流露和对事物本质的自然表现,已经跳出了语言论的范畴。臧懋循的"事肖其本色"②,含义与徐渭观点相似。王骥德论"本色",虽主要着眼于曲语,但却是服务于人物论的。他认为元剧"止本色一家",因为"夫曲以模写物情,体贴人理,所取委曲宛转,以代说词,一涉藻缋,便蔽本来"③。对人情物理本来面目的揭示,对人物"说词"委婉曲折的表达,都决定了元剧语言必须是本色的。王氏从元剧曲语作为戏曲语言的艺术功能方面,去阐释其"本色"内涵,这与其戏曲创作"认路头"说完全一致。孟称舜也是元剧语言"本色"论者,他曾指出"元人之高,在用经典子史而愈韵、愈妙,无酸腐气;用方言俗语而愈雅、愈古,无打油气"④。运用书本语言而赋予其生活情趣,提炼方言俗语而使之成为文学语言,这就是以"本色"为特征的元剧语言所取得的艺术成就。但无论各家观点之间有什么差异,其共同点都是以元剧的朴素、自然、流畅,反对传奇创作的藻绘、造作、雕琢。

　　"当行"论自何良俊之后,以臧懋循的解释较为完备,他是从戏曲表现生活的舞台性特征,来论述元剧的"当行"问题:"行家者,随所妆演,无不摹拟曲尽,宛若身当其处,而几忘其事之乌有,能使人快者掀髯,愤者扼腕,悲者掩泣,羡者色飞。是惟优孟衣冠,然后可与于此。故称曲上乘,首曰当行。"⑤指出元杂剧创作有其特殊的艺术规律,只有懂得表演艺术、熟悉舞台的作家,才能塑造出动人神魄的艺术形象。而他认为自己所选刊的百篇元剧,是达到如此造诣的。从"摹拟曲尽"的反映生活与"优孟衣冠"的表现生活的相互联系中,总结了元剧的"当行"成就。孟称舜也认为"当行"是戏曲创作最难之事。他继承臧懋循的杂剧艺术是对生活的"摹拟"这一美学思想,从描写方法、艺术标准和创作过程三个方面来论述杂剧"当行"之难。首先,描写方法上必须做到"因事以造形,随物而赋象",即要根据生活中不同的事件和

①[明]徐渭:《西厢序》,见《徐文长佚草》卷一,《徐渭集》,中华书局1983年版,第1089页。
②[明]臧懋循:《元曲选》序二,见《元曲选》卷首,第4页。
③[明]王骥德:《曲律》卷二《论家数》,《中国古典戏曲论著集成》第四册,第123页。
④[明]孟称舜:《古今名剧合选》第十五集评语,《古本戏曲丛刊》第四集。
⑤[明]臧懋循:《元曲选》序二,见《元曲选》卷首,第4页。

人物,创作出不同的剧本和舞台形象。其次,衡量舞台形象是否成功的艺术标准是"笑则有声,啼则有泪,喜则有神,叹则有气",必须是观众可见可闻可感的活生生的血肉之躯。最后,他还把形象的塑造过程,同作家对生活的观察、体验联系起来:剧作家须"化其身为曲中之人"方能作剧,"非作者身处于百物云为之际,而心通乎七情生动之窍,曲则恶能工哉"①!对杂剧艺术形象与作家生活体验的关系作出这样精辟的论证,在明代曲论中实属仅见。孟氏把元剧"当行"论的研究,推进了一步。

四、元剧"四大家"论

元代周德清首次提出"关、郑、白、马",对后世影响很大。明代曲论家在自己的论曲著作中多曾反复征引,并明确称之为元曲"四大家"或四大"曲手"。但在具体品鉴和引用时,又往往抑扬臧否,各抒己见,以不同的方式提出自己对于"四大家"的不同看法。

通过次序颠倒以显示高下之别。如何良俊不同意"元人乐府称马东篱、郑德辉、关汉卿、白仁甫为四大家"的排列,推举郑为第一,并同时把原来居四家之尾的马致远提到第二,四家之首的关汉卿压至第三②。沈德符沿袭何说,也"以郑、马、关、白为四大家"③。卓人月(明末在世)则与何、沈针锋相对,在为孟称舜《残唐再创》杂剧作序时提出"马、白、关、郑"④,把郑放在最后。但诸家共同点是扬"马"而抑"关"。

通过人名更换以表现优劣之分。如王骥德就对周德清"四大家"的具体提法很不满意:"世称曲手,必曰'关、郑、白、马',顾不及王,要

---

① [明]孟称舜:《古今名剧合选》序,《古本戏曲丛刊》第四集。
② [明]何良俊:《曲论》,《中国古典戏曲论著集成》第四册,第6页。
③ [明]沈德符:《顾曲杂言·〈拜月亭〉》,《中国古典戏曲论著集成》第四册,第210页。
④ [清]焦循《剧说》卷四引,《中国古典戏曲论著集成》第八册,中国戏剧出版社1959年版,第170页。

非定论。"在这一思想指导下，当他考虑地理因素时，便称"王、关、马、白"，上"王"而去"郑"，因为后者非"大都人"；当他考虑声律因素时，便称"王、马、关、郑"，因为他们"创法甚严"①。但这也非王氏自己的定论，当他综合各种因素之后，所作出的结论是"四人汉卿稍杀一等，第之当曰：王、马、郑、白"②，崇"王、马"而贬汉卿。此后的徐复祚，虽也同意四大家应有"王"，然而他所去掉的是白朴而曰"马、关、王、郑"③。对于王骥德提出的"四大家"应有王实甫的观点，沈德符很不以为然。他以《西厢》"袭旧太多"、"肉胜于骨"为理由，论定"四大家而不及王实甫，有以也"④。其实，无论王骥德的黜"关"，还是沈德符的废"王"，何尝不都显示出各自深刻的艺术偏见呢？

通过具体品评以阐明褒贬之意。如何良俊评四大家"马之词老健而乏姿媚，关之词激厉而少蕴藉，白颇简淡，所欠者俊语，当以郑为第一"，因为只有"郑词淡而净"⑤。王世贞论元剧首推王实甫，同时也曾借韩邦奇之口对关汉卿刻画人物的艺术才能给予很高的评价："恨无才如司马子长、关汉卿者，以传其行。"⑥王骥德将王、关加以比较指出："实甫以描写，而汉卿以雕镂；描写者远摄风神，而雕镂者深次骨貌。"⑦王骥德对王、关艺术特色的认识，的确较为深刻而高人一筹。但全部《曲律》尚婉丽而鄙险峻，其扬王抑关之意便自在言中了。徐复祚则大贬关汉卿，甚至詈语满口："《西厢》后四出，定为关汉卿所补，其笔力迥出二手，且雅语、俗语、措大语、白撰语层见叠出，至于'马户'、'尸巾'云云，则真马户尸巾矣。"⑧评价较为公允和精当的，是明末孟称舜。他认为"汉卿曲如繁弦促调，风雨骤集，读之觉音韵泠泠不离耳上，所以称为大家"；"读《汉宫秋》剧，真若孤雁横空，林风肃肃，

①所引见［明］王骥德《曲律》卷三《杂论》上，《中国古典戏曲论著集成》第四册，第149、146、151页。

②［明］王骥德：《新校注古本西厢记》评语，陈多、叶长海注释《王骥德曲律》附录，第349页。

③［明］徐复祚：《曲论》，《中国古典戏曲论著集成》第四册，第246页。

④［明］沈德符：《顾曲杂言·〈拜月亭〉》，《中国古典戏曲论著集成》第四册，第210页。

⑤［明］何良俊：《曲论》，《中国古典戏曲论著集成》第四册，第6页。

⑥［明］王世贞：《曲藻》，《中国古典戏曲论著集成》第四册，第39页。

⑦［明］王骥德：《新校注古本西厢记》自序，陈多、叶长海注释《王骥德曲律》附录，第340页。

⑧［明］徐复祚：《曲论》，《中国古典戏曲论著集成》第四册，第241页。

远近相和";郑光祖"作词尖楚奇绝,迥出常调……关、马而下,非其伦也"①。把"关"视为四大家之首者,有明一代唯此一人而已。

上述明代曲论家对元剧四大家问题的论述,既可与他们对元剧的基本评价相互发微和印证,有时也能显示出其观点的矛盾或理论的摇摆。

五、元剧兴衰论

元杂剧在百年之内骤兴骤衰,后人对此常常迷惑不解。正如王骥德所感叹的:"此窍(指'剧戏')由天地开辟而来,不知越几百千万年。俟夷狄主中华,而于是诸词人一时林立,始称作者之圣,呜呼异哉!"②当然,明代一些曲论家在惊呼其异之馀,对元杂剧兴盛和衰落的原因,也在进行着认真的思考。

关于元杂剧的兴盛原因。李开先主元代政治黑暗说和元代经济繁荣说。前一点,他上承胡侍的观点,即汉族知识分子"沉抑下僚、志不获展",以其有用之才,寓于声歌,"以舒其怫郁感慨之怀"③。李开先进而归纳为"以见元词所由盛,元治所由衰也"④,明确地把元代统治阶级歧视、压迫汉族人民所造成的政治黑暗,看作元杂剧繁荣的社会原因。但他比前人高明之处在于,不仅能认识到政治黑暗与杂剧繁荣的辩证关系,没有把杂剧看成是太平盛世的产物;同时又并不因社会的政治黑暗而否认元代经济的繁荣及其对杂剧的重大影响:"词肇于金而盛于元,元不戍边,赋税轻而衣食足,衣食足而歌咏作,乐于心而声于口……传奇戏文,于是乎侈而可准矣。穆玄庵谓'不可以胡政而少之',亦天下之公言也。"⑤这里所说的"乐"绝非乐于"政",而是

①所引见[明]孟称舜《古今名剧合选》第十一、九、二集评语,《古本戏曲丛刊》第四集。
②[明]王骥德:《曲律》卷三《杂论》上,《中国古典戏曲论著集成》第四册,第150页。
③[明]胡侍:《北曲》,见《真珠船》卷三,《丛书集成初编》本。
④[明]李开先:《张小山小令后序》,见《李开先集》,第298页。
⑤[明]李开先:《西野春游词序》,见《李开先集》,第335页。

不事科举、自得其乐之乐。这样,李开先对元杂剧繁荣的社会原因的解释,既无只论政治黑暗之偏,又无"治世之音"之弊,因此值得注意。

汤显祖(1550—1616)和王骥德对元剧兴盛原因的看法,则与元代胡祗遹"随时所尚"说有相通之处。如汤显祖说:"曲者,句字转声而已。葛天短而胡元长,时势使然。"①王骥德曾经将元、明作家加以比较:"以今之宰执贵人,与酸斋诸公角而不胜;以今之文人墨士,与汉卿诸君角而又不胜也。盖胜国时,上下成风,皆以词为尚,于是业有专门。今吾辈操管为时文,既无暇染指",或"不胜功名之念",或"不胜田宅子孙之念,何怪其不能角而胜之也?"②深入到人生追求、文化思潮和社会心理的底层上,去探讨元杂剧为何"气数一时之盛",对胡祗遹的观点,既是具体阐发,又是重要推进。此外,王骥德还从古优戏、宋杂剧、金代诸宫调的形式演变中,探索了元剧的历史渊源,从而肯定了戏剧在元代的成熟:"至元而始有剧戏"——"习现成本子"、"并曲与白而歌舞登场"③。这就是王骥德从元杂剧中总结出的戏剧定义,对后世王国维有着直接的启发。

关于元杂剧的衰落原因。何良俊从两个方面加以考察:一是明代开国"尊崇儒术,士大夫耻留心词曲";一是"古调既不谐于俗耳,南人又不知北音"④。前者指士子地位的提高,导致创作的中衰;后者指观众趣味的变化,造成演出的冷落。王世贞也很看重观众的欣赏趣味对戏剧兴衰的左右力量:"词不快北耳而后有北曲,北曲不谐南耳而后有南曲。"⑤王骥德除了同意这种观点之外,还曾对北杂剧"今复不能悉传,是何以故"的问题,作过如下回答:"国家经一番变迁,则兵燹流离,性命之不保,遑习此太平娱乐事哉。"⑥时世的大变乱,必然使文化传统暂时中断;社会的大动荡,也破坏了艺术赖以生存的土壤。其结果,

①[明]汤显祖:《答凌初成》,见《汤显祖诗文集》卷四七,上海古籍出版社1982年版,第1345页。
②[明]王骥德:《曲律》卷三《杂论》上,《中国古典戏曲论著集成》第四册,第147页。
③[明]王骥德:《曲律》卷三《杂论》上,《中国古典戏曲论著集成》第四册,第150页。
④[明]何良俊:《曲论》,《中国古典戏曲论著集成》第四册,第6页。
⑤[明]王世贞:《曲藻》,《中国古典戏曲论著集成》第四册,第27页。
⑥[明]王骥德:《曲律》卷三《杂论》上,《中国古典戏曲论著集成》第四册,第155页。

是丧失了一代熟悉杂剧艺术传统的观众和作者。因此,败北于新兴的传奇艺术面前,便成为杂剧不可避免的命运。

六、《西厢》《琵琶》优劣论

《西厢记》和《琵琶记》,在明代一被视作北曲"压卷"①,一被奉为南曲"神品"②。

可是自明中叶开始,曲学界逐渐展开了一场关于两剧孰优孰劣的辩论。从人们对它们的分析比较中,反映出各自的戏剧观以及对元杂剧的不同认识。这场辩论,可以说是由好作惊人之语的何良俊所引发的。他说:"近代人杂剧以王实甫之《西厢记》、戏文以高则诚之《琵琶记》为绝唱,大不然。"其理由是"盖《西厢》全带脂粉,《琵琶》专弄学问"③。偏激的态度和偏颇的观点,自然激起后人的诸多不满,但首先将这两部时人"无敢置左右祖"④的南北曲代表作相提并论,并敢于有所冒犯,也启发了人们对它们进行比较研究,这或许是何元朗始料不及的。综合各家观点,主要有三派:

其一,扬《西厢》而抑《琵琶》派。李贽(1527—1602)是倡导者。其文艺思想是文学应以"自然"为美,戏曲以天然本色为最上乘;一经雕琢,虽然工巧,已落第二义。据此而提出了"《西厢》化工也,《琵琶》画工也"的著名论断。李贽说,《西厢》之所以感人至深,就在于它如"化工之于物",按照客观事物的本来面目,描绘风神,天然浑成,内蕴深厚,造化无工;而《琵琶》由于刻意求工,极尽雕琢,言尽意亦尽,词竭味亦竭,作者才能的"气力限量"只可达事物之表层,故而"人人之心

① [明]王世贞《曲藻》:"北曲故当以《西厢》压卷。"《中国古典戏曲论著集成》第四册,第29页。

② [明]吕天成《曲品·神品》:"能作为圣,莫知乃神。"《中国古典戏曲论著集成》第六册,第210页。

③ [明]何良俊:《曲论》,《中国古典戏曲论著集成》第四册,第6页。

④ [明]臧懋循:《〈荆钗记〉引》,见《负苞堂文选》卷三,古典文学出版社1958年版,第64页。

者不深"①。两相对照,意在强调元杂剧自然本色的可贵。此后,臧懋循认为《琵琶》多学究语,于曲中三昧"尚隔一头地",不得与《西厢》"并称"②。王骥德承继"化工"、"画工"之论,提出了《西厢》"神品"、《琵琶》"妙品"之说,并以"神品"为高③。他在校注《西厢》的评语里,对两剧高下有一段精彩比较:"《琵琶》工处可指,《西厢》无所不工;《琵琶》宫调不伦,平仄多舛,《西厢》绳削甚严,旗色不乱;《琵琶》之妙,以情以理,《西厢》之妙,以神以韵;《琵琶》以大,《西厢》以化——此二传三尺。"④王氏比较的是三个层次:声律音韵所达到的水平,艺术描写和表现所达到的深度,艺术成就所达到的境界。从而肯定了《西厢》的音律严谨、描写传神和自然造化。在后两个更深的层次上,与李贽观点完全吻合。为王骥德校注本《西厢》作跋的朱朝鼎,也服膺其说而赞曰:"识者评为'化工',洵矣"⑤。

其二,扬《琵琶》而抑《西厢》派。此派主要是从思想内容着眼,发端于与李贽基本同时的徐渭。他曾比较两剧的"嘱别之文",认为《西厢》的《长亭送别》虽然写得"极情尽致",然而不过是"男女缱绻之私",于是得出结论"毕竟还逊《琵琶》一着"。因为后者《南浦嘱别》的"高人一头处",在于将妻恋夫、夫恋妻,都写作子恋父母、妇恋公婆。作为南戏研究史上的第一位功臣,徐渭对两剧有所抑扬,原非出人意料,但他一贯倡真情、反矫伪,重本色、轻相色,却在此处以《琵琶》的"不淫不伤,发乎情止乎礼义"⑥,来贬低《西厢》的直吐真情、直抒胸臆的自然本色,却是匪夷所思之事。明代后期王思任(1574—1646),更把徐渭"逊一着"的思想,发展为"不得不让东嘉独步"。他的观点来自如下比较:"《西厢》易学,《琵琶》不易学。盖传佳人才子之事,其文

①[明]李贽:《杂说》,见《焚书》卷三,中华书局1975年版,第96—97页。
②[明]臧懋循:《〈荆钗记〉引》,见《负苞堂文选》卷三,第64页。
③[明]王骥德《曲律》卷四《杂论》下:"夫曰神品,必法与词两擅其极,惟实甫《西厢》可当之耳;《琵琶》尚多拗字句,可列妙品……不得言神。"《中国古典戏曲论著集成》第四册,第172页。
④陈多、叶长海注释:《王骥德曲律》附录,第348页。
⑤[明]朱朝鼎:《新校注古本〈西厢记〉跋》,陈多、叶长海注释《王骥德曲律》附录,第361页。
⑥《第七才子书〈琵琶记〉》卷一《前贤评语》,大达图书供应社1936年版,第23页。

香艳,易于悦目;传孝子贤妻之事,其文质朴,难于动人。故《西厢》之后,有《牡丹亭》继之;《琵琶》之后,难乎其为继矣。"①一反"化工"、"画工"之说,而为"易学"、"不易学"之论。伦理说教之作后乏继者,却成为《琵琶》"独步"的佐证,这又是匪夷所思之事。恐怕其深层意识,与"世之左祖东嘉,不过曰《西厢》诲淫、《琵琶》教孝"②相同。

其三,《西厢》、《琵琶》各有千秋派。胡应麟(1551—1602)和陈继儒(1558—1639)对此多有表述。如"《西厢》主韵度风神,太白之诗也;《琵琶》主名理伦教,少陵之作也"③;"读《西厢》令人解颐,读《琵琶》令人鼻酸"④;"《西厢》是一幅着色牡丹,《琵琶》是一幅水墨梅花"⑤。通过对两部剧作的总体感受,描绘各自的艺术特色。

七、《西厢》艺术论

在进行《西厢》、《琵琶》比较研究的同时,明代曲学界掀起了对《西厢》剧作本身的评论热潮。这一时期,"剧尚元,元诸剧尚《西厢》:尽人知之"⑥。可以说,在很多方面,明人是通过解剖《西厢》来认识元杂剧的。曲论家们或以读曲札记,或以序跋批评,对之进行着探讨题旨意趣、分析曲词音律、品评人物、剖析结构的批评、赏鉴工作。他们从中总结元剧创作规律、揭示《西厢》特点并阐发自己的戏曲美学思想,形成了言必谈《西厢》的曲学盛况。下面分三个方面予以评述。

关于《西厢》的题旨。王世贞以其"操文章之柄"而"号令一世"⑦的影响,首倡"北曲故当以《西厢》压卷",确有导夫先路之功。但他把

---

①《第七才子书〈琵琶记〉》卷一《前贤评语》,第24页。
②[清]陈栋:《北泾草堂曲论》,《新曲苑》第六册,中华书局1940年版。
③[明]胡应麟:《少室山房笔丛正集》卷二五,《四库全书》本。
④[明]陈继儒:《批评释义音字〈琵琶记〉》总评,1919年刻《汇刻传剧》本。
⑤《第七才子书〈琵琶记〉》卷一《前贤评语》,第25页。
⑥[明]朱朝鼎:《新校注古本〈西厢记〉》跋,陈多、叶长海注释《王骥德曲律》附录,第361页。
⑦[清]钱谦益:《列朝诗集小传》丁集上,上海古籍出版社1983年版,第436页。

《西厢》题旨理解为"一部烟花本子"①,与陈继儒"一轴风流画"②的总评一样,实不出文人雅士对才子佳人风流韵事的欣赏。因而在思想意义的认识评价上,表现出较大的局限性。与此不同的是,明代杰出的思想家李贽,认为《西厢》是表现真情真事、真人真心的"童心"之作③,显示出对剧本纯真爱情的肯定。同时指出作者是借"离合因缘"来抒发自己对社会的"大不得意"④,说明论者是把《西厢》作为一部富有深意的严肃作品来看待的。王骥德却抨击李贽的观点是"变乱是非、颠倒天理",认为此剧"第可供骚人侠客赏心快目、抵掌娱耳之资"⑤,曲学大家在此问题上也落入俗套甚深。徐渭和汤显祖对《西厢》进步的思想倾向有较准确的理解,他们都能肯定剧本表现的"情"。徐渭认为正是崔张二人"情则一般深重"⑥,才使他们战胜种种困难,最终得以结合。汤显祖认为正是这种超出常理即"理之所无"⑦的"至情",才使崔张的爱情跳出了"宣淫妇人"和"放荡俗子"的"风月之情"的旧套。天启年间,槃薖硕人也指出《西厢》"一部之义",便是以"纸笔代喉舌"诉说"千古相思"⑧,与徐、汤一样,对剧本爱情主题有着正确认识。

关于《西厢》的语言。何元朗谓此剧全带脂粉,"语意皆露,殊无蕴藉",有"浓而芜"之弊⑨。王世贞却激赏其语言的精妙和文采的华美丰赡。他评第一出[赚煞]是"影在目前,神离世外";评第十六出[新水令]是"景外观景,情外伤情"⑩,肯定的是寄寓的深幽、情景的交融。他对语言华采的欣赏,可从其归纳出的"他传奇不能及"的几点中看出,即具有"骈俪中景语"、"骈俪中情语"、"骈俪中诨语"和"单语中

①《元本出相北西厢记》剧末批语,明万历三十八年(1610)起凤馆刻本。
②[明]陈继儒:《陈眉公先生批评〈西厢记〉》总评,清乾隆十二年(1747)刻《六合同春》本。
③[明]李贽:《童心说》,见《焚书》卷三,中华书局1975年版,第98页。
④[明]李贽:《杂说》,见《焚书》卷三,第97页。
⑤[明]王骥德:《西厢记》评语,陈多、叶长海注释《王骥德曲律》附录,第349页。
⑥《三先生合评元本〈西厢记〉》第一折第三套《酬韵》,明刻本。
⑦[明]汤显祖:《汤海若先生批评〈西厢记〉》自序,明书林师俭堂刻本。
⑧《槃薖硕人增改定本〈西厢记〉》第二五折《野宿惊梦》眉批,中华书局上海编辑所1963年版。
⑨[明]何良俊:《曲论》,《中国古典戏曲论著集成》第四册,第8页。
⑩《元本出相北西厢记》评语,明万历三十八年(1610)起凤馆刻本。

佳语"①,看重的是骈丽语融合景、情、诨的语言技巧。王世贞评《西厢》总的态度和方法是以诗律曲,因此将文辞的华美和语言的诗意作为评论的主要标准,自在情理之中。凌濛初对此颇有微词:"元美七子之习,喜尚高华,不知(骈丽)实未是其胜场。"②李贽和徐渭则较为注意剧本语言在表现人物性格和揭示心理状态上所取得的成就。如《李卓吾先生批评北西厢记》第十一折总批:"写画两人光景,莺之娇态,张之怯状,千古如见。"再如其第一折总批"摹出多娇态度,照出狂痴行径"③,也都是赞赏剧本语言的性格化和表现人物的准确性。徐渭对曲白中所蕴含的丰富的心理内容,有颇为精到的揭示。如他对第二本第二折[混江龙]的批语:"情本长柳丝本短,人本近天涯本远。今日事已无成,与张无会期,则是情反短于柳丝,人反远于天涯矣——此怨恨之词。"④以精致入微的心理分析,挖掘出曲词中细腻幽邃的复杂情感,把握到《西厢》语言的一个重要特色。此外,汤显祖评其"描写神情不露斧斤笔墨痕"⑤、陈继儒评其"行云流水、悠然自在之文"⑥以及王骥德的有关论述,也多得剧本之神韵。

关于《西厢》的情节。明代一些熟悉戏剧规律的批评家,对《西厢》的情节艺术,往往都给予较高评价。他们非常欣赏剧本情节的变幻多姿而不失真实性、跌宕起伏而富于戏剧性的艺术特点。如李贽第十一折《赖简》总批"此时若便成合,则张非才子,莺非佳人,是一对淫乱之人",指的是情节与性格的必然关系即情节的真实性;"有此一阻,才尽才人光景",情节的起伏变化,为表现丰富性格所必需;第二十折《团圆》总批"总结处精密工致,出郑恒来,更有兴趣"⑦,结尾既交待清楚、收拾干净,又馀波横生、引人入胜,颇合清代李渔"大收煞"的要求。槃薖硕人对剧

①[明]王世贞:《曲藻》,《中国古典戏曲论著集成》第四册,第29页。

②[明]凌濛初:《批点〈西厢记〉》第一本第五折[天下乐]批语,明刻本。

③[清]吴仪一辑《吴吴山三妇合评〈西厢记〉》引,清致和堂刻本。

④[明]徐渭:《田水月山房北西厢记》,明王起侯刻本。

⑤[明]汤显祖:《汤海若先生批评〈西厢记〉》自序,明主林师俭堂刻本。

⑥[明]陈继儒:《陈眉公先生批评〈西厢记〉》第六折总批,清乾隆十二年(1747)刻《六合同春》本。

⑦[清]吴仪一辑《吴吴山三妇合评〈西厢记〉》引,清致和堂刻本。

本情节的摇曳生姿、曲折映衬,有过精彩描述:"详味《西厢》每篇段中,变幻断续,倏然传换,倏然掩映,令人观其奇情,不可捉摸,则见真与《南华》似。"①将此剧与汪洋恣肆、气象万千的《庄子》同观。陈继儒对"赖婚"在整个剧情中的关键作用十分重视,认为"若不变了面皮,如何做出一本《西厢》"(第七出总批);对"赖简"前后的戏剧性变化,也非常赏识:"莺莺喜处成嗔,红娘回嗔作喜,千种翻覆,万般风流。"(第十出总批)汤显祖比较看重情节安排的戏剧效果。他的《请宴》总批是"先将请宴一出,虚描宴中情事,后出停婚,只消尽摹乍喜乍惊之状。有此出,后出便省多少支离——此词家'安顿'法"②。所谓安顿法,即抑扬法、蓄势法,以构成鲜明的对比和强烈的翻跌。结构情节的技巧纯熟,确实是《西厢》显著的特色。此外,徐渭、李贽、汤显祖、陈继儒对《西厢》的人物尤其是红娘的塑造时有论述,王骥德、徐复祚、槃薖硕人、祁彪佳对第五本的优劣也多有分析,此处就略而不论了。

整个明代中后期的元杂剧研究有其显著特点,如盛行讨论争辩,重视剧本文学,批评角度开阔,运用比较方法,注意联系实际等,在研究实践中都有充分的体现。当然毋庸讳言,在取得重大进展的同时,也有着许多不足,如寻章摘句、以文律曲、随意感想、浅尝辄止;轻视思想内容,忽略人物塑造,理论尚不成熟,观点未能贯通等,在不少戏剧学家那里,也都不同程度地存在着。但这些不足以影响其在元杂剧研究史上的重要地位。

(原载于《元杂剧研究概述》,天津教育出版社 1987 年版)

---

① 《槃薖硕人增改定本〈西厢记〉》卷首《玩〈西厢记〉》,中华书局上海编辑所 1963 年版。
② 《三先生合评元本〈西厢记〉》,明刻本。

明曲家徐复祚四考

徐复祚,字阳初,江南常熟(今属江苏)人,是活动在明万历、天启年间的剧作家和曲论家,尤以传奇《红梨记》和杂剧《一文钱》的创作名重当世,在中国戏曲史上也占有相当的地位,然而学术界对他的研究却很不充分。笔者最近翻阅了一些笔记和方志材料,就其身世、剧作及交游情况,作一考述。

一、《哭兄》诗考

《三家村老委谈》,又称《花当阁丛谈》,是徐复祚晚年所撰的一部笔记杂著,广记嘉、万时的朝廷政事、乡里逸闻、人物掌故及野史传说,有《借月山房汇钞》本行世。该书卷三《钱侍御》条下,作者写下这样一段文字:

> 余庚戌除夕有《哭兄》作,云:"除夕多悲感,思君倍郁陶。用人嗟往失,受谏岂今朝。骨肉安全未,门庭事正饶。魂依穗帷下,风雪共萧萧";"一官能自爱,八议岂无情? 祖亦存馀泽,兄何负此名! 黄麻非赐死,白刃遽轻生。家闻从兹陨,明朝但哭声"。

庚戌,乃万历三十八年(1610),此年复祚50岁。从诗意如此悲切凄凉来看,似乎是感于家中发生不久的什么大变难而发的。欲穷其究竟,需从明其所哭之兄的情况入手。

清光绪三十年(1904)《重修常昭合志稿》卷四四《艺文志》,载书名《燕山丛录》和《增注大明律》,著录作者是徐昌祚①。徐复祚在其笔记中则说:"余兄伯昌,官刑部时手注《大明律》例"②,可知昌祚和伯昌,当为一人。查[康熙]《常熟县志》:"徐昌祚,号昆竹,以祖栻荫,历官刑部郎中"③,伯昌似为其字。其祖父徐栻,嘉靖二十六年(1547)丁未科进士,累官至南京工部尚书。其政绩尚佳,"为民救灾捍患而崇尚节俭"④,能"躬俭约以励风俗"⑤。"家闻"一语,当即指此。昌祚承祖恩荫而得官,故而诗曰"祖亦存馀泽"。

"用人嗟往失",是指其兄居家时所用奴仆乃不良之辈。参见笔记《钱侍御》条中"僮奴数千指,不能绳束之,多行不义,波及主人……吾家有比部⑥君之事,俱缙绅之大变……大抵信任匪人亦相仿"诸语。"受谏"句是说自己对同胞兄的劝诫非自今日始矣。如复祚曾云,昌祚完成《增注大明律》后,"欲刻板行世,余每劝之,曰'律之条甚活,而今死比之,仁人之死致生之意,安所委曲以行其不忍乎?且夫以眢罍之德而子孙必刑而后王,天道好还,可不畏与?'不听。及板行,而兄以不良死。其死也,实不丽法,人以为注律之报云"⑦。《大明律》素以严酷著称,时人汤显祖就曾在《南柯梦记》中对其作过辛辣的讽刺。徐昌祚却热衷于为之作注,可见其为官作人的苛刻。然而这并非他致仕后知县杨涟"收理毙之于狱"⑧的真正原因,"注律之报云"也只是含糊其辞而已。徐复祚晚年在所撰《家儿私语》一卷中,为其亡兄撰写"行略"时,才对个中真情给予披露:

①王永健《"三家村老"有卓识》(《江苏师院学报》1981年第2期)和徐扶明《徐复祚和他的〈红梨记〉》(《剧艺百家》1985年第1期)皆言此二书为徐复祚撰,恐误。
②[明]徐复祚:《花当阁丛谈》卷三《牟俸》条"村老曰",嘉庆刻《借月山房汇钞》本。
③[康熙]《常熟县志》卷一二《恩荫》,康熙二十六年(1687)刻本。
④[康熙]《常熟县志》卷一八《邑人》。
⑤[光绪]《重修常昭合志稿》卷二五《耆旧》,光绪三十年(1904)木活字排印本。
⑥比部,官名,南朝宋时掌法制。明清以之通称刑部司官。
⑦[明]徐复祚:《花当阁丛谈》卷三《牟俸》条"村老曰"。
⑧[康熙]《常熟县志》卷一二《恩荫》。

难之作也,实是幼弟鼎祚以析箸衔兄而藉口于杀姑,又罗致十二大罪……凡修三代之隙者猬起蜂集,而兄遂不良死矣。兄之死也,夫败检所致乎。

虽然其姑之死,是发生在 19 年前的一桩疑案,但昌祚对此却有着不可推诿的责任("若夫姑之死谓不由兄不可;若曰兄实戎首,则又未尽得其情")。"不良死"和"黄麻非赐死"等句互相印证,可知昌祚是被收理于狱后因事情败露而自戕其身的,时在"万历三十七年九月初二日,享年五十有二"。

长兄昌祚涉嫌于谋财弑姑畏罪自杀于狱中①,幼弟鼎祚以人弟而杀胞兄,以小憾而兴大狱,这在封建社会都是为人伦天理所不容的。因此,必然要"使尚书公闻誉与徐氏家声一朝而陨",一些积怨的仇家和势利的小人也要趁机发难攻讦("凡修三代之隙者猬起蜂集"),这些都可为"骨肉安全未,门庭事正饶"和"家闻从兹陨"诸句作一注脚。

万历三十七年(1609)发生的家难,对徐氏家族尤其是徐复祚的打击是极大的。事变之后,徐家的境况已不复当年世家大族之盛了。他所面临的,只是"坠先代之令名,波无辜之手足;污邪属之他人,僮奴悉更新主"的破败景象。无辜的他,还要默默地承受世人的白眼和轻辱,"于今尚目我辈为穷奇,为桃杌"②,当年处境的忍耻含羞,更不必说了。不久作《红梨计》便以"忍辱头陀"署名,并渐渐沦为以作剧"卖文"③为生。继而写下上述之《哭兄》诗,既是哭兄,又是自哭。晚年作《投梭记》时,家境已贫寒到了"妻身号冷,子腹啼枵"④的地步。然而,正如邑人钱谦益所说:"阳初,秦(琴)川贵公子,连蹇坎轲(坷),故能以词曲显"⑤。从琴川贵公子到忍辱头陀的变化,并终能以词曲显,幸与不幸,都在其中。而人生道路上的关键性转折点,便是我们透过《哭

---

①详见《家儿私语》,参姜智《徐复祚的生平和著作》,《戏曲研究》第十九辑,文化艺术出版社 1986 年版。

②上引不注者,均见《家儿私语》,《丙子丛编》本。

③[明]徐复祚:《红梨记》第一出[瑶轮第五曲]。

④[明]徐复祚:《投梭记》第一出[瑶轮第七曲]。

⑤[明]钱谦益:《题徐阳初小令》,见《初学集》卷八五,《四部丛刊》本。

兄》诗所看到的这场家变。

二、剧作考

徐复祚一生作剧多少，后世说法不一。见于徐氏自述和明人著录者，有七剧，见下表：

剧名＼著录	吕天成《曲品》	张大复《笔谈》	徐复祚《委谈》	祁彪佳《剧品》
题　塔	※			
宵　光	※	※		
红　梨	※	※	※	
投　梭			※	
梧桐雨			※	
一文钱		※		※
题　桥		※		

《题桥记》，吕氏《曲品》和祁氏《远山堂曲品》分别题为陆济之和陈济之所撰（陆、陈必有一误），只有张大复《梅花草堂集》说它是徐氏之作①，当不可靠。难怪赵景深《增补本〈曲品〉的发现》认为《题桥》就是《题塔》之误②。因此徐氏剧作实为六种，除《一文钱》是杂剧，《梧桐雨》体制不详外，其余四本皆为传奇。后人根据清代王应奎《柳南随笔》增出《祝发》，据民国重修《常昭合志》增出《雪樵》和《闹中牟》，似也缺乏旁证。《祝发》乃复祚岳伯张凤翼作，后两剧不见他书著录，所以《中国大百科全书·戏曲曲艺》卷持审慎态度，依然认为徐氏剧作是上述六种，除《题塔》、《梧桐雨》外，皆存。

---

① [明]张大复：《徐阳初》，见《梅花草堂集》卷一一，《笔记小说大观》本。
② 赵景深：《曲论初探》，上海文艺出版社 1980 年版，第 76 页。

关于诸剧的创作顺序和大致时间,缺乏明确的记载。但是如果细加搜寻,也会发现可资推考的蛛丝马迹。万历四十一年(1613)吕天成在增订刊行于万历三十八年(1610)的《曲品》时,补入了原书没有的三个剧名(见上表),三剧无疑都创作于 1613 年之前。再看徐复祚自己的记载:

> 庚戌成《红梨》后,遂烧却笔砚。既而阅《楚记》……因思死生祸福,不宰之谴恶,亦宁关乎口语?固自有天公主之。乃复理铅椠:为《投梭》,记谢幼舆折齿事;又作《梧桐雨》,记玉环马嵬事。①

可知《红梨》写于万历庚戌即万历三十八年(1610)。查洛涌生原刊本《红梨记》忍辱头陀自序,复知此剧的具体创作时间是"庚戌长夏",即该年的农历六月。

至此要问,吕氏《曲品》所著录的三剧,其实际创作顺序是怎样的呢?查现存徐氏传奇,发现其形式上有个共同特点,就是在付末家门第一出中,均以[瑶轮第×曲]来填词。如《宵光》是[瑶轮第一曲]、[瑶轮第二曲],《红梨》是[瑶轮第五曲]、[瑶轮第六曲]。《题塔》已佚,不知是第几曲,但作于三剧之后的《投梭》是[瑶轮第七曲],可以推知《题塔》应是[瑶轮第三曲]、[瑶轮第四曲],也即为其第二本剧作。

至于阳初"复理铅堑"作《投梭》和《梧桐雨》的时间,当在丁巳即万历四十五年(1617)之后。因他在其编选的《南北词广韵选》卷一中,由记述与梅禹金的文字交而发感慨道:

> 丁巳岁,余友章伯敬从皖城归,手一册惠余,则禹金所作《长命缕》也……余之作词,直世弃无聊,假此以磨耗岁月耳,安所托讽?而亦遭李定诸人之螫毒邪?遂为烧却笔砚。

---

① [明]徐复祚:《曲论》,《中国古典戏曲论著集成》第四册,中国戏剧出版社 1959 年版,第 244 页。

说明至少在丁巳岁时,尚未有重操"三寸管"①。不堪谣啄,愤而罢笔,起码有七年之久。《一文钱》创作顺序和时间不详,但从不见于吕氏《曲品》著录和徐氏自述"复理铅椠"时尚不及此来看,当是作者晚年的压卷之作。因此,如果说徐复祚的剧作顺序是《宵光》、《题塔》、《红梨》、《投梭》、《梧桐雨》、《一文钱》,并且创作实践是由长篇传奇至短制杂剧,根据现有材料来看,应是大致不差的。

　　遗留下来的问题是,《宵光》和《题塔》的大致创作时间,也即复祚大约从何时起开始戏曲创作。前剧据《汉书》卫青本传而生发,写卫青与异母弟郑跖因析产交恶,屡为郑所迫害,终为铁勒奴所救的故事。后剧以洪迈《容斋四笔》引《遁斋闲览》记梁灏 82 岁状元及第为本事,以写老当益壮的晚成志节,"足裁少年豪举之气"②。《宵光》的创作契机无疑是导源于家庭兄弟间的龃龉纷争,感愤于昆仲相斗的不堪情景而作。然而,是写于其幼弟"鼎祚一揭而丧其身、倾其家"的家难之前,还是在其后呢? 如果在此之后,其兄昌祚万历三十七年(1609)九月初二日自裁,距次年六月作《红梨》才十个月。十月之内要完成三部大型传奇并非完全不可能,但联系作者"思君倍郁陶"的心境和"门庭事正饶"的处境,似乎难以有暇从事连续创作。再看作者在《宵光》首曲〔瑶轮第一曲〕中对自己人生感受和创作意图的叙说:

> 浮生梦一场,世事云千变,何须富贵两牵缠,则就此家庭无恙,天伦极乐,胜似锦衣旋。休轻把有限光阴,自生仇怨。

恳切谆谆,语重心长,规箴劝告之意,溢于言表。与在《家儿私语》中表露出的对其兄昌祚"昧天理,蔑王法,即孝子慈孙不能掩其丑"的不满,和对其弟鼎祚"以小憾而兴狱,使尚书公闻誉与徐氏家声一朝而陨,罪通天哉"的痛恨,是有很大差别的。因此笔者认为,起码存在着《宵光》创作于 1609 年家难之前的可能。徐昌祚万历三十三年(1605)致仕后,不久即与幼弟阋于墙,并且矛盾渐渐尖锐,至三十七年(1609)下

①《投梭记》第一出〔瑶轮第七曲〕有"不将三寸管,何处觅逍遥"句。
②吕天成增补本《曲品》,见赵景深《曲论初探》,第 75 页。

半年终于到了不可收拾的地步。那么,此剧当写于 1606 年至 1609 年上半年间,也就是说徐复祚大约在其 45 岁后开始了戏曲创作。当然,这只是一种推测。

三、《一文钱》本事考

最早对《一文钱》剧作本事作过考证的,是清代乾隆时的常熟王应奎。他在其笔记著作《柳南随笔》中,曾这样写道:

> 予所居徐市,在县东五十里,徐大司空栻聚族处也。前明之季,其族有二人并擅高赀……而一最吝啬,则为诸生启新。其书室与灶,仅隔一垣。常以绳系脂,悬于当灶,而绳之操纵,则于书室中。每菽乳下釜,则执爨者呼曰:"腐下釜矣!"乃以绳放下。才著釜,闻油爆声,即又收绳起,恐其过用也。为子延师而供膳甚菲。村中四五月间,人多食蛙者,然必从市中买之。启新以蟾类诸蛙,而阶下颇夥,即令童子取以供师。每午膳,师所食者止荤素二品。一日加豆腻一味,豆腻者,以面和豆共煮者也。师既食毕,疑而问其童子曰:"今日午膳,何于常品之外,忽加豆腻?"童子笑曰:"此豆乃犬所窃啖者,既而复吐于地。主人惜之,故取以为食。"师以其秽,为之吐呕不止。所畜雨具,有革履三只:一留城,一留乡,一随身带之。盖防人借用也。尝命篮舆山游,自北至西,诸名胜遍历。舆夫力倦,且苦腹馁,启新出所携莲子与舆夫各一,曰:"聊以止饥。"舆夫微笑,盖笑其所与之少也。而启新误以为舆夫得莲子故喜,即曰:"汝辈真小人,顷者色甚苦,得一莲便笑矣!"又尝以试事至白门,居逆旅月馀,而所记日用簿,每日只"腐一文,菜一文"。同学魏叔子冲见之,为谐语曰:"君不特费纸,并费笔墨矣! 何不总记云:自某日至某日,每日买腐、菜各一文乎?"启新方以为然,初不知其谑己也。其可笑多类此。其族人阳初,为作《一

文钱》传奇以诮之。所谓卢至员外者,盖即指启新也。①

王应奎以徐氏乡人的身份,记载里居的传闻旧事,当然有很高的可信度,故而后世戏曲史家多从此说。然而联系徐复祚本人所撰《花当阁丛谈》的有关记述,对照剧作的情节故事,可知作者是吸收融汇了当时社会多种人物的行为事迹,而敷演出六折杂剧《一文钱》的。

剧本的第一、二两折,写卢至员外如何既吝且贪,如何克扣妻儿,如何拾一文钱而如获至宝,如何因饥饿难耐而忍痛"暴殄"了此物,可能主要是以其族人徐启新为生活原型,加以夸张和生发而成。第三、四、五折,写西天帝释(佛教护法神之一)为点化卢至脱离痴悭苦海,化身为假卢至,散尽其家财田产,当是据苏州僧冰如的遭遇而略作加工变化,反其意而用之:

> 尝记万历甲辰,郡城北寺一僧号冰如,富至巨万,人尽垂涎而未有隙也。然此僧素倨傲,一日有两无赖老儒过访,有所少乞贷。冰如不但拒其请,且待之偃蹇,坐未久辄入,不复出。两老儒归而谋之恶少,某恶少曰:"何难?我二三兄弟明日到彼,寻一事端,痛捶此秃,以谢君可也。"……明日呼集二十馀人。适有里中富民某,施四十金为修寺费,方在桌秤兑,群不逞见金便攫。人既众,势不可遏,遂出呼里民千人入。凡其藏金以至什物,喧掠四日夜不休。郡遣一簿往按,众丛击簿败面去。后虽绳以三尺,遣配数人,而冰如则困顿饥寒死。

将上之记述与剧中假卢至家人向远近宣告"十日之内"尽意施舍,和四乡八方之众"整日到门"前来运米运钱诸情节对照阅读,便知两者之间的渊源关系。尤其是"尝记"一词值得思索,说不定释冰如的命运,就是创作《一文钱》的直接触发点呢。

至于剧末卢至员外在释迦佛的反复点化下,终于顿悟,皈依佛门

---

① [清]王应奎:《柳南随笔》卷二,中华书局1983年版,第29页。

的结局,也非作家的凭空捏纂,而是受到乡里旧闻的启发,进行艺术嫁接的结果:

> 元时富人陆德原,货甲天下……暮年感时事,忽以家业尽付所善友二人。二人疑骇未信,德原曰:"吾愧不能以善遗若,乃以财遗若,是以祸遗若也。然善持之,多施而少吝,则祸轻而身安。"二人方辞逊,陆出门矣,去为黄冠师。
>
> 昆山又有柴五溪……藉世资,有心计,起家至巨万。以母死,之京奏乞恤典。还至润州,忽缄书数通,付其家人先归,曰:"吾朝谒太和山便归耳。"比归发缄,乃遍谢姻党语,且与其妻诀。家蓄金万两,田万顷,书数千卷,令尽散内外族人。……众咸迂怪之,急走人之太和,则业已剪发为头陀。

虽然剧中为被动的度脱了悟,原型为主动的看破红尘,但同是"家资千万"(剧中卢至妻语)的巨富,并同是以脱离尘世作结,影响自然是十分明显的。

颇耐寻味的是,这三则材料在书中同在卷三,前为《陆道判》,后为《柴五溪》,释冰如之难,则是由作者在对此两条旧闻所加评语"村老曰"中叙述出来。记载时的连类而及,是否暗示着作剧时的糅合汇通呢? 联系作品内容来看,是完全可能的。

弄清《一文钱》的本事,对深入探索徐复祚创作此剧的旨意是有帮助的。他在"村老曰"中对陆德原、释冰如等人的行为评价道:

> 今天下林林总总之众,所为蒿目焦心,朝夕牙筹,至死而不休者,有不为此阿堵物者耶? ……非明达高洁、蝉蜕尘壒,灼然见富不如贫,胡能不少生系念也!

徐复祚身处万历、天启之时,耳闻目睹社会上为富不仁、痴贪愚吝、"苦较牙筹"(第四折)之徒的丑行恶举,使之对金钱本身产生了道德上的恐惧感,并由此形成一套"聚散"理论:

　　　　信乎! 此阿睹也,散则为德,聚则为愆;散则为福,聚则为祸;
　　　散则为达,聚则为愚……陆道判所云"多施而少吝",岂非千古至
　　　言欤?

　　正是在这种以钱为祸的深层意识制约下,才写出"为钱疠针砭"①的
《一文钱》杂剧。就其剧作题旨的本意来说,在资本主义经济萌芽较为
普遍的苏、昆、常之地,实为一种与历史进步背反的主观评价。站在今
天的高度论说《一文钱》,应该对此有所认识。

四、戏曲交游考

　　徐复祚一生布衣,足迹罕出苏、昆、常一带,尤其是中年以后,僻
"居海上三家村,声闻既邈"②,交游也不甚广泛。与戏曲艺术活动有
关的,是梅禹金、臧懋循、张凤翼、孙柚、秦四麟等人。从徐复祚笔记的
记载来看,梅、臧似与徐氏只是书信往来,未曾谋面。相互心仪,可谓
神交,这里就不多说了。

　　对徐复祚影响较大的,是万历时苏州著名的戏曲作家张凤翼(字
伯起)。复祚与之关系密切:"张伯起先生,余内子世父也",故而过从
频繁。复祚岳父张燕翼兄弟三人,人称吴中三张。长为凤翼、次为献
翼、幼为燕翼。燕翼早逝。复祚对献翼的狂放颇不以为然,对凤翼,则
无论是戏曲成就,还是其性格操守,都是十分敬重的。于是便经常过
访,登门请教,或一起商讨戏曲创作问题。这在后人从《三家村老委
谈》中辑录的《曲论》中有较详记载,此处不赘引。所要指出的是,很
有可能正是与张凤翼这样的戏曲大家有着姻亲关系,并经常往来切
磋,才吸引着徐复祚最终走上了"工词曲"③的戏曲创作道路。

---

①[明]栩庵居士:《一文钱》评语,《盛明杂剧》本。
②[明]徐复祚:《花当阁丛谈》卷五《沈同和》条"村老曰"。
③[光绪]《重修常昭合志稿》卷二五《耆旧》,光绪三十年(1904)木活字排印本。

下面着重谈谈徐复祚的同邑友人常熟戏曲家孙柚、秦四麟的有关情况。

孙柚,字遂初,又字禹锡,徐复祚也称他"孙梅锡"。万历时人,生卒年不详。康熙《常熟县志》卷二〇《文苑》有传,言其:

> 少负异才,豪放不羁。读书五行俱下,才情流丽,歌诗乐府脍炙人口。虞山北麓有古藤,蜿蜒如龙,柚菅别业曰藤溪。与名流王伯谷、莫廷韩辈觞咏其中,遂成名胜。所著有《藤溪稿》、《神游杂著》、《秋社篇》、《方物品题》、《琴心》、《昭关》等作。

该志并在卷一四《园林》志中,倍赞"藤溪草堂"之盛。光绪《重修常昭合志稿》卷四二《第宅志》沿其说,并有所补充:

> 藤溪草堂在秦坡涧下,古藤盘绕,涧壑泓然,初为孙柚(禹锡)所辟,有饮虬亭、松龛、丛桂轩、芙蓉沼、蕊珠室、昙花庵、古逸祠、松风馆、芦碕。柚并有诗,又自著《藤溪记》,后渐荒圮。孝廉顾云鸿购得之,倍加疏剔……

孙柚所作传奇两种。今存《琴心记》。此外,清邵松年辑《海虞文徵》,收其所撰《藤溪记》(1700 馀字);卷二九有七律二首:《从秦坡涧登拂水岩》、《吊古松》;卷三〇有五言绝句《藤溪杂咏》五首。其实,孙柚的藤溪"别业",并非像方志和他自己在《藤溪记》中所描述的那样亭馆繁盛、岩壑幽深。证据有二:一是徐复祚之语,言孙柚"居藤溪,萧然一室,无儋石储,而好客不衰"①;一是顾云鸿之语,"余入藤溪,求问其所谓丛桂轩、松龛、饮虬亭者,皆子虚之言;耳燠室、蕊珠、古逸,址自有之,室轮广才丈其馀,深不能仞。"(《藤溪记跋》)看来孙柚并不甚富裕,只是性格疏放,作记多夸张自诩之语,而方志又相沿不辨,故有此讹。

───────────────

① [明] 徐复祚:《花当阁丛谈》卷五《孙先生》条"村老曰"。

徐、孙两家交契颇深。孙柚的叔伯孙七政，与复祚之父徐尚德"交特厚"；孙柚和复祚也相友善（"与余善"）。复祚评价他的处世风貌是"性粗豪，不修曲谨，喜饮，喜樗蒲（博戏之术）"。惜其所著《琴心记》"头脑太乱，脚色太多，大伤体裁，不便于登场，曲亦时有未叶"。因此，复祚"每欲取而改订之，有志焉，而未逮也"①。但两人之间存在着戏曲交往，应是无疑的。

秦四麟，生卒年不详，亦为万历时人。既是戏曲音律家和演唱家，也是藏书家，今存其手抄之宋人笔记《玉照新志》，已为国家图书馆所藏之善本了。故康熙《常熟县志》收其传入《文苑》，而光绪《重修常昭合志稿》则在《藏书家》志中予以介绍。前志云：

> 秦四麟，号景阳，试督学第一，以丁艰不得廪。多畜古书，得即抄校。工音律，学于昆山魏良辅。尝以中秋夕登金陵长版桥，歌[大石调·念奴娇]词，竟四、五夕莫敢有发声者。②

后志记载略有异同，汰同存异，抄录于下：

> 秦四麟，号景旸，号季公。兄三麟，号仲祥，贡生，宜兴训导。世居邑西大河，家故饶。……善填词曲，精解音律……夙喜藏书。从人得秘本，多用行书好写。篝灯校勘，老而不倦。③

元代芝庵《唱论》云："大石唱风流蕴藉。"秦生以此调唱[念奴娇]词而威震金陵，足以想见季公当时神采。可与其风流意气相互印证的，是徐复祚对其轶事的回忆：

> 余友秦四麟为博士弟子，亦善歌金元曲，无论酒间，兴到辄引曼声；即独处一室，而呜呜不绝口。学使者行部至矣，所挟而入行

①[明]徐复祚：《曲论》，《中国古典戏曲论著集成》第四册，第245页。
②[康熙]《常熟县志》卷三二《人物志》一一，康熙二十六年(1687)刻本。
③[光绪]《重修常昭合志稿》卷三三《藏书家》。

筒者,惟《琵琶》、《西厢》二传。或规之:"君不虞试耶?"公笑曰:
"吾患曲不善耳,奚患文不佳也!"其风流如此。①

风流固然是风流了,但"屡试督学第一"②,却始终为一生员而终生不
得功名,恐怕便与其唯"患曲不善"而不"患文不佳",即醉心于戏曲艺
术有关。

作为昆山腔始祖魏良辅的曲学弟子,秦四麟不仅善唱金元北曲,
而且精通南曲昆腔的曲律和演唱技巧。徐复祚曾在论说作曲当从《中
原音韵》而不能依沈约四声时,举例道:

> 或曰:"若然,则'新篁池阁',当作'池果'唱乎?恐笑破人口
> 也"。曰:"不然。以'阁'字轻出,而后收之以'果'。此在凡入声
> 皆然,不但一'阁'字,触类可通"——此唯吾友秦季公知之。③

秦景阳以反切原理为基础,运用字分头腹尾的吐字方式于入声字的演
唱处理中,变发声短促为委宛清扬,以与昆山腔风格相一致,可见其
"精解音律"之一斑。钱谦益说徐复祚"妙解宫商"④,从其曲论中显示
出徐氏颇谙此道,其中应当存在着秦四麟的影响。

有意思的是,不仅孙柚、秦四麟与复祚交好,孙、秦之间也有着一
定的姻娅关系。具体说来便是,孙柚的堂弟孙楼之孙(名伽,字唐卿),
是秦四麟之婿⑤。孙唐卿"善填南词,与人言皆唐宋稗官小说及金元
杂剧,语不及俗"⑥。其平生喜言稗官杂剧,语语皆俗,却说他"语不及
俗",反映出清时修志者雅俗观念的变化。唐卿善填南词(曲),大小
也算个戏曲家,起码也是戏曲艺术的爱好者,难怪秦四麟要将爱女
许配与他了。

---

① [明]徐复祚:《曲论》,《中国古典戏曲论著集成》第四册,第243页。
② [康熙]《常熟县志》卷三二《人物志》——。
③ [明]徐复祚:《曲论》,《中国古典戏曲论著集成》第四册,第246页。
④ [明]钱谦益:《题徐阳初小令》,见《初学集》卷八五,《四部丛刊》本。
⑤ [光绪]《重修常昭合志稿》卷三三《藏书家》孙楼传。
⑥ [康熙]《常熟县志》卷三二《人物志》孙楼传。

在"十里青山半入城"①的锦绣之乡,有孙柚、秦季公这么几位布衣之交,时常往来纵谈戏曲,是否可以略慰复祚的落魄平生呢? 不得而知。

（原载于《古文献研究文集》2 辑,南京师大学报编辑部 1989 年版）

①［明］杜琼:《过海虞》,见《吴都文萃续集》卷五一,《四库全书》本。

晚明曹臣与清言小品《舌华录》[①]

南朝刘义庆著《世说新语》,以其卓越的思想和艺术成就,对后世产生了深远影响,续作、仿作者历代不绝。降至明代,继何良俊《语林》、李绍文《皇明世说新语》、焦竑《玉堂丛语》等著述后,又问世了专记清言俊语的《舌华录》,其作者便是生活于晚明的江南曹臣。

曹臣,字荩之,改字野臣,号文几山人。徽州歙县(今属安徽黄山市辖)人,出生于一个祖上"多以资雄"[②]的商人之家,时在明万历十一年(1583)。据方志,文几山实有其地,位于歙城西鄙 30 里处[③],因正德九年(1514)进士乡贤郑佐(官至参政)"建台其上"而闻名[④]。然曹臣族弟曹度撰《传》释其取号由来是:"生无位于时,名无闻于乡党,独学而无友,故称'山人';文几,非山也,第去斋东数百步,向者筑台以镇之,穹然以高,似文案然,假而名之曰山,因以为号焉。"曹臣虽居于乡间,少时志向远大,有"国士自命"之想,自不屑于承继祖业;但是又"耻为干禄文字,不求进取",故不习八股,不事科举。青年时,致力于诗古文创作的学习探讨,欲广泛汲取古代创作精华而内化为个人的文学修养,外显为独树一帜的一家之作:"始好为诗,乐府歌辞、三唐两宋

之所鼓吹靡不探；已而好文，骚赋选体、诸大家名集靡不玩①：渔猎古人而总之，欲以自鸣一家。"这种诗歌骚赋无不探、大家名集无不读的阅读经历和广辑博采古人而总之、欲以自成一家的创作努力，对其文学道路走向的影响，是极其深远的。

成年之后，不愿承习商务而"家日贫"的曹臣，在那万山之中的皖南山区，虽也有二三谈艺论文之友可以切磋请益，然于创作上欲有所成就，则需访学于四方，于是毅然离开闭塞的偏陬之地，走向那山外的广阔世界。传记所谓"已又好游，出大江南北，收三楚二京之胜，历山左、海岱、吴会、百粤之区。偕同志访奇秘，有径必造，造必游，游必记"，便是其中年行迹的真实写照。寓居之地是明朝陪都南京，人间天堂杭州亦自时常一游②。这种出大江南北、览海内胜迹的经历，使之广交了朋友、积累了创作经验（所著有游记散文《游囊》一卷，另明黄宗昌《恒山游》附其所撰"和韵诗"）。

早年放浪形骸，耽情声色，与歌女艺伎来往密切。尝春日同名伎沙宛在"坐湖上陈氏楼"，夏夜同"卫姬秦淮月泛"，亦曾与"陈姬西湖月泛"（皆节取其诗名）。中年时反思"往时游平康里中，口眼轻薄，每洗垢索瘢，自觉罪过"（《赠西安二朱姬》诗引），于此等行为亦颇感无味。为人性格孤傲，落落寡合，自称："予本粗狂人，两足走天下。不识慕名人，安知买身价？往往逢世人，人骂予亦骂！"（《寄怀杭州张卿子》）故常"受嗤于拙目"。

平生交游虽广，但大多皆无名之辈，如邓林宗、钟瑞先、闵子善、吴京生、杨季德、程用吾（多杭州人）、李汝藩（名宗城，南京人）、潘切叔③、林子丘、闵文休、赵凡夫、吴祖禹、吴我生、张龚之（大梁人）、汪方平、郑叔民、罗彝伯、毕康侯、林若抚（名云凤，苏州人）、潘于襄、昙如女师、西吾上人、（以下多歙人）黄玄龙（名奂）、王于凡（名之杰）、曹僧白

①黄山书社1999年版《舌华录》此段文字误标点为："始好为诗乐府歌辞，三唐两宋之所鼓吹，靡不探已；而好文骚赋选体，诸大家名集靡不玩。"

②［明］曹臣《忆刘完赤》诗末注："予尝与完赤于白门、武林两地同朝夕七年。"

③潘切叔，名是仁，徽州人；万历四十二年辑刻《宋元诗四十二种》，天启二年增修为六十一种。郑振铎云其"辑宋元名公诗集于王、李七子拟古之风既熄之后，三表、钟、谭诸家方起之际，诚豪杰士哉！"《西谛书目》，文物出版社1963年版，第19页。——结集补注

（名应鹏）、鲍无雄、王灵运、方若渊、佘无隐、刘仲楚、吴连叔、刘完赤、方叔粲、吴维明、方子玄等。这些人不仅无一为官为宦者，欲略知其名号事迹，亦非寻常传记资料书中所可得见。所交诸友中，有三人因能与之诗文切磋、创作相规而情谊最密：

> 予作诗文之病，无人得针砭之者。今则有人矣：公琰攻吾诗之贼，远游补吾文之阙，而君皆以所长济吾所短；于此兼而济之者，则武林卿子焉。（《三君诗》诗序）

公琰姓郝，名之玺（1581—1618），为人"颇有清骨"，诗学袁宏道，"有羸病，家贫甚"①，年三十八即卒（时在该年七月）；远游姓罗，单名逸，"工诗，家甚贫，道有遗金，自旦至暮，守还其人"，清初尚在世②，两人均曹氏乡人。卿子姓张，名遂辰（1589—1668.9.16），字相期，钱塘人；明诸生，入清隐于医。此外，有一人对曹臣影响甚大，即其乡前辈名士潘之恒（1556—1622）。之恒字景升，"好结客，能急难，以倜傥奇伟自负。晚而倦游，家益落，侨寓金陵。留连曲中，征歌度曲，纵酒乞食，阳狂落魄以死"③。他十分欣赏曹臣的文学才能，后者每有创作，便竭力为之奖掖推荐。

值得注意的是，曹臣所交多贫士。张遂辰《花夜忆旧》诗序曰："戊午三月十二日，余与吴京生同辞白门。时薄暮，且登舟矣。社中闵文休复追及留行，曰：'吾侪贫交，正不欲附日昨诸君子高宴。已备蔬酒于陈氏芍药园，愿须臾毋解维，俾申河梁之义。'于是，回辔与还，而潘切叔、郝公琰、林子丘、曹野臣皆在焉，盖已候余久矣！相见欢甚，论文惜别。"此段文字，一写曹氏诸友皆为蔬酒成欢的"贫交"，一写他们与高贵"君子"的格格不入，这是一群万历末年活动于明朝陪都南京的下层文人。曹臣之贫，是其不事生人之业而又常年浪迹四方之必然。他的无力养家，已沦入全靠贤妻汪氏的女红换食："日勤十指，以供薄

①［明］袁中道：《游居柿录》卷一三，上海远东出版社1996年版，第303页。
②［乾隆］《歙县志》卷一四《遗佚传》附《诗林传》。
③［清］钱谦益：《列朝诗集小传》丁集下，上海古籍出版社1983年版，第630页。

饘,除炊涤之外,针无停隙。"(《针诮》诗引)其穷困潦倒、一文不名,有
时竟至于无钱为先人奉祀。如其先母"每岁忌辰,以粉合肉作丸,供于
祐位,从所嗜也。今年此日贫甚,囊无一物,不能治此。晚乃解幼儿晜
胸前所佩小银锁,命大儿善出质肉。不意以街头撮弄夺心,拳中竟为
乌有。弄毕始觉,乃泣归门外,不敢入。问之,知其为遗质也。余亦凄
然泪下,随欲加之棰楚。复念此豚为先慈在日钟爱之至,今挞爱孙,此
添痛心于地下:是先慈以孙失养,复以养痛孙,即列具盈案,其必不下
咽也!审矣,但念不能已,乃上山采蕨数十百茎,归煮以供,庶几可了
人子之心万一。伤哉!"(《采蕨》诗引)作者写来痛心疾首,后人读来
亦感叹伤悲:一位富于文才而拙于治生的清寒士子,"贫人之厄,一至
于此"。

这就是今人所知的《舌华录》的作者:出身四民之末,广涉经史子
集,生计拮据窘迫,遭际穷愁流离;才华需要施展,性情需要显示,郁闷
需要发抒,感慨需要寄寓。上述有关史实,或为其青壮年所为,或为其
中后期之事。然无论发生在《舌华录》问世前后,它均提供了后人了解
此书作者的生存背景或人际环境。正是在这样的环境中或背景下,曹
臣在其三十二三岁时,以笔记小说《舌华录》的创作,汇萃古今佳言,展
示心胸识见,观照世态人心。

《舌华录》写成于万历四十三年(1614)四月之前,作者根据汉至
明代99种子史文集和自己当时的所见所闻,博采古今人士警言隽语、
精彩言论,共约1037条,所涉自上古传说时代(尧、许由)至明末人物
约1180位①,细加分类编次,厘为9卷18门,分别为慧语、名语、豪语、
狂语、傲语、冷语、谐语、谑语、清语、韵语、俊语、讽语、讥语、愤语、辩
语、颖语、浇语、凄语。书名"舌华",盖取佛经"舌本莲华"之意;亦即
潘之恒序语所谓:"舌根于心,言发为华。"

在选材上,如其"凡例"所言,该书有两个特点:其一,"取语不取
事",然并非格言类编,因所取之语皆是于问答之际或特定情境中所表
达的,故仍有一定的情节和形象性。如《谑语》第78条:"诗僧克文,有

①所据版本不同,条数和人数会略有出入。此据黄山书社1999年版及其附录"人名索引"。
　结集补注:《四库全书总目》"子部杂家类存目九"云此书"上起汉魏",不确。

俊才。初学诗,常质于郝公琰,郝曰:'师必大作斋啖我,不然,必以师诗颠倒点抹。'罗远游笑谓克文曰:'师毋受郝瘦儿欺,尊诗总无抹处。'"释克文之憨憨,郝之玺之戏谐,罗逸之虐谑,无不毕露。其二,"所取在仓促口谈,不取往来邮笔",即所撷取者,并非散文尺牍等美文中的嘉言名句,因为此乃"笔华"而非"舌华",故"即有佳者不录",而仅取特定情景中由特定人物口头表述之话语,从而使所编与盛行于晚明的其他各种清言小品文,有着明显的界线。

从内容上看,富于哲理或涵义隽永是《舌华录》许多条目的特点;精彩的人物对话,往往根源于对生活的真知灼见。虽然在根本上难免封建士子的思想局限,甚或亦有曲解生活之处;但其中毕竟存在着敏锐深刻的观察或积极健康的记载,反映了历史和生活的某些真实。如:

> 刘忠宣教子读书兼力农,尝督耕雨中,告人曰:"习勤忘劳,习逸成惰;困之习之,习之困之。"(《名语》第 27 条)
>
> 杨震为涿州太守,性公廉,不受私谒,子孙常蔬食步行。故旧长者,或欲令为开产。震不肯,曰:"使后世称为清白吏子孙,以此遗之,不亦厚乎?"(《名语》第 30 条)

类似的警策之语、至理之言,书中俯拾即是,可作座右铭来读,可作警世铎来听。又如《名语》第 59 条"陈继儒曰:'势在则群蚁聚膻,势去则饱鹰飏汉。悠悠浊世,今古皆然。有识之士,不必露徐偃之刚肠,但请拭叔度之冷眼。'"对人情冷暖、世态炎凉的褒贬,说者之冷峻,录者之认同,自有其深刻和沉痛在,惟所持态度过于消极而已。

书中的有些内容是表现人物在仓促应答、应酬世务中的机敏智慧。如《狂语》第 27 条记"齐高帝尝与王僧虔赌书(指比赛书法——引者注)。毕,帝曰:'谁为第一?'僧虔对曰:'臣书人臣中第一,陛下书帝中第一。'帝笑曰:'卿可谓善自谋也。'"伴君如伴虎,应对稍有唐突冒犯,就可能招致蒙辱、贬官甚或杀身、灭族之祸。王僧虔这种既能维护自己身价又无损齐帝尊严的巧妙回答,算得上应对自如了。同样是善书法者的自我肯定,亦同样是应对于帝王之前,因为人物性格不同、所涉话题略异,所表现的内容也会迥然有别,如南齐张融(字思光)与齐太祖之间的一段对话:"思光善草隶,太祖尝谓曰:'卿殊有骨力,但恨无二王法。'答曰:'非恨臣无二王法,亦恨二王无臣法。'"(《狂语》第46条)既然是与东晋羲之、献之父子相比,则不妨在肯定皇上提法("非恨"此处指不仅恨)的基础上,表达一下自己的艺术主张和创作个性。同为自负不凡的艺术家,一是善作周旋而娴于辞令,一显标新立异而性格张扬。正是选录、记载了大量的异中之同和同中之异,才使《舌华录》兼具了丰富性和差别性之美,无论是在形象勾勒还是在言语取裁方面,都是如此。

有些记述,虽然多从语言技巧上来显示人物的风范,但所记事体本身却含有深刻的揭露作用。例如《俊语》第17条所载:"蜀先主嫌张裕不逊,兼忿其漏言,下狱将诛之。诸葛武侯表请其罪,先主答曰:'芳兰当门,不得不除。'"刘备的答词,与其性格和身份甚相贴合,含蓄而又儒雅,同时又充满杀机。此条客观上暴露了这位仁慈之君的不能容人,具有一定的认识价值。又如《讥语》第45条记明成祖登基之后,磔杀拥护建文帝的陈迪父子,并生割迪肉塞入其口问道:"卿肉气味何如?"陈迪从容答曰:"忠臣孝子,肉岂腥膻?臣尝其美,人闻其香,陛下岂不闻乎!"一问一答之间,朱棣的冷酷阴鸷,陈迪的强项不屈,便已有了令人过目难忘的表现。《舌华录》作者既然敢对前朝君王重下诛心之笔,嘲讽同时之大官小吏更自不在话下,最典型者莫过于《谑语》第98条:"陈进士为歙令,墨声甚著,后改为南大理评事。司徒方定之笑曰:'陈公昔为富翁,今为评事,怪哉!'"[1]陈进士名九官,鄞县(今属浙江宁波)人,万历九年(1577)进士;方定之即歙人方弘静(1516—1611),官至南京户部右侍郎(少司徒)。对这位在作者少时为父母官、青壮时又在常居之地南京仕宦的"陈进士",曹臣一样借致仕乡绅方弘静之口,巧用评事与贫士的谐音、富翁与墨声的暗喻,予以辛辣的

---

①此段引文中,"陈进士"一本作"陈九官","司徒"一本作"邑绅"。此两处异文是研究《舌华录》版本流变的重要线索,参拙文《〈舌华录〉作者和版本考述》,载《明清小说研究》1999年第3期。

讽刺。

作为成于晚明这一特殊时代、编自曹臣这一特殊作者的《世说新语》续书,《舌华录》在其框架结构和采选内容上均有鲜明的特点。从框架结构来看,《舌华录》把《世说新语》中的《言语》、《捷悟》、《排调》等门类加以扩展,将许多晚明时代下层落魄文人所特有的情感、情思甚至情绪予以高度浓缩,精心选用相关字眼,如"慧"、"狂"、"清"、"韵"、"冷"、"愤"、"浇"、"凄"来概括,在"世说"体小说中增添了前无古人亦后无来者的崭新门类。在这些门类中,明万历慧业文人对思想自由的追求,对性灵随适的向往,英资勃发的才情,天马行空的狂放,冷眼观世的锐敏,愤世嫉俗的激越,恃才傲物的刻薄,以及穷愁潦倒的悲怨,都有了集中的展示窗口和恰当的集约园地。从采选内容来看,《舌华录》注意采录当时人物的言论入编,尤其是不避嫌疑,把作者及其友人的言行亦收入书中。即以曹臣挚友郝之玺、罗逸、张遂辰论,他们的名字皆频频出现,如:

> 郝公琰才高语放,常谓人曰:"吾一懑时,则读曹苿之诗可以消之,次则袁小修,再次则读吾诗耳,下此反增其懑。"(《狂语》第29条)
>
> 罗远游家呈坎山中,多古书旧帖,曹臣常过之,数日不归。一日,臣欲急归,罗留之,不允。时天欲雨,邻山初合,松竹之颠,半露云表,指谓臣曰:"汝纵不恋故人,忍舍此米家笔耶?"复留累日。(《清语》第12条)①
>
> 郝公琰曰:"吾常遇俗儿面孔,内自作恶。每举张卿子神色笑语,一思不但免俗,更觉世界清凉。"(《韵语》第23条)
>
> 罗逸平生多读书,不能自润。每叹曰:"男儿在世,场场皆当历过。吾历贫而未历富,历贱而未历贵。虞卿寂寂,岂男儿久为耶?要当觅东街一洒,以完结此心耳!"(《愤语》第27条)

---

① 此条清初陆寿名辑《续太平广记》"高逸"部全引。——结集补注

诸种言行举止,说其标榜夸示也好,说其放诞不羁也罢,就作者及其友人而言,只不过是真实的记录、真情的喷泻而已,是这群贫贱抑郁而又疏狂不驯的下层文人性灵和心态的自然流露。正如今人评价明后期小品文时所指出的那样:"它们清高、淡远、萧散、倜傥,然而也反映出晚明某些文人的浮躁、不安、狂放、压抑、困惑、焦灼和痛苦,同时不免夹杂着些悲凉绝望的末世气息。"①曹臣其人其作,在这方面可算是一个典型例证。

《舌华录》初成后,首先由好友吴苑(字鹿长)"参定",一是帮助编辑分类,二是于各门之首代撰小引,交代此类要旨;然后于"万历乙卯朱明朔日"(万历四十三年四月一日)请"里社潘之恒撰"序,同时由郝之玺书托公安袁中道(字小修,1570—1624)赐序加评②,最后经歙西虬村黄氏刻书世家名德懋(1571—1641)者刊刻问世,此即世传所谓"明万历刻本九行十八字白口四周单边有刻工"者。

由于《舌华录》编选对象历史跨度大、涉猎范围广,故全书内容相当丰富。许多千百年脍炙人口的名言警句,多被该书所吸纳,如"不是一番寒彻骨,争得梅花扑鼻香"(《慧语》第46条释希运语)、"大丈夫为志,穷当益坚,老当益壮"(《名语》第20条马援语),"不探虎穴,焉得虎子"(《豪语》第29条吕蒙语)、"不恨我不见古时人,恨古时人不见我"(《狂语》第46条张融语)、"吾不能为五斗米,折腰事乡里小儿"(《傲语》第19条陶潜语)、"入吾室者,但有清风;对吾饮者,惟许明月"(《清语》第9条谢譓语③)、"座上客常满,尊中酒不空,吾无忧矣!"(《韵语》第44条孔融语)以及"从山阴道上行,如在镜中游"(《俊语》第38条王羲之语)等等,可谓妙语连珠,美不胜收,堪称前此两千年佳语名言小百科。作为一部浓缩了的知识典籍,读者可以从中汲取丰富的历史知识、广泛的思想教益和常用的诗文典故、基本的助谈语料。因此《舌华录》问世后颇为畅销,仅于明末就曾多次修版重

①吴承学、李光摩:《晚明心态与晚明习气》,载《文学遗产》1997年第6期。
②明刻本有袁氏眉批近四百条,民国石印《笔记小说大观》已略去,黄山书社1999年版《舌华录》以随文批的形式予以恢复。
③语出《南史·谢譓传》。谢譓,各本多作"谢惠",或作"谢惠连",皆为误刻误改。

印。只是这似乎并未给作者带来多少经济上的收益,他依然是漂泊无定,依然是(甚或更加)潦倒穷愁。此后行迹可知者为:

万历四十五年(1617)编成诗作《蛙音稿》一卷,题名意为"宁为蛙龟音,不为鹦鹉语";天启初年编成诗作《鬼订稿》一卷,因此前曾梦已逝之郝公琰与其论诗而名集;崇祯五年(1632)编成游记《游囊稿》;另有文稿《蒐玉集》一卷,不详成书时间:诸作由族弟曹度于清初辑为《文几山人集》行世。

崇祯十一年(1638)游北京,"角巾布袍,落落有逸气",得识钱谦益(1582—1664),曾数为钱氏"访求古书",钱氏评其诗风是"不由康庄,转入僻径……哀怨凄恻,善为苦语"①;同年十一月,清兵犯河北,曹臣长子毓善从族祖上林公时居深州,"城陷死焉"。

清顺治四年(1647),曹臣卒于南京,享年65岁;幼子泳,"客游闽中,归自河南境上,遇盗见杀";次子毓晁,"居金陵",长于篆籀,不久"及其子大生俱死",其后遂不可问。后人于此感叹道:"行修名立如山人,两子皆不良死,不再世而莫嗣,天道果足信乎?"

(原载于《中国典籍与文化》2001年第2期)

---

① [清]钱谦益:《列朝诗集小传》丁集下,第612页。

冯梦龙、袁于令交游文献新证

　　冯梦龙、袁于令,既是戏曲家,又是通俗小说家,如冯梦龙有"三言"和《墨憨斋定本传奇》、袁于令有《隋史遗文》和《西楼记》诸剧,故向为学术界关注之重点;但有关二人生平事迹和交游活动的历史文献又极为稀见。今从明末清初徐懋曙《且朴斋诗稿》中钩稽出与冯梦龙、袁于令诗多首,且有袁氏珍贵诗序一篇,有助于研究二人晚明事迹。徐懋曙(1600—?),字复生,号暎薇、映薇,江南宜兴(今属江苏)人。为崇祯三年(1630)顺天举人①,联捷成进士,任职于工部都水清吏司,崇祯六年(1633)"出典粤东试";"后由正郎出守黄州,旋调守吉安,在吉最久……解任镌秩,谪司困关的经历,家乘中略之,见诸府君诗集中,亦未详其何职。后又迁守四明"②。可见,在吉安、宁波两任知府之间,还夹杂着曾谪贬至福建困关的经历,时在崇祯十三年(1640)前③。鼎革后家居不仕,康熙九年(1670)前已经去世④,著有《且朴斋诗稿》存世。

---

① 嘉庆增修《宜兴县旧志》卷七《选举志》"举人"崇祯三年:"徐懋曙,顺天中式,辛未进士,洪祚长子。"
② [清]徐葆辰:《且朴斋诗稿后跋》,见《且朴斋诗稿》附录,光绪二十五年(1899)重刻本。
③ [明]林宏衍:《南游草原序》,崇祯十三年(1640)撰,见《且朴斋诗稿》卷首。
④ [清]陈维崧《感旧绝句》之三《怀徐太守映薇》,诗注已及"太守既亡",见《湖海楼诗集》卷四(均为"庚戌"撰),康熙二十八年(1689)患立堂刻本。

一、徐懋曙及曹学佺赠冯梦龙诗

冯梦龙(1574—1646),字犹龙,苏州府长洲(今苏州市)人,以贡生历官镇江丹徒训导、福建寿宁知县。是明末重要的通俗文学家,以改编戏曲、话本而著称。在晚明文学史上,他虽然是极重要的人物,但生平、交游资料现存不多。明人为之作诗者,今人皆知者仅有董斯张《偕冯犹龙登吴山》、潘一桂《送冯犹龙入楚》、毛莹《冯犹龙席上同楚中耿孝廉夜话》、阮大铖《同冯犹龙登北固甘露寺》、文从简《赞冯犹龙》和钱谦益《冯二丈犹龙七十寿诗》等六首①;另有艾容《寄冯梦龙京口,著有〈智囊〉〈衡库〉等集》②。故徐懋曙所撰七言古诗《京口访冯犹龙不遇赋赠》,对于研究冯梦龙可谓弥足珍贵的史料:

> 从君燕市酒炉过,慷慨行藏一剑多。落落拓拓无亲热,大者鞭捶小者呵。人谓狂生胡尔尔,余谓狂生厥有旨。读书著作雄千秋,彼其之子何足齿。呼余小友称忘年,余心出火眼生烟。草草言逢复言别,只兹草草真奇缘。有才如君宁不得,酬以一毡天且刻。人之患在好为师,使诸大夫有秩式。无庐无舆食无鱼,弹铗者冯君是欤?陈蕃悬榻不轻下,下者为谁南州徐。君身不见忆君态,旭颠仪舌两仍在。岂余一遇故尔悭,君其犹龙聊自晦。

"京口",指丹徒县(今属镇江市辖),因京岘山得名。故诗当作于崇祯四年至六年冯梦龙任该县训导期间,极可能是懋曙于崇祯六年(1633)"出典粤东试"赴任途中,顺道返乡时所撰。全诗共24句,前12句回

---

①高洪钧辑:《冯梦龙集》卷首《时人题咏》,河北人民出版社1992年版,第1—4页。
②马泰来:《冯梦龙友朋交游诗考释》,见《中国图书文史论集下篇》,台北1991年版。诗见《微尘阁稿》卷七,徐朔方先生《晚明曲家年谱》第一册征引,书名误为《微尘闇稿》,浙江古籍出版社1993年版,第755页。

忆两人的相识。从首句"从君燕市酒炉过"可以看出,两人的交往当开始于崇祯三、四年间。据学者考证,"崇祯三年(1630),冯梦龙已经五十七岁了,才考上个贡生,四至六年,出仕丹徒县训导;七至十一年,升任为福建寿宁知县"①。两人相遇于北京,当是冯氏考中贡生后入京选官(明代"外官推官、知县及学官,由举人、贡生选"②)之时也。他与刚刚30出头的徐懋曙一见如故,称之为"小友",并许为忘年交,令徐氏兴奋得"心出火,眼生烟";此时风华正茂的徐懋曙,虽然是举人、进士联捷,却对年近花甲始获一贡的冯氏由衷地佩服,透过其行止落拓、旅囊羞涩的表面,看出冯梦龙"读书著作雄千秋"的出众才华,认为那些看不起他的高贵人士才是真正地不足挂齿。后12句抒写此次访冯不遇的感慨,用两人同姓先贤战国冯谖③、东汉徐稺④的有关典故,表示对冯梦龙位卑职冷的同情和感谢冯氏对自己的赏识。

在现存已知歌咏冯梦龙的明末清初之作中,这首诗应是最有价值的一篇。作出这种评价,不仅由于作为友人对冯氏神情风貌的传神描绘(如张旭的醉后放浪和张仪的能言善辩),还在于全诗突出地表现了对冯梦龙不同流俗的"狂"的肯定,欣赏其狂态,赞美其狂才,为他的遭遇和命运鸣不平,因而是研究冯氏思想风范、行为风采的重要文献。冯氏自称是"东吴之畸人"⑤,"畸人"是当时对具有异端思想、叛逆行为之人的惯常称谓,此类人最显著的特点就是"放荡不羁、不受礼法的约束"⑥。徐懋曙对"畸人"之"狂"竭尽赞誉之辞,也表现出他对此类思想和行为的认同。

此外,曹学佺有《赠别冯犹龙大令》,亦未见前贤提及:

---

① 高洪钧:《冯梦龙小传》,见所辑《冯梦龙集》篇首。
② 《明史》卷七一《选举志》,中华书局1974年版,第1715页。
③ 冯谖弹铗,典见《战国策·齐策四》。
④ 东汉徐稺,字孺子,豫章(南州)人,安贫守道,品行高洁。当时陈蕃为太守,不接宾客,惟稺来特设榻相待;名士郭林宗赞许之,有"南州高士徐孺子"之语。事迹见《后汉书·徐稺传》。后世多以"南州"或"徐孺子"称徐姓雅士。徐暎薇室号"乐孺堂",亦自有仰慕徐氏先贤之意。
⑤ [明]冯梦龙:《智囊》自叙,见高洪钧辑《冯梦龙集》第95页。
⑥ 聂付生:《冯梦龙研究》,学林出版社2002年版,第35页。

迟君无别径,水次即云涯。胜侣开三雅,清心度六斋。暂然抛黑绶,旋得傍金钗。河尹风流者,宁妨韵事偕?①

此诗作于明崇祯十年丁丑(1637)夏初(前有作于《四月朔日……》者,次篇为《夏至》),这时冯氏正在福建寿宁知县任上,故闽人曹学佺有缘与之交往。曹学佺(1573—1646),福建侯官(今福州市闽侯县)人,为晚明文学家。万历二十三年(1595)进士,累迁至广西右参议,天启间因事削职为民,家居20年。南明破家起义,清兵入闽自缢死,以编选《石仓历代诗选》著名。

二、徐懋曙赠袁于令诗及袁氏为徐集所撰序

袁于令(1592—1674②),原名晋,字令昭,后改今名,晚号籜庵,吴县(今苏州吴中区)人。有关其身世的研究文章已有多篇,如孟森《西楼记传奇考》(1917)、李复波《袁于令生平考略》(1986)、陆萼庭《谈袁于令》(1995)、邓长风《袁于令、袁廷梼与〈吴门袁氏家谱〉》(1997)、徐朔方《袁于令年谱》(2002)等,且多出于文献名家之手。内容除了考证其《西楼记》创作的本事和逸事外,大多侧重研究其人清后的事迹和交游。而徐懋曙《且朴斋诗稿》中有关史料,对研究袁晋晚明时期的交游活动和文学思想,有着重要的价值。

在《且朴斋诗稿》"七言律"中,收有与袁晋诗两首。一为《赠别袁令昭》:

庐山万仞接高秋,千里辞家事壮游。海内才名知己在,天涯宦况故人留。问奇珠玉空中落,染翰烟云纸上浮。握手别君惭半豹,更期声气到南州。

---

①[明]曹学佺:《西峰六四草》,见《石仓诗稿》卷三三,乾隆十九年(1754)重刻本。
②徐朔方:《袁于令年谱》,载《浙江社会科学》2002年第5期。

颔联"海内才名"指袁晋当时已声誉远播,"天涯宦况"指自身在江西为官,故该诗当撰于崇祯十年(1637)之前,时懋曙在江西吉安知府任上,两人一同游览庐山,然后相别。尾联上句"惭半豹",是用《晋书·殷仲文传》"谢灵运尝云:'若殷仲文读书半袁豹,则文才不减班固。'"的典故,自愧不如袁晋有才华;下句以"南州徐孺子"自指,希望袁令昭能与己声气相投,互为知音①。

一为《为袁令昭觞其姬人,时庚辰秋后二日,闻有琴姬佐酒,和曹能始韵》:

> 仙子携来白玉楼,好逑今日在河洲。调传霓羽偏当月,奏转松风恰值秋。燕市侠情馀佩剑,闽南烟景拥归舟。江潮为报新乘涨,水口关添第一筹。

庚辰指明崇祯十三年(1640),曹能始即曹学佺,其别集有编年体《石仓诗稿》,最晚系年为丁丑,即崇祯十年(1637),故无"觞袁令昭"之诗。但是,根据徐懋曙此诗,判定曹能始与袁令昭有交游唱和关系,应该是毫无疑问的。由徐诗首联次句原注"舟泊困关,因水涨未发",知写于懋曙由吉安知府左迁困关之后。颈联上句回忆崇祯三年(1630)两人初会时(见下文)袁氏的侠情义气,下句点明了困关的大致地点。晚清徐氏后裔在重刊《且朴斋诗稿》时,已不详"困关"其地(参徐葆辰《且朴斋诗稿后跋》)。

袁晋以小说、戏曲名家,其别集著述,据《吴县志·艺文考二》,有《及音室稿》、《留砚斋稿》两种,惜今不传,故其诗文极罕见,文存者有天启年间撰《李卓吾先生批评西游记》题词、崇祯六年(1633)撰《隋史遗文》序、崇祯二年(1629)为沈泰编《盛明杂剧》二集撰序、崇祯四年(1631)为范善溱《中原全韵》撰序、晚明为"玉茗堂批评"本《焚香记》撰序及总评、康熙七年(1668)为从子袁园客整理凌濛初《南音三籁》撰序。另在周亮工《尺牍新钞》卷十一、《尺牍新钞二选》卷一六中,分

---

① [明]冯梦龙《警世通言·俞伯牙摔琴谢知音》:"声气相求者,谓之知音。"

别收其《与安公》、《与人》两信①,当均作于清初。而在徐懋曙诗稿卷首,竟然保存有袁晋所撰《且朴斋初稿》序一篇:

> 诗难言矣,今日之诗更难言矣:《三百篇》视为尘诠,并初盛唐亦置之;句雕字琢、画脂镂冰,不知所工何事,辄引钟、谭为议论之宗。夫《诗归》一选,字字根本于性情,栖神澹泊,寄趣潇散,何常纤屑晦涩,故作折腰堕马之态,语不惊人死不休,抽至理以动至情,故难也。若止于耀炫俗眼,不唯识者窃哂,反之性情不能自安,于诗又何称焉? 吾社映薇,神交于词坛久矣。庚午遇于燕山,把臂论诗,遂成水乳。离合数年,忽贻《且朴诗》,不衫不履,绝无捉襟见肘之状。其歌行远昉长吉,近类弇州;律则居然辋川、襄阳季孟间。才情横溢时,真如御风而行,一息千里,是能撼所愿言、不依人榜样而自成一家名集也。词坛名宿,吟髭断尽,孰能与之一分席攫麈乎。初刻未工,余为更梓,书此数言弁其端。戊寅二月社弟袁晋题于留砚斋中。

这篇序文撰于崇祯十一年(1638),恰为竟陵派的代表人物谭元春(1586—1637)去世的第二年。在文学思想上,反映出袁晋主张诗歌应以自然为工,创作要以性情为本。他既反对公安派"不拘格套"导致的对古代优秀创作传统的"视为尘诠"和"置之"不论,同时也认为竟陵派的末流虽然动辄以"深幽孤峭"②相标榜,实流于"纤屑晦涩,故作折腰堕马之态"的矫揉造作和琐碎僻陋,有违钟惺(1574—1624)、谭元春编选《诗归》"根本于性情",提倡"栖神澹泊,寄趣潇散"的本旨所在。竟陵派强调"重理"以及应社张溥、张采"更加突出了重理尚用的一面"③,袁晋对此有所不满,他反对"抽至理以动至情"而导致的对诗歌表达"性情"的冲击。他认为如果不在表现自家"性情"上下工夫,而

---

①李复波:《袁于令生平考略》,载《戏曲研究》第十九辑,文化艺术出版社1986年版,第95页。

②[清]钱谦益《钟提学惺》:"别出手眼,另立深幽孤峭之宗。"见《列朝诗集小传》丁集中,上海古籍出版社1983年版,第570页。

③邬国平:《竟陵派与明代文学批评》,上海古籍出版社2004年版,第111页。

倾力于雕词琢句，就如同在油脂上作画、在冰块上雕刻，最终均将化为乌有，是徒劳无功之举。提倡自然、反对雕琢，是袁晋一贯的文学思想。他在为天启年间金陵周氏大业堂刊刻的李卓吾批点《西游记》题词中，也曾说过：

> 今日雕空凿影，画脂镂冰，呕心沥血，断数茎髭而不得惊人只字者，何如此书驾虚游刃，洋洋缅缅数百万言，而不复一境、不离本宗，……日诵读之，颖悟自开也！①

即是肯定《西游记》运极自然之笔、写极变幻之事、言极真实之理所达到的高超造诣。他对诗歌创作“根本于性情”的尊崇，与其论戏曲“倘演者不真，则观者之精神不动；然作者不真，则演者之精神亦不灵”中对“情真”、“有情”（《焚香记》序②）的肯定，亦是互为桴鼓的。

徐懋曙诗稿中有关袁于令的序、诗，对于研究这位重要的戏曲家和小说家的前期活动经历，也提供了稀见史料。学者曾经根据杜濬（1611—1687）《沙河既济，袁令昭先在，见余至甚喜。以同社元叹诸子先字韵诗属和》“燕台此去同千里”及《又用先字嘲令昭，时七夕后一日》“窥君步步随油壁”等诗句，说明袁令昭此番出门是携眷同行的，“如果功名事全无着落，进京也只能作临时之计，当不会押此油壁车长路远行了”；并征引杜濬《北征绝句》跋“曩者岁在壬午，余赴试北闱……有《北征漫草》一卷”，并云“除此不闻杜濬进京事”，进而证明杜氏沙河之诗撰于崇祯十五年（1642），此年“七夕晚些时候，袁于令到了北京”③。可是有关推测并无多少事实根据。杜濬为崇祯十二年（1639）己卯科副榜贡生，当时已经29岁。如果其弱冠为诸生，按明代三年大比，逢子、卯、午、酉举行八月乡试，不仅崇祯十五年壬午系赴顺天乡试，崇祯三年庚午、六年癸酉、十二年己卯皆可能参加北闱乡试（副贡生便是此次乡试的结果）；因此不能简单判定“沙河既济，袁令昭先

①丁锡根编：《中国历代小说序跋集》，人民文学出版社1996年版，第1359页。
②蔡毅编：《中国古典戏曲序跋汇编》，齐鲁书社1989年版，第1323页。
③李复波：《袁于令生平考略》，载《戏曲研究》第十九辑，第100—102页。

在"两诗就一定是崇祯十五年(1642)产物,故袁晋赴京未必非在此年。何况"沙河"二诗是否一定出自《北征漫草》,仅为贡生、士子进京是否就一定不能携眷同行,都是缺乏史料支持的悬想之辞。

综合以上记载,袁晋诗序所谓"庚午遇于燕山"指崇祯三年(1630),此际徐懋曙在北京参考顺天举人,袁令昭亦在京,或即同试北闱,抑未可知;《赠别袁令昭》当撰于崇祯十年(1637)前后,时懋曙在江西吉安知府任上,两人一同壮游庐山;《且朴斋初稿》序落款"戊寅二月社弟袁晋题于留砚斋中"之戊寅,指崇祯十一年(1638),两人皆在吴中家乡,此年袁晋在苏州家中留砚斋为徐懋曙诗稿写序褒扬,并嫌"初刻未工,余为更梓",即出资为之重刻,可见友谊非同一般,由落款可知其在崇祯中后期仍未改名"于令";《为袁令昭觞其姬人,时庚辰秋后二日……》撰于崇祯十三年(1640),徐懋曙因事被贬至福建困关,为守关吏,袁晋又与之相会,时携家姬同行。两人的友谊一直延续到彼此的晚年①,叶奕苞《经锄堂诗稿》卷八有七绝《袁箨庵太守示赠南州歌姬湘月贞玉花想凝香四首索和次韵》,当作于清顺治末年。徐懋曙入清自建乐孺堂家班,湘月、贞玉、花想、凝香皆为班中演员②。凡此,皆可补前人对袁令昭行迹尤其是晚明活动的了解之不足;而袁晋所撰诗序,更与其现存小说、戏曲序跋一起,为后人留下了值得重视的文学理论文献。

(原载于《文献》2007 年第 4 期,发表时有所删节)

---

① 万树[贺新郎]词《登徐氏悠然楼,追怀映薇先生,用稼轩"悠然阁"韵。先生原任吉安刺史》上阕:"曲尚屯田柳。独余宗、眉山苏二,庐陵欧九。每得吉州相印可,夸向荆州老手。谓袁箨庵公。许新谱、金元追旧。多付雪儿歌丽句,立司空、左右周郎后。弹指顷,竟何有。"亦有助于了解徐、袁二人的曲学造诣和曲学友谊。见《全清词·顺康卷》第 5625 页。——结集补注

② 参拙文《清初戏曲家徐懋曙事迹考略》,载《艺术百家》2006 年第 4 期;收入董健、荣广润主编《中国戏剧:从传统到现代》,中华书局 2006 年 8 月版。

"才名千古不埋沦"

——金圣叹事迹和著述简论

　　17 世纪的中国,横跨明、清两大王朝,是一个动乱丛生、新旧迭起的时代,也是一个纵横睥睨、奇人辈出的时代。文学批评家金圣叹(1608—1661.8.7),便生活在这一时期。其博学多识,广涉经史子集和小说戏曲民歌,深究儒释道三教,具有强烈的民本意识。其极富才华且颇多争议,怪诞悖俗并饶有个性,一生因行止多义而留下不少需要破解的密码。所批《水浒传》《西厢记》,"灵心妙舌,开后人无限眼界、无限文心"①,开启了传统俗文学走向近代的里程;对古文、唐诗的评点,时人"钦其神识,奉为指南"②,亦促进了文学经典的普及。因金圣叹而构成的历史景观和文化现象繁复而生动,已成为 20 世纪以来人们解读一段文学发展和历史必然性的典型个案。

一、生平简况

　　金圣叹,生于明万历三十六年(1608),名采,字若采;又名人瑞,号圣叹;别号唱经子,或称唱经先生,又号大易学人、涅槃学人;室名沉吟

---

① [清]冯镇峦:《读聊斋杂说》,见《聊斋志异会校会注会评本》,上海古籍出版社 1978 年新 1 版,第 12 页。

② [清]陈枚:《增补天下才子必读书》凡例,康熙十六年(1677)灵兰堂刻本。

楼,堂号唱经堂。苏州府长洲县人。生而颖异,敏感早慧。七岁读杜甫诗《远征》,感伤人生无常;十岁入乡塾,习儒家经典而意惝如;11 岁读《妙法莲华经》、《离骚》、《史记》、《水浒传》、《西厢记》等,培养了广泛的阅读兴趣;15 岁向文学名家王思任问学,悟作文之秘。少补诸生,后以岁试文怪诞而被黜革;次年以张人瑞名补吴县庠生,故人称其庠姓张。从弱冠之际开始,至少以下几种活动可以表征金圣叹的人生轨迹。

扶乩降神的宗教活动。金圣叹自幼笃信佛教。20 岁时自称天台宗祖师智𫖮弟子的化身,以泐庵大师之名,带数名助手,在吴中一带开始了长达十余年的扶乩降神活动。先后在苏州名宦钱谦益、姚希孟、叶绍袁宅中做法显灵,此举在崇祯九年(1636)前后达到高潮。最为著名的一次是崇祯八年六月在叶绍袁家,为之招来亡女小鸾之魂,泐师与所谓叶女当场有如下对白:

> 师云:"既愿皈依,必须受戒。凡授戒者,必先审戒。我当一一审汝,汝仙子曾犯杀否?"女对云:"曾犯。"师问:"如何?"女云:"曾呼小玉除花虱,也遣轻纨坏蝶衣。""曾犯盗否?"女云:"曾犯。不知新绿谁家树,怪底清箫何处声。""曾犯淫否?"女云:"曾犯。晚镜偷窥眉曲曲,春裙亲绣鸟双双。"师又审四口恶业,问:"曾妄言否?"女云:"曾犯。自谓前生欢喜地,诡云今坐辩才天。""曾绮语否?"女云:"曾犯。团香制就夫人字,镂雪装成幼妇辞。""曾两舌否?"女云:"曾犯。对月意添愁喜句,拈花评出短长谣。""曾恶口否?"女云:"曾犯。生怕帘开讥燕子,为怜花谢骂东风。"师又审意三恶业:"曾犯贪否?"女云:"曾犯。经营缃帙成千轴,辛苦鸾花满一庭。""曾犯嗔否?"女云:"曾犯。怪他道蕴敲枯砚,薄彼崔徽扑玉钗。""曾犯痴否?"女云:"曾犯。勉弃珠环收汉玉,戏捐粉盒葬花魂。"师大赞云:"此六朝以下,温、李诸公血竭髯枯、矜诧累日者。子于受戒一刻随口而答,那得不哭杀阿翁也!"[1]

这段精彩的对话,不仅当场引得小鸾父亲绍袁怜惜和感伤不已,亦打动了自钱谦益而下无数的古今文人。钱氏赞小鸾"矢口而答,皆六朝骈俪之语"①,指的就是这段文字;周亮工虽不以"泐师演说无明缘行,生老病苦因缘"为可信,对其"招琼章至,琼来赋诗"的具体对答却颇感兴趣,认为"此事甚荒唐,予不敢信;特爱其句之缛丽,附存于此"②。殊不知,事既荒唐,缛丽之句的著作权便不属于已逝三载的叶小鸾,也不属于与之对话的"泐大师",而是金圣叹与其随从(扮"女"之人)预先构思好的降乩之作。他的这种富于艺术感染力的降神活动,"长篇大章,滔滔汩汩,缙绅先生及士人有道行者,无不惑于其说。……儒服道冠,倾动通国者年馀"③,一时间信者奉之为神,恨者詈之为魔。

评点"众经"的文学活动。崇祯十三、四年间,随着人生兴趣的转移,金圣叹开始了评点"众经"和其他各体作品的文学活动,首先完成的是《水浒传》的评点。《天下才子必读书》的初评工作,亦是在明末就已开始进行了。入清后,于顺治四至六年撰著《童寿六书》、《圣人千案》、《南华字制》,顺治十三年批点《西厢记》,十四年完成《小题才子文》,十七年分解唐律诗刊行,《天下才子必读书》和《杜诗解》均在身后问世。

除了从事评点工作外,金圣叹赖以谋生的职业便是做塾师。至少在其30岁左右时,即已开始了教学生涯。其弟子以及"从其游者"今知者便有戴之儁、沈永启、顾参、史尔祉、韩藉琬、冯某等。与科举和作文有着直接关系的《大题才子文》、《小题才子文》和《天下才子必读书》,很可能就是这一职业的自然产物。但是,无论是评书还是授徒,似乎都没有给他带来经济生活的明显改观。崇祯十四年(1641)大旱,已需友人接济;晚年从其妻子"贫穷因讳疾,并臼且伤生"(《妇病》)的境况中,亦可见其家庭状况的潦倒。

易代之际的政治活动。顺治二年(1645)五月,随着清兵铁马金戈的南下,昙花一现的南明弘光王朝迅即消亡。江南的陷落,打破了金圣叹在明末虽然清贫但仍不失安定的儒士生活。晚明时期一些过从

---

① [清]钱谦益:《列朝诗集小传》闰集,上海古籍出版社1983年版,第756页。
② [清]周亮工:《书影》卷六,上海古籍出版社1981年版,第165页。
③ [清]郑敷教:《郑桐庵笔记》,《乙亥丛编》本。

甚密的家乡友朋，或抗清失败、慷慨就义，如戴之杰；或以身殉节、自尽而死，如王希；或蹈险寻父、丧身战乱，如叶奕荃。除了死难者外，还有抵抗失利、回里隐居的吴晋锡，明为廉吏、入清不仕的盛王赞。面对着劫后生灵涂炭、田园荒芜的凄凉境况，在顺治初年，他先后写下大量的感伤兵燹战乱、亲友流离，表达抵触新朝、同情反清的诗篇，仅现存者就有《外甥七日》、《讹传境哥被虏》、《喜见境哥》、《兵战》、《怀圣默法师》、《柳》、《闻圣寿寺遭骄兵所躏》、《元晖渡江》、《元晖来述得生事》、《上元词》、《题徐松之诗二首》等（考虑到其诗歌是其女婿编选删存者，这类犯禁触忌之作肯定已被处理掉许多）。如《上元词》跋语云：

> 此非道人语。既满目如此，生理逼侧，略开绮语，以乐情抱。昔陶潜自言：时制文章自娱，颇示其志；身此词，岂非先神庙末年耶？处士不幸，丁晋宋之间；身亦适遭变革，欲哭不敢。诗即何罪？不能寄他人，将独与同志者一见也。

最后数语，何其痛心、何其抑郁！再看其为徐崧所撰的《题徐松之诗》，第一首后四句"近事多难说，传闻或未详。副车皆不中，三户又沦亡"，后两句分别典出《史记》的《留侯世家》"秦皇帝东游，良与客狙击秦皇帝博浪沙中，误中副车"和《项羽本纪》"楚南公曰：'楚虽三户，亡秦必楚也。'"其间更是难以掩抑地流露出对于抗清失利的失望沮丧。

然而，随着时间的推移，这种怀想故国的情绪在逐渐淡化。像那个时代中的大多数人一样，金圣叹慢慢适应了新的政权，至少在顺治十四年（1657）给吴县教谕夏鼎所写的诗句中，已经表现出履新去旧的希冀。该诗前二联曰："潦倒诸生久白头，十年梦断至公楼。杏花廊下重来坐，药草笼中实见收。"（《赠夏广文》）由于史料的缺乏，我们不知道"十年梦断"是指自己入清后就放弃乡试，还是指自己运气不佳总是秋闱落榜；不过"药草笼"①一典的运用，已表达了愿意为新朝所用的

---

① 《新唐书·儒学传下·元行冲》：行冲"尝谓仁杰曰：'……门下充旨味者多矣，愿以小人备一药石可乎？'仁杰笑曰：'君正吾药笼中物，不可一日无也。'"后遂以"药笼中物"比喻备用的人才。

随顺心态。正是存有这样的情结,当友人邵点于顺治十七年(1660)归自京城,向他转述当朝皇帝所云"此是古文高手,莫以时文眼看他"的赞许时,顿时"感而泪下,因北向叩首"(《春感》小序);只可惜他没有听到顺治帝同时发出的"议论尽有遐思,未免太生穿凿,想是才高而见僻者"①的褒贬,否则是否会头脑清醒一点:一个被认为方法"穿凿"、思想"见僻"者,怎么可能得到朝廷的重用?《第五才子书》第六十二回,写宣赞奉旨礼请关胜出马,"关胜听罢大喜"。圣叹批道:"何遽'大喜'?只四字写尽英雄可怜!"其实,《春感》八首何尝不写尽一位长期被人以"魔"相视的边缘才士之可怜呢?

震惊天下的哭庙活动。或许正是因为受到当宁知音之评的影响,一向遇"世法中事,则掉头不顾"②的金圣叹,在新著《贯华堂选批唐才子诗》问世不久的顺治十八年(1661)二月,不幸被卷入了招致杀身之祸的"哭庙案"中。二月初一,世祖(1638—1661)逝世的哀诏传至苏州,官府设幕,哭临三日。当地诸生因吴县知县任维初征索钱粮甚酷,且监守自盗,遂于四日借哭丧之机而群聚文庙百有馀人,随后拥至府衙,向江苏巡抚、按察使等大员跪进揭帖。巡抚朱国治大惊,上疏朝廷,酿成钦案,先后逮捕金圣叹等诸生18人,审得"丁子伟、金圣叹、姚刚为首鸣钟击鼓,聚众倡乱是实"③,并于七月十三立秋之日,将18人斩首于江宁(今南京)。因事起于聚众哭丧于文庙,史称"哭庙案"。在这场"学生运动"中,金圣叹所起的带头作用是毋庸置疑的:"诸生因集众哭庙,其《卷堂文》为金圣叹所作,且在其家开雕"④,或云其"是变为《哭庙文》"⑤,总之不仅身参其事,而且亲撰檄文,难怪最后将其缉拿归案便"足以塞责"上峰呢⑥!是年,他才54岁。从此,金圣叹因"哭庙案"而平添浓郁的悲剧色彩,而"哭庙案"因金圣叹却成为最著

---

① [清]木陈忞:《奏对别记上》,见《弘觉忞禅师北游集》卷三,康熙刻本。
② [清]徐增:《送三耳生见唱经子序》,见《九诰堂全集》,清抄本。
③ [清]佚名:《辛丑纪闻》,《又满楼丛书》本。
④ [清]王朝:《甲申朝事小纪》卷五"杀金圣叹"条,书目文献出版社1987年版,第139页。
⑤ [清]王家祯:《研堂见闻杂录》,《中国历史研究资料丛书》本,上海书店1982年影印,第297页。
⑥ [清]佚名:《辛丑纪闻》,《又满楼丛书》本。

名的清代冤案。此次事变的政治性质，不满于贪官污吏的横征暴敛而借机抒愤，应该没有拔高之嫌；至于是否具有反抗新朝政权的民族色彩，至少从金圣叹对"先帝"的态度上，似难以得到佐证。

二、精神风貌

金圣叹生前，在太湖流域尤其是今苏南和浙北地区，就已经具有较大影响。有人"怀刺三年"而求一见，如怀应聘（《吴门赠金圣叹》）；有人不听劝阻以一识为荣，如三耳生（徐增《送三耳生见唱经子序》）；有人想起圣叹就心折泪下，如李炜（《寄怀墨庵兼询圣叹》）；有人虽不相识却久已仰慕，如丘象随（《泛虎丘》）；亦有人见其书闻其行，必欲杀之，如归庄（《诛邪鬼》）。诚如徐增所说，在敌人眼里，"乃一世人恶之忌之、欲痛绝之者也。从其游者，名士败名，富人耗财，僧家则无布施处：其为祟也大也！"而在友人眼里，则如神仙中人，"吾尝于清早被头，仰观帐顶，圣叹宛然；尝于黄昏灯畔，回看壁影，圣叹宛然；尝于梁溪柳岸，见少妇艳妆，圣叹宛然；尝于灵岩雨窗，闻古塔鸟声，圣叹宛然；乃至风行水活、日暖虫游，圣叹无不宛然者"[1]。可见，在其生时，一方面被诋毁者魔化，另一方面又被崇拜者神化。那么，金圣叹究竟是怎样的人呢？根据其个人著述和时人记载，或许应如是认识：

才华横溢。时人称其"天才复绝"[2]；"学最博，识最超，才最大，笔最快"[3]。不仅对传统的经史子集有较为全面的研究，对佛学禅理亦得独家之悟。登坛讲经，口才捷利，"听其说法，快如利刃，转如风轮，泻如悬河"。除了在经学、史学、文学、佛学方面具有较高造诣，在书画艺术上亦颇有才能。至叶绍袁家降乩，现场"为画牡丹、芙蕖、菊花、水

---

① [清]徐增：《送三耳生见唱经子序》，见《九诰堂全集》。
② [清]谢良琦：《才子必读书序》，见《醉白堂文集》卷一，光绪十九年（1893）刻本。
③ [清]徐增：《天下才子必读书序》，见《九诰堂全集》。

仙四幅,生色映人,墨韵飞舞"①。当时赵时揖曾见其画作,赞其"善画,其真迹吴人士犹有藏者"②。惜未见作品传世。书法亦享时名,周庄永庆庵正殿匾额"散影千江"四大字,即为其所书,被誉为"铁画银钩,仙笔也"③。对联"老拳通大道,儿口嚼新书",见者谓"字大如斗,气势惊人"④。所谓"看人作擘窠大书,不亦快哉"⑤,良有以矣!

珍情重谊。《第五才子书》第五十六回总评曰:"夫天下之感,莫深于同患难;而人生之情,莫重于周旋久。盖同患难,则曾有生死一处之许;而周旋久,则真有性情如一之谊也。是何论亲之与疏,是何论人之与畜,是何论有情之与无情!吾有一苍头,自幼在乡塾,便相随不舍。虽天下之呆,无有更甚于此苍头也者;然天下之爱吾,则无有更过于此苍头者也,而不虞其死也。吾友有一苍头,自与吾友往还,便与之风晨雨夜,同行共住,虽天下之呆,又无有更甚于此苍头也者;然天下之知吾,则又无有更过于此苍头者也,而不虞其去也。吾有一玉钩,其质青黑,制作朴略,天下之弄物,无有更贱于此钩者。自周岁时,吾先王母系吾带上,无日不在带上,犹五官之第六、十指之一枝也。无端渡河坠于中流,至今如缺一官、如隳一指也。……夫学道之人,则又何感何情之与有;然而天下之人之言感言情者,则吾得而知之矣。吾盖深恶天下之人言感言情,无不有为为之,故特于呼延爱马,表而出之也。"此段评语实为一篇情深意挚、针砭世情的《感情论》。作者不仅反对"学道"之人的不讲感情,而且厌恶市侩之人对情谊的实用态度,认为只要曾与同患难、周旋久,便不论关系之亲疏,地位之高下,对象之人畜(如呼延灼之与乌骓马),皆能产生"生死一处之许"和"性情如一之谊",甚至对无情之物(如玉钩)亦能久久难忘,而惟独不欲以势力论交,深恶以"有为"言情,真乃纯情重谊之人。

愤世嫉俗。不喜拜谒贵人,"性不喜见贵人,干旄临门,罕见其面;

---

①[明]叶绍袁:《续窈闻》,见《午梦堂集》,中华书局1998年版,第518页。

②[清]赵时揖:《贯华堂评选杜诗》总识,康熙刻本。

③[清]章腾龙、陈�:《贞丰拟乘》卷上《流寓》,咸丰九年(1859)增刻本。

④李放:《皇清书史》卷二二,《辽海丛书》本,民国二十三年(1934)版。

⑤[清]金圣叹:《贯华堂第六才子书西厢记》四之二"赌说快事",顺治刻本。

又不报谒,人多尤之"①。亦曾"怕官成远蹈"(《访周粟仲不遇》),宣称"我为法门,故作狗子。狗子则为人所贱恶,奔竞之士决不肯来,所来者皆精微澹泊、好学深思之人也。不来者邀之不来,已来者攻之不去。我得与精微澹泊、好学深思之人同晨夕,苟得一二担荷此大事,容我春眠听画看声了也。"②时人谢良琦每扁舟到吴门,必问圣叹,或曰:"噫,狂士也! 且不见贵客。"③圣叹在评杜甫《遣闷》时,曾说:"愁闷之来,如何可遣? 要惟有放言自负,白眼看人,庶可聊慰。"④人说其言论多"无忌惮处"⑤、"肆言无忌"⑥,确非虚言。无论是对朝廷政事的针砭,抑或对世道人心的臧否,在其评点中皆屡见不鲜。但圣叹并非不谙人情,与当地父母官均有适度交往,如《吴明府生日》、《贺吴县汪明府涵夫摄篆长洲》、《吴邑黄明府新婚》等诗,都是写给明末清初任吴县、长洲县令者,其内容亦不外赞美政简治廉、教化祥和,皆为通达世情的贺婚贺寿贺官之作。看来,他是能将傲睨贫士的"贵人"与礼贤下士的良吏区别对待的。

天性疏懒。徐增《天下才子必读书序》云:"圣叹性疏宕,好闲暇,水边林下,是其得意之处。"表现之一,评点古书,重在文意而不在文字,不甚在意文字校勘。如《读第六才子书西厢记法》云:"圣叹《西厢记》,只贵眼照古人,不敢多让。至于前后著语,悉是口授小史,任其自写,并不更曾点窜一遍,所以文字多有不当意处。盖一来虽是圣叹天性贪懒,二来实是《西厢》本文珠玉在上,便教圣叹点窜杀,终复成何用? 普天下后世,幸恕仆不当意处,看仆眼照古人处。"表现之二,不喜远游,平生足迹罕至郡外。如《第六才子书·闹斋》总评言及王瀚描述庐山之美,"吾闻而甚乐之,便欲往看之,而迁延未得也"。其原因之一,便是"贱性懒散,略闲坐便复是一年"。顺治十七年,赣州府推官周令树遣使赍资邀请圣叹前往著述讲学,圣叹复函答之:"来教正与鄙意

---

①[清]徐增:《送三耳生见唱经子序》,见《九诰堂全集》。
②[清]徐增:《送三耳生见唱经子序》,见《九诰堂全集》。
③[清]谢良琦:《才子必读书序》,见《醉白堂文集》卷一,光绪十九年(1893)刻本。
④[清]金圣叹:《杜诗解》卷三,上海古籍出版社1984年版,第167页。
⑤[清]陆文衡:《嗇庵随笔》卷五,光绪二十三年(1897)石印本。
⑥[清]冯班:《钝吟杂录》卷二,《丛书集成初编》本。

如掌中书字,独奈隔此数千里何?"①当亦与生性疏懒不喜动有关。

耽饮好酒。徐增《天下才子必读书序》:"圣叹……又好饮酒,日为酒人邀去;稍暇又不耐烦,或兴至评书,奋笔如风,一日可得一二卷,多逾三日则兴渐阑,酒人又拉之去矣。"赵时揖《贯华堂评选杜诗总识》云"先生饮酒彻三四夜不醉,诙谐曼谑,座客从之,略无厌倦。"《第六才子书·前候》总评:"吾尝春昼酒酣,闲坐樱桃花下,取而再四读之。"《第五才子书》第四回,写鲁智深要为桃花村刘太公排忧解难,圣叹批道:"鲁达凡三事,都是妇女身上起……然又三处都是酒后,特特写豪杰亲酒远色,感慨世人不少。"第二十二回,写武松至"三碗不过冈"酒店,喝第一碗酒时说:"这酒好生有气力!主人家,有饱肚的买些吃酒。"圣叹批道:"吾闻食肉者鄙,若好酒,未有非名士者也。"第二十八回,写武松在至快活林的路上一路喝酒,"此时已有午牌时分,天色正热,却有些微风"。圣叹批道:"此五字惟酒后耳热时知之。写酒至此五字,真'高山流水'之曲矣。"

心胸坦荡。《读第五才子书法》显示出圣叹喜天真烂漫之人,如李逵、鲁达、阮小七;不喜心机深刻之人,如宋江、林冲。如云:"阮小七是上上人物,写得另是一样气色。一百八人中,真要算做第一个快人,心快口快,使人对之,龌龊都销尽";"林冲自然是上上人物,写得只是太狠。看他算得到,熬得住,把得牢,做得彻,都使人怕。这般人在世上,定做得事业来,然琢削元气也不少"。再如在小说第四十四回、第四十五回中,圣叹对石秀为了撇清自己而致杀数人的行为,颇不以为然,屡下评语如:"石秀可畏,我恶其人"(两处);"石秀可畏之极";"岂真天下之大,另又有此一种巉刻狠毒之恶物欤?""石秀可畏,笔笔写出咄咄相逼之势";"石秀节节精细,节节狠毒,我畏其人"。圣叹早年与王瀚"赌说快事",其一便是"朝眠初觉,似闻家人叹息之声,言某人夜来已死。急呼而讯之,正是一城中第一绝有心计人。不亦快哉!"②

其实,今天我们所能认识的金圣叹,或与其实际情形已相距甚远,

---

①[清]金圣叹:《贯华堂选批唐才子诗甲集七言律》卷二《鱼庭闻贯》,顺治十七年(1660)序刻本。

②[清]金圣叹:《贯华堂第六才子书西厢记》四之二,顺治刻本。

只能是其丰富人生的各个侧面甚或是浮浅的影像。诚如其友人徐增
所说：

> 　　盖圣叹无我，与人相对，则辄如其人：如遇酒人，则曼卿轰饮；
> 遇诗人，则摩诘沉吟；遇剑客，则猿公舞跃；遇棋师，则鸠摩布算；
> 遇道士，则鹤气横天；遇释子，则莲花迎座；遇辩士，则珠玉随风；
> 遇静者，则木讷终日；遇老人，则为之婆娑；遇孩赤，则啼笑宛然
> 也。以故称圣叹善者，各举一端；不与圣叹交者，则同声詈之：以
> 其人之不可方物也。①

在其生前，直观其人者已感叹如此难以辨识、无可名状，四百年后试图
准确描述，可能更是近似痴人说梦了。但正是这种种片段表现构成了
他性格的丰富，促成了他极具个性魅力的人生图景。金圣叹曾有画像
传世，后来刘献廷咏之："忽有仙人在别峰，通身香气似芙蓉。碧天明
月一千里，独上瑶台十二重。"②其玉树临风之姿和飘然欲仙的风度③，
似昭然可见，而这其实已属经过历史淘洗之后的金圣叹了。

三、批评心路

　　金圣叹逝世后，其顾氏友人曾赋诗悼之："纵酒著书金圣叹，才名
千古不埋沦。"④将纵酒豪饮的风采与著书评点的才华相提并论，这是
同情者的盖棺论定之说。但早在顺治九年（1652），挚友徐增在其《怀
感诗》中，已曾这样反思自己和世人对金圣叹的错误认识："掩耳不听
真怪事，却从饮酒看先生。"⑤这两句分别说的是两件事，先看后句：的

---

①［清］徐增：《天下才子必读书序》，见《九诰堂全集》。
②［清］刘献廷：《题唱经先生像》，见《广阳诗集》七言绝，上海古籍出版社1979年版，第321页。
③［清］丘象随《泛虎丘》以"有客美风度"赞之，见清抄本《西轩纪年集》。
④［清］顾公燮：《哭庙异闻》，见《丹午笔记》，江苏古籍出版社1999年版，第162页。
⑤［清］徐增：《唱经先生》，见《九诰堂全集》。

确,圣叹好饮酒,徐增在其有关文章中多次说及此事,但是这句诗的意思是:如果仅将嗜酒好饮视为其名士风流的表现,实在是一种误认。再看前句:"掩耳不听",是指当年自己在不了解圣叹为人时,对别人欲介绍两人认识的强烈拒斥行为:"二十年人尽骂圣叹为魔,如是者数年,至壬午秋,遇圣默法师,欲导余见圣叹,才说'圣叹',余急掩耳曰:'怕人,怕人!'"①壬午,是指崇祯十五年(1642),此前被人尽骂为魔,必是因其以"泐师"行法事所招致。在正统文士眼中,"扶鸾降仙,道家戒之,决不可为,惹魔也,金若采全坏于此"②,从此他的一切行为均被视为"不轨于正"③。扶乩降神对圣叹一生的影响是巨大的:不仅为其人生评价带来了洗之不去的沉重的负面影响,而且给其随后从事的文学批评活动烙下了鲜明的个人印记,主要体现为在选题上的"昭雪"辱者,在心态上的标新立异,在方法上的心理分析等方面。

批评性或评点性著述,是金圣叹一生心血所系和性命所在。其临终时不放心两件事,一是如何安顿"读书种子"儿子金雍,一是"只惜胸前几本书"(《绝命词》),即那些早已计划而一直没有竣稿的"才子书"选题。圣叹的评点选题,主干即著名的"六才子书"和唐诗"分解",辅枝为"才子古文"和"才子时文"等。为何他有"六才子书"之选而将《水浒传》、《西厢记》最早评点问世,按照徐增序《天下才子必读书》的说法,是因为"自少至老,自智至愚,无不读之、无不爱之者也",主要是从普及性着眼的。其实,关于自己批书的目的,圣叹说过这样的话:

> 弟于世间,不惟不贪嗜欲,亦更不贪名誉。胸前一寸之心眷眷,惟是古人几本残书自来辱在泥涂者④,却不自揣力弱,必欲与之昭雪。只此一事,是弟全件,其余弟皆不惜。⑤

① [清]徐增:《送三耳生见唱经子序》,见《九诰堂全集》。
② [清]冯班:《钝吟杂录》卷二,《丛书集成初编》本。
③ [清]陆文衡:《啬庵随笔》卷五,光绪二十三年(1897)石印本。
④ 《左传·襄公三十年》"武不才,……使吾子辱在泥涂久矣,武之罪也",是以"泥涂"比喻低下的地位。
⑤ [清]金圣叹:《与任升之灵》,见《贯华堂选批唐才子诗甲集七言律》卷二《鱼庭闻贯》。

这段话非常重要,它展示了圣叹选题为古人"昭雪"的自觉意识,即将那些向来受到不公平待遇、不公正评价的文史名著,通过自己的努力,恢复其向被埋没的历史地位。联系到《西厢记》、《水浒传》向来有"诲淫"、"诲盗"的恶谥,批评者在主题倾向上的"昭雪"之意便分外明显了。晚年与友书信说惟有评点事业是己一片寸心,其余皆不足惜;临终绝命之诗说"只惜"庄、骚、马、杜尚未完稿,令其放心不下:作为一个长期被正人君子"辱在泥涂"者,他把自己生命价值的体现,完全寄托在为"古人几本残书"的翻案上。可以告慰他的是,"先生未批以前,《水浒》贼书,《西厢》淫书。今而知《水浒》之变幻离奇,直进于《易》;《西厢》之缠绵浓郁,直进于《诗》"①。在那个时代,无论是对作者还是评者来说,这样的褒奖都足以让人感到无上荣光了。

在具体的文学评点中,金圣叹有着标新立异的强烈追求。他在《小题才子书》自序中,曾将"依倚陈本"、"依倚师口"归纳为做学问必须祛除的"六不祥"之列。这种不依傍前人的治学精神,在其评点著作中具有充分体现。如评《水浒》而反对"忠义"说,主张"独恶宋江";评《西厢》,反对"淫书"说,又不满于旧本描写的"狂荡无礼";评唐诗,在分期上反对"初盛中晚"说,在方法上提倡"分解"说;评杜诗,反对诗歌"写景"说,痛斥刘辰翁各种观点。金圣叹这种耻于为"古人之奴"②的创新追求,既是一位天生大才者深溶于血脉之中的人生律动所使然,亦是在特定舆论的长期打压下养成的桀骜不驯的生活态度。以翻案来立新说,对传统观点采取针锋相对的批判理路,不仅形成其抵抗外界的思维习惯,而且亦构造了其批评类著述的基本模式。这一特点,在其反对派的眼中是十分鲜明的。他晚年在与友人嵇永仁的书信中感慨道:"我辈一开口而疑谤百兴,或云'立异',或云'欺人'。"这种牢骚虽然因唐诗"分解"而起,其实是其一生遭遇的愤懑总结。至于赞扬者则是如此肯定其评点:"杜诗尽多粗率处,刘会孟所憎不为过也。乃自先生说之,粗率尽为神奇。夫粗率尚为神奇,而况神奇者乎?得此读书法,不惟不敢轻议古人诗文,能从古人诗文渗漏处奥思幻想,代

---

① [清] 余扶上:《圣叹〈六才子书删评〉序》,见《十松文集》卷一,康熙刻本。
② [清] 金圣叹:《贯华堂第五才子书水浒传》序一,崇祯十四年(1641)序刻本。

其补衬,则古人之神奇、粗率,无一不足以启人慧悟。"①连牵强附会之解说,都被溢美地总结为其独家的"读书法",至少说明了标新立异的个性存在。

在批评方法上,时人周亮工与徐增大约同时提出圣叹评书"一支笔"说②和"从无二法"说③。所谓一支笔或从无二法,其实这在圣叹乃自觉行为。如他在介绍自己研究"六才子书"的心得时,便不无得意地指出:

> 其实六部书,圣叹只是用一副手眼读得。如读《西厢记》,实是用读《庄子》、《史记》手眼读得;便读《庄子》、《史记》,亦只用读《西厢记》手眼读得。④

问题是何为其一副手眼?今人对此一般是从"文章论"的角度进行解释。但是,无论其理论自述,还是其批评实绩,他还有一个贯穿在各种文体的文学批评中的重要"手眼",即设身处地的心理分析方法。这种心理分析方法,按照《读第五才子书法》开篇第一句的概括,便是:"大凡读书,先要晓得作书之人是何心胸。"也就是金批《水浒》序三强调的"因缘生法"和"忠、恕"原则:"忠恕,量万物之斗斛也;因缘生法,裁世界之刀尺也。"这种批评观的实践来源,实萌芽于"天下事无大无细,洵皆因缘哉"的扶乩观⑤。他曾十馀年从事扶乩"事业",长期穿行于世家望族的厅堂大院,为满足形形色色人家的各种各样的需求,而承担着类似于今日之心理咨询和疏导的"业务"。事先的周密策划、细致揣摩,当场的机敏应对、圆满应答,这一切均取决于"因缘生法"、"忠恕"之道。一旦改行转向,便将他认为可以裁量世界万物的斗斛、刀尺,运用于文学批评实践中,形成自己独有的"一副手眼",不仅对叙事性作品如此,即便是议论文和诗歌,他也主张"从来作文,于'见景生

---

① [清]赵时揖:《贯华堂评选杜诗》总识,康熙刻本。
② [清]周亮工:《尺牍新钞》卷五金人瑞尺牍眉批,康熙刻本。
③ [清]徐增:《天下才子必读书序》,见《九诰堂全集》。
④ [清]金圣叹:《读第六才子书西厢记法》,见《贯华堂第六才子书西厢记》卷二,顺治刻本。
⑤ [明]叶绍袁《续窈闻》引渤庵即金圣叹尺牍,见《午梦堂集》,第523页。

情'四字,安可不亟讲耶?"①认为诗歌"并无一句写景,故曰'诗言志'"②,因此分解时特别重视作者的"极厚心地",注意分析诗歌对作者"闪闪忽忽心头"③的细腻表现。正是这种长于心理分析的批评特色,使得古代文学批评从片言只语的点评,发展为容量适当的阐释,由方法的更新导致了形式的突破。

金圣叹青年时期所从事的扶乩降神活动对其文学批评的影响,其深刻性是无可置疑的。至少因此长期被人以妖魔对待,"早被官绅们认为坏货"④,甚至牵连为其写《天台泐法师灵异记》的钱谦益也"颇受儒者谣诼"⑤。如此境遇,自然要在其心理上打下难以磨灭的烙印。"我为法门,故作狗子。狗子则为人所贱恶",此种令其无法抬头的精神压抑,势必要孕育或强化其证明自己的人生追求,以致于认为即便是"单词居要,一字利人,口口相授,称道不歇"亦不失为"立言"⑥,因此而选择文学批评为"盖代无双"(《春感》之七)之业;也势必要孕育或强化其反抗传统的思想意识,一旦从事文学批评后,在选题、心态和方法上,自然会表现出鲜明的个性。甚至他对《西厢记》爱情主题的赞美,也是可以在其降神经历中寻踪摄迹的:泐大师在降神过程中遭遇了许多早逝的女性,"凡女人生具灵慧,夙有根因,即度脱其魂,……俱称弟子,有三十餘人",均收于虚设之"无叶堂"中⑦;他对叶小鸾豆蔻早凋的"记荔"解释,也颇同情爱情悲剧、反对包办婚姻的意味。这就难怪其对《西厢记》中莺莺"小儿女又稚小、又苦恼、又聪明、又憨痴,一片的的微细心地"⑧,有如此洞幽烛隐的透视了。这或许就是常熟王应奎为何说"圣叹自为卜所凭,下笔益机辨澜翻,常有神助"⑨的原因吧。

---

① [清]金圣叹:《小题才子书》郑郧《朱张》解题,光绪十五年(1889)石印本。
② [清]金圣叹:《杜诗解》卷三《孤雁》,上海古籍出版社1984年版,第175页。
③ [清]金圣叹:《杜诗解》卷二《北征》,第71页。
④ 鲁迅:《读金圣叹》,《鲁迅全集》第五卷,人民文学出版社1973年版,第121页。
⑤ [清]钱谦益:《列朝诗集小传》,上海古籍出版社1983年版,第756页。
⑥ [清]金圣叹:《贯华堂第六才子书西厢记》四之四总评,顺治刻本。
⑦ [明]叶绍袁:《续窈闻》,见《午梦堂集》,第519页。
⑧ [清]金圣叹:《贯华堂第六才子书西厢记》四之三[滚绣球]评,顺治刻本。
⑨ [清]王应奎:《柳南随笔》卷三,中华书局1983年版,第46页。

清顺治五年（1648），圣叹自撰联语云："消磨傲骨惟长揖，洗发雄心在半酣。"将见人作揖的唯唯诺诺和纵酒贪杯的昏昏噩噩，与特立独行的铮铮傲骨和名山事业的壮志雄心对立起来，通过"消磨"和"洗发"等行为对个性追求的外界打压和人生意义的表面消解，建构起一种悲剧性的张力，凸现了深刻的灵魂苦难。这，或许就是在抵御以魔相视的敌意中塑造起来的心理习惯。只是在这个意义上，"纵酒著书"才是金圣叹最好的人生写照。

四、著述概说

金圣叹一生著述计划庞大、成果甚丰，仅见于《唱经堂遗书目录》者，就有"外书"13 种（其中"杂批未竟书"只算一种）、"内书"21 种。只是由于其 50 余岁便遽然丧生，同时惨遭家产籍没、妻子流边的严惩，故未完成者永无完稿之日，已完成者亦未能尽传于世。其生前出版者约为：《第五才子书》、《第六才子书》、《唐才子诗》、《大题才子文》（晚清尚存）、《小题才子文》；身后出版者约为：《天下才子必读书》和《唱经堂才子书》（收书 11 种），加上钞本《沉吟楼诗选》，以及被后人收入丛书的一些零简短篇，今所得见者共有篇幅长短不一的近 20 种。按照传统的四部分类法，列表如下：

序号	书　名	类　别	主要版本
一	唱经堂通宗易论一卷	经部·易类	贯华堂才子书汇稿、唱经堂才子书汇稿十一种＊
二	唱经堂释小雅一卷	经部·诗经类	同一
三	唱经堂左传释一卷	经部·春秋左传类	同一
四	唱经堂释孟子四章一卷	经部·四书类	同一
五	唱经堂语录纂二卷	子部·杂学类	同一

序号	书　名	类　别	主要版本
六	唱经堂随手通一卷	子部·杂学类	同一
七	西城风俗记一卷	子部·佛教类	昭代丛书(道光本)别集
八	唱经堂圣人千案一卷	子部·佛教类	同一
九	唱经堂杜诗解四卷	集部·别集类	贯华堂才子书汇稿等
十	沉吟楼诗选不分卷	集部·别集类	清钞本、影印本
十一	沉吟楼借杜诗一卷	集部·别集类	同一
十二	天下才子必读书十六卷	集部·总集类	康熙二年刻本、康熙十六年刻本等
十三	唱经堂古诗解一卷	集部·总集类	同一
十四	贯华堂选批唐才子诗甲集七言律八卷	集部·总集类	清初刻本、贤文堂刻本等
十五	小题才子文不分卷	集部·总集类	清光绪十五年石印本
十六	唱经堂批欧阳永叔词十二首一卷	集部·词曲类	同一
十七	贯华堂第六才子书西厢记八卷	集部·词曲类	清初贯华堂刻本等,版本众多
十八	第五才子书施耐庵水浒传七十五卷	集部·小说类	明崇祯贯华堂刻本等,版本众多

*《贯华堂才子书汇稿》,收入金圣叹所著外书六种附一种、内书三种、杂稿一种,清康熙刻本,另有清末、民国石印、排印本多种;《唱经堂才子书汇稿十一种》,为民国二十四年至二十五年排印《中国文学珍本丛书第一辑》所收,无《唱经堂杜诗解》。

以上现存著述中,因《沉吟楼借杜诗》全见于《沉吟楼诗选》中,除了具有校勘作用外,已不便作为专书整理出版,故实际现存为 18 种。这 18 种之间,部类差别甚大、字数多寡悬殊(短者一页纸,长者 80 万字),作为新编《金圣叹全集》,不太可能仅仅依四部顺序次第汇编。考虑到圣叹著述的特色,古今文体概念的融通,今人阅读的习惯和研究内容的需要,以及对文集类的全集编纂的基本理解等各方面因素,此次整理编校,拟将现存已知金氏著述分为三大部类,依次分别为:"诗词曲卷"七种,按照所评对象的时间先后,收入《释小雅》、《古诗解》、《唐才子诗》、《杜诗解》、《批欧阳永叔词》、《第六才子书西厢记》,自撰《沉吟楼诗选》列此部最后；"白话小说卷"一种，所收为《第五才子书水浒传》；"散文杂著卷"10种，按照评点及自著文的顺序编排，依次为《左传释》、《释孟子》、《天下才子必读书》、《小题才子文》、《通宗易论》、《语录纂》、《随手通》、《圣人千案》、《西城风俗记》和整理者对金圣叹文的辑佚12篇。全书末尾，附录四种文献资料："年谱简编"、"著作序跋"、"传记资料"、"哭庙案"史料。圣叹著述尤其是批《水浒》、批《西厢》的版本极夥，各种序跋层出不穷；圣叹言行离经叛道、不轨于正，异闻逸事不绝于书。凡此，只能择其基本文献予以选录了。

关于各种具体书籍的编校，凡《贯华堂才子书》所收者，皆据康熙原刻本整理。《唐才子诗》、《第六才子书》、《第五才子书》、《天下才子必读书》亦皆以初刻本为底本。以初刻本为底本，不仅是古籍整理的一般原则，且由于它们基本成书于作者生前，在文字上、内容上或篇目上较少后人的窜改，更加符合作者本意或最接近原始面貌。如《鱼庭闻贯》中所载圣叹与友人诗，《与许祈年来光》、《与顾晦年陈昽》，末字一般据有正书局本排作"先"和"陇"，据方志和家谱，知原本正确；《第六才子书》各种整理本均附"太史陈维崧其年订"之《才子西厢醉心编》，而贯华堂原刻本（不避"玄"字讳）却无此文（明清俗称翰林为太史，陈维崧康熙十八年举弘博后始任翰林检讨）；《天下才子必读书》以初刻本为底本，以康熙增补本参校，可补历来整理本所缺之多篇文字，尤其是仅见于初刻之徐增的序言，为研究圣叹其人其作，提供了珍贵的史料。《小题才子书》所收为科举考试时以"四书"文句命题的范文，作者皆为明末清初之人。此书先后有原刻本、李兆洛道光十二年重刻本和光绪十五年扫叶山房石印本。现仅得见石印本，扉页题"小题才子文"，据圣叹自序中"人共传钞，各习一本，仍其名曰《才子书》"云云，现定名为《小题才子书》；原书不分卷，现分《论语》为三卷、《大学》、《中庸》共一卷、《孟子》为二卷。《沉吟楼诗选》以上海古籍出版社1979年影印清钞本为底本，原书分体不分卷，现按体分为五卷，卷六为此次新增的辑佚，收录轶诗18首、联语及赠句六副；原有李重华序、俞鸿筹跋，均移入"附录"；各体前大题下均署"吴趋金人瑞圣叹著，广阳刘献廷继庄选"，现删去；原书各体之内，后部皆有若干首在诗题下注明为"沉吟楼逸诗"或"逸诗",甚至在"七言律"中"逸诗"达到五分之二的数量,似乎前者为原稿所有,后者为辑者所补。但是,由于圣叹赋诗往往一题多首,原书前后分开甚远,不便阅读和研究,现均将相关逸诗予以集中并置于前题所在位置(皆出注说明)。

关于文字的处理,原书中的异体字、俗体字,一般改为现行规范字,避讳字改为本字;明显的讹脱衍误,皆据后出版本校改。在文字校勘方面最具个性化、同时又是最为面广量大的问题是,金批所涉及的前人所作的文章、诗词、小说、戏曲,大多都是有案可稽的,即可以找到更早、更佳的版本进行校对。但是,恰恰在这一点上,我们不能轻举妄动。以现在的标准来衡量,他对"陈本"即原始文献的态度近于不讲学术规范,所批评的原文,往往会根据自己点评的需要有所改动,最典型的例子就是所谓"腰斩水浒"。他也从来不讳言这一点,在《读第六才子书西厢记法》中,就声明"前后著语,悉是口授小史,任其自写,并不更曾点窜一遍,所以文字多有不当意处";在编选《小题才子书》时,竟如此表白:

> 中间多有大人先生金钩玉勒之作,而辄亦有所增省句字者。此则无奈箧中久失原本,今兹全据记忆,自然不无忘失;而又临书之时,兴会偶至,亦多将错就错之心:是殆所谓小处糊突,大处即不敢糊突者也。①

不要说这些还是明末清初的时人之作,他会因为兴之所至而增减字句,即便那些一向被视为金科玉律的先秦两汉乃至唐宋古文,亦"间有改字、增字处,尤为可怪"②。此即所谓"圣叹批《西厢记》是圣叹文字,不是《西厢记》文字"③,这既是他的篡改古人处,也是他的天才创造处:经过金圣叹的改动,大多作品已经不复古人原貌了,从此承载着他的文学观点,展示着他的审美趣味,并且与其评点文字互为桴鼓,具有

① [清]金圣叹:《小题才子书》自序,光绪十五年(1889)石印本。
② [清]王之绩:《评注才子古文》凡例,康熙二十三年(1684)铁立居刻本。
③ [清]金圣叹:《读第六才子书西厢记法》,见《贯华堂第六才子书西厢记》卷二,顺治刻本。

了独立的存在价值。这或许就是为什么自《第五才子书》、《第六才子书》问世后，整个清代再也难觅其他版本的《水浒传》、《西厢记》的原因之一吧。故此，本书对圣叹评价的文字，一般不据原书进行校勘，以保留"圣叹文字"的原貌。

《金圣叹全集》及其附录的《金圣叹年谱简编》，均是全国高校古籍研究工作委员会的直接资助项目，亦为 2007 年度国家社会科学基金项目"金圣叹史实研究"的阶段性成果，并得到 2008 年度国家古籍整理出版的重点资助：凡此皆说明金圣叹这位数百年前的古人所创造出的文化业绩，仍有着强烈的学术生命力，值得后人去保存、整理、欣赏、研究和借鉴。作为一个校点编纂者，虽然于此耗用精力多年，但仍感时间仓促、学养欠缺、条件有限，难以尽善尽美地奉现给读者一部毫无遗憾的整理性著作。只是希望能尽可能少地愧对今人和古人，庶几也可勉强心安。至于整理过程中存在的不足之处，则谨候读者诸君的赐教补正。

（此文为《金圣叹全集》整理前言，凤凰出版社 2008 年出版）

金圣叹"诗选"俞鸿筹
"读后记"考辨

　　如果说对于金圣叹的研究也可以称之为"金学"的话①,那么,影印出版中国科学院文学研究所藏清钞本《沉吟楼诗选》(以下简称:"诗选")②,可谓当代"金学"研究的第一大事;而排印问世《金圣叹全集》(以下简称:"全集")③,则是"金学"研究的第二大事:将300年从未刊行的金氏诗作首次披露,其对作者思想情感、交游处世的研究,应该是最直接、最重要的史料;将当时已知金氏现存的著述点校整理、汇于一书,无疑为众多的金学研究者提供了最丰富、最易得的基本文献,扫清了资料难求的障碍。从此,为上个世纪最后20年的"金学"勃兴,打下了一个坚实的基础。

　　然而,就金圣叹史实研究而言,对于这一基础的利用既不充分,也不准确;更多的是绕过这一基础,直接沿用未经核验的前人陈说。致使史实研究这一"金学"的基础性课题,不仅至今尚无明显改观,许多问题无人深究;反而到处可见的是错鹿为马、以讹传讹,或只知皮毛、语焉不详。即以上云第一、第二大事有关者论,对近20年金圣叹史实

---

①张国光先生著有《金圣叹学创论》,中州古籍出版社1993年版。在其所撰《鲁迅等定谳的金圣叹"腰斩"〈水浒〉一案不能翻》一文中,再次呼吁"建立'金圣叹学'",载《湖北大学学报》2001年第1期。
②[清]金圣叹:《沉吟楼诗选》,上海古籍出版社1979年版。
③曹方人、周锡山标点:《金圣叹全集》,江苏古籍出版社1985年版。

研究产生过较大影响的,当数《沉吟楼诗选》所附俞鸿筹撰"读后记"①。在许多研究金圣叹的著述中,都不难发现借鉴或沿袭此文的明显痕迹。然而对俞鸿筹所云,何者为可信,何者为可疑,何者值得继续探析,何者必须明确纠误,至今尚无全面清理之文。拙文试图对此"读后记"所涉各条史料,就知见所及,逐一予以考论,重在探源、发覆、辨异、指误,并兼议"全集"因理解及其他缘故造成的标点问题,希望以此引起对金氏史实研究的进一步关注。为行文方便并为求醒目,以下将俞鸿筹撰《沉吟楼诗选》"读后记"以引文方式过录,分为若干段,分别进行评说。凡所论与笔者已撰专文内容相关者,或努力犯中见避,或此处行文从略。

　　《唱经堂著述总目》,见于金昌所刻《第四才子书杜诗解》四卷附页。其中《诗文全集》列入"内书",据陈登原谓并未刊行。

　　陆案:据《杜集书录》著录,《唱经堂杜诗解》于金昌《才子书小引》后,原有"《唱经堂外书总目》:《第五才子书》、《第六才子书》、《唐才子书》、《必读才子书》(以上刻过)、《杜诗解》四卷、《左传释》、《古诗解》二十首、《释小雅》七首、《孟子解》(嗣刻);《内书总目》十三种子目从略,《唱经堂诗文全集》(嗣刻)"②。然与"诗选"钞本所附《唱经堂遗书目录》对勘,不仅《诗文全集》是列入"外书"之中,而且内、外书之具体目录及次序亦颇有出入。此"目录"系研究金氏著述总貌的重要史料,今人整理《杜诗解》③及"全集"不知为何未收。

　　以上最后一句"据陈登原谓并未刊行",引出陈氏其人其言。陈登原(1899—1975),字伯瀛,浙江余姚人,曾任教于西北大学,现代著名史学家,代表作是《国史旧闻》④。早在约70年前,他即著有《金圣叹

①俞鸿筹"读后记",上海古籍出版社版《沉吟楼诗选》第161—164页,据手稿影印无标点;江苏古籍出版社版《金圣叹全集》第四册第878—879页,系标点排印者。拙文所引,由笔者据影印本重新标校。
②周采泉:《杜集书录》"内编"卷八,上海古籍出版社1986年版,第475页。
③钟来因整理:《杜诗解》,上海古籍出版社1984年版。
④见《国史旧闻》"出版说明",中华书局2000年版。

传》。"并未刊行"并非陈氏原话,他只在《唱经堂诗文全集》书名后括注"未刻"二字①。陈登原虽然没有机会经眼《沉吟楼诗选》,虽然在史料的利用上亦有不足(如不用方志、家谱,亦罕检别集),但是他对金氏著述各种版本的熟悉,超过了今天的许多学者(如所引徐增《才子必读书叙》,"全集"本《天下才子必读书》和1988年安徽文艺出版社版《金圣叹选批才子必读新注》便失收);他对笔记杂著和碑传中有关文献的钩稽,确立了金氏传记轶事类资料的基本藩篱;他对许多史实问题的见解,如果不是采用新的史料,今人鲜有超出其右者。在金圣叹史实研究领域内,陈登原是当之无愧的现代第一人。与其成果相比,孟森(1869—1937)汇抄史料而成的《金圣叹考》一文②只是小巫而已。今人研究金圣叹,专著、宏论皆不稀见,然就史实问题而言,无论史料还是观点,多是采自陈登原《金圣叹传》,尽管一般并不说明。笔者知道此书之存在有年,然至2001年2月才蒙沪上友人之助,得睹其全貌,始知此人此书在金圣叹研究史上具有令人肃然起敬的地位。该书结尾有感于时局之艰危、文坛之不堪,因王斫山赠圣叹诗"一例冥冥谁不朽"之句而慨然兴叹:"人生会当有一死,不必谓或重泰山、或轻鸿毛。居今之世,论今之人,放眼多酸丁,举世无豪杰。有咬文嚼字而自诩正学者;有卖友背朋而斤斤风雅者。呜呼!家国残破,倭寇南来;狐鼠共争,相期共尽。同为无用之学,奚济危亡,正不知何者谓之不朽也?不觉掷笔怃然云。"③足见作者之感时伤事、正直爱国。如今国运兴旺、民族自强,已非当时所可想象。然而,为无用之学,操酸丁之业,无济于经济繁荣,无助于文化昌盛,则一也;即便在古典文学研究界,恐亦难免被归在"私人化"之范围内而难当大用。故在肯定陈登原先生学术贡献之余,于其"正不知何者谓之不朽"的困惑而颇有同感。只是拙文刚刚开头,虽生"怃然"之叹,却不便率尔"掷笔"(应为"关机"),酸丁而非豪杰,恐怕正在此等之处,书此聊博识者一笑。

①陈登原:《金圣叹传》,商务印书馆民国二十四年(1935)版,第58页。
②孟森:《心史丛刊》,商务印书馆民国六年(1917)版。
③陈登原:《金圣叹传》,第77—78页。

此《沉吟楼诗选》一册,录古今体诗三百八十四首,有雍正五年吴江李重华序,云系圣叹之婿沈六书录出,大兴刘继庄处士选订。以钞胥字迹及纸色审之,应为乾隆初年钞本。并从李序中,知圣叹尚有外孙元一、元景,二人"慧且博,有先生风,幼受书母夫人"一节,为各家记载所未及,则此"诗选"流传必不甚广也。

陆案:此段所涉,除圣叹本人外共有六位:李重华、刘继庄、沈六书、元一、元景及其"母夫人"。后四位分别指吴江沈重熙(1650—1722),字明华,六书为号;元一名培祉(1676—1743),重熙长子;元景名培福(1682—1738),重熙季子;元一、元景之母即重熙之妻金法筵(1652—1705),乃圣叹第三女。前两位人所共知,值得一说的是李重华(1682—1755)乃雍正二年(1724)进士,为"诗选"作序时间是雍正五年"首夏"(农历四月),当在其庶吉士散馆授编修时;继庄即刘献廷(1648—1695),圣叹去世他才14岁,且五年后始从大兴迁至吴地,然此人与金氏和沈氏颇有关系,因已撰文探讨,故此处从略①。

李重华与沈培福同乡、同庚,序云沈氏兄弟"幼受书母夫人",当为亲见。金法筵七岁能诗,夫家生境苦贫却能不废笔墨。曾作诗勉励诸子:"人生少壮时,旭日初升天。金光浴沧海,照耀无中边。致身贵及早,东隅岂迟延。惜阴计分寸,千古称圣贤。逝者本如是,白驹况加鞭。老大有伤悲,谁为挽百川。"②其父不良死,母、兄皆远流,而诗中毫无消沉颓丧之感,充满昂扬奋发之气,词意老成,笔力不俗,故引为"幼受书母夫人"作一注脚。

圣叹原名采,鼎革后更名人瑞,稗史有云本姓张氏,或云名喟,皆臆造不足据。卒时为顺治十八年辛丑七月十三日;其生年无可考,仅见杨保同所辑《圣叹轶事》云生于三月三日。又钱蒙叟撰《天台泐法师灵异记》述天启七年事,已称"金生采",则当生于万历年间矣。

①参见拙文《金圣叹与吴江沈氏交游探微》,载《复旦学报》(社会科学版)2003年第2期。
②金法筵:《勖诸儿》,见沈祖禹《吴江沈氏诗集》卷一一,乾隆五年(1740)刻本。

陆案：金氏原名、更名之说未必可信，鼎革后始改名更属臆测。此论始于粤人廖燕（1644—1705）《金圣叹先生传》（以下简称：廖"传"）"鼎革后，绝意仕进，更名人瑞，字圣叹"之说①，经陈登原征引②而几成定论，其实大有再议的余地。其一，廖燕为广东曲江人，至康熙三十五年（1696）始至吴门③，其时圣叹友人多已凋零谢世；廖"传"跋语亦云"予过吴门，访先生故居而莫知其处"，所记诸事，当主要从"读先生所评诸书"（廖燕有诗云："我居岭海隅，君起吴门湄。读君所著书，恨不相追随。"④）及间里传闻而来。自陈登原至今，征引廖"传"多是根据民国闵尔昌编《碑传集补》所收者，编者已将原传跋语略去，因此使用者均未注意到廖氏来吴，已是圣叹死后 35 年之事了。故对其所云圣叹事迹，今人实有重新逐一衡估史实可靠性的必要，然后才能决定取舍。其二，早有证据说明在"鼎革"之前金氏已名人瑞、字圣叹了。如崇祯十四年（1641）自序《水浒传》，便有"是则圣叹廓清天下之功"云云⑤；另近人叶恭绰（1881—1968）旧藏明末邵弥所画绢本山水长卷，有金氏手书长跋，时在"崇祯甲申夏尽日"（1644）。时江南尚在明朝治下，故仍用崇祯年号。落款处钤有阳文印章两枚，一为"圣叹"，椭圆形；一为"人瑞"，方形。虽然跋文在叶氏《明邵弥山水卷》一文中⑥有详细记载⑦，但笔者始终以未见金氏跋文手迹为憾。今从有关著录中知此幅邵画金跋山水图卷藏于北京故宫博物院⑧，不知何时能得有心者公之于世，以飨吾等"金学"同好。其三，虽然此后金氏多自署"金人瑞"、"金圣叹"，但是称其为"金采"、"金若采"者亦时有可见。如圣

---

①[清]廖燕：《金圣叹先生传》，见《二十七松堂集》卷一四，康熙刻本；又见闵尔昌编《碑传集补》卷四四，上海古籍出版社 1987 年版，第 1521 页下栏。

②陈登原：《金圣叹传》，第 11 页。

③[清]廖燕：《汤中丞毁五通淫祠记》，见《二十七松堂集》卷七。

④[清]廖燕：《吊金圣叹先生》，见《二十七松堂集》卷一七。

⑤[清]金圣叹：《贯华堂第五才子书水浒传》序一，《金圣叹全集》第一册，第 6 页。

⑥叶恭绰：《遐庵清秘录》卷二，香港太平书局 1961 年版，线装影印手稿本。

⑦参见拙文《金圣叹佚文佚诗佚联考》，载《明清小说研究》1993 年第 1 期。邵弥此画完成于崇祯十五年（1642），拙文被排成"自崇祯十六年冬始画"，"六"乃"四"之误。特此更正，并致歉意。

⑧刘九庵《宋元明清书画家传世作品年表》，上海书画出版社 1997 年版，第 377 页。

叹友人浙江嘉善李炜,曾撰诗《寄怀墨庵兼询圣叹》(墨庵指嘉兴沈起〔1612—1682〕,因其所撰《学园集》未见传本,故此诗是迄今为止笔者所知最能直接说明四库馆臣所谓其"与金人瑞相善"的史料①),首句便是"海内谈经金若采";再如稍后吴江周廷谔(约1670—?)编辑《吴江诗粹》,称金法筵为"吴趋采之幼女"②。廷谔生年虽晚,然与乡前辈、圣叹得意门生沈永启(1621—1699)为"忘年交"③,其言当有所本。就已知史料来论,笔者倾向于认为:金氏名采,字若采,一名人瑞;"更名"说缺乏证据,"鼎革"后更名尤难成立。"一名"说亦非独家首创,早在康熙初年周亮工编辑《尺牍新钞》时,已著录"金人瑞,字圣叹,一名彩"④;乾隆初年沈氏后人编辑《吴江沈氏诗录》,亦云法筵之父为"圣叹公人瑞一名采"⑤。

关于圣叹"本姓张氏,或云名喟",固然属"臆造不足据"之说,然考其出处,则首见于陈登原所引同为无名氏所撰之"稗史"《哭庙纪略》"名人瑞,庠生。姓张……"和《辛丑纪闻》"名喟,又名人瑞。姓张……"⑥。查陈登原所列《参考书目》,此两书分别是商务印书馆排印《痛史》本和《申报馆丛书》本。经与有关版本核对,"庠生。姓张"和"姓张"两句,不是所有版本皆如此⑦;更令人难以置信的是,《申报馆丛书》本的原文在"又名人瑞"之后,并非"姓张",而恰恰是"庠姓张"三字⑧。笔者不认为身为史学家的陈先生不知庠姓与本姓之别⑨,只能猜测圣叹"姓张"之"臆造",是由于所引"稗史"版本不同,经陈登原先生(有

①《四库全书总目》卷一八一《学园集》提要,中华书局1987年版,第1639页。

②〔清〕周廷谔:《吴江诗粹》卷三十《闺秀》"金氏"小传,清钞本。

③参见拙文《金圣叹与吴江沈氏交游探微》。

④〔清〕周亮工:《赖古堂名贤尺牍新钞》卷五,康熙元年(1662)序刻本。

⑤〔清〕沈祖禹:《吴江沈氏诗录》卷一一"金硕人"小传。

⑥陈登原:《金圣叹传》,第1页。

⑦陈洪:《金圣叹传论》,天津人民出版社1996年版,第22页。

⑧〔清〕佚名:《辛丑纪闻》,《申报馆丛书·记载汇编》本,光绪四年(1878)排印。另民国昆山忠义琛辑刊《又满楼丛书》本《辛丑纪闻》,此句亦为"庠姓张"。

⑨陈登原《国史旧闻》第三分册〔六五五〕条《金圣叹》引《辛丑纪闻》,此句写作"名喟,字人瑞。原姓张……",中华书局1980年版,第500页。如非排错,此当以"庠"为误植,而径改为"原"。

意?)片面征引所导致。其实,如非先有一个"庠姓张"之不可能的主观在①,即便是仅据《痛史》本《哭庙纪略》,亦不妨将有关四字视为一句,即"庠生姓张",这样与"庠姓张"并无二义(考虑到"生"与"姓"在形、声上的相近,从校勘角度看,笔者更倾向于"生"为衍文)。由于种种原因而以庠姓、榜姓代替本姓应试的现象,在明末清初之大变动时期极为普遍,人称"明季入学者多冒他姓"②。如晚明吴县吴安伏(明崇祯十年进士吴嘉祯之弟)便是"庠姓严,名龙"③。明末如此,清初亦然。即以圣叹友人论,刘逸民庠姓潘,戴之儁庠姓吴,同为顺治二年诸生;许来先"榜姓朱"④,为顺治十一年拔贡;熊林庠姓张,顺治十三年诸生;丁兰(十八诸生之一)弟丁王肃庠姓王,顺治十八年诸生;陆志舆榜姓吴,康熙十六年北榜举人。陈洪先生通过比勘各种版本的《哭庙纪略》和《辛丑纪闻》,认为"庠姓"为"不词";并出注说明:"黄霖兄曾撰文,称询及某前辈,得知'庠姓'之可能。惜尚缺文献依据。"⑤(据复旦友人说,"某前辈"是朱东润先生)应该承认在现有的语词类工具书中尚未载有"庠姓"、"榜姓"等词,但是作为一种古代应试的非常规现象及有关语词,对其事实的存在及其在古籍中的著录应该是毋庸置疑的⑥。至于《哭庙纪略》和《辛丑纪闻》的祖本,就现存文献分析,当属苏州顾公燮(1722—?)撰成于乾隆五十年(1785)之《丹午笔记》中所收的《哭庙异闻》为最早,先于嘉庆二十四年(1819)白鹿山房刊行《丛刻三种》本《哭庙纪略》⑦问世约35年。其中有关金氏姓氏字号的一段颇具参考价值:"金圣叹,名人瑞,庠姓张,字若来[采],原名采……少补长邑诸生,以岁试之文怪诞,黜革。次年科试,顶张人瑞就童子

---

①陈登原《金圣叹传》:"圣叹深恶秀才! 何至以庠生之试,而轻易其姓耶?"第3页。
②[清]邵涵初:《锡山游庠录》"杨廷珪"注,咸丰四年(1854)序刻本。
③[清]吴定璋辑:《七十二峰足征集》卷三六"东山吴氏合编",乾隆十年(1745)依绿园刻本。
④[清]陈惟中:《吴郡甫里志》卷七"岁贡·国朝",康熙四十一年(1702)树德堂刻本。
⑤陈洪:《金圣叹传论》,第26、29页。
⑥"庠姓"一词,除了上引《七十二峰足征集》外,另见道光刻本《国朝昆山诗存》卷七周奕钫《哭吴缄三》诗题注:"缄三名若海,庠姓余。"
⑦白鹿山房本当为已知最早的《哭庙纪略》刊本,参陈洪《金圣叹传论》第25页。

试,拔第一,补入吴庠。"①顶张人瑞就试,较之后出之"顶金人瑞名"的记载或后人的"顶张采名"应试的理解,应该顺理成章得多。

金圣叹的卒年(1661),任何一种详细反映"哭庙"案经过的古代文献均有记录;其生年为明万历三十六年(1608)在今天也已不成问题,见《沉吟楼诗选》出版说明、《中国大百科全书》、《辞海》等权威著述(故得年54岁)。但是,在陈登原尚认为"独其生时,今无可考",最后借助《第五才子书》序,推论其"当生在神宗万历三十七年也"②。在未发现确凿证据的情况下,其结论能如此接近事实,陈氏的考辨功力令人服膺。而惟一涉及圣叹准确年龄的史料,是嵇永仁(1637—1676)《葭秋堂诗》卷首以《葭秋堂诗序》为题收录的圣叹致永仁尺牍。金氏此札开头便说"弟年五十有三矣",由信中言及"自端午之日……力疾先理唐人七律六百余章"③,知此年必为顺治十七年庚子(1660)④。逆推53年,即得其生齿。予见也寡,在"金学"学术史上,所知最早引用嵇永仁此篇"人瑞手札"者,为邓之诚(1887—1960)去世前一年写就的《清诗纪事初编》(此书亦是最早向学界介绍《沉吟楼诗选》者)。所惜邓氏误认此札"作于己亥顺治十六年,自言年五十三,被祸时当为五十五岁"。揣度其意,当以万历三十五年(1607)为圣叹生年(如其在文中复云"天启七年,是时人瑞年仅二十一"⑤)。以1607年为金氏出生之岁,所从者甚少,惟钟来因先生整理《杜诗解》时"取邓说"⑥。

此段"读后记"所引杨保同、钱蒙叟云云,亦见于陈登原之书。前者引及杨氏有关文字为:"俗传三月三日,为文昌生日,而圣叹亦于是日生。故人称圣叹为文曲星,圣叹虔祀文昌,或亦因此欤。"⑦后者引

①甘兰经等点校:《丹午笔记》,江苏古籍出版社1999年版,第162页。此本系据嘉庆二十四年钞本整理,所引文字,经苏州友人徐刚城先生代为与苏州博物馆藏原抄本核校,准确无误。

②陈登原:《金圣叹传》,第5、8页。

③〔清〕嵇永仁:《抱犊山房集》卷四,雍正年间刻本。

④〔清〕金圣叹:《贯华堂选批唐才子诗序》,见《金圣叹全集》第四册,第32页。

⑤邓之诚:《清诗纪事初编》卷三,中华书局上海编辑所1965年版,第336至337页。

⑥钟来因整理:《杜诗解》,前言第1、7页。

⑦陈登原:《金圣叹传》,第11页。原文见金陵杨保同(字异之)《金圣叹轶事》,中华图书馆文明书局民国八年(1919)版,第78页。惟陈氏过录时衍一字、讹一字。后人可据此验证有关著述是否为转引。

钱谦益《天台泐法师灵异记》,陈登原早以天启七年牧斋"已称金生"为圣叹生于"万历三十、四十年之旁证",并注明钱文出自《初学集》卷四十三①,给后人直接引用提供了方便。

      诗中所述诸人姓氏可考者:

      斫山为长洲王氏。按《西厢·闹简》批语有云:"吾友斫山王先生,文恪之孙。"廖燕撰圣叹《传》云:斫山为侠者流,与圣叹交最善。一日以三千金与圣叹,曰:"君以此权子母。"甫越日,挥霍已尽,斫山一笑置之。邵宝撰王文恪鏊《墓志》,公有男延喆、延素、延陵、延昭四人。延喆为昭圣皇后之甥,少以椒房入宫中,性豪侈。斫山与之相类,或即其所出也。

陆案:此段关于王瀚(号斫山)的文字对今人影响颇大。"文恪之孙"金批《西厢》原文为"文恪之文孙"②,"文孙"是对别人之孙的美称。廖燕撰圣叹《传》全名为《金圣叹先生传》,所涉王斫山的一段共86字,此处改写、节录为41字,且将"甫越月"抄作"甫越日",更强化了传闻的色彩。今人整理"全集",复将"邵宝撰"之后诸字标点为:《王文恪鏊墓志》:"公有男延喆、延素、延陵、延昭四人。延喆为昭圣皇后之甥,少以椒房入宫中,性豪侈,斫山与之相类。"前38字均标在同一引号内,即均视为邵宝之言。此举误甚。邵宝(1460—1527)与王鏊(1450—1524)基本同时,如他在任何文字中谈及王斫山,那么斫山至少约生于明正德五年(1510),即邵宝去世时斫山起码约17岁左右(否则难以看出有与延喆"相类"的"豪侈"之性)。这样算来,"圣叹事之为兄"的王斫山,在圣叹出生那年便已99岁,何谈"与圣叹并复垂老"③?"邵宝撰王文恪鏊《墓志》"等数十字,不见陈登原书,系由俞鸿筹首次征引。然查邵宝《大明故光禄大夫柱国少傅兼太子太傅户部尚书武英殿大学士致仕赠谥文恪王公墓志铭》,根本无后38字,大致可

①陈登原《金圣叹传》,第8页。
②[清]金圣叹:《贯华堂第六才子书西厢记》卷六,见《金圣叹全集》第三册,第133页。
③[清]金圣叹:《贯华堂第六才子书西厢记》卷六,见《金圣叹全集》第三册,第133页。

以对应的只是"吏部阙侍郎,侍郎韩公摄事,以公与寿宁故有连,既贵而能远之,其正可敬也,首荐而用之……子男四:长即延喆,中书舍人;次延素,南京中军都督府都事;次延陵,郡诸生;次延昭"等内容①。但是此段文字并非俞氏杜撰,前 13 字当节录自《文恪王公墓志铭》,后25 字乃出自《池北偶谈》:"明尚宝少卿王延喆,文恪少子也。其母张氏,寿宁侯鹤龄之妹,昭圣皇后同产。延喆少以椒房入宫中,性豪侈。"②据笔者掌握的资料看,清初王士禛(1634—1711)这段话除了"母张氏"和"性豪侈"之外,可信者不多。王延喆(1483—1541)为王鏊长子,而非少子;延喆"少以椒房入宫中"与邵宝所云"既贵而能远之"可谓针尖麦芒;其母张氏(1462—1487)为王鏊继室,乃成化年间沧州人丹阳县令蔡寔(本姓张,少孤依蔡氏,故又姓蔡)之女(为省篇幅,略去出处)。据《明史》,寿宁侯张鹤龄乃孝宗昭圣张皇后之弟,他们的父亲为兴济人老寿宁侯张峦(1445—1492)。如延喆母张氏为鹤龄妹,则亦为张皇后妹,便必为张峦之女;从延喆母张氏生年看,乃张峦虚龄 18 岁时所生,为其女当然尚不勉强,但如要张峦在此之前先要生出一后、一侯来(只有如此,才能符合延喆母乃"寿宁侯鹤龄之妹,昭圣皇后同产"的说法),即便对于无"计划生育"约束的古人,亦颇让其为难了(此非主要指生理上是否可能,而是包括习俗、养育、经济、学业等多方面的考虑)。且据张峦《墓志铭》,其女张皇后成化二十三年(1487)应选太子妃时已"生十七年矣"(即生于 1471 年),王士禛之说便不攻自破了。考虑到沧州(今沧县)、兴济(今青县)为河间府毗邻属县,邵宝所谓"公与寿宁故有连",如非指王鏊与张峦原本为友,亦只是指其岳丈张(蔡)寔与张峦略有葭莩亲。话要说回来,俞鸿筹虽不辨真伪随意征引《池北偶谈》,对今人的理解难辞误导之咎,但是必须指出:其一,"文恪之文孙"确实出自圣叹之书;其二,俞氏对"斫山与之相类,或即其所出也"的推测是非常准确的。笔者对王瀚与王鏊的关系已作考述③,此处只能极简单地交代如下:王瀚(约 1606—?),字其

①[明]邵宝:《容春堂续集》卷一六,《四库全书》本。
②[清]王士禛:《池北偶谈》卷二二《王延喆》,《笔记小说大观》本。
③参见拙文《金圣叹与王鏊后裔交游探微》,载《江海学刊》2002 年第 4 期。

仲,号砺山,明末吴县附例生,入清隐居,为延喆之孙禹声的孙子,康熙八年(1669)尚在世。金批《西厢》所谓"文孙",当为"玄孙"之形近误刻。后者有远孙、裔孙一义,如说王砺山为王文恪之裔孙,应是毫无疑义的。

> 贯华先生为韩住,字嗣昌;道树为王伊,字学伊。《西厢·惊梦》批语云:"知圣叹此律[解]者,……居士贯华先生韩住、道树先生王伊。既为同学,法得备书。"崇祯十四年初刻本七十回《水浒传》版心有"贯华堂"字样,即嗣昌所刻。周亮工《赖古堂尺牍新钞》谓金彩有《贯华堂集》,误以《水浒》版心所刊为圣叹集名,乾隆《苏州府志》亦沿其误,皆宜改正。

陆案:仅从"诗选"《病中承贯华先生遗旨酒糟鱼各一器寄谢》①和金批《西厢·惊梦》"居士贯华先生韩住"②,说贯华先生韩住字嗣昌固无问题;然据《鱼庭闻贯》第14条《答韩贯华嗣昌》③,以《鱼庭闻贯》署名惯例,韩住似又为以字行者。此人或与圣叹亲家韩俊(金雍岳丈)为昆季(名皆以"亻"为偏旁),惜乏史料相证。今存《云东韩氏家谱》所记乃苏州另支韩氏,与圣叹友人诸韩(另有韩藉琬、韩魏云)均无涉,书此以免"金学"同好浪费精力。

据《惊梦》金批,认为王道树名伊自然无错,然说其字学伊却是误解。在金氏著述中,与"道树"联袂而出的称谓只有两处,一是俞氏明引的"道树先生王伊",一是其暗引的"王道树学伊"。后者见于《鱼庭闻贯》首条《答王道树学伊》④,如据此便判断王道树字学伊是难以成立的(排比一下《鱼庭闻贯》姓氏字号抄写顺序,即可发现何为名、何为字号的规律)。今综合各种文献考知,王学伊(1619—1665),原名伊,字公似,号道树,明末岁贡生,入清为遗民,隐居苏州胥门之郊,终

---

①[清]金圣叹:《沉吟楼诗选》,见《金圣叹全集》第四册,第790页。

②[清]金圣叹:《贯华堂第六才子书西厢记》卷七,见《金圣叹全集》第三册,第198页。

③[清]金圣叹:《贯华堂选批唐才子诗》卷首,见《金圣叹全集》第四册,第40页。

④[清]金圣叹:《贯华堂选批唐才子诗》卷首,见《金圣叹全集》第四册,第36页。

身不入城市。为王矸山幼弟,现代昆曲大师王季烈(1873—1952)之九世嫡祖①。

周亮工《赖古堂尺牍新钞》谓金彩(采)有《贯华堂集》,确有此事,但却未必是"误以《水浒》版心所刊为圣叹集名"所致。康熙元年(1662)周氏辑刻《尺牍新钞》时,于卷五所选金氏尺牍两封,为《答王道树》和《与家伯长文昌》。当时《唱经堂杜诗解》、《沉吟楼诗选》皆未问世,金批刊行之作仅为《水浒传》、《西厢记》、《唐才子诗》三种,而这三种恰恰均冠以"贯华堂"三字。不是后来清理遗书者如圣叹堂兄金长文或女婿沈六书,是不可能知道有所谓"唱经堂遗书目录"的。周亮工言其著作为《贯华堂集》,虽不够准确,但完全可以理解,毕竟他当时所见金书皆为《贯华堂……》,且所选两篇亦均出自《贯华堂选批唐才子诗》之《鱼庭闻贯》②。退一步说,如果非要认为周亮工有误,也当主要是因为误以"贯华堂选批"之书为圣叹集名,未必与已刊行20年的《第五才子书水浒传》的"版心"有直接关系。今人或因周亮工著录金氏著述为《贯华堂集》,便说他"对金圣叹的情况很不了解,仅仅是道听途说而已"③。其实,周亮工对金圣叹的了解与同情,远远超出后人之所知;即以《尺牍新钞》卷二对《与黄俞邰》一信的眉批为例:"圣叹尚有《历科程墨才子书》,已刻五百叶。今竟无续成之者,可叹!"此则史料在数十年的"金学"研究中,不知有几人注意过?在笔者看来,周亮工与金圣叹的关系是金氏史实研究中的一个颇有价值的题目,值得专题探讨④。

"全集"对"读后记"抄录的《惊梦》金批,点校上有两处失于核查:"知圣叹此律者","律"字原文为"解",系由俞氏误书,宜径改或出校;在"居士贯华先生"之前,原文尚有"比丘圣默大师、总持大师"十个字,标点时宜加省略号"……"。

---

① 参见拙文《金圣叹与王鳌后裔交游探微》。
② [清]金圣叹:《贯华堂选批唐才子诗》卷首,见《金圣叹全集》第四册,第39页。
③ 周岭:《金圣叹腰斩〈水浒传〉说质疑》,载《文学评论》1998年第1期。
④ 参见拙文《周亮工参与刊刻金圣叹批评〈水浒〉、古文考论》,载《社会科学战线》2003年第4期。

　　阎牛叟名修龄,善咏诗;百诗名若璩,为经学大师。阎氏顺治时侨居淮安,后归原籍太原,诗中同游邓尉、虎丘,正其寓苏之时。邵僧弥名弥,长洲人,吴梅村所咏"画中九友"之一。文彦可名从简,衡山曾孙,端容之父。

　　陆案:"诗选"中涉及阎修龄、若璩父子处,有《同姚山期、阎牛叟、百诗乔梓滞雨虎丘甚久,廿三日既成别矣,忽张虞山、丘曙戒、季贞诸子连翩续至,命酒重上卧[悟]石轩,快饮达旦,绝句记之》、《阎子牛叟游邓尉,有怀故园梅花……》、《牛叟阎子游玄墓,有怀故园梅花……》等①。诸诗写作时间向无确考,今据张养重《古调堂集》所收《粤游春别》七绝诗序"辛丑正月,再彭观梅光福。二月,余与丘子曙戒有粤行。道出姑苏,相遇于虎丘,置酒言别。同集者姚山期、金圣叹、曙戒弟季贞、再彭子百诗,暨镜怜较书"的叙述②,得知阎氏父子"观梅光福"乃在辛丑即顺治十八年(1661)正月;同年二月,张养重和丘氏兄弟始"道出姑苏",得与金氏诸人相遇。联系金氏诗题中"廿三日既成别矣……快饮达旦"云云,可证事在顺治十八年二月二十三至二十四日晨,即"哭庙"事件发生后之20天。可与圣叹"同姚山期、阎牛叟、百诗乔梓滞雨虎丘……快饮达旦"诗相印证的,还有丘象随写于顺治十八年的《泛虎丘》古风一首,该诗详细歌咏了众人虎丘欢会的经过,其中"侧身迎左檐,有客美风度。殷勤达姓名,金子宿所慕。旧交与新知,一心欢参互"等诗句③,勾勒出金圣叹的儒雅风姿,并体现了诗歌作者对其由衷的仰慕。阎牛叟(1617—1687)名修龄,字再彭,牛叟其号。祖籍山西太原,自高祖之父始居山阳(今江苏淮安)。崇祯八年(1635)为诸生,明亡聚儒衣冠而焚之,从此遁世隐居。牛叟与圣叹之交谊,向无记载,从金氏《阎子牛叟游邓尉……》之二"山下春流泯泯深,送君一片古人心。自从李白闻歌后,不见汪伦直到今"诸句,足证两人友谊深厚。此年圣叹54岁,阎牛叟45岁。百诗为其子若璩(1636—1704)之

---

① [清]金圣叹:《沉吟楼诗选》,见《金圣叹全集》第四册,第822、834页。
② [清]张养重:《古调堂集》不分卷,康熙二十二年(1683)丘象升刻本。
③ [清]丘象随:《辛丑集》,见《西轩纪年集》,康熙三十三年(1694)抄稿本。

字,号潜丘,此年 26 岁。以"经学大师"名世乃是以后之事。由于金氏上述诸诗是其顺治十八年辛丑(1661)那年遇害之前的重要作品,所涉姚山期、张虞山、丘曙戒、丘季贞亦皆为清初重要文化人,故笔者对有关问题已撰文考述①,此处只是将稀见史料的有关线索再作披露而已。

邵弥(约 1598—1642),字僧弥,号瓜畴,善书画,性不谐俗。吴伟业(1609—1672)所撰《邵山人僧弥墓志铭》②,述其生平事迹甚备,惟于其生卒语焉不详③。梅村曾撰《画中九友歌》,对"风流已矣吾瓜畴",以"一生迂癖为人尤,僮仆窃骂妻孥愁。瘦如黄鹄闲如鸥,烟驱墨染何曾休"怀念之④。

文从简(1574.12.31—1648),字彦可,晚号枕烟老人,曾祖征明(1470—1559)、祖嘉(1501—1583)、父元善(1555—1589)皆为书画名家。从简为明崇祯十三年(1640)贡生,例得学博,不赴选,入清隐居为遗民⑤。其女文俶(1594—1634),字端容,擅画草木昆虫;嫁赵均(1591—1640),为赵宦光(1559—1625)子⑥。

"家兄长文"系圣叹族兄,名昌,字长文,号蠜翁,法名圣瑗,曾撰《第二才子书离骚经跋》及《第四才子书杜诗解序》。"诗选"中"鼠肝虫臂"一首,即临难时寄示长文之作。儿子雍,字释弓。按圣叹《才子尺牍》卷首有"男雍释弓撰"五字。《哭庙纪略》载圣叹有一子,曾请乩仙题号,乩仙判曰"断牛"。及圣叹获罪,妻、子流宁古塔。"诗选"内亦有《与儿子雍》七绝一首,此可正梁拱[恭]辰《池上草堂笔记》所云圣叹无子之误。

---

①参见拙文《生命中的最后一次欢会——金圣叹晚期事迹探微》,载《南京师大学报》(社会科学版)2000 年第 6 期。

②[清]吴伟业:《吴梅村全集》卷四六,上海古籍出版社 1990 年版,第 953 页。

③邵弥生年,《辞海》据徐邦达先生《邵弥生卒年岁考订》(见《历代书画家传记考辨》,上海人民美术出版社 1983 年版)著录为 1592 年,其实这是所谓"未五十而遘归"的误推。参见拙文《晚明书画家邵弥生年新说》,载《中国典籍与文化》2003 年第 4 期。

④[清]吴伟业:《吴梅村全集》卷一一,第 290 页。

⑤[清]文含:《文氏族谱续集》,清钞本。

⑥[明]钱谦益:《赵灵均墓志铭》,见《初学集》卷五五,《四部丛刊》本。

陆案:此处对金昌的字、号及与圣叹关系的描述甚确,原始材料见于其《才子书小引》和《叙第四才子书》的落款"同学矍斋法记圣瑗"、"矍斋金昌长文"及"小引"文中所谓"唱经,仆弟行也"①,凡此皆已见陈登原征引②。关于金昌,拙文只有两点补充:其一,"家兄"与"家伯"之别。对于金昌,出自圣叹之口,皆称其为"家兄长文",如《圣人千案序》"同其事者,家兄长文"③、《春感八首》序"家兄长文具为某道"及第八首尾注"为家兄长文"④;而在金雍辑《鱼庭闻贯》第11、24条则分别署作"与家伯长文昌"和"与伯长文"⑤。由于"伯"在古代有长兄和父亲之兄等多义,故自周亮工辑《尺牍新钞》始,即将选自《鱼庭闻贯》第11条"诗非异物,只是人人心中舌尖所万不获已、必欲说出之一句说话耳"一段,径题作《与家伯长文昌》,殊不知在《鱼庭闻贯》中,凡称与金氏有亲缘之圣叹同辈者,皆是以金雍之辈份或身份相称(恕不举例)。直言之,此处之"家伯"恰恰是对本家或同宗伯父的称呼。鉴于圣叹此篇与家兄长文的尺牍仍时常为今天编选古代家书或书信者所青睐,故将金氏著述中"家兄"与"家伯"之别略作辨正。其二,金昌《叙第四才子书》曾言及自己是"兹泚上归"后,始从事"搜辑、补刻"圣叹遗著《杜诗解》的工作。泚上指合肥(清为庐州府治所在县),古有泚水(今名肥河)流经其地。查该县"国朝"训导名单,康熙朝第四任即"金昌苏州人"⑥,虽于康熙朝历任具体时间均缺署(康熙《庐州府志》同缺),但毕竟有助于推考《第四才子书》的刊行时间。

圣叹有子金雍(1632—?),字释弓,这在金批《水浒传》序三"今与汝释弓……今年始十岁"和《鱼庭闻贯》所署"男雍释弓集撰"⑦等常见金书中即不难寻到证据。俞鸿筹所谓"《才子尺牍》",当是据《鱼庭闻贯》选编者,有民国七年(1918)上海求古斋书帖社石印本和上海大达

①[清]金昌:《唱经堂杜诗解》卷首,见《金圣叹全集》第四册,第524、525、523页。
②陈登原:《金圣叹传》,第2至3页。
③[清]金圣叹:《圣人千案》卷首,见《金圣叹全集》第三册,第731页。
④[清]金圣叹:《沉吟楼诗选》,见《金圣叹全集》第四册,第858、859页。
⑤[清]金圣叹:《贯华堂选批唐才子诗》卷首,见《金圣叹全集》第四册,第39、42页。
⑥[嘉庆]《合肥县志》卷一六《职官表》,嘉庆九年(1804)刻本。
⑦[清]金圣叹:《贯华堂选批唐才子诗》卷首,见《金圣叹全集》第四册,第35页。

图书社民国二十四年（1935）排印本等，卷首有"男雍释弓撰"五字。所引《哭庙纪略》有关"断牛"的逸闻，亦见于顾公燮《哭庙异闻》①，惟俞鸿筹于"妻、子流宁古塔"后，抄漏"其居室之后，有一断碑，但存'牛'字，殆亦前定数耶？"诸句，不仅令人读后不知所云，亦失去了此段逸闻原有的宿命色彩。如果俞氏引此仅是为了说明圣叹有子，亦毋庸抄录"曾请乩仙题号"等12字。据陈登原征引，"梁拱辰《池上草堂笔记》所云"②，出自该书卷八。惟作者乃梁恭辰（1814—？）而非梁拱辰。"全集"点校有两误，一是"梁拱辰"之"拱"字宜径改或出校（误始于陈登原），二是"圣叹无子"并非梁氏书中原话，不宜标引号。查该书此条为："汪棣香曰：施耐庵成《水浒传》，奸盗之事，描写如画，子孙三世皆哑。金圣叹评而刻之，复评刻《西厢记》等书，卒陷大辟，并无子孙。"③汪棣香名福臣，嘉庆、道光间钱塘人，辑有《劝毁淫书征信集》，存同治四年（1865）刻《琼瑶合编三种》本④。

以上俞鸿筹仅略考九人，其实"诗选"所涉尚有约70余位，其中近三分之二笔者仍不得其详。他们的姓氏或字号是（以在"诗选"中出现先后为序）：魏德辅（魏风？）、境哥、周粟仲、升妙、泌斋、无动、释圣默、明人法师、云在法师、雪塘法师、冯鸣节、解脱法师、刘伯玉、闵康之（名云祈）、徐尔赞、舒伯顺、总持法师、般若法师、次公、周顺庐、萍洲师、徐庆公、草座先生、李兴符、西音、赵居士、天雨法师、若兰、失庵、慧开、闻琴先生、翼明大士、周茂庐、周直夫、休老、杭若栋、季秋文、青莲法师、顾君猷等，恳切希望高明之士有以赐教。

　　《杜诗解》卷二有附录圣叹幼年所作五律一首："营营复［共］营营，情性易为工。留湿生萤火，张灯诱小虫。笑啼兼饮食，来往自西东。不觉闲风日，居然头白翁。"今"诗选"内不载，其遗佚固已多矣。

---

① ［清］顾公燮：《丹午笔记》，第162页。
② 陈登原：《金圣叹传》，第69页。
③ ［清］梁恭辰：《池上草堂笔记》卷八《西厢记》，同治十二年（1873）刻本。
④ ［清］梁恭辰：《池上草堂笔记》卷八《淫书版》；王绍曾《清史稿艺文志拾遗》，中华书局 2000年版，第1443页。

陆案："幼年所作"四字，影印本有细笔改乙，勾为"所作幼年"，"全集"标点为"所作《幼年》"。然据《杜诗解》卷二《萧八明府实处觅桃栽》至《早起》等五首的总批语"曾记幼年有一诗"云云①，细笔改乙之痕迹当为后人所加（何人所为?），"全集"点校者未核引文出处，遂将"幼年"作诗理解为"所作《幼年》"。如不细审影印本"诗选"而仅据"全集"本，读者会以为错在"读后记"作者身上。另原文首句为"营营共营营"，俞鸿筹误将第三字抄作"复"，整理本亦宜据原作径改或出校。

金圣叹一生作诗甚夥，据李重华序称，"诗选"所录者仅"什伯之一"②，可知佚者极多。笔者留心数年，才发现区区三首，即徐崧（1617—1690）、张大纯（1637—1702）辑《百城烟水》中的《题平坦沈君善木影》、《寓慈云寺旬日留别》和袁枚《随园诗话》中的《宿野庙》③；另在金圣叹友人徐增（1612—?）《九诰堂集》中，有其《岁暮怀悬瀑先生兼寄圣默法师》佚诗一首④，可见还有许多工作要做。

圣叹之墓在苏州城外五峰山下博士坞，至今犹存。十余年前，张仲仁一麐撰《阳山十八人祠记》，谓苏州浒关阳山东麓有土地庙，塑象十八人，衣冠各异，故老相传，即哭庙案中同难者之象；又谓哭庙诸生怀光复明社之志，缇骑搜其家，得与嘉兴友人书，多不讳语，故借哭庙事以罪之。今阅"诗选"中如《甲申秋兴》、《效李义山绝句》、《塞北今朝》、《元晖来述得生事》诸作，亡国之思，触处多有。当时文网綦严，犯者辄有不测。选此诗时，想见慎之又慎，而仍不免错杂其间，则此诗后之流传不广，良有以也。

陆案：圣叹墓在博士坞之说，可能始于同治修《苏州府志》"文学

①[清]金圣叹：《杜诗解》卷二，见《金圣叹全集》第四册，第605页。

②[清]金圣叹：《沉吟楼诗选》卷首，见《金圣叹全集》第四册，第777页。

③参见拙文《金圣叹佚文佚诗佚联考》。

④邬国平：《徐增与金圣叹——附金圣叹两篇佚作》（另一篇为《怀感诗序》），载《中华文史论丛》2002年第2辑。此文首次披露了金氏两篇佚作，为邬先生主动赐下，特此鸣谢。

金人瑞墓在五峰山下博士坞"①,而盛行于民国年间。如民国二十年(1931)前后,日本学人"辛岛骁谓数年前,上海某书店曾刊《苏州快览》,一通俗旅行书也。内记圣叹之墓,在苏州城外五峰山下之博士坞。辛氏并谓曾托当地人士,前往探得之"②;稍后所修《吴县志》沿用前志而有所补充:"文学金人瑞墓,在五峰山下博士坞,近道林精舍,吴荫培立碣。"③日人虽重田野调查,惜非躬亲其事,所得尚不能以确论视之;然吴县吴荫培(1851—1931)乃光绪十六年(1890)探花,民国七年(1918)任《吴县志》总纂之一,按理不会有误。但是李根源(1879—1965)在民国十五年(1926)三月,曾亲赴其地寻访:"上午八时入白阳山金井坞……入博士坞,访金圣叹墓。……走遍博士坞,终不得圣叹墓。适遇一老妇,询之,云:'金墓在西山坞,非博士坞,前年吴探花重修之。'转入西山坞,经吴江史氏墓坊,山坞尽处为圣叹冢,建'清文学金人瑞墓'碑,吴荫培书。右侧为白马涧通济庵僧觉阿遗冢,僧俗名张京度,著'通隐堂'、'梵隐堂'诗者也④,可谓德有邻矣。时坞中杜鹃盛开,有红、紫、黄、白四种,灿烂悦目,为诸山所未有,其圣叹、觉阿精灵之所集与? 登五峰山……"⑤所不解者是:李根源虽为云南腾冲人,然自民国十二年(1923)即定居苏州(故居在今十全街 111 号,为市级保护单位),且亲身实地勘察,何以会在接替吴氏任《吴县志》总纂后,在新修方志中仍云金墓"在五峰山下博士坞"?

张仲仁者,名一麐(1867—1943),字仲仁,亦为《吴县志》总纂之一,《阳山十八人祠记》写于民国二十一年(1932),与俞鸿筹引文相关的内容是这样两段:"余去冬至浒关,丁君南洲方为区长,与余有中表谊,同游阳山。山之东麓有土地庙,塑像十八人,衣冠各异。丁君告

①[同治]《苏州府志》卷四九《冢墓一·吴县·国朝》,同治十三年(1874)修,光绪八年(1882)刻本。
②辛岛骁:《金圣叹之生涯及其文学批评》,日本帝国大学法文学会编《朝鲜支那文化研究》,第 538 页,见陈登原《金圣叹传》引,第 70 页。
③[民国]《吴县志》卷四十《冢墓一》,民国二十二年(1933)铅印本。
④张京度字莲民,元和人,僧名祖观,字觉阿,道光、咸丰年间在世。所著今存有《通隐堂诗存》、《梵隐堂诗存》,分别为出家前、后作。
⑤李根源:《吴郡西山访古记》卷二,民国刊《曲石丛书》本。

余,故老相传即哭庙案中同难十八人之像";"南洲又曰:哭庙诸生怀光复明社之志,缇骑搜牢其家,获与嘉兴友人书,多不讳语,故借哭庙事以罪之"①。俞氏此篇读后记,撰于"辛卯孟春"即1951年,距张一麐写"祠记"整整20个年头,故不宜云写于"十余年前";此外,"祠记"于"故借哭庙事以罪之"后尚有"一则议斩,一则斩且籍没",说的是丁氏先人丁观生(1610—1661)、丁澜(1625—1661)。此二人是同祖的堂兄弟,于哭庙案同时遇难②,"读后记"省略了两个"一则"等十字,极易让人误以为"获与嘉兴友人书"是指金圣叹。金氏虽在嘉兴确有友人且多为遗民,但从"祠记"的上下文判断(文长不录),"与嘉兴友人书"作者姓丁而不姓金。另其节录之文字,与原文颇有出入,整理时以不加引号为妥("全集"标点作:谓:"苏州浒关阳山东麓,有土地庙,塑象十八人,衣冠各异,故老相传,即哭庙案中同难者之象";又谓:"哭庙诸生,怀光复明社之志。缇骑搜其家,得《与嘉兴友人书》,多不讳语,故借哭庙事以罪之。")此段"全集"标点尚有两处显误:《甲申秋兴》、《效李义山绝句》明是两题组诗,却标为《甲申秋兴效李义山绝句》,将两首弄成一首了;《塞北今朝》之后二字,标成下一首《元晖来述得生事》③的前两字。出错之由,真令人难以猜想。

　　刘继庄生顺治五年,卒康熙三十四年。全谢山为立传,云年十九寓吴中,居吴江者三十年。则继庄始寓吴时,为康熙五年。金释弓已于前数年流宁古塔,而继庄所著《广阳杂记》有与释弓问答《南华会解》之语,似释弓后曾归吴,方有此事,惜无他种资料可为互证也。

　　陆案:全祖望《刘继庄传》原文作"继庄年十九,复寓吴中,其后居

①张一麐:《心太平室集》卷三,民国三十六年(1947)线装铅印本。
②参见拙文《金圣叹与"哭庙案"中的"二丁"——从金诗〈丁蕃卿生日二章〉谈起》,载《中国典籍与文化》2000年第2期。
③所涉《沉吟楼诗选》各诗,分见于《金圣叹全集》第四册第820、819、830、836、849、806页。

吴江者三十年"①,俞鸿筹节录为 13 字,"全集"加以引号,未必尽妥。
所谓刘献廷"有与释弓问答《南华会解》"之事②,必发生在金雍自流放
地归吴之时。与"释弓后曾归吴"可为互证的"他种资料",今人知者
有三则:一是沈永令(1614—1698)词"金释弓从辽归,代闺怨":"自别
河梁成永诀,十年梦绕辽西。梦中牵袂数归期。刀环真浪约,何日照
双栖。　　蓦地归来真是梦,归来日日分离。不如依旧在天涯。梦回
鸡塞远,犹得到深闺。"③一是同一作者的《送金释弓还辽》诗:"鸿飞万
里异翱翔,叫断寒云认故乡。嗣世可堪成汉史,十年无复说蒙庄。关
河历尽霜花白,岁月移来鬓影苍。塞外只今书种在,更谁笔札问中
郎?"④一是金法筵《家兄归自辽左感赋》诗:"廿载遐荒客,飘零今始
归。相看疑顿释,欲语泪先挥。郁塞千秋恨,蹉跎万事非。不如辽左
月,犹得梦慈帏。"⑤这三首诗词说明金雍于发配后曾两次归吴,一在
十年后,一在二十年后,前为暂返,后为终还⑥。据杨凤苞(1757—
1816)注全祖望《刘继庄传》,献廷"于康熙六年丁未来吴,至二十六年
丁卯入都"⑦,其与释弓问答《南华会解》,在后一时间的可能性较大。
前两首诗词的作者沈永令,字闻人,一作文人⑧,吴江人,浙江秀水庠
生、副榜贡生(今人或有因此认为永令乃秀水人),与圣叹所交吴江沈
氏诸人有着较为密切的血缘关系。《鱼庭闻贯》有圣叹与永令尺牍,
"全集"整理本作"答沈丈人永令"⑨,如非排印误植,当是整理者以为
"文人"于此不讲而径改为"丈人"。

①[清]全祖望《鲒埼亭集》,卷二八,见朱铸禹整理《全祖望集汇校集注》,上海古籍出版社
　2000 年版,第 521—522 页。

②[清]刘献廷:《广阳杂记》卷三"忆余年十四时",《笔记小说大观》本。

③[清]沈永令:《临江仙》,见程千帆主编《全清词》第 2 册,中华书局 1994 年版,第 1048 页。

④[清]沈永令:《送金释弓还辽释弓,唱经主人子》,见《吴江沈氏诗录》卷七。

⑤[清]金法筵:《家兄归自辽左感赋》,见《吴江诗粹》卷三十《闺秀》。

⑥张国光:《金圣叹的志与才》,南京出版社 1998 年版,第 148 页。张先生引《清史稿·圣祖
　本纪》康熙二十年"颁发恩诏,罪非常赦不原者,皆赦除之"为证,认为至此金雍"终于得以
　还乡",颇有道理。

⑦朱铸禹整理《全祖望集汇校集注》,第 522 页。

⑧[清]周铭:《松陵绝妙词选》卷三小传:"沈永令,字文人,号一指。"康熙刻本。

⑨[清]金圣叹:《贯华堂选批唐才子诗》卷首,见《金圣叹全集》第四册,第 49—50 页。

"读后记"正文考辨到此为止。从文末落款"辛卯孟春俞鸿筹读后记"和所钤白文方型印章"虞山俞鸿筹印",可知此跋的写作时间和作者籍贯。俞鸿筹(1908—1972),字运之,号啸琴,别署屠提居士、舍庵居士,江苏常熟人。毕业于震旦大学预科及上海法政学院。曾从事爱国抗日活动,民国三十四年(1945)初遭日军逮捕,严刑不屈。战后任"三民主义青年团上海支团部佐理",旋辞职。著《松禅老人逸事》、《唐律疏义校注》、《舍庵诗词残稿》、《舍庵居士题跋》、《干禄字书笺证补》,校补《中国藏书家考略》等①。其父俞钟颖(1847—1924),清末官至河南布政使,入民国参加复辟帝制的筹安会,而鸿筹自己又有着三青团干的特殊身份,其于建国后之境遇可想。郡人郑逸梅(1895—1992)1985年为《中国藏书家考略》撰写的前言中,有一段文字颇具史料价值:

> 这书上起秦汉,下迄清末,都七百四十余人,可谓洋洋大观。直至前年,我友张慎庵来访,出示这书,书本的天地头满写了蝇头细楷,却增添了一百三十四人,订正了二百多处,钤有屠提居士印章,慎庵认为出于潘伯鹰手笔,并在封面上题写了几句。经我寓目,断为常熟俞鸿筹运之的订补。运之字迹虽类伯鹰,但伯鹰较苍劲,运之较秀逸,稍有不同。运之为俞钟颖嗣君,钟颖字君寔,号幼莱,又号遽庵,有时署南郭先生,为大儒俞钟銮之弟,与陆润庠状元为同治壬申同科,由总理衙门章京,出任琼崖道,擢河南布政使,署理河南巡抚。著有《耐庵随笔》、《归田集》等。运之渊源家学,工书,擅辞翰,精考证,以及版本目录,无不通达。我在陈季鸣的文无馆,得见季鸣的《正反同形篆文汇录》,运之用正反同形篆文为题,工稳娴雅,妙造自然,始心仪其人。既而由钱释云之介,得识运之夫人庞镜蓉女史,藉知运之晚年病废,食贫励品,旋即谢世,镜蓉掇拾其遗著,名《舍庵诗词残稿》,委我为撰一序,他的作品,确有如李太白所谓"清水出芙蓉,天然去雕饰"之概。词

---

① 瞿鸿烈主编:《常熟市志》第二二编《藏书·著述》、第二七编《人物》,上海人民出版社1990年版,第862、878、1092页。

亦精微婉约,饶有情致。那屑提居士,为运之的别署①。

虽然纸帐铜瓶室老人有所误记②,但是对于鸿筹一生学术的介绍,还是比较全面的;尤其有关俞氏后半生的境况是从俞夫人庞镜蓉女史处直接得知,故其真实性无须怀疑。而在"晚年病废,食贫励品,旋即谢世"寥寥数语中,不难体会到省略了多少难言的酸辛。

俞鸿筹此篇《沉吟楼诗选》"读后记"写于1951年其44岁时,前十数年战乱频仍、遭逢寥落,建国初之百废待兴、政治先行,在此背景下评估俞氏研究金圣叹的得与失,无疑应该更多地看重其宣传圣叹之功和保存"诗选"之举;相比之下,无论其文中有多少疏漏和缺憾,都是微不足道的。俞鸿筹擅诗文,精书法,于版本、目录和藏书研究颇有造诣,然今人所编《中国美术家人名辞典》(1985年修订版)、《中国近现代人物名号大辞典》(1993年版)等专书皆未见其名;2001年版《中国近现代人物名号大辞典续编》虽收录其人,但生卒、著述、经历皆有所缺。如能因拙文而将其事迹补入后出之有关工具书中,笔者固然可以于心稍安,逝者或许亦可瞑目于九泉了。

（原载于杜桂萍主编《学府》,黑龙江人民出版社2006年出版;删节本题为《金圣叹基本史实考论》,《南京师范大学文学院学报》2007年第3期发表,人大报刊复印资料《中国古代、近代文学研究》2008年第1期转载）

---

① 郑逸梅:《前言》第3—4页,见杨立诚、金步瀛合编,俞运之校补《中国藏书家考略》,上海古籍出版社1987年版。

② 如俞钟颖(1847—1924)较俞钟銮(1852—1926)为年长,故前者不可能是后者之弟。钟銮之舅为翁同龢(1830—1904),则鸿筹所著《松禅老人逸事》必有可观之处。另郑逸梅文中张慎庵或为张明仁(1918—?),常德人,曾任教于上海光夏中学;潘伯鹰即潘式(1904—1966),安庆人,曾任上海中国书法篆刻研究会副主任委员;陈季鸣即陈珂(1892—1972),江阴人,工铁线篆。参见陈玉堂《中国近现代人物名号大辞典》及《续编》,浙江古籍出版社1993年、2001年版。

周亮工与金圣叹关系探微

——兼论醉畊堂本《水浒传》和
《天下才子必读书》的刊刻者

周亮工(1612—1672),字元亮,一字减斋,号栎园,清初著名文学家。虽然在金圣叹身世研究特别是其人际关系研究中,其名向来罕见;但是今人所编的有关专题研究资料集,往往皆要引录周氏《书影》卷一"《水浒传》……近金圣叹自七十回之后,断为罗所续,因极口诋罗,复伪为施序于前,此书遂为施有"一段文字①,从而使《水浒传》版本研究者和金批《第五才子书》研究者很难完全回避周氏这番言论。尤其是在近年来由周岭先生引发的"金圣叹腰斩《水浒传》"的学术辩争中,最早提出"七十回之后断为"罗续即腰斩之说的《书影》这段话的学术价值,更是各家论者必须予以评说的。只是无论认为亮工之语可信或不可信,论者皆无直接证据。否定者仅据其辑《赖古堂名贤尺牍新钞》记载圣叹所著为《贯华堂集》,便说周氏"对金圣叹的情况很不了解,仅仅是道听途说而已"②;肯定者虽相信亮工"其言必有所据"而未具体举证,或者认为"作为当时人记当时事,就不会是捕风捉影了"③,或者做出的只是"周氏与金圣叹同时,他又是目录学家,且当时是多种《水浒》版本竞争的时代;金本究是古本抑是删节本,一经比较,

---

① [清]周亮工:《书影》卷一,上海古籍出版社1981年版,第16页。
② 周岭:《金圣叹腰斩〈水浒传〉说质疑》,载《文学评论》1998年第1期。
③ 王齐洲:《金圣叹腰斩〈水浒传〉无可怀疑》,载《江汉论坛》1998年第8期。

真相自明"的一般性推论①。略显幽默的是,面对同样一则《四库全书总目》有关"撤毁书"《书影》"至于……皆传闻不得其实;……遗闻旧事,颇足为文献之征"的提要②,倡论者与驳论者各取所需而照样阐说无碍。笔者沉溺于金圣叹史实研究有年,于其身世交游考证偶有一得之见。今据读书知见所及,试图以金、周有关著述为基础,论证亮工之于圣叹不仅同时,而且同友、同好,甚至颇有同情;如以一般标准来衡量,周亮工甚或可以算得上是最早的金圣叹研究者;更有学界闻所未闻之披露:周氏曾参与圣叹多部著作之刊刻。如若不信,请看下文。

一、周与金之"同时"、"同友"考

据康熙刻本《赖古堂集》附录周氏诸子所撰《年谱》,周亮工生于"明万历四十年壬子四月初七日"(1612.5.7),地点为"金陵状元境祖居"③;而金圣叹生于万历三十六年戊申(1608),地点为苏州。周比金仅小四岁,故两人客观上同时 50 年(1612—1661)。在两人共同在世的半个世纪里,虽出生同在江南之地,且"姑苏、白下,一水可达"④,有舟船之便;但南京与苏州既非比邻州府,地理位置又距离遥遥(约 280公里),故少时当无相识之可能。成人之后,金圣叹长居苏城,足迹罕至它郡;周亮工虽 19 岁时即与长洲林云凤在南京结星社,然此后因回河南原籍应试,中举后复于山东为官,晚明十馀年多居北方;入清后自顺治二年(1645)官两淮盐运使起,至顺治十五年(1658)因事系京城狱止,期间宦游江淮福建,始时过吴门,见于自述和他述的有:

1. 豫章郭生……去年姑苏,值其四十初度,顷将还里,索予补

①张国光:《鲁迅等定谳的金圣叹"腰斩"〈水浒〉一案不能翻》,载《湖北大学学报》2001 年第 1 期。
②《四库撤毁书提要·书影》,《四库全书总目》附录,中华书局 1987 年版,第 1843 页。
③[清]周亮工:《赖古堂集》附录《年谱》,上海古籍出版社 1987 年影印清康熙刻本,第 901 页。
④[清]苏桓:《与客》,见周亮工辑《尺牍新钞》卷七,康熙刻本。

一诗。①

2. 与陈阶六期于吴门,予未至,阶六已发云间矣。②

3. 维舟吴门,欲探梅玄墓,不果。值七建商旅百馀人相过慰勉,涕泗交下,感赋一诗。③

4. 禧与公同客吴门,心钦钦然,不敢以布衣见。既而闻公卒……④

5. 今年相遇吴门,乃尽见其赖古堂诸刻。⑤

6. 甲午,遇周子元亮于吴门,出《赖古堂文选》属余是正。⑥

7. 吴门林若抚……老而贫。公宦闽过吴门,访之,而若抚以是日卒。遂厚遗其子,以为葬具。⑦

以上诸例,除了第一条时间待考、第三、四条似在金圣叹去世之后⑧外,第二条,据周亮工《杭川舟中怀陈阶六》诗注"丁亥,阶六期予于吴门,不值"⑨,乃是清初顺治四年(1647),亮工此年任福建按察使(阶六乃友人陈台孙);第七条,据周氏《书影》"吴门林若抚云凤"载:"予戊子北上,先数日订若抚出山,晤于舟次;予至之日,即若抚捐馆之夕。"⑩是次年之事;第六条"甲午",指顺治十一年(1654),或与第五条为同年发生。

考察周亮工一生与金圣叹之同时,不仅可以指出其同存于世50载,而且不难证明周氏入清后曾屡赴苏州。其时《贯华堂第五才子书》早以行世,金圣叹在当地已颇有名气,故起码存在着周氏与苏人了解、

----

① [清]周亮工:《赖古堂集》卷三,第159页。
② [清]周亮工:《赖古堂集》卷七,第340页。
③ [清]周亮工:《赖古堂集》卷八,第391页。
④ [清]魏禧:《赖古堂集序》,见《赖古堂集》卷首,第3页。
⑤ [清]钱谦益:《赖古堂诗集序》,见《赖古堂集》卷首,第15页。
⑥ [清]钱谦益:《赖古堂文选序》,见《有学集》卷一七,上海古籍出版社1996年版,第768页。
⑦ [清]周亮工:《赖古堂集》附录《年谱》,第904—905页。
⑧ 第三条,度其诗题和诗意,似为康熙元年被赦出狱后"秋游吴越间"(《年谱》)之事;第四条,钱扬禄《先公田间府君年谱》载钱澄之于康熙十一年(1672)"过苏州,别姜如农父子,晤魏凝叔"。魏禧字凝叔,此条或可证其与周亮工"同客吴门"时间约在康熙十年之际。
⑨ [清]周亮工:《赖古堂集》卷八,第391页。
⑩ [清]周亮工:《书影》卷五,上海古籍出版社1981年版,第134页。

谈论金圣叹的可能性;考虑到"同友"、"同好"等因素(见下文),甚至不能排除两人相识之可能。同友,是指在周亮工的朋友中,有一些也是金圣叹之友。如周氏同榜进士吴江吴晋锡、嘉兴朱茂璟和无锡秀才嵇永仁、钱塘布衣胡介等。限于篇幅,本文只交代同为苏州人的徐增。

徐增,字子能,号而庵,圣叹乡人,明遗民。生卒未见学界著录,今据方文康熙七年戊申(1668)作《题徐子能小像》"何幸同生壬子年,苦吟端不让前贤。予与子能皆壬子生,前贤柴桑、少陵、香山亦壬子生"①,而得其确切生年为明万历四十年(1612)壬子。圣叹长于徐增四岁,两人为挚友。金氏《贯华堂选批唐才子诗》,载其《与徐子能》尺牍两篇:一侧重于希望得到支持——"知比日选诗甚勤,必能力用此法。近来接引后贤、老婆心热,无逾先生者,故更切切相望";一侧重于希望得到指教——"今如索得,看有不当处,便宜直直见示。此自是唐人之事,至公至正,勿以为弟一人之事而代之忌讳也"②。"知比日选诗甚勤",或可说明徐增《说唐诗》当始撰于此时。两人之声气相通、学术相规,由《鱼庭闻贯》即可见一斑。故圣叹堂兄说:"而庵,唱经畏友也。"③

虽然在今存赖古堂诗文集中并无有关徐增的记载,但周亮工与之关系亦非同寻常,其一,徐、周两人不仅同庚,而且皆为壬子年生,明清时文人雅士因为白居易有"何事同生壬子岁,老于崔相及刘郎"诗句(《花前有感兼呈崔相公刘郎中》),而对生年同此干支有一种天然的亲近情结④;其二,徐增九诰堂选刻《元气集》,所收七家,居首者便是《周亮工赖古集》,时在顺治十七年(1660)。此际周氏因事在京身陷图圄已两年,徐增此举应该是有一定风险的。其三,周亮工康熙六年(1667)辑刻《尺牍新钞二选藏弄集》,于卷九载苏州申绎芳(1610—1668)撰《与栎园》:"昨日先生欲访徐子能,绎芳以子能所居僻远,且

①[清]方文:《嵞山集》续集卷五,上海古籍出版社1979年影印清康熙刻本,第1171页。
②[清]金圣叹:《贯华堂选批唐才子诗甲集七言律》卷二《鱼庭闻贯》,顺治十七年(1660)序刻本。
③[清]金圣叹:《杜诗解》卷三《秋兴八首》总批"矍斋云",上海古籍出版社1984年版,第177页。
④参钱陆灿《题嵞山先生续集》"周栎园侍郎与尔止俱壬子,予亦壬子",见《嵞山集》续集卷首,第845页。

病不能肃客,可不往。先生必拉绎芳徒步往信心庵,与子能握手归。"可见周、徐情意。申绎芳信中并请亮工为徐增刻书、作传:"念子能今年五十有六,两足不能步履者数年,贫病以僧舍为家。所选近人诗名《元气集》者,虽已刻数家,竟以贫不能卒业;所说唐诗已成集,竟未付梓;自著《而庵诗》,亦无能出而问世。子能度非久于人世者,先生当为传其书,并作一传,以传其人。"①周氏于此眉批曰:"子能著、诗皆可传,予欲为之梓,力不能副,徒有把其书浩叹耳。"流露出深深的遗憾之情。

与本文题旨密切相关的是,徐增绝不仅仅是金、周两人一般的朋友;在金圣叹与周亮工之间,他还是一位起过特殊作用的人物。关于此点,下面再谈。

以上介绍金、周共同的苏州友人,不仅是想论证这样的可能性,即通过他们的转述②两人得以心仪神交;而且倾心于认同存在着一种并非无法实现的假设:金圣叹在世期间的周亮工某次吴门之游,因有热心且比邻如申绎芳者③的牵线导引,金、周两人得以相识结交——虽然在各自的著述中尚未发现关于这点的直接记叙。考虑到金圣叹因不良死而诗文之作大都亡佚,《沉吟楼诗选》为其婿所抄,仅存"什佰之一"④;周亮工所撰诗文无论稿本、刊本晚年"尽取焚之"⑤,今存别集乃其子后所辑刊,亦远非全帙:故今人自不必以各自著述中有无相关记叙而定两人是否相识。

---

① 由"子能今年五十有六"一句,可知事在康熙六年。
② 如《尺牍新钞二选藏弃集》卷一六就有周莹《招栎园饮》:"仆所居园……栎园以公事至,虽忙,然颇可偷半息暇,一徘徊树石间,看旧人画,听老夫娓娓述吴中逸事,以佐饮。"莹字静香,吴县人,《鱼庭闻贯》载有《与周静香莹》论分解唐诗书信。二周如说"吴中逸事",金圣叹自会是话题之一。
③ 据道光赐闲堂刊《申氏世谱》,知绎芳为时行次子用嘉第五子。圣叹与申氏子弟情义甚笃,其诗《孙鹤生日试作长歌赠之》有"瘠者金子瞽者申,鸡飞相及为德邻。四海兄弟在何处,一巷来往无人嗔"诸句。诗中除了金瘦子是圣叹自称外,申胡子其人虽不可确考,但金氏与同居一巷的申家情义可想。
④ [清]李重华:《沉吟楼诗选》序,见《沉吟楼诗选》卷首,上海古籍出版社1979年影印清抄本,第2页。
⑤ [清]周在浚:《赖古堂集》凡例,见《赖古堂集》卷首,第25页。

二、周与金之"同好"、"同情"考

之所以说金、周二人存在着直接结交的可能性,还因为在主观上两人之间并无任何障碍。就周亮工而言,在爱好上与圣叹颇有相似之处。由于出生于出版世家,亮工崇祯元年(1628)十七岁时"始操觚选事"即从事编选刊行之业,所选有"《小题血战》之刻,一时为之纸贵"①;入清后,先于顺治年间编成《赖古堂文选》二十卷(此书今存,分体编选明末清初之作);至康熙初年,又次第选评刊行了《赖古堂名贤尺牍新钞》、《尺牍新钞二选藏弄集》、《尺牍新钞三选结邻集》。《尺牍新钞》扉页后有启事一页:

> ……更祈海内同人,共惠瑶篇,续成锦集。凡有所寄,望邮至金陵状元境内大业堂书坊,或苏州阊门外池白水书坊。

这段文字甚为重要,首次将著名的"大业堂"书坊与清初周亮工联系在了一起。在明末清初江南出版界,大业堂书坊的名头很是响亮。但是周亮工与大业堂并非选家与刻家的关系,而是主人与堂号的关系。周亮工出生在"金陵状元境祖居",明清两代南京状元境是书坊云集之所,周氏更是自万历以来便活跃于此的出版或刻书世家。今存凡标明"大业堂"、"周如山"镌刻之书,均出自其父文炜(字坦然,号如山)之手②。大业堂喜刻小说,传世者有《国色天香》、《唐书志传通俗演义》、《东西晋志传》、《李卓吾批评西游记》等;此外,周文卿、周如

---

① [清]周亮工:《赖古堂集》附录《年谱》,第 904 页。
② 文炜为亮工之父,参见《崇祯十三年庚辰科进士履历便览》周亮工履历和董以宁《董文友文选》卷三《坦然先生传》。

泉①当是文炜昆季辈②;万历时大名鼎鼎的万卷楼主人周曰校,刻书今存约30种③,或为文炜长辈(曰校刻过《三国志传通俗演义》等小说)。此则启事,不仅坐实了周亮工即大业堂后人,而且也显示出他与苏州的联系之密:既有分号代为收稿,中人或亲自往返皆应是时常之事了。而一位既亲操选事,又继承出版家业的文化人,且具有"爱文章如真性命,访才人如佳山水"之天性④,加之"其心好异书、性乐酒德,则如陶渊明……而遭诪被谤、坎壈挫折,又如苏长公"⑤的性格遭际,对待"布衣之士,相与咨询议论,闻人有一艺之长、一言之善,则必记录而奖誉之,不问其老稚贵贱、大都僻邑"⑥。以此品格风范,结识颇富才华、爱发奇论、喜评稗说的金圣叹,是不会有任何障碍的。

周亮工之与金圣叹,不仅有共同的爱好,而且对圣叹死于冤案颇有同情,这在其选评辑刊的明末清初"名贤"尺牍选集中有如下表现:

1. 刊其书信。在康熙元年六月(圣叹遇害未满周年)始刻《尺牍新钞》一书中,即收金氏《答王道树》、《与家伯长文昌》(卷五);康熙六年正月陈维崧撰序的《二选藏弃集》,又选其《与西林》、《与升公》(卷三)。前两篇已见于《鱼庭闻贯》而非独家之文,但后两篇却属金氏佚作而为今人所不知者(《与升公》文字与《唱经堂杜诗解》卷二《三绝句》评语略同)。

2. 载其友文。如《尺牍新钞》卷二录嵇永仁《与黄俞邰》书,讲述了"赓南"司李周计百"读才子书,慕圣叹为人"而两人神交的有关异事,嵇已作《追悼诗》,并请黄和之⑦。俞邰名虞稷(1629—1691),为亮工"及门"弟子,《赖古堂集》的参编者,因撰《千顷堂书目》而著名。另《藏弃集》卷四录尹民兴《与门士徐叔子》:"金贯华才与之语,如在暗

---

①沈津:《美国哈佛大学哈佛燕京图书馆中文善本书志》,上海辞书出版社1999年版,第585、322页。

②参周在浚撰其父亮工《行述》,《赖古堂集》附录,第976页。

③沈津:《美国哈佛大学哈佛燕京图书馆中文善本书志》,第133页。

④[清]李清:《三选结邻集序》,见《尺牍新钞三选结邻集》卷首,康熙刻本。

⑤[清]黄虞稷:《周亮工行状》,见《赖古堂集》附录,第973页。

⑥[清]魏禧:《赖古堂集序》,见《赖古堂集》卷首,第7页。

⑦参拙文《金圣叹与周计百交往揭秘》,《河南师范大学学报》2002年第1期。

室睹蒸烛之光,情变郁陶而发其喜矣。"尹字嘉宾,号宣子,湖广嘉鱼人。明崇祯元年进士,南明时官兵部郎中行御史事,事败隐居。这封短简约写于清顺治末年,民兴此际已为遗民矣。

3. 抒其感伤。周亮工不仅借助选文来表露或认同对圣叹的纪念和赏识,有时还直接通过眉批抒发自己对这位才士不幸命运的深切同情。如《尺牍新钞》卷八所录句容张芳(1612—?,字菊人)《与陈伯玑》,于"近传吴门金圣叹分解律诗,其说即起承转合之法……弟久信之。今得此老阐绎,可破世人专讲中四句之陋说"一段上,周氏批曰:"菊人亦圣叹知己,惜此札圣叹不及见矣!"在嵇永仁《与黄俞邰》尺牍上,亦下眉批曰:"圣叹尚有《历科程墨才子书》,已刻五百叶。今竟无续成之者,可叹!"叹惋怜惜,言简意赅,声似在耳,情溢纸面。考虑到"是集非标榜之书,间有评语,或照映苦心,或阐扬逸行"①,这两段简评,直抵得一篇追悼长文了。尤可注意的是,前批"亦圣叹知己"之"亦"字,想必系以自己即"圣叹知己"为参照而得出;后批程墨才子书"已刻五百叶"云云,古今惟经周氏道及:凡此,皆可见周亮工对金圣叹的了解。

难能可贵的是,亮工对圣叹不仅知之细,而且知之深;不仅有感情上的同情惋惜,而且有理智上的思考评判。从其《书影》不同意金圣叹认为施耐庵作《水浒传》的观点而加以质疑"予谓世安有为此等书人当时敢露其姓名者? 阙疑可也。定为耐庵作,不知何据?"即可为证②(注意:表述语气如此委婉,已显彼此并非陌路不识之人)。同时,亮工对金批的艺术成就固然不吝好评,然而对其行文笔法和叙述风格,态度亦颇有保留。如他曾经指出:

> 圣叹妙舌,不可无一。所批《西厢》、《唐诗》并《小题》文字,非不种种妙绝,苦是一支笔,所谓"数见不鲜"也。若当时只行《水浒》一种,便令海内想煞。③

---

① [清]周亮工:《尺牍新钞选例》,见《赖古堂名贤尺牍新钞》卷首,康熙刻本。
② [清]周亮工:《书影》卷一,上海古籍出版社1981年版,第16页。
③ [清]周亮工:《赖古堂名贤尺牍新钞》卷五金人瑞尺牍眉批,康熙刻本。

这段文字足以说明：一，周氏读过今存之《贯华堂第五才子书水浒传》、《贯华堂第六才子书西厢记》、《贯华堂选批唐才子诗》及鲜为人知的《小题才子》，视野之宽，时人罕匹。二，周氏认为，金氏其人，文坛不可没有；所批各书，亦皆堪称妙绝，其中尤以《水浒》最佳，评价可谓充分到位。三，他还指出，金批诸书的弱点是数见不鲜，即批评笔法和风格的大同小异，这是基于综合分析与总体感受而概括出的缺陷，不愧金氏"知己"。无独有偶，当时即有人"惜圣叹不及闻"周氏所谓"一支笔"之说（《尺牍新钞》卷十二吴晋《与周园客》，晋为亮工弟子）。此外，周氏对晚明余大成（1580—1642）《答心灯》的评价亦堪注意。此信写法上是就所述观点以多种"譬喻""反复浅言之"（《尺牍新钞》卷五），亮工批曰："近金圣叹一派，早已自先生开之。"将金批视为文学批评的一种学派或流派，考察其渊源、成就和不足，周亮工可谓古今第一人。

顺便说一句：此节所引周亮工《尺牍新钞》诸批语，见于康熙原刻本；今人所阅，多为据上海杂志公司1935年排印本影印或重排者，而此类版本早已将不便排版的眉批统统略去。故在前此有关成果中，罕有征引上述周氏批语者。

三、周氏参与金批著述刊刻考

周亮工之与金圣叹，不仅是同时、同好和同情，或者说周与金的同好及对金的同情，还有着远比以上所述者更有说服力的事实。具体说来便是：在金氏生前，周亮工参与刊刻《第五才子书水浒传》；在金氏死后，周亮工主持刊刻《天下才子必读书》。

（一）周亮工参与刊刻《第五才子书水浒传》考

熟悉金批《水浒》版本者皆知，在金氏在世时，有明确时间而且不是贯华堂刊刻的《第五才子书》，惟有醉畊堂顺治十四年刻本。该书扉页右栏顶格直书"王望如先生评论醉畊堂藏板"，中间大书"五才子水浒传"①；卷首有"顺治丁酉冬月桐庵老人书于醉畊堂墨室"的《评论水浒序》，次为望如所撰《评论出像水浒传总论》。王氏对《水浒》作者并无的见，认为"或谓东都施耐庵所著，或谓越人罗贯中所作，皆不可知"（序）；对金批文字颇有好评，如说："细阅金圣叹所评……余最服其终之恶梦"，"余不喜阅《水浒》，喜阅圣叹之评《水浒》，为其终以恶梦，有功于圣人不小也"（总论）②。仕云字望如③，号过客，徽州歙县岩镇人，随父寓居南京，顺治九年（1652）进士，历任广东程乡、平远县令④，衡州、潮州知府⑤，皆有政绩。翻检过《赖古堂集》者亦不难发现，这位金批《水浒》的批点（书内每回尚有其回末总评）者王望如，与周亮工竟是生死之交。周氏为其所作诗文甚多，仅文就有卷十七《休休道人授书图记》（道人为望如师）、卷二十四《祭王瑞芝太翁文》（瑞芝为望如父承芳字）等。从中可见周、王两家"同金陵占籍"为世交，亮工父文炜（1584—1658）与仕云父承芳（？—1659）"雅相善"；顺治十四年亮工因事解任候勘（似今之停职审查），时任泉州司理的仕云参与审理，"王以不肯罗织周侍郎，下狱论死，终不更一语"⑥。乾隆《歙县志·宦绩》称其"尝瀸旧交狱失出，得祸无怨言……生平矜肝胆意气，与人尽诚款"，当主要是就其与周亮工之事而言⑦。只可惜研究金批《水浒》者从未对上述"王望如先生评论"《第五才子书》与周、王两人之渊源的关联加以注意，故亦绝不可能发现这样一个事实——所谓"醉畊堂"本金批《水浒》与周亮工关系甚密！以下举证说明：

1."醉畊堂"号的主人。根据收罗最富的《清人室名别称字号索

①马蹄疾：《水浒书录》，上海古籍出版社1986年版，第120页。

②此种绝对同时代人的重要观点，不知何以未见论说"腰斩"者引述。

③王仕云生卒向无准确著录，今据方文康熙三年甲辰（1664）《送王望如补官北上》，言其"年华虽艾仍如少"（《嵞山续集》卷四），考得望如大约生于明万历四十二年（1614），小于圣叹约六岁。——结集补注

④[乾隆]《歙县志》卷一一《人物志·宦绩》，乾隆二十六年（1771）刻本。

⑤[清]陈作霖：《金陵通传》卷二六，光绪三十年（1904）瑞华馆刻本。

⑥[清]施闰章：《喜王望如赦还》小序，见《施愚山集》诗集卷二六，黄山书社1993年版，第545页。

⑦[清]顾梦游《顾与治诗》卷七《送王望如之官闽中兼柬急难诸子》（其二）前四句为"谁言交道近难论，急友君能古谊存，飓海正翻偏著手，晴江未到早消魂"。——结集补注

引》的著录，整个清代以"醉耕堂"为号者仅有两人，一为王仕云，一为周亮节。先看王仕云，其室名别称有"写心、四辰堂、醉耕堂、桐庵老人"①，据笔者所知，写心乃其别集名，见同治《上江两县志》卷一二《艺文考》；四辰堂源自周亮工辑《尺牍新钞》卷一二王氏小传"歙县人，家江宁，《四辰堂稿》"；醉耕堂、桐庵老人必据《评论水浒序》落款而得，后者有所著《桐庵笔随》为旁证，属仕云无可置疑，惟仅据"桐庵老人书于醉耕堂墨室"而判醉耕堂与桐庵为一人，尚嫌武断。再看周亮节，该书著录其嘉兴籍而居江宁，字靖公，室号醉耕堂②，据笔者所知，此人籍贯与嘉兴毫无关涉。《藏弆集》卷八有其小传："靖公，河南祥符籍，江西金溪人，《醉畊堂集》。"有关籍贯十字，与卷一四周在浚（亮工长子）名下著录者全同。据此复查亮工著述与年谱，可知亮节（1622—1670）为亮工唯一亲弟。至此，"醉畊堂"号的归属似已不言自明。亮工《祭靖公弟文》言其喜交异士，"沧桑后，弟素所交游，或锋镝死，或意外触法网死，死之事不一，而得全者少"；"弟虽贫，然三十馀年亦未尝不足供宾客"，故"四方之士无不愿交弟"③。不知在众多的"四方"之士和"意外"触法网死者中，是否包括金圣叹④。

2. 醉畊堂藏板本《水浒》的刻者。既然"醉畊堂"号为亮工之弟亮节所有而与王仕云无涉，而且亮节于清初"较正"刊行之唐孙思邈辑《银海精微》，板心下亦有"醉畊堂藏板"五字⑤，那么扉页和书口皆标"醉畊堂藏板"的顺治十四年（1657）王望如序评本《五才子水浒传》，其刊刻者是否便仅为周亮节一人呢？尚不能率而断言，因为周文炜明末"大业堂重梓"《梨云馆类定袁中郎全集》⑥，扉页就已钤有"醉耕堂

---

① 杨廷福、杨同甫：《清人室名别称字号索引》下册，上海古籍出版社 1988 年版，第 832 页。

② 杨廷福、杨同甫：《清人室名别称字号索引》下册，第 1096 页。

③ ［清］周亮工：《赖古堂集》卷二四，第 890—891 页。

④ 亮工《祭靖公弟文》回忆道："弟少予十岁，两尊人以弟晚得，又予先通籍，心怜弟不能博一第以自显，恒为弟悒悒。顾弟殊豁达，不自悒悒也。恒寄之酒，以稍舒其志，多从酒人游。"与圣叹颇有相似之处。——结集补注

⑤ 孙殿起：《贩书偶记附续编》，上海古籍出版社 1999 年版，第 357 页。

⑥ 该书题"南雍周文炜如山镌"，明代称设在南京的国子监为南雍。而其清初刻书如《国色天香》，则署作"大梁周文炜如山重镌"。

藏板"之印了①,而且康熙十八年问世之毛宗岗批评《四大奇书》本《三国志演义》②,亦出自醉畊堂。根据诸条史料,笔者倾向于认为"醉畊堂藏板"是始自文炜大业堂的一个周家出书标记,"醉畊堂"是其父子共用之堂号(此在古人为常见之事,如同时之宋荦有纬萧草堂③,其子宋至诗集则题为《纬萧草堂诗》),王望如序评本《水浒传》必为其父子刊刻。至于王望如写序的醉畊堂之"墨室"具体所指,笔者遍查诸书而未得其解。近日偶阅吴梅村集,见有《周栎园有墨癖尝蓄墨万种岁除以酒浇之作祭墨诗友人王紫崖话其事漫赋二律》④,始知亮工喜"蓄墨"至成癖,数达万种,必有专储之室。故大胆猜测,"墨室"者乃其"蓄墨万种"之室也,当为书房别号之一⑤。

3. 醉畊堂本金批《水浒》插图的由来。贯华堂原刊和重刊本《第五才子书》一向有文无图,金批《水浒》配图自顺治十四年醉畊堂本始。该书上端横书"陈章侯画像",卷首在王仕云《评论出像水浒传总论》后,收入陈老莲水浒叶子40幅,"绣像雕刻精工,人物神态奕奕"⑥。水浒叶子是诸暨陈洪绶(1599—1652,字章侯,号悔迟、老迟)应张岱之请,为友济贫于崇祯末年而作。醉畊堂刻《水浒》时,老莲已去世五年。久从此业的周家想必不会违背行规不告而取,那么是通过何种途径而得到陈氏后人(老莲有六子)的允许?从现有史料分析,极有可能是由周亮工从中牵线洽商。早在明天启四年(1624)亮工13岁,即因父官诸暨主簿而"得交章侯",崇祯十四年(1641)"再见于都门……遂成莫逆交";章侯卒后,"存诗一帙,余为藏之,后以归其子"⑦。在陈氏《宝纶堂集》和周氏《赖古堂集》中,互相怀念、唱和之作

①沈津:《美国哈佛大学哈佛燕京图书馆中文善本书志》,第756页。
②此本已由刘世德、郑铭整理,中华书局2001年出版。所撰前言没有涉及同为"醉畊堂"本的《三国志演义》和《水浒传》的关联及"醉畊堂"的主人等问题。——结集补注
③[清]宋荦《西陂类稿》卷一七《六月苦旱忽蒙恩赐御笔书扇二柄旋得大雨恭赋纪事》诗附王士禛跋:"荦西陂有纬萧草堂、芰梁钓家诸胜,常属予辈赋诗。"见蒋寅《王渔洋事迹征略》,人民文学出版社2001年版,第517页。
④[清]吴伟业:《吴梅村全集》诗集卷六,上海古籍出版社1990年版,第182页。
⑤曾就此求教徐朔方、章培恒先生,亦皆云可能是室名别号。
⑥马蹄疾:《水浒书录》,上海古籍出版社1986年版,第120页。
⑦[清]周亮工:《读画录》,见《陈洪绶集》附录,浙江古籍出版社1994年版,第598至599页。

各有数篇;章侯先后为亮工绘画 40 馀幅,死后亮工为之作别传①;并仍与章侯子来往不断,顺治十八年秋,亮工由京狱南还后,"今日章侯第四儿鹿头②涉江过慰,一衣带水,便是老迟埋骨处"③。以此生死之谊欲得故友画作的刻印权,实属易事。无独有偶的是,顺治十三年春亮工已被革职查办、赴闽"质审"④,考虑到"大憨者必欲杀予媚人",临行前将章侯诸画托付给林嗣环,因为"予友自章侯外,惟一铁崖,而铁崖独未交章侯;予藉此为两家驿骑"⑤;次年醉畊堂刻《水浒》而"出像",或许亦有为圣叹、章侯两家"驿骑"之意,至少在客观上使金批、陈画两美从此合一了。

与周亮工参刻《水浒传》考密切相关的,是其金人瑞尺牍眉批中的这样一句话:"当时只行《水浒》一种,便令海内想煞。"就其美学和史实内涵,笔者在此再展开两句:就美学而言,金批《水浒》的"妙舌"、"妙绝"即艺术成就,在金批《西厢》、《唐诗》并《小题》文字问世之前,已达到"令海内想煞"的地步,如果据此"推论"此"海内"人士包括周亮工在内,"想"且以至于"煞"表达了周氏对金批《水浒》更为基本、更为全面亦更为充分的"肯定"态度,想必不会有太大疑问。就史实而言,王望如批评本《水浒》序于顺治十四年冬,那么醉畊堂主人决定刊刻其书或在此年稍前(刊成或在当年,或在次年);而金圣叹被周亮工惜为出自"一支笔"的金批诸书《西厢》、《唐诗》并《小题》,"评点《西厢》在今年或略后"⑥,"今年"指顺治十三年,"略后"则与醉畊堂决定刻《水浒》为一年,这里说的还是《西厢》的评点,待其由苏州贯华堂刊成再传至南京周家,如说可能在其决定刊刻《水浒》后,当不太勉强;《唐诗》指顺治十七年二月始评的《贯华堂选批唐才子诗》,远在醉畊

①[清]毛奇龄:《报周栎园书》,见《陈洪绶集》附录,第 597 页。
②陈字(1634—约1713),原名儒桢,鹿头为其小名。后改名为字,字无名,"力学厉行,性慷慨,笃交游,其书画亦能绍其父。痛其父著作俱不存稿……搜集诗词若干首,梓行于世"(孟远《陈洪绶传》,《陈洪绶集》附录,第 589 页)。——结集补注
③[清]周亮工:《题陈章侯画寄林铁崖》,见《赖古堂集》卷二四,第 832 页。
④[清]周亮工:《赖古堂集》附录《年谱》,第 914 页。
⑤[清]周亮工:《题陈章侯画寄林铁崖》,见《赖古堂集》卷二四,第 825—826 页。
⑥徐朔方:《晚明曲家年谱·金圣叹年谱》,浙江古籍出版社 1993 年版,第 735 页。

堂刻《水浒》之后;《小题》指《小题才子文》,刊刻时间待考①。笔者列举诸书,想说明的是醉畊堂决定刻《水浒》时,周亮工"苦是一支笔,所谓'数见不鲜'"的这些金批著作,或均未问世,或仅出一种,还未令读者产生"数见不鲜"的阅读心理,金批《水浒》仍然具有"令海内想煞"的艺术魅力,无论出于文学家的喜好,还是出于出版家的精明,周氏兄弟刊刻金批《水浒》是不会有什么心理或好恶上的障碍的。

(二)周亮工主持刊刻《天下才子必读书》考

如果说考证"醉畊堂藏板"本《水浒》出自周家颇经一番周折,那么,周氏涉足《天下才子必读书》的发现,却得来全不费功夫。《天下才子必读书》收入金批《左传》、《国语》、《战国策》、秦、汉、晋、唐、宋等历代古文约 350 篇左右。此书版本甚多,所见最早者为康熙初年刻本,扉页上方横刻"圣叹外书"四字,中间竖刻"天下才子必读书",除此之外无其他版刻记录。之所以定为问世于康熙初年,是因为卷首有序文一篇,撰写者便是那位前面已介绍过的金、周共同的朋友——徐增。该序文字甚长(近 1200 字),是研究金圣叹其人其事其书最重要的文献之一,现当代学者自陈登原②始,便根据各人研究所需,时有片段征引。本文亦不例外,以下抄录皆为首次刊布并且涉及周、金关系者:

> 明年庚子,《必读书》甫成而圣叹死,书遂无序,诸子乃以无序书行。嗟乎,《天下才子必读书》乃圣叹绝笔之书也。从此,世不得复见庄周、屈原、司马迁、杜甫四才子书矣。《必读书》同学拮据刻之,兹周子雪客复之于白下。癸卯岁暮,乃不远数百里驰书于余,属为序,且谬以为余知圣叹,非余不能序圣叹之书。

> 嗟乎,宇宙茫茫,谁知圣叹?周子必心慕之不衰,而欲广传其书于天下:一人知己,乃在身后——圣叹可以无恨!余安能起圣叹先生于九京,毕诸《才子书》,而使周子尽传之世也?

①该书卷首有金圣叹顺治十四年三月自序。——结集补注
②陈登原(1899—1975)早在 1935 年即出版过《金圣叹传》,1980 年出版其遗著《国史旧闻》
　　(第三分册)又列专节介绍金氏基本情况。

　　以上所引,"癸卯"指康熙二年(1663),圣叹遇害(1661)始二载;"雪客"名在浚(1640—?),为亮工长子。此年亮工、徐增皆 52 岁,在浚 24 岁。

　　从表面上看,徐序之撰,起因于周在浚在南京刻印《才子必读书》。然而有关语句颇为含混:"拮据刻之",刻完没有? 印行没有? "复之于白下","复之"者是指补刻刊行、据原板刷印还是重梓重镌①? 圣叹顺治十八年(1661)七月被斩,此书纯字数约 26 万字,在今天也不算是小书,笔者很怀疑以哭庙案发生地苏州的人际环境,在此后的两年间,是否会有"同学拮据刻之"之举;如真有之,何以会在如此短的时间内又要"复之",并且专请金氏"同学"之一的徐增作序?

　　其次,"复之"之事据徐增而言乃"周子雪客"所为,于事于理皆令人不无所疑:1. 周亮工上一年尚有始刻《尺牍新钞》之役、后四年、七年复有《藏弆集》、《结邻集》之刻,何以《才子必读书》要由长子在浚单独为之? 2. 付刻案惊朝廷的死刑罪人的"绝笔之书",而且是这么一部篇幅较大的著作,如果不是周亮工策划、安排和拍板,尚未独立的其子在浚,怎么可能会在这种事情上自作主张、自行其事? 甚至"驰书"请序之举,若非名为在浚实为亮工所为,亦必是雪客奉父旨意而行。3. "子"是古代对男子的尊称,多用于同辈,以徐增之与亮工同庚,对年少近 30 岁的友人之子且科名仅为监贡生,应称"周生"为是。

　　据以上分析,笔者以为:一、《才子必读书》或者根本没有"同学拮据刻之"在先,或者刻而未完即遭物议,经徐、周共商,转至白下复行其事,质言之,是书系经周氏始首次刊行(徐序结尾"使周子尽传之世"或已说明《才子必读书》因有周氏始传世);二、或是亮工直接致信徐增托其写序,或是亮工嘱长子在浚呈函致意,质言之,徐序之中凡言"雪客"处,背后皆是指亮工也。总而言之,在《才子必读书》刊行过程中,在浚复刻、求序乃表象,其父亮工实为主其事者。那么,为什么徐增要在有关问题上闪烁其辞,并且只提"雪客"而不及"减斋"或"栎园",甚至连圣叹死期都要提前一年(庚子指顺治十七年)呢? 笔者以

_____

① [清]徐增《九诰堂全集》抄本所收此序文字为"周子雪客复刻之于白门"。——结集补注

为,一是为了回避刚过两年、恶名(就清廷而言)仍在的"辛丑哭庙案"(此与金昌于圣叹身死后序《杜诗解》而署"顺治己亥"同一用意),一是为了避免使刚脱牢狱之灾的周亮工受到牵累。被金氏生前赞许为"老婆心热"①的徐增,既不愧圣叹知己,详细介绍其人;亦不负亮工信任,巧妙掩护其事。他与亮工共成"广传"《才子必读书》之业,有功于圣叹者甚伟——足见徐增这位周、金共同之友,在两人关系中的重要作用。

四、几点结论或意见

经过以上颠来倒去、绕绞缠夹的唠叨,对金圣叹史实研究中以周亮工为核心的有关问题,笔者初步得出以下几点结论或意见:

1. 涉及金圣叹"腰斩"《水浒》的最早资料,并非顺治十六年周亮工《书影》卷一所云,而是顺治十四年(1657)王仕云所撰《评论出像水浒传总论》"终之恶梦"之说。

2. 同时在世的周与金并非互不相干之人,两人有着共同的友人和爱好,存在着他俩亦为朋友的可能性;周对金才华颇为欣赏、遭遇颇有同情、成就颇为肯定、不足颇有认识,堪称金圣叹研究古今第一人。

3. 周家刊印过金批两部著作,一是在其生前刊其《五才子水浒传》(即今存之"醉畊堂藏板"本),一是圣叹刚刚被害便刻其《天下才子必读书》。周亮工在两部书的刊刻中皆起着重要作用。

4. 周亮工出生于出版世家,其父"大业堂"以刻小说闻名当时,亮工自己亦是选业名手、版本内行(但说其是"目录学家"尚缺证据)。对其有关小说戏曲的言论,今后应予足够的重视。

5. 康熙元年周氏辑刻《尺牍新钞》时,《唱经堂杜诗解》、《沉吟楼诗选》皆未问世,金批刊行之作仅为《水浒传》、《西厢记》、《唐才子诗》

---

① [清]金圣叹:《贯华堂选批唐才子诗甲集七言律》卷二《鱼庭闻贯》,顺治十七年(1660)序刻本。

三种,而这三种恰恰均冠以"贯华堂"三字。不是清理遗书者如圣叹堂兄金长文或女婿沈六书,是不可能知道有所谓"唱经堂遗书目录"的。周亮工言其著作为《贯华堂集》,虽不够准确,亦无大误(毕竟当时所见金书皆为《贯华堂……》,且所选两篇亦均出自《贯华堂选批唐才子诗》之《鱼庭闻贯》),更不足以此为据来论证《书影》言论之可靠与否。

6.《书影》有关《水浒》的议论,固然为顺治十六年所记述,然毕竟至康熙六年"丁未之冬"(周在延序)始定稿刊刻,是年亮工 56 岁。故研究这段文字,似应将其自 46 岁参刻《第五才子书》至康熙初年辑评《尺牍新钞》等书的有关言行并观,视为亮工晚年对金批研究的一部分,而不宜与前后诸事割裂。

7. 弄清"醉畊堂"为周家自文炜至亮工、亮节父子、兄弟相沿不替的刻书坊号,并曾用此坊号刻过《水浒传》,对于探讨康熙十八年李渔序、醉畊堂刻、毛纶、宗岗父子批评本《三国志演义》的刊刻者关系重大。从李序"予婿沈因伯归自金陵,出声山所评书示予"云云,知此书的刊刻,与金陵关系甚密;根据并见过两书的学术前辈陈翔华先生对"刊本尺寸"、"刻字风格"的鉴定意见"两本同出醉畊堂一坊"①,可以推测毛批《三国志演义》当为亮工子在浚兄弟所刻②。

最后要着重声明的是,拙文根本无意参与"金圣叹腰斩《水浒传》说"的讨论,亦无意支持任何一方的基本观点。笔者只是以此为题,将多年研究金圣叹史实之心得予以披露。悬置论辩,致力史实,这或许

---

① 笔者在发现醉畊堂本《水浒传》的刊刻系出自周氏之手后,颇疑小说版本学家陈翔华先生首次披露的同一堂号刊行的《三国志演义》亦为其家所为。因两书皆藏于国家图书馆善本库,遂恭请陈先生代为鉴定。承蒙先生热情相助,于2001年11月29日赐函指教。特此说明,以致谢忱。

② 据康熙五年刻、毛氏父子批评《第七才子书琵琶记》毛纶"总论"云:"昔罗贯中先生作《通俗三国志》……前岁得读其原本,因为校正;复不揣愚陋,为之条分节解,而每卷之前,又各级以总评数段,且许儿辈亦得参阅末论,共赞其成。书既成,有白门老友见而称善,将取以付梓。不意忽遭背师之徒,欲窃冒此书为己有,遂至刻事中阁,至为可恨!"如果说此与毛纶同辈的"白门老友"便是亮工兄弟,应不出人意料。由此可以推定:康熙十八年"醉畊堂"刻、毛氏批评本《三国志演义》,乃是亮工诸子秉承父叔之志而为之刊刻者。——结集补注

是目前金圣叹研究中更为缺乏的学术努力。

（原载于章培恒、王靖宇主编《中国文学评点研究论集》，上海古籍出版社 2002 年 12 月出版；压缩本载于《社会科学战线》2003 年第 4 期）

《文章辨体汇选》"四库提要"辨误

——兼论"施伯雨"撰《水浒传自序》的来源①

　　《文章辨体汇选》是明末清初贺复征编选的一部通代文章总集,长期以来"秘存抄本,传播甚稀",直至乾隆年间编纂《四库全书》予以收入,始"录而存之"②,原抄本则未见传世。近年来,由于对文体学研究的重视,加之有学者在该书中发现署名"施伯雨"撰的《水浒传自序》,这部卷帙浩繁的总集开始引起学界关注。如2004年10月举行的"明代文学国际研讨会"上,吴承学、何诗海提交了《贺复征与〈文章辨体汇选〉》之文,探讨了编者的生平和著述;2006年8月举行的"第三届中国古代小说国际学术研讨会"上,王学钧《施耐庵、施伯雨与〈水浒传自序〉》和吴光正《施耐庵"的本"〈水浒传〉考》两文,均不约而同地讨论了《文章辨体汇选》的成书时间。以上三文,在史实问题上均是以《四库全书总目》为基本出发点。

一、《文章辨体汇选》"四库提要"辨误

　　关于贺复征的生平和家世,《四库全书总目》的介绍和考述是:

---

①本文第一节2007年6月14日—22日草稿,提交国家图书馆《第二届地方文献国际学术研讨会》;10月15—25日撰写第二节,合成此文。
②《四库全书总目》卷一八九《文章辨体汇选》提要,中华书局1987年版,第1723页。

　　《文章辨体汇选》七百八十卷,浙江巡抚采进本。明贺复征编。复征字仲来,丹阳人。……书中有复征自著《道光和尚述》,云:"先宪副昔宦夔门……时为天启甲子六月";"越岁乙丑,予入蜀悉其事";"先宪副为郎南都……嗣后入粤归吴";又云"先官保中泠公……请师演说《金刚经》"。又《吴吟题词》云:"辛未秋家大人粤西命下……予以病侍行。"考丹阳贺氏一家登科名者:邦泰嘉靖己未进士;邦泰孙世寿,万历庚戌进士,官总督仓场、户部尚书;世寿子王盛,崇祯戊辰进士。按之复征所序祖、父官阶、年月,俱不相合。又每册首有晋江黄氏父子藏书印记,而《千顷堂书目》乃不载是编,均莫详其故也。

　　这里,四库馆臣提出或者说留下了三个方面的史实问题:认为贺复征是明代人;认为复征所述父、祖的职官和任期情况与他们所"考"者"俱不相合";认为既经黄居中、黄虞稷收藏,《文章辨体汇选》则应收入《千顷堂书目》。

　　先看其生平。四库提要仅云:"字仲来,丹阳人。"甚为简略。吴承学、何诗海首据有关方志,披露了他的小传:

　　　　贺复征,字仲来、景来,大参少子。天启时恩贡,善读书,无贵介气。积书万卷,因自号卷人。当时荐于朝,征修《熹宗实录》,事毕即归隐,遍游山水,惟以著作自娱。①

并辑录贺氏作品存目:"《白门诗草》、《吴吟》、《纪游》②、《烟鬓堂集》,又选《明诗品汇》。"③难能可贵的是,两位作者不厌其烦地从《文章辨体汇选》780 卷中,将贺复征本人诗文一一检出,它们分别是赠道光和尚诗四首、文七篇:《云社约》、《吴吟题辞》、《杨尔宁径山草诗题辞》、

①[民国]《丹阳县志补遗》卷十《文苑》,江苏古籍出版社 1991 年影印民国十六年(1927)刻本。
②"《吴吟》、《纪游》"似应为"《吴吟纪游》"。——结集补注
③[光绪]《丹阳县志》卷三五《书籍》,江苏古籍出版社 1991 年影印光绪十一年(1885)刻本。

《杨尔宁经山诗草题辞》、《比丘尼海义补陀斋僧募缘疏》、《救荒末议》、《道光和尚述》等,为进一步研究其生平事迹和文化心态提供了宝贵文献。尤其重要的是,他们根据复征《云社约》"予不佞复征,万历庚子年三月二十六日生"的自述,首次揭示了确切生年①(1600)。

实际上,对于贺复征的生平和创作,还可以利用更早一些的方志文献,也可以尝试翻检郡邑总集,注意专收当地人士创作的有关诗集。如在抄录《丹阳县志补遗·文苑》贺氏小传时,吴、何两先生省略了县志原有的14字:"所辑《文章辨体汇选》,《四库存目》同上。"文末小注"同上"二字,对于研究贺复征来说相当重要,说明民国中期修纂《丹阳县志补遗》时,所依据的原始资料。"同上"之"上",所指为贺复征上一位的贺创基小传出处:"《曲阿诗综》小传"。曲阿乃秦、汉县名,唐代天宝改为丹阳;嘉道年间邑人刘会恩编《曲阿诗综》,至今尚存。虽有微瑕,然必须强调的是,《贺复征与〈文章辨体汇选〉》是第一篇较为全面地阐述贺复征这部文章总集产生的学术背景、编撰体例及其文体学研究史料价值的重要论文。

再看其家世。对于四库馆臣所谓"复征所序祖、父官阶、年月",与贺邦泰、世寿、王盛事迹"俱不相合"的疑问,吴、何之文仅在"复征父、祖皆信奉佛法,优养沙门"一段的脚注中,说"复征文中,所涉时地、人事皆言之凿凿,当无差错。馆臣所见,容有未备者",既怀疑馆臣之论未必成立,又受馆臣之论影响,认为"先宫保中泠公"为其祖。有关问题,如能对方志进一步加以利用的话,四库馆臣的疑问可以解答。

首先,丹阳贺氏晚明登进士者,除四库提要中提及的嘉靖三十八年进士贺邦泰、万历三十八年贺世寿(原名烺)、崇祯元年贺王盛三位外,还有天启五年贺鼎、崇祯四年贺儒修。贺复征文中提及所谓"宫保"和"宪副",在当时分别指称的是太子太保、少保和按察副使(宋代称诸路提点刑狱公事为"宪司",负责调查疑难案件,劝课农桑,和代表朝廷考核官吏等事;于明代,则相当于按察司之职),在有关方志中,登进士诸贺则无官"宫保"和"宪副"之职者。太子太保、少保在明代已

经无定员、无专授,而为重要文臣的兼官、加官或赠官。能得此荣誉虚衔,惟贺世寿有可能。其于晚明历任太仆寺少卿、兵部侍郎,南明时官至户部尚书①(或称"户部督仓尚书"②),是明代丹阳贺氏官职最显赫者。尤其是贺复征在文中先后述及"余奉师于城西之六度庵,先宫保中冷公为之倡"和"宫保公结静室于净香池"③,"中冷"或"中冷"必为字号之属,"净香池"当为室名。而据《千顷堂书目》著录:"贺世寿《净香池稿》七卷又《诗稿》四卷。字中冷,丹阳人。仓场总督、户部尚书。"④这则记载,证实了此人就是"先宫保中冷公"的猜想。方志记载贺学仁"以子世寿累赠太子太保、户部尚书"⑤,也验证了笔者的推论。

弄清楚"先宫保中冷公"即贺世寿,再来解决"先宪副"是何许人的问题便相对容易了。翻检光绪县志,有一人进入我们的视野:

> 贺纳贤,字治原,万历庚子举人,补桐城教谕,迁知攸县,治行为湖南第一。忤显要意,量移巴州佐……擢夔州郡丞,迁南户部员外,出守庆远。……晋按察副使,备兵本省,致仕归。家居,建祠设义田。又十余年卒,年八十五,祀乡贤。子有征,官平凉通判;燕征,《文苑》有传。⑥

据此可知,贺纳贤以万历二十八年(1600)举人,历任四川夔州府丞、南京户部员外郎、广西庆远知府,官至广西按察副使。此人仕履,与贺复征对"家大人""昔宦夔门"、继"为郎南都","辛未秋家大人粤西命下"并最终官至"宪副"的回忆,顺序完全一致。只是记载其子是有征、燕征而不及复征之名;而上引《丹阳县志补遗》所载贺复征小传,又未言其父兄为何许人。那么,复征与有征、燕征究竟是怎样的关系呢?在乾隆《镇江府志》贺纳贤传内,有如下文字:"子有征,平凉通判,有吏

---

①[光绪]《丹阳县志》卷一九《仕进》。

②[清]叶六奇:《明季南略》卷二,中华书局1984年版,第99页。

③[清]贺复征:《道光和尚述》,见《文章辨体汇选》卷六二九,《四库全书》本。

④[清]黄虞稷:《千顷堂书目》卷二六《别集类》,上海古籍出版社2001年版,第645页。

⑤[乾隆]《镇江府志》卷三二《恩封》,江苏古籍出版社1991年影印乾隆十五年(1750)刻本。

⑥[光绪]《丹阳县志》卷一七《名臣》。

干;复征,以明经校《熹宗实录》,嗜学积书,至数万卷。"①由此可知,纳贤有三子,分别是:有征、复征、燕征。光绪《丹阳县志》云复征为"少子",从自称"行二"②看,可能性不大。其弟燕征少有文名,"入复社,与张天如、周仲驭、杨维斗诸君子游,声誉益起;南都建,当事以知兵荐,参赞兵部,与阮、马不和,弃官归"③。所著有《玉筐集》已佚,为陈际泰序④;在《京江耆旧集》中,存其诗歌五首⑤。稍有疑问的是,在陈继儒撰于崇祯九年丙子贺纳贤八十寿序的文章中,只提到"长公大来、次公仲来……大来台察以边才荐,仲来词赋古今文,识者拟之于金马木天之间"⑥,而丝毫未涉燕征。

陈继儒撰贺纳贤寿序未见学者征引,是研究贺复征家世的重要史料,现摘录如下:

> 岁丙子季冬,景崖贺大夫届八帙……仲来曰:"无已,姑征陈子数行,以介眉寿,何如?"余唯唯。贺氏称朱方鼎族,环佩相击,簪笏相摩,气节功名,至今巍然炟赫于朝野,而屈指鲁灵光,则惟八十之景崖公在。公自少茕而贫,倾田产葬亲,赖周恭人辟纑佐之。四十犹诸生,远近诸孝秀,北面负墙以请者甚众。万历庚子举于乡,是年得复征仲来,羔羊填户外。乃甲辰竟挂乙榜,初铎铜城,再铎仪真……癸丑令楚之攸县,兴除利害,作士劝农,两台啧啧,叹赏有古循吏风。而楚显者拟以台中饵公,公贫不能应。越两日,而出守蜀州矣。巴在万山中,值渝城兵变,公谕诸父老惟力是扞。退语其子曰:脱不测,后园清水中吾阖门就义处也。已而幸无恙,转夔郡丞,拮据七年,仅擢南司农尚书郎。两叙军功、一晋级阶,幕府但以常调报公,公略不介意。戊辰分司浦口,己巳督铸宝源。积贮颇饶,而公独凛凛,砺伯夷之操。主爵失欢,于是有庆远之

---

①[乾隆]《镇江府志》卷三六《名宦》。
②[清]贺复征:《云社约》,见《文章辨体汇选》卷五一。
③[光绪]《丹阳县志》卷二〇《文苑》。
④[光绪]《丹阳县志》卷三五《书籍》。
⑤[清]张学仁、王豫辑《京江耆旧集》卷二,嘉庆二十三年(1818)刻本。
⑥[明]陈继儒:《寿宪副贺景崖大夫八十序》,见《文章辨体汇选》卷三五一。

命。粤城斗大,四面多獠蛮杂居。俄土司变作,公密搜方略,擒缚元凶。当事者方倚公如长城,备兵本省,而公乞赍捧差拂衣归矣。

由此文撰于崇祯九年,可知纳贤生于嘉靖三十六年(1557);县志云其享年85岁,则应逝于崇祯十四年(1641)。然由其子云:"辛未秋家大人粤西命下"①、致仕归吴后,"十年之间,(道光和尚)师岁一至丹阳"与纳贤相会"为故事"②,崇祯四年(1631)始赴庆远任,卸任归吴后尚有十年之寿,似乎不止县志所云"年八十五"。纳贤号景崖,崇祯元年分司浦口,二年督铸钱币,亦是此篇寿序提供的信息。

弄清贺复征文中所云"先宪副"和"先宫保"分别是指贺纳贤和贺世寿,且纳贤是其父,并不能顺理成章地说世寿就是其祖。世寿子为贺王盛(? —1645),而贺复征称同样"行二"的贺王醇为"家弟"③,他们只能是同族兄弟的关系。贺王醇(1606—?)字鲁缝,晚明先后入东林、复社,"父世寿,兄王盛"④。有王醇为中介,可知复征与王盛乃同辈;再由纳贤父名承恩(见下)、世寿父名学仁,可知世寿只能是复征同族的叔伯。故四库提要所引贺复征诸文,除了"家大人"是确称其父外,"先宪副"和"先宫保"在词义上并非一定是指已经去世的祖或父。免去姓氏而仅用"先"字,在这里只是对同宗已逝尊长的敬词(参《汉语大词典》"先"之 15 义)。四库提要"按之复征所序祖、父……俱不相合"云云,吴、何先生据此而说"复征父、祖皆有仕宦功名"有关"祖"的判断,与史无征。据有关史料,其祖贺承恩,无功名可考,家贫早逝⑤,"以子纳贤赠奉直大夫、户部员外郎"⑥。

虽然我们不能判定贺世寿与贺复征确切的血缘关系,但是将"先宫保"确定为贺世寿,对于《文章辨体汇选》的研究来说,却是有意义的。

《四库全书总目》说其书为"明贺复征编",并不解为何此书"册首

---

①[清]贺复征:《吴吟题词》,见《文章辨体汇选》卷三六三。
②[清]贺复征:《道光和尚述》,见《文章辨体汇选》卷六二九。
③[清]贺复征:《云社约》,见《文章辨体汇选》卷五一。
④[乾隆]《镇江府志》卷三七《儒林》。
⑤[明]陈继儒:《寿宪副贺景崖大夫八十序》言纳贤"自少茕而贫,倾田产葬亲"。
⑥[乾隆]《镇江府志》卷三二《恩封》。

有晋江黄氏父子藏书印记,而《千顷堂书目》乃不载是编";光绪、民国方志凡记贺复征事迹、著述处,亦皆以明人视之。对此误解,吴、何之文已经做出了较好的回答:"该书收贺复征所作《杨尔宁经山诗草题辞》既说尔宁卒于顺治四年,则此文的写作,必然不会早于这一年;此书的最后编定,也必然在顺治四年之后。……大抵黄虞稷《千顷堂书目》不录清人著作,而《文章辨体汇选》成书已在入清之后,故'不载是编'。"①结论甚当。只是说杨尔宁"卒于顺治四年"属于笔误,他们所引《杨尔宁经山诗草题辞》作:"嗟乎,江海横流,不遑安处,而犹切切不废啸歌,寄情吟咏,则其心更苦甚。故于丙戌。"丙戌指顺治三年②(1646),后四字以属下为妥:"故于丙戌前后所得,复诠次之,题曰《经山诗草》,刻《径山诗》后。"(从全篇行文语气看,并无杨氏已经去世的意思)杨尔宁名志远,此人生卒是可确考的:《云社约》载其"万历己酉年五月二十六日生",即生于万历三十七年(1609),方志著录其"卒年六十有五"③,则死于康熙十二年(1673)。杨志远为明崇祯十二年举人、清顺治十二年进士,官至汝南道,并非"明朝逸民"。其实,一旦我们将"先宫保"与贺世寿联系在一起,那么贺复征编纂《文章辨体汇选》所收文章的时间下限,则又将有所延后。乾隆府志这样记载贺世寿自户部尚书致仕后的生活:"得七星池旧址,疏之,号曰净香池。筑室数楹,旁植梅花百本,日偕宾客啸咏其中。辛卯卒,有《净香池集》。"④辛卯此处指的是顺治八年(1651)。《道光和尚述》所涉之人已于该年逝

---

① 吴承学、何诗海:《贺复征与〈文章辨体汇选〉》。

② 吴光正稍后撰《施耐庵"的本"〈水浒传〉考》亦云:"根据《云社约》可知贺复征生于万历庚子年(1600),根据《杨尔宁经山诗草题辞》可知《文章辨体汇选》的成书下限最迟应该为丙戌年,时当顺治四年(1646)。"(载2006年哈尔滨《第三届中国古代小说国际研讨会论文集》)遗憾的是,吴文不仅同样沿袭了"丙戌"指顺治四年的错误,而且提出了一个至少在逻辑上缺乏说服力的"成书下限"的判断。贺复征所谓"故于丙戌前后所得,复诠次之,题曰《经山诗草》"云云,充其量只能证明贺氏此篇《题辞》约写于次年即顺治四年(1647),进而可证多至780卷的《文章辨体汇选》此时尚在编选中,而根本不能说明其成书下限"最迟"是顺治三年或四年(在此后的若干岁月里,一样可以继续选入唐宋八大家之流的任何文章);即便是就吴文所掌握的史料看,如果非要推测"成书下限"的话,也只能说"最早"当为顺治四年,不知这样的理解是否更符合逻辑和事实一些。

③ [光绪]《丹阳县志》卷一七《名臣》。

④ [乾隆]《镇江府志》卷三六《名宦》。

世,那么该文只能是在此后某年写成。收入此文的《文章辨体汇选》为清人著述,应该毫无疑问。《四库全书总目》云其收录范围"下逮明末",自不足为据;所言卷首钤有晋江黄氏"父子"藏书印记①,亦只能信其半:黄虞稷之父黄居中(1562—1644)卒于崇祯十七年,怎么可能在顺治八年尚未编成的他人书上,由自己加盖收藏印章呢!

结合文章自述及其他史料,可知贺复征大致履历如次:生于万历二十八年(1600),其父同年中举;天启五年(1625),入夔州省亲,年26岁,时当已为恩贡生;崇祯四年(1631)秋,随父宦于广西庆远,年32岁;崇祯九年(1636)在乡,请陈继儒为父撰寿序,年37岁;崇祯十四年(1641),年42岁,父纳贤卒于此年或稍后;崇祯期间参校《熹宗实录》,具体时间不详②。入清后,约于顺治四年(1647)为友人杨志远编刊《经山诗草》和《径山草诗》,年48岁;在顺治八年(1651)后,撰写了《道光和尚述》,由此亦可知《文章辨体汇选》只能成书于更晚的时间;顺治十三年(1656)尚在世,陈维崧与邑人蒋清、汤寅冬日来访,年57岁。从其明代的经历看,这部通代文章总集的编选当主要在明崇祯后期和清顺治年间。所作诗歌,除了在《道光和尚述》中保存有两题四首外,在《京江耆旧集》和《曲阿诗综》里还收录了《南庵消夏四首录二》、《登摄峰顶》、《从中峰至千佛岩苍松夹云危石欲坠攀援互答颇极奇致》*、《七星岩洞》、《别绪》、《虎丘坐月》、《岳麓峰歌》、《冬日陈其年同蒋冷生汤谷宾过斋头阅书画因留欢剧至夜分大雪漫赋》③、《宿聚仙楼》*、《牛首山》、《冷泉亭即事》、《龙井赠僧》、《登南楼》、《哭夏蓬然六首选一》、《题黄山谷先生祠》、《谒张丹霞先生墓》、《小园即事和眭嵩年韵》、《送中冷应诏还朝》、《刘汉卿邵玉阿过斋头小集》、《秋日集

---

①这种说法,会误导今人或认为"《文章辨体汇选》抄本既然是黄居中所藏,就应在崇祯十七年(1644)他去世之前所获。"见王学钧《施耐庵、施伯雨与〈水浒传自序〉》,载《东南大学学报》2007年第2期。

②《贺复征与〈文章辨体汇选〉》云"据《明史》记载,《熹宗实录》约撰于崇祯六至九年间,则复征入京当在35岁以后"。然据《中国历史大辞典·史学史》,《明熹宗实录》始纂于崇祯元年,崇祯末始成书。

③据陆勇强《陈维崧年谱》,陈维崧顺治十三年冬游丹阳,与蒋清、汤寅过从甚密。中国社会科学出版社2006年版,第118页。但未载此诗。

真珠泉》、《桐江杂咏》二首、《零陵江上漫题》、《夔门》、《夔州竹枝词》
*等 24 题。其小传曰：

> 　　贺复征，字仲来，号卷人，景来大参少子。邑文生，善读书，积
> 书万卷，自号卷人，人谓"书淫"。当事荐于朝，征修《熹宗实录》，
> 事毕即归隐。遍游山水，惟以书卷自娱。所著有《白门诗草》、
> 《吴门纪游》、《烟鬟堂集》诸集。其诗古慕汉魏，近迫盛唐。王季
> 重见之，即为之序，以广其传。仲来诗，沉郁顿挫似工部，微隽似
> 摩诘，淡朴高雅似陶、韦。王季重评云："融汉魏初盛之液，而清真
> 峭逸，时出心性语，又括晚唐之盛。"①

有关诗作和小传，不仅可见贺复征的游踪、交友及对其创作的评价，而
且可知民国续修县志的书目著录和"少子"误载之来源。另"景来"当
是其父纳贤之字，县志小传有关文字应标点为"贺复征，字仲来，景来
大参少子"；换言之，复征并非字"景来"。较早问世的《京江耆旧集》
虽收诗四首且仅《夔门》为独家所有（余三首见上录贺复征诗题后标
*者），小传却首先指出"仲来为景来大参子，少无贵介气"②。看来，
所谓"少子"之说，很可能是后人将句中"……子少……"颠倒误看成
"少子"而造成的。

二、"施伯雨"《水浒传自序》
应源自金圣叹批点小说

　　贺复征及其《文章辨体汇选》之所以在古典小说研究界引起注意，
是因为该书卷三二七"序四十七词曲类"，收录了一篇署名为"元施伯

---

① ［清］刘会恩辑：《曲阿诗综》卷一三，道光五年（1825）九思堂刻本。
② ［清］张学仁、王豫辑：《京江耆旧集》卷一，嘉庆二十三年（1818）刻本。语与王思任《贺仲
　　来诗集序》略有差异（见《王季重十种》之一）。

雨"撰的《水浒传自序》(简称"贺本序"),其文字与金圣叹评点《第五才子书施耐庵水浒传》卷四所收落款"东都施耐庵"的"贯华堂所藏古本"的"自有序"(简称"金本序"①)基本相同。这带来了两个问题:其一,贺本序与金本序的关系,质言之,即前者与后者是共同来自某个"古本",还是前者抄自后者;其二,被编者列入"词曲类"之文所序《水浒传》的文体性质。为叙述简便,我将之归结为"施伯雨"撰《水浒传自序》的来源。

讨论这个话题之前,有两个背景虽不起大作用但也必须交代:一即前文已经涉及的《文章辨体汇选》的成书下限,一是《四库全书总目》对其编选水平的评价。前者,本文已经论述了其成书时间既非"下逮明末",亦不是清顺治四年之前,而是至少在顺治八年(1651)仍在编纂中,此时《第五才子书》已经问世十年,早已家喻户晓、天下闻名了,贺氏如果想抄录金书,是无需从丹阳亲赴苏州劳顿舟车鞍马的;后者,四库馆臣有这样一段褒贬:

> 其中有一体而两出者……。有一体而强分为二者,如既有"上书",复有"上言"……;既有"墓表",复有"阡表"……;"记"与"纪事"之外,复有"纪","杂文"之外,复有"杂著"是也。有一文而重见两体者……。又于金、元之文,所收过略。而后人拟仿伪撰之作,如张飞《新都县真多山铭》之类,乃概为收入,未免失于别裁。意其卷帙既繁,稿本初脱,未经刊定,不能尽削繁芜。然其别类分门,搜罗广博,殆积毕生心力,抄撮而成,故坠典秘文,亦往往有出人耳目之外者。②

之所以说以上两点背景材料"不起大作用",就时间而言,是因为作为一部文章总集,"我们难以推测每一单篇文章被编者发现、入编的时间上限。设若有人提出,'贺本序'可能在崇祯十四年金批《水浒》刊行之前若干年就已被贺复征发现",至少在时间上这是一种"无法排除的

①"贺本序"与"金本序"的称谓,系借用王学钧《施耐庵、施伯雨与〈水浒传自序〉》的说法。
②《四库全书总目》卷一八九《文章辨体汇选》提要,中华书局1987年版,第1723页。

可能性"①,哪怕全书一直编选到康熙初年,我们也无法据此论证贺本序是抄自金本序的,加之编选此书的"工作量和所需的时日远非金圣叹批点《水浒传》所能比",故即便《文章辨体汇选》后出,也不能认定所收施序"抄自"金批本②;就评价而言,分体紊乱、篇目重出之弊端及拟仿伪撰之作的阑入,与"坠典秘文"往往赖此以传的赞许,是《四库全书总目》评价诗文总集或文献汇编之类著述时的常规套路,如评《元风雅》曰:"一时随所见闻,旋得旋录,故首尾颇无伦序。或有一人而两见者,殊乖体例。然元时总集传于今者不数家,此集虽不甚赅备,而零章断什不载于他书者颇多,世不习见之人,与不经见之诗,赖以得存者,亦不少矣。"③其实这一套路可以适用于诸多学术文献,有时提要者自己都未必知道究竟哪些文字是"坠典秘文"或"拟仿伪撰"。只是这种模棱两可或首鼠两端的评骘,为后人各取所需提供了"便利",无论是褒还是贬,都可以在同一篇四库提要里找到自己的理论支撑,这大概是纪昀们所始料未及的吧。

那么,撇开成书下限和放弃四库提要,如何去考察贺本序与金本序的关系呢?本文的思路是这样的:

首先从文字看。 比勘贺本序与金本序,虽然不能说两篇文字"一字也不差"④,但是除了个别之处有正误之别外,可以说没有意思和语句上的出入,今人据此断定两文各有其源而非贺本源于金本。笔者认为,这一现象恰恰反映了贺本序抄自金本序,理由是:如果说两家是不约而同地以"古本"《水浒传》为抄录对象,固然贺本序可能会与"原本"一字不差(笔误除外),但金本序肯定会与"原本"颇有出入。《第五才子书》的例子姑且不举,金圣叹评《西厢》、评唐诗乃至评古文、时文,无一不是随意改动前人文字。他也从不讳言这一点:"圣叹批《西厢记》是圣叹文字,不是《西厢记》文字"⑤;在编选《小题才子书》时,

---

①王学钧:《施耐庵、施伯雨与〈水浒传自序〉》。
②吴光正:《施耐庵"的本"〈水浒传〉考》。
③《四库全书总目》卷一八八《元风雅》提要,第1709页。
④吴光正:《施耐庵"的本"〈水浒传〉考》。
⑤[清]金圣叹:《读第六才子书西厢记法》,见《贯华堂第六才子书西厢记》卷二,顺治贯华堂刻本。

竟如此表白："中间多有大人先生金钩玉勒之作,而辄亦有所增省句字者。此则无奈笥中久失原本,今兹全据记忆,自然不无忘失;而又临书之时,兴会偶至,亦多将错就错之心。"①不要说这些还是明末清初的时人之作,他会因为兴之所至而增减字句,即便那些一向被视为金科玉律的先秦两汉乃至唐宋古文,亦"间有改字、增字处,尤为可怪"②。这种"将错就错之心",正是金圣叹评书的个性所在,无论后人喜欢与否,都是无可奈何的历史实情。现在看到的贺本序与金本序只有两字出入,一是金本作"快意之事莫若友",贺本"快意"误作"快书";一是金本作"吾呜乎知后人之读吾书者谓何",贺本改"呜乎"作"乌乎"。而这两处又偏偏是各有对错而非圣叹惯常的修改句意:这可能正说明贺本抄自金本,在订正了被抄者明显讹误的同时,又造成了新的笔误。

其次从语句看。金圣叹所谓"古本《水浒传》前自有序",世人皆视为圣叹假托施耐庵所撰之文。戴不凡就曾指出:"其中所写的潇洒生活完全是晚明文士生活的写照;文章笔调和金圣叹批《第六才子书》(《西厢记》)的那些'条理畅达'的'痛快'笔调完全是一个模子里印出来的。"③所言近是。读此"序",只要把施耐庵作书理解为金圣叹批书,则在在顺达畅通。进而言之,既然"贯华堂"为其友人韩嗣昌的堂号,而金批《水浒》是以该堂所藏"古本"为据,那么金氏假借施序所描写的生活,则既不可能是对宋代文人生活的疑想悬拟,亦非是对晚明文士生活的泛泛描述,而是对以评点者本人为中心的晚明苏州一带特定阶层文人的日常活动的具体介绍,否则韩贯华、王斫山等对圣叹批书的一切详情知根知底的友人,读之何以能首肯心会? 这些文人多无显赫的声名之位,亦无强烈的功名之想,"名心既尽,其心多懒",散澹而悠闲,空谈而泛论,天下事无所不谈,"以谈为乐"。其实,描写内容和文字风格的相似或相同,也是一个极难认定或有待进一步认定的问题,套用王学钧和吴光正先后都使用过的话,就是既不能证实也不能证伪。例如,序中流露出的闲散的生活态度,分明就是圣叹本人"贱性

---

①[清]金圣叹:《小题才子书》自序,光绪十五年(1889)扫叶山房石印本。
②[清]王之绩:《评注才子古文》凡例,康熙二十三年(1684)铁立居刻本。
③戴不凡:《疑施耐庵即郭勋》,见《小说见闻录》,浙江人民出版社1980年版,第105页。

懒散"①的性格剪影,其友徐增也曾言及其"庄"、"骚"、"马"、"杜"等著述的评点,或"尝与同学论之而未评",或"散于同学箧中,皆未成书",其原因是圣叹"性疏宕,好闲暇,水边林下,是其得意之处;又好饮酒,日为酒人邀去;稍暇又不耐烦,或兴至评书,奋笔如风,一日可得一二卷,多逾三日则兴渐阑,酒人又拉之去矣。"②可是,"古本《水浒传》前自有序"中有所谓"身不能饮,吾友来需饮也"云云,又与圣叹实际情形极不相合。如果说后者是正话反说,何以见得前者就是自我写照呢?从内容和笔调来判断"东都施耐庵序"出自金圣叹之手,缺乏逻辑的惟一性。但是,如果此序真的为圣叹所撰,一定会在某处露出马脚。好在这个"马脚"自在其中,它就是序中的这句话:"舍下门临大河,嘉树有荫,为吾友行立蹲坐处也。"在《第六才子书·拷艳》之首,金氏记载了自己当年与友人王瀚"赌说快事"的种种言行,其中一条是"久欲觅别居,与友人共住",忽人来报:"有屋不多,可十馀间,而门临大河,嘉树葱然"!一个是所居舍下已然如何,一个是新觅别居同样如何,"门临大河,嘉树"有荫/葱然:八字中六字完全一致、两字意思相同,而且都是为"吾友"或"友人"着想。这样的吻合,在浩瀚的《四库全书》中,也找不到第二家!金批《西厢》约成书于顺治十三年(1656),"赌说快事"回忆的是 20 年前的旧事,那时约在明崇祯九年(1636)左右,五年以后《第五才子书》才刊行问世。即便可能在赌说快事之前圣叹就接触了贯华堂藏本《水浒传》,如《第五才子书》序三所言"十二岁便得贯华堂所藏古本,吾日夜手钞",如果确是施书原序,对一抄而过也并不精彩的"门临大河,嘉树"云云,根本不会留下任何印象;只有的确是出自与友人赌说快事的得意创作,才会铭记脑海,念念不忘(20 年后记忆犹新就是明证),以致在评点《水浒传》刊行之际伪造施序时,顺笔而出。

第三从署名看。如何解释贺本序署名"元施伯雨",从某种程度上说,这是一个最棘手的问题。按照常理分析,正如学者指出的:"如果不是自己确知施耐庵就是'元施伯雨',犯不着生造出一个'元施伯

---

① 如《第六才子书·闹斋》总评言及王瀚描述庐山之美,"吾闻而甚乐之,便欲往看之,而迁延未得也"。其原因之一,便是"贱性懒散,略闲坐便复是一年"。
② [清]徐增:《天下才子必读书》序,康熙二年(1663)刻本。

雨'之名。"①但是,有的时候,一些历史现象是不可以依常情而论的。例如就篇名而言,收入"词曲类"的三篇曲序依次为徐渭《曲序》(为陈鹤散曲集《息柯馀韵》撰)、李贽《序拜月西厢传》、王思任《批点玉茗堂牡丹亭词序》(见《王季重十种》之一)。众所周知,李贽并没有写过一篇题为"序拜月、西厢传"的文章;此篇以"《拜月》、《西厢》,化工也;《琵琶》,画工也"开始的著名文字,见《焚书》卷三,自有其名,就是大名鼎鼎的《杂说》,其中如"夺他人之酒杯,浇自己之垒块,诉心中之不平,感数奇于千载"等名句,早已脍炙人口。就文体归类而言,属于杂感、杂说或"杂文"、"杂著"之文(李贽归于"杂述"),并非专为《拜月》、《西厢》两剧而作,既非序言之体,亦无序言之名。归类已不当入"序",编者又擅改其名,其学术品格的严谨性和学术态度的严肃性已不足取信;而将人人皆知的《拜月记》和《西厢记》径改为《拜月传》、《西厢传》,更反映了改动者对戏曲作品取名惯例之隔膜。尤其令人难以置信的是,贺氏又将此文开篇从"化工"、"画工"之说,到"文章之事寸心千古可悲也夫且"一段127字删去,以"吾闻之追风逐电之足,决不在于牝牡骊黄之间"起头,取"新名"为《论曲》(砍头《杂说》与腰斩《水浒》可谓难兄难弟),再次收入卷七七二"杂文六",难怪前人对之有"一文而重见两体者"之讥。对于古代名家的经典性名作,都能如此随意草率地擅自改动,编造一个子虚乌有的人名有何心理障碍呢?何况所涉者只是一位早已事迹无考、本名无征的下层文士。

最后从文体看。今人所面对的《文章辨体汇选》,是保存在《四库全书》中的所谓"秘存抄本",无序无跋,无法断定是未定稿还是已成稿;即便是成熟的定稿,也难以确认其文体思想的具体性和正确性。如是待定稿,由于在序文类并无一个"小说序"或"词话序",且现在置于"词曲类"之其他各篇皆为与曲体相关的序文,那么同在一类中的贺本序,对其所序之书的归类,至少会产生两种认识。一种观点是,由于其余各篇全为明代曲序,则第一篇《水浒传自序》应该属于"词序",而《水浒传》又的确不是韵文长短句的"词",故此序为词话之序、所序之

---

① 王学钧:《施耐庵、施伯雨与〈水浒传自序〉》。

书为词话"无疑"①;另一种看法是,从入选篇目看,贺书"词曲类"实即散曲和剧曲,贺本序如抄自金本序,不会不知道"《水浒传》到底只是小说";知其为小说而将之归入"词曲类","犯这种常识错误的可能性不大",故"贺本序"当源于一种属于"词曲类"甚至是"剧本"的《水浒传》,而非金批小说②。这两种推论都有一定的道理,但又都有一个自设的前提,即贺氏将"施序"列入此类,是把所序之书视为词或曲的一种理性行为,即这两种推论的共同前提是贺氏对"施序"的归类是严谨而准确的(尽管各自的结论却大相径庭)。问题是如果未必呢? 或者说其能够自圆其说的想法或许与今人的思路未必一致呢? 无论是在明清时代,还是在今人可以接受的四部分类中,词、曲合为一类是毫无问题的。只是这个"曲"是指散曲兼及剧曲,这个"词"是专指包括小令、中调、长调的由长短句组成的诗歌形式(请注意:在序文之部的 32 类中,并无一个专门的"词序"存在,亦间接说明此书"词曲类"之词的内涵)。无论"词话"体小说在明代俗文学史或小说史上具有何等重要的地位,作为文体分类概念的"词"是难以包括词话体小说的。如果有人设立了"词曲"之类,而又将明显不是"词"的小说之序收入其中,只能是另有原因。至于将七十一卷《水浒传》视为一种"突破惯例"的戏曲,既需改"折"或"出"为"卷",又恰与金批小说卷数相同,不免太难为作为"戏曲家"的施耐庵了,何况后世还流行着同样内容的《水浒传》小说序文,他何必要将同一题材写成卷数相同的两种迥然不同的文体呢? 我们固然也可以说不能排除这种可能性的存在,但是如果真的存在,那么可以进而猜想金批小说或许就是根据同样卷数的戏曲体《水浒传》改写而成的。只是不知是否会存在这样的事实可能性。不能因为在"词曲类"中混入、误入或暂入了这篇文字,就非要有一个与其主观意图相契合的圆满解释。

总之,根据现存史料分析,笔者认为《文章辨体汇选》所收《水浒传自序》,是抄自《第五才子书》的古本"自有序"。为何会给施耐庵起个"伯雨"之名,可能还是与李贽《焚书》有一定关联。《文章辨体汇

①吴光正:《施耐庵"的本"〈水浒传〉考》。
②王学钧:《施耐庵、施伯雨与〈水浒传自序〉》。

选》卷二四六"书四十二",选其《与焦弱侯》,此信见《焚书》卷一;但是
在《焚书》卷二仍有与焦氏书信多封,其中有一处《与焦弱侯》后,紧接
着就是《与方伯雨》。虽然此处"伯雨"乃是歙人方时化之字,但并不
妨碍其即兴借来给施耐庵作名(宋代眉山任氏、元代无锡陈氏,都有以
"伯雨"为名者,且"方"伯雨与"施"伯雨仅半字之差),以便与作者著
录皆为姓名的全书体例相一致。至于为何将明显不是"词"、"曲"的
小说序言阑入"词曲类"中,从该类尚无一篇"词序"和在文化观念上
小说戏曲时常被人并称共语这两个现象来判断,笔者认为这是一种暂
时的行为,并不代表编选者就认为《水浒传》是词(词话)或者是曲(戏
曲):没有一篇词序,说明全书尚未定稿;小说戏曲或演义院本往往被
人并称,故不妨把一时无法归类的"施序"暂置此中。那么,为何会选
入一篇无论是真伪还是归类都令其不尴不尬的金圣叹假托施耐庵所
撰的小说序言呢,这或许与全书"金、元之文,所收过略"的缺陷有关
系。捞到碗里就是菜,其他问题也就管不了那么多了。后人虽然说其
"积书万卷",就其著述旨趣和文化倾向而言,所藏之书明显缺乏词曲作
品(无词序,曲序也多选自文集),更不要说是内容等而下之的小说了。

三、几点感受

　　通过研究《四库全书总目》对贺复征家世生平的考述和《文章辨体
汇选》所收署名"施伯雨"撰《水浒传自序》的真伪,可以得出几点感受。
　　其一,四库馆臣对明末清初有关作者的了解是很不够的,一些可
能的文献考查未能有效展开。如《麟旨定》的提要:"明陈于鼎撰。于
鼎,字尔新,宜兴人。"①无功名、仕履的基本介绍。于鼎(1601—1662)
一字实庵,号啸斋,别号南山逸史,明崇祯元年(1628)进士,官翰林编
修,所著另有杂剧五种存世。对《蚓庵琐语》作者的介绍是:"国朝李

---

① 《四库全书总目》卷三〇《麟旨定》提要,中华书局1987年版,第249页。

王通撰,王通字肱枕,嘉兴人。"①竟然将原书题署的"古槜李王逋",解读为"古槜李王通",遑论其他。可见在《四库全书总目》的研究中,有关明清作者的身世考订还有很多工作可做。

其二,"四库提要"语焉不详的有关历史人物,大多需要借助方志、郡邑总集或家谱等地方文献,始能较为深入地了解其生平事迹。如对贺复征诗歌创作的研究,不仅从方志中能知其别集存目,在《京江耆旧集》和《曲阿诗综》等地方诗歌总集中,更发现其作品多首,为其生平和创作研究提供了珍贵资料。

其三,利用方志文献,不能仅局限于一两种,不能仅查找县志,也不能仅注目于《人物志》和《艺文志》,而应努力系统翻检相关人物身后问世的所有方志的主要门类,将各种线索汇拢起来,庶几可以解决一些疑难杂症。如不去查找乾隆府志贺王醇传、不利用《恩封》这类看似纯粹是"封建"一套的门类提供的信息,是很难确证贺世寿与贺复征的辈分关系的。

其四,从"施伯雨"序《水浒传》的考证中,不难看到有关学者还是坚守着"翻阅"古籍或"细读"文本的良好习惯。对此,笔者始终抱有崇敬之心同时也是身体力行的。但在《四库全书》全文检索软件早已普及、信息资讯系统也极其发达的今日,仅有劳苦之力是不够的。如果不上网检索,自然不知吴承学等对贺氏生年早有发现,也不知是王学钧在2005年秋季的江苏兴化《水浒》探源研讨会上首次披露"施伯雨"之事。如此,不仅埋没了别人的学术发现之功,而且容易使自己的考证总是在基本层面甚至前人的错误上重复;同时,不去利用《四库全书》的全文检索,也就很难发现陈继儒撰贺纳贤寿序这篇介绍复征其父生平的重要文献,更难以查出李贽《杂说》被其随意斩首并易名《论曲》的妄为之举。阅读原本、参考前人和利用软件,在当今时代,无论就研究方法还是学术规范而言,都应是并驾齐驱的。

(原载于《文学遗产》2008 年第 3 期)

---

①《四库全书总目》卷一四四《蚓庵琐语》提要,第 1231 页。

清初戏曲家叶奕苞生平新考

　　清初江南昆山叶奕苞,字九来,一字凤雏,号二泉,别署群玉山樵。出身名门,自幼师事明遗民葛云芝、叶宏儒、柴永清,学有根柢,史志、金石、诗文、词曲皆擅,所著今存者,除了杂剧《老客妇》、《长门赋》①、《燕子楼》、《奇男子》四种之外,尚撰有方志、金石题跋、诗词文集等著述,可谓清初江南的重要文学家和文化人。邓长风先生(1944.11—1999.3.8)曾在《〈吴中叶氏族谱〉中的清代曲家史料及其他》一文中,对其生平事迹有所考证②;其后又两次修订观点、增补史料③,表现出精益求精的严谨学风。出于对已故优秀学者的学术敬意,笔者将邓文未涉之史料予以介绍,以期能够对先生大作有所修正、丰富或补充,这或许不失为对这位英年早逝的明清戏曲文献学家的一种特殊纪念。

一、叶奕苞的卒年确考

　　关于叶奕苞这位文学家的生卒年,学术界向无确定不移的意见。《古典戏曲存目汇考》仅言"约清康熙初前后在世"④;《明清江苏文人

---

①《老客妇》、《长门赋》原文误作《老客行》、《长门宫》,此据杜桂萍《叶奕苞〈经锄堂乐府〉相关史实考》订正,见《文学遗产》2008 年第 3 期。——结集补注
②邓长风:《明清戏曲家考略》,上海古籍出版社 1994 年版,第 283—287 页。
③邓长风:《明清戏曲家考略三编》,上海古籍出版社 1999 年版,第 113—117 页,第 277 页。
④庄一拂:《古典戏曲存目汇考》,上海古籍出版社 1982 年版,第 718 页。

年表》未涉其生年,卒年注为康熙二十六年(1687),著录根据为《湛园藏稿》卷三①,而未言具体篇目;新近出版的《全清词》则未涉及其生卒。《清人诗文集总目提要》认为其"生年不详",而将其大致编排在"生于天启元年至五年(1621—1625)"之间者,卒年则与《明清江苏文人年表》一致②。

邓长风先生的考证,卒年沿用张慧剑先生之说而未予辨正,生年则根据其堂兄弟叶方蔼、叶方蔚的情况而推知:

> 奕苞是方蔼的从弟、方蔚的从兄,故其生年约在 1630 年(当然,他也有可能是方蔼的同岁弟,方蔼生于崇祯二年己巳[1629]四月二十八日;或方蔚的同岁兄,方蔚生于崇祯四年辛未[1631]八月二十八日。兹取其中)。③

首先应该指出,在没有掌握确凿史料的前提下,邓先生的考证思路和方法是相当科学的,也是非常聪明的,既考虑到各种可能的情况,又以折中之法取其中,故其推算的结论参考价值甚大。但是,这一推论被邓先生随后发现的史料所修正,他在《四位明末清初戏曲家生平考略》一文中,根据奕苞自撰《次函白吴丈韵为予题胜公画凤》七古长诗首句"忆予初生岁己巳,崇祯御宇歌喜起",确认其"生于崇祯己巳(1629),卒于康熙丁卯(1687),年五十九"④。

邓先生的文章,前者写于 1991 年冬,后者写于 1995 年夏。其实在此之前,由人民日报出版社 1988 年出版的黄裳先生《笔祸史谈丛》中,引述的叶氏《经锄堂文稿·赠白生璧双序》中的文字,已经涉及其生年问题:白生"戊戌夏访予蚕园⑤,请奏所谓新曲者,一再弹,满座怆

①张慧剑:《明清江苏文人年表》,上海古籍出版社 1986 年版,第 861 页。
②柯愈春:《清人诗文集总目提要》,北京古籍出版社 2002 年版,第 174 页。
③邓长风:《明清戏曲家考略》,第 285 页。
④邓长风:《明清戏曲家考略三编》,第 114 页。
⑤蚕园当为茧园之误。奕苞父国华,园林名茧园,清初一分为三,奕苞得其一,重新修葺,号半茧园。无独有偶,《方志著录元明清曲家传略》所录《昆山新阳合志》叶奕苞小传,将"半茧园"误抄为"半蚕园",见中华书局 1987 年版,第 225 页。

然……呜呼！高岸成谷，深谷为陵，吾生三十年中，盛衰递见"（此书后收入《黄裳文集》）①。戊戌指清顺治十五年（1658），奕苞年已三十，其生恰在明崇祯二年己巳（1629）。

至于其卒年，笔者覆按了张慧剑先生引证的资料。在姜宸英（1628—1699）撰《湛园藏稿》②卷三中，惟有《茧园文燕集跋》一文与奕苞之死有一定关系："予住京师九年，今年春奉命随局纂修《一统志》，复至玉峰，则征君之捐馆已三岁矣。"③看来其卒于康熙二十六年（1687）之说，也属辗转推论。其实在叶奕苞同邑挚友朱用纯（1627—1698）的有关著述中，不仅有叶氏生年的同样表述，还发现了有关其卒年的确凿记载。

关于其生年，朱用纯《祭叶二泉文》开篇即曰："呜呼！君之年少予二岁，而中表行辈则尊者也。"④朱用纯以《朱子治家格言》而著称于世，与叶氏为中表亲戚，奕苞独子汝济为其弟子，故所言自然可信。其出生于明天启七年（1627）四月十五日（彭定求《朱柏庐先生墓志铭》⑤）（旧版《辞海》、《辞源》皆误署其生年为1617，笔者曾撰专文考辨⑥，2000年版《辞海》已改为1627）。而奕苞小其两岁，生于崇祯二年（1629）无疑。关于其卒年，朱用纯康熙二十六年（1687）"丁卯四月"为奕苞《听松图》撰《后记》，言及"昨岁首春，而九来复奄弃矣。俯仰今昔，不胜存亡之感"⑦。农历正月为首春，奄弃义为忽然舍弃，即去世的意思，可见其准确卒年为康熙二十五年（1686）正月，享年58岁⑧。

---

① 黄裳：《笔祸史谈丛》，《黄裳文集》第三册，上海书店出版社1998年版，第682页。
② 笔者2002年11月13日所阅为南京图书馆藏本，书号88077，恰好此本书签空白处有钢笔字迹："63、10、20、张慧剑"。40年前张先生为撰《明清江苏文人年表》而借阅此书，40年后的后学如我复据先生提供的线索调阅原著，睹字思人，颇生感慨。
③ [清]姜宸英：《姜西溟先生全集》卷一八，光绪十五年（1889）毋自欺斋刻本。
④ [清]朱用纯：《愧讷集》卷八，民国十八年（1929）木活字排印本。
⑤ [清]彭走求：《朱柏庐先生墓志铭》，《愧讷集》附录。
⑥ 参见拙文《朱柏庐生卒和别号》，载《中国典籍与文化》1996年第1期。
⑦ [清]朱用纯：《柏庐外集》卷三，光绪八年（1882）刻本。
⑧ 华亭《湾周世谱》卷四周稚廉《冰持公传》记叶奕苞病危事："叶征君二泉与公同坐，尚无恙也。公偶察其脉，谓右弦左硬，木将乘脾失，今不疗，当呕泄不治，且戒宜速归家料理。后月余，果呕泄大作而卒。"参见周巩平《清初戏曲家周稚廉生平事迹补正》，载《文学遗产》2005年第6期。——结集补注

二、叶奕苞的师友交游

邓长风先生在其先后三篇文章中,介绍了叶奕苞的亲属族人,如父亲国华、胞兄奕荃,叔父重华、堂兄方蔼及族兄叶燮,友人袁于令、李良年、陈维崧等,并从良年曾孙李集《鹤征录》、叶燮《已畦诗集》、李良年《秋锦山房集》、陈维崧《迦陵文集》中钩稽出有关叶奕苞的传记、唱和诗及诗集序等稀见史料,颇显其不凡的考据功力。但是文献发掘和史实考证之于明清文学而言,可以说是难以穷尽的。今就知见所及,择其重要者予以补充。

邓先生所引《叶九来诗集序》,不见于今存《经锄堂诗集》卷首[1],但对后世影响颇大。序中所谓"为人磊砢善使气,目光闪闪,若岩下电,酒间谭说,声如洪钟",为《清史列传》一字不差地照抄[2];在讲到叶奕苞师承时,陈序有"叶九来者,集勋、瑞五之高弟也"之语。引者只以"活画出一位贵胄子弟的裘马轻狂形象"来概括这篇序文的价值[3],而未及奕苞师长为何人。关于九来之师,方志还有另外的记载:"少师事卧龙山人葛芝及默斋叶宏儒,学有根柢。"[4]这段文字经今人征引后,竟被标点、臆改成"少师事卧龙山人葛芝及默斋叶弘。儒林有根柢"[5]。今人所撰有关权威工具书,沿其"叶弘"之误,只是将明显不通的"儒林有根柢"改为"务为根柢之学"[6]。其实,诗序和方志讲的"集

---

[1] 其序有云:"一日者,余与仲、古晋诸贤相遇于桃叶酒家,九来适至,余拍九来肩而语曰:'九来、九来,宋大夫之玉钗罗袖,天下莫不闻矣;淳于髡之罗襦芎泽,臣心已最欢矣。登墙而望者三年于兹,子岂无意乎?'会石卫尉家歌舞有属意叶生者,陈生故为此言挑之。九来恐诸人闻徐语,亟以他语乱之,曰:'子慎无妄言,且为我序诗。'"(《迦陵文集》卷一)如此序文,固然文字跳脱生动,只是事涉情感隐私,当事者实难采用。——结集补注

[2]《清史列传》第 18 册,中华书局 1987 年版,第 1796 页。

[3] 邓长风:《明清戏曲家考略三编》,第 277 页。

[4] [乾隆]《昆山新阳合志》卷二七《文苑》。

[5] 赵景深、张增元:《方志著录元明清曲家传略》,中华书局 1987 年版,第 225 页。

[6] 钱仲联主编:《中国文学家大辞典》(清代卷),中华书局 1996 年版,第 111 页。

勋、瑞五"和"卧龙山人葛芝及默斋叶宏儒"只是三个人,都是昆山当地人士,以下分别略考。

"集勋"姓柴名永清(约 1620—约 1658)①,"少补诸生,读书常至达曙;为文高朗英博,缅缅千言,与太仓张采、同里朱集璜、葛芝最厚善。名籍甚,长吏皆折节引重,遇公事,言无不尽。鼎革后数年卒,年三十九"②;"少精敏好学,镞厉备至,篝灯夜读,鸡晨鸣不已……为举子业,纵横浩渺,端倪莫测。既而悔之,沉潜于唐应德、归震川诸先生文,引绳削墨,务合矩度,然其廉杰精悍之气,犹隐映行墨间"③。所著有《柴集勋文集》,葛芝为撰序,认为其文"阔达英博"有馀而"澹泊宁静"不足④。

"瑞五"和"卧龙山人"分别是葛芝(1618—?)的字和号,原名云芝,明代河南按察使葛锡璠⑤(1579—1634)次子蕭⑥(1600—1660)之子,复社党魁张溥女婿⑦。早年入复社,入清隐居。所著今存《容膝居集杂录》六卷、《卧龙山人集》十四卷。传见徐枋《居易堂集》卷一二、佚名《皇明遗民传》卷六、乾隆《昆山新阳合志》卷二八《隐逸》。

叶宏儒⑧(1619—1675)"字岳心,号默斋……未冠补诸生,既抗节为人师,与朱集璜、陶琰、顾天逵辈友善,先道义后文章,风义凛然,里中人皆严惮焉。乙酉后弃诸生,遁迹安亭旧居。久之,故人子弟邀致

①[清]葛芝《题朱昭芑手评世法录后》:"余年二十一岁时,朱君昭芑来读书余家……是时常相过从者,为柴君集勋、何君茂清……何君年最少,病消渴,最先死;更五六年,君继之;又五六年,柴君继之。"见《卧龙山人集》卷一四。朱昭芑即朱明镐(1607—1652),太仓人,明遗民。则柴永清约卒于清顺治十五年(1658),年三十九,生当明泰昌元年(1620)。

②[道光]《昆新两县志》卷二五《孝友》。

③[清]葛芝:《柴集勋墓志铭》,见《卧龙山人集》卷一〇。

④[清]葛芝:《柴集勋文集序》,见《卧龙山人集》卷八。

⑤生年见《江苏艺文志》苏州卷第 1946 页,葛芝《太常府君家传》云其"年五十六"卒,见《卧龙山人集》卷一三。

⑥[清]葛芝:《先府君行状》,见《卧龙山人集》卷一〇。

⑦此句误。葛芝 15 岁游张溥之门,17 岁娶张采之女。参见我的硕士李娟学位论文《明遗民葛芝研究》。——结集补注

⑧[清]葛芝:《祭叶母曹硕人》:"岳心少好学……无何,天崩地坼,中原沦丧,岳心于是入告于母,裂儒冠而弃之。当此之时,年才二十有七耳。"见《卧龙山人集》卷一三。顺治二年(1645)27 岁,则生于明万历四十七年(1619);享年 57,故死于清康熙十四年(1675)。

入城，承其教者率成令器……卒年五十七"①。所著《默斋遗集》，今未见。葛芝和宏儒皆是奕苞的长兄奕荃②（1608—1645）的挚友，前者与奕荃为儿女亲家（奕荃次子娶葛芝女），后者与奕荃为同学友人；两人曾为早逝的叶奕荃分别撰写过《南阳伯子传》和《水修府君传略》③。

除了师长、昆季之外，叶奕苞友人甚夥，与之感情较深的一位便是明遗民朱用纯。在朱氏文集中，专为奕苞撰写的文章便有四篇，一为《〈听松图〉后记》④，对考其卒年至关重要；一为《叶九来诗馀序》⑤，亦见《经锄堂诗馀》卷首，此不赘；一为《题叶九来小照》，文短具录于下：

> 文章足以待诏金马之门，才略足以高议云台之上；湛深之学足以校论天禄石渠，迈往之气足以傲睨王侯将相。而图为形容，烟霞放旷；既薜荔以成帷，亦岩峦而作障。岂见夫古之伟人，建立非常，其所得多在宽闲之野、幽遐之壤耶⑥？

最后一篇便是《祭叶二泉文》，篇幅甚长，记述了朱用纯在挚友去世后"不二十日三临君丧，哭之辄恸"的心情和原由——其"所独哀者"有四，讲其两人独有之情谊（略）；"人所同哀者"有六，分别是：

> 君文章峭厉，诗词赡雅；挥洒毫素，龙蛇飞走。古人畏其凌轹，当代奉为宗工。自君没而文采风流倏与俱往焉，可哀也。往昔金石之刻、秘异之书、珍奇之玩，睹闻苟接，不惮重购远搜，期于必致。自君没而博物好古罕其俦焉，可哀也。意气倜傥，与世之贤豪冠盖争相投分，履倒辖投，殆无旷日。自君没而缟纻定交者

① [乾隆]《昆山新阳合志》卷二五《文苑》。
② [清]葛芝《经锄堂诗集序》："吾子之辱交于余也，子之兄水修实先之……子之兄视余十年以长，吾子则少余十馀年也。"见《卧龙山人集》卷八。奕荃字水修，顺治二年（1645）为乱兵所杀；葛芝生于明万历四十六年（1618），故奕荃生于万历三十六年（1608）。对其生年，邓长风《明清戏曲家考略》只做出了"当不迟于1610年"的推测（第284页）。
③ [清]叶长馥：《吴中叶氏族谱》续庚集，康熙五十二年（1713）刻本。
④ [清]朱用纯：《柏庐外集》卷三。
⑤ [清]朱用纯：《愧讷集》卷三。
⑥ [清]朱用纯：《愧讷集》卷七。

徒徙倚而寥落焉，良可哀也。周急济乏，类为族属倡，而穷交故好辄复经纪其敛葬，婚娶其子弟。自君没而亲朋依庇待泽者皆望闾而返焉，又可哀也。邑里备荒赈饥之役，水利财赋之事，靡不悉心筹画，忘劳任怨。自君没而桑梓绸缪之交谁与共焉，更可哀也。君又少腾才誉，数踏闱门不利，及登荐剡、膺征命，又卒报罢。方慨有文憎命达，而复赍志不禄。即达士大观，要亦深可哀也①。

通过这六"可哀"，歌颂了友人和故人的文章才华、金石造诣②、处世为人、道德风范。一像赞、一祭文，使我们对这位清初戏曲家、文学家，在"贵胄子弟的裘马轻狂"之外，有了更加清晰和丰富的认识。或许，这就是所谓盖棺之论吧。

三、叶奕苞的戏剧活动

邓长风先生所撰有关叶奕苞的三则考证文字，多侧重其基本生平，而未暇或略于其戏剧活动的考述。以下仅就所见资料稍加介绍。

葛芝所撰七言古诗《叶九来携伎过从吾馆奏乐歌》，对研究其弟子的戏曲创作和活动颇有裨益：

……叶生喜我归，携得梨园部。命我高关开，为奏新乐府。我怪叶生运意奇，颠倒阴阳乃尔为。狂态直比渔阳鼓，骂座如闻滕席辞。我爱梨园风格好，腰支一一将人恼。就中小者才数龄，满树黄鹂吐音早。因向叶生三太息，忆昔相见城南陌。生发垂垂我壮年，一言快意深相得。生今强仕我衰老，倏忽流光真可惜。

---

① [清]朱用纯：《愧讷集》卷八。
② 所著《金石录补》二七卷《续跋》七卷，已被今人收入《续修四库全书·史部金石类》，为金石学重要著作。清初钱曾《读书敏求记》称其学识远出宋代赵明诚之上；近代支伟成（1899—1928）撰《清代朴学大师列传》，将之列入"金石学家列传"中。

梨园前队谁最名,子弟三班旧教成。娄上典型闻乐老,吴门少俊
说王生。此日西风悲黄叶,盛年那得常相倾。感此便欲常相见,
莫学参差西飞燕。大云堂侧牡丹开,奏生新著重开宴……①

从"生今强仕"一句中,可知此诗约写于康熙七年(1668)奕苞40岁左
右②(《礼记·曲礼上》:"四十曰强,而仕。")。诗题中"从吾馆",是葛
芝父亲的别墅③;诗句中"大云堂",为茧园名胜之一④。

　　此诗史料价值,表现在以下几个方面:1. 叶氏有其自己的家庭戏
班,蓄养家班的目的主要是为了娱亲奉老;并注意聘请名师(苏州王生
当为名伶王紫稼、王子嘉,太仓乐某待考)培养幼伶,因而风格隽雅,舞
姿超群,具有较高的艺术水准;由王紫稼被杀于顺治十一年⑤(1654),
其家班组建时间必在此之前。诗中"就中小者才数龄"一句,可补历来
家班史料之缺。过去人们所熟知的记载家庭女伶年龄最具体的咏剧
诗,是钱谦益《冬夜观剧歌》"十三不足十一零,金花绣领簇队行"⑥;而
叶氏家班的这位数岁的幼伶,已经歌喉清亮、悦耳动人了。2. 诗句"为
奏新乐府"和"奏生新著重开宴"等,说明叶氏在康熙七年(1668)40岁
时,已经从事戏曲创作多年,此次演出的是其新创作的剧本;由此推
测,奕苞或于顺治后期即已开始创作戏曲。3. 叶氏戏曲创作的特点是
运意新奇,出人意表;作品意蕴,愤世放诞。这一概括,令人自然想起
长洲尤侗(1618—1704)为撰《叶九来乐府序》,在以"古之人不得志于
时,往往发为诗歌,以鸣其不平"开篇之后,所云:"予生世不谐,索居多
恨,灌园馀暇,间作弹词……然当酒酣耳热,仰天呜呜、旁若无人者,其
类放言自废者与? 若吾友叶子九来,门地人材,并居最胜,方以文笔掉
鞅名场,夫何不乐而潦倒于商黄丝竹之间,或者游戏及之耳。虽然,以

①[清]葛芝:《卧龙山人集》卷三。
②原文书为"康熙五年(1666)",是误将卒年当生年来推论了。——结集补注
③[清]葛芝:《从吾馆记》,见《卧龙山人集》卷一〇。
④《光绪》《昆新两县续修合志》卷一三《第宅园亭》。
⑤孟森:《王紫稼考》,见《心史丛刊》,辽宁教育出版社1998年版《新世纪万有文库》本,第
　　85—97页。
⑥[清]钱谦益:《初学集》卷一六,《四部丛刊》本。

叶子之才,荏苒中年,风尘未偶,岂无邑邑于中者。忽然感触,或借此为陶写之具,未可知也,是则予所引为同调者也。"①两者同样揭示了叶奕苞剧作"嘻笑怒骂、纵横肆出、淋漓极致而后已"(《叶九来乐府序》)的激愤情怀。

叶奕苞《经锄堂诗稿》亦有多首反映了他的戏曲交游和活动,邓长风先生已经征引了"写到袁于令"的几篇②,但是不知什么原因而忽视了与宜兴徐暎薇及其友人观戏咏剧的作品。如卷四"七言律诗"有《集邻园观剧,戏题长句呈徐暎薇先生》和《过阳羡访徐暎薇先生留饮乐孺堂观剧》,卷八"七言绝句"有《阳羡徐暎薇先生携女乐湘月辈数人过昆,侍家大人观剧,次韵四首》、《前题次盈水韵六首》③,《经锄堂集唐人句》有《赠徐氏歌姬六首》。诸诗对研究江南文人戏剧活动和家班组织,均提供了有用的史料。由康熙二十八年患立堂刻陈维崧《湖海楼诗集》卷四《感旧绝句》之三《徐太守暎薇》自注:"太守讳懋曙,崇祯辛未进士,官至江西吉安府知府。性晓音律,喜宾客,家居蓄女伎一部,姿首明丽。正末湘月,旦泥凝香、花想,色艺尤为动人。……无何,太守既亡,歌姬亦散,闻湘月已黄帔入道矣。"④可知此人简历。

徐暎薇所蓄家庭戏班,演员众多,技艺超群,知名者便有十位;角色齐全,生、旦、外、末、净、丑,完全是按照"梨园色目"来配置女伶。奕苞《赠徐氏歌姬六首》诗序曰:

> 宜兴徐太守暎薇,蓄歌姬如梨园色目,无不辈列,皆妙龄雅技也。……姬之演生者曰湘月,旦曰凝香,小旦曰花想,若贞玉、寻秋、云菰、来红、慧兰、润玉、拾缘,则杂色也⑤。

---

① [清]尤侗:《西堂杂组》二集卷三,康熙十一年(1672)周亮工序刻本。
② 邓长风:《明清戏曲家考略三编》,第 114 页,第 277 页。
③ "盈水",当即《经锄堂诗稿》卷二《劝酒寄张盈水兼示顾五一》之张盈水,一作张莺水,见《集唐人句·赠徐氏歌姬》诗序。《经锄堂花信诗》有"张对扬莺水"唱和诗两首,可知其名对扬,昆山人。朱用纯《愧讷集》卷八有《祭张盈水文》。
④ 参陆萼庭《昆剧演出史稿》,上海文艺出版社 1980 年版,第 168 页。
⑤ [清]叶奕苞:《经锄堂诗稿·集唐人句》,康熙刻本。

此以"杂色"代称其脚色分工的另七位,其实并不准确,她们的具体分工是老旦贞玉,末寻秋,外云菰,大净来红,中净慧兰,小丑润玉,补色拾缘①。昆剧演出,一般以"十行角色"为主体②,足见其家班水平的非同一般。其《赠徐氏歌姬六首》诗后并附录"暎翁诗五绝",末有奕苞跋语:

> 暎翁集唐诗,落韵自然,寓巧于雅……细读全什,花君之歌情舞态,不啻颊上三毫矣。他若翁之赠外,则云:"赖逢邻语曾相识,漫学他家作使君。章孝标、张谓";赠净则云:"忽似掷金来马上,飞扬跋扈为谁雄。刘长卿、杜甫"。皆系改妆,觉其谑之非虐也。凤雏跋。

这一序一跋,对于研究清初宜兴徐氏家班的规模和角色构成,颇有价值。

《经锄堂诗稿》后附《花信诗》一卷,乃与友朋唱和之作,诗均无题,总名"花信唱和"。从"锡山同学弟刘恒震修"③序:"凤雏叶子,心醉遏云之曲,目成回雪之容,与迎风动影情事迥别。然而来兮飞燕,去兮惊鸿,未能叶叶相当,花花相对,因之蠋虑成端,没情多绪,试探彩笔,遂满香笺"诸句,已可略知其事涉暧昧。陈维崧[满江红](易识君家)词序曰:"……九来向与余邑某氏歌姬有目成之约,曾为作《花信诗》。今某家歌舞久散,此姬亦入道多年矣。"[念奴娇](卖饧天气)词序亦曰:"春日玉峰叶九来招饮半茧园……九来向与吾邑某氏歌姬有目成之约,今此姬已属他人,故及之。"④其实,在撰花信诗之后不久,奕苞已经另有所爱。《花信诗》载其友方礼(字幔亭)撰唱和诗两首,次首后四句为:"精卫永填沧海石,斗牛遥挂碧天槎。而今恐有人先渡,桃叶空期水一涯。"注曰:"凤雏另纳姬人,故有是句。"似有微词隐含其中,看来并非如陈维崧所云这么简单。《花信诗》作于"辛丑春"

---

① 参见拙文《清初戏曲家徐懋曙事迹考略》,《艺术百家》2006 年第 4 期。
② 胡忌、刘致中:《昆剧发展史》,中国戏剧出版社 1989 年版,第 196 页。
③ 刘恒即刘雷恒(1623—?),字震修,无锡人,康熙十九年吴县贡生;《花信诗》中另有"刘霖恒沛元"为其弟(1629—1698),文采风流,并称"二刘",参见赵国璋主编《江苏艺文志·无锡卷》,江苏人民出版社 1995 年版,第 316、325 页。
④ 程千帆主编:《全清词》,中华书局 2002 年版,第 4034、4111 页。

(《花信诗》小序),时在清顺治十八年(1661)。陈维崧与徐懋曙为同县友人,其怀念徐暎薇的诗注亦有“闻湘月已黄帔入道”之说,故此处所云“九来向与吾邑某氏歌姬有目成之约”极有可能是指徐氏家姬。由此亦可推测叶奕苞与徐暎薇戏剧交游的大致时间,即顺治末、康熙初①,这与葛芝《叶九来携伎过从吾馆奏乐歌》所反映的叶氏戏曲创作时间也是基本一致的②。

另《经锄堂集唐人句》尚有《题朱珩璧云津堂》,诗题注曰:“堂中蓄歌姬十馀辈,近皆散遣。”亦涉及一家乐戏班。《归庄集》卷三有《朱珩璧六十寿序》,自注:“代吴梅村司成。”故此序是以吴伟业口吻行文:“吾闻朱君居莫厘之麓,有园亭花木之胜,特建高楼,名之曰缥缈,以望西山。崇祯末,以才人举,尝登金门、上玉堂;顷之,以时方多难,遂遁迹山中。于是拥东山之姬侍,罗后堂之丝竹,曼睩盛鬋,沓进于前;激楚阳阿,不绝于耳。”③朱珩璧生于明万历二十八年④(1601),为苏州洞庭东山人,明崇祯十三年八月至十四年六月,吴伟业官南京国子监司业⑤,时珩璧为“太学上舍”即国子监生。

朱珩璧,赵经达《归玄恭先生年谱》和冯、叶两先生《吴梅村年谱》均未详其人。今从乾隆初年东山人氏吴定璋(1679—1750)所辑《七十二峰足征集》中,查得其名及事迹简况。该书《东山朱氏合编》朱必振传云:

> 朱必振,字仲玉,恂恂儒雅,出言有章……伊弟必抡,字珩璧,性豪华,喜声色。其居傍湖,迎笠泽之洪涛,面西山之缥缈,有楼矗然在苍翠间,曰缥缈楼。尝妙选名姝,歌舞其中。花晨月夕,亦与诸名士张乐游观,出家姬佐酒,如西园雅集故事。既病,犹令人掖以登楼,四望云山,潸焉出涕,酹酒丈人峰石,揖而别之。后吴

①徐懋曙生于明万历二十八年(1600)七月十一日,清康熙九年(1670)前已经去世。详参拙稿《清初戏曲家徐懋曙事迹考略》。

②以上一段发表时被删去。——结集补注

③[清]归庄:《归庄集》,上海古籍出版社 1984 年版,第 246—247 页。

④《朱珩璧六十寿序》:“洞庭朱君珩璧,以上章困敦之岁,年登六十,人日为其揽揆之辰。”上章困敦指庚子,即顺治十七年(1660)。

⑤冯其庸、叶君远:《吴梅村年谱》,江苏古籍出版社 1990 年版,第 101、110 页。

梅村先生过其地,为诗以吊焉。盖仲玉、珩璧之好尚虽殊,而风流自命,依然伯仲,未可以诗阙而不为之传也。①

"足征集"选朱必振诗作五首,其三为《家园歌女演剧诸公赠诗屏障答和》,足见其兄弟的确"风流自命,依然伯仲"。

查吴伟业诗歌,有《过东山朱氏画楼有感》五律,诗序曰:

> 东洞庭以山后为尤胜,有碧山里,朱君筑楼教其家姬歌舞。君每归自湖中,不半里,令从者据船屋作铁笛数弄,家人闻之皆出。楼西有赤栏杆累丈馀,诸姬十二人,艳妆凝睇,指点归舟于烟波杳霭间。既至,即洞箫钿鼓,谐笑并作,见者初不类人世也。君以布衣畜伎,晚而有指索其所爱者,以是不乐,遣去,无何竟卒。余偶以春日过其里……客为余言,君生平爱花,病困,犹扶而沥酒,再拜致别。诸伎中有紫云者,为感其意,至今守志不嫁。嗟乎! 由此足以得君之为人矣。②

研究明清家乐戏班的学者,是陆萼庭先生最先注意过此诗序,他将之视为"明末"有代表性的女乐之一,只是未详其人,仅以"洞庭东山朱氏女乐"代称③。但是,当我们将《过东山朱氏画楼有感》与上引叶诗、寿序、小传等有关史料对读时,一切便豁然明朗了:东山朱氏即朱必抡④,画楼即缥缈楼⑤,吴诗写于康熙六年(1667)三月⑥,则属清初家

①[清]吴定璋:《七十二峰足征集》卷二六,乾隆十年(1745)依绿园刻本。
②[清]吴伟业:《吴梅村全集》卷一四,上海古籍出版社 1990 年版,第 387—388 页。
③陆萼庭:《昆剧演出史稿》,上海文艺出版社 1980 年版,第 162—163 页。
④胡忌、刘致中《昆剧发展史》在论述"明末"家班时,也提及"洞庭东山朱必抡家女乐",见中国戏剧出版社 1989 年版,第 194 页。惟其仅举吴伟业《过东山朱氏画楼有感》为例,实不知其考证过程。
⑤旧址在东山朱巷,乾隆时为王金增所购,扩充为聱舟园,今已废。参《太湖备考》卷六、《苏州词典》第 719 页(苏州大学出版社 1999 年出版)。
⑥吴伟业在顺治、康熙之际,仅两游苏州太湖洞庭东、西山,一在顺治十六年(1659),一在康熙六年(1667),两者皆为春季,参《吴梅村年谱》第 378、467 页。但由归庄代撰《朱珩璧六十寿序》说明朱氏在顺治十七年尚存,足证此诗写作时间。

班甚明。此诗有助于进一步了解朱氏家班:其一,其家班演员为十二人①,朱必抡自为教师;其二,朱家艺伶生活优裕,颇得善待,故必抡死后尚受其爱戴;其三,由其诗尾联"伤心关盼盼,又是一年春"推论,朱氏可能就死于康熙五年(1666)春,享年约67岁。奕苞既云"云津堂"家伶"近皆散遣"而又未及堂主去世之事,故叶诗当写于康熙三、四年之间。

考述叶奕苞观戏赏姬之事,既有助于了解他作为戏曲家的行为活动,亦反映出清初文人的生活状态。这令人想起其师葛芝《纪年前录序》中所说的一段话:

> 自余作此录毕而喟然曰:呜呼!此四十年之间,天下之兴废、一身之盛衰系之矣。方余五六岁时,家门显盛,群从赫奕,相与为竹马蜡凤之戏,甚乐也。是时天下太平,万里之内不见兵革,穷谷之老抱子弄孙以自娱,抑何休与?迨余十五六岁时,东西屡用兵矣,然中原幅员尚完,赤眉铜马之流尚未盛也。吾辈同学少年,溯南皮之游,彷金谷之集,选伎征歌、采兰赠芍以为乐,见者以为有承平公子之风焉。至二十以后,四海之内,烽烟极目;即大江以南,民几荷担而立。吾辈虽时时赋诗饮酒,不胜感时溅泪之悲矣。呜呼,若壮年以来,天下事尚忍言哉!至于今一纪,碧鸡金马,渺尔徒闻;白鹇青鹰,翻然满望。一二衣冠遗族,坐卧一车之中,或时为阮籍之叹、唐衢之哭而已,不亦悲乎!②

《纪年前录》是葛芝在40岁时自撰年谱,约写于清顺治十四年(1657),今已不存;但是他对包括自己在内的明季士人颓风陋习的沉

---

① 陆萼庭《昆剧演出史稿》第163页认为吴伟业云朱氏家姬十二人"似取古来十二金钗之说",所解略嫌其深。其实此数极可能如实反映了其家班的角色组织。晚明王骥德《曲律》卷三《论部色》:"今之南戏,则有正生、贴生(或小生)、正旦、贴旦、老旦、小旦、外、末、净、丑(即中净)、小丑(即小净),共十二人,或十一人。"可参。胡忌、刘致中《昆剧发展史》第194页便是以此为例来证明"一部有比较完备组织的家班女乐,一般由十二人左右组成"。

② [清]葛芝:《卧龙山人集》卷九。

痛反思,却连自己的弟子都未被触动;即便是衣冠遗族,在所谓阮籍叹、唐衢哭越来越微弱的同时,选伎征歌、采兰赠芍以为乐却始终没有衰歇。当然,这其中既有娱亲遣兴或醉生梦死的一面,亦有寄寓沧桑和感慨兴亡的一面,只是比例、成分的不同会因人而异。奕苞《集邻园观剧,戏题长句呈徐暎薇先生》第四首所谓"追欢行乐惯逢场,其奈中年易感伤"①,则是将缠绵燕婉与唏嘘感慨结合于一身了。

四、《经锄堂集》禁毁及其他

叶奕苞传世著述甚富,仅集部书便有《经锄堂诗稿》八卷,《诗馀》、《集唐人句》、《杂著》各一卷,《文稿》六卷,《乐府》四卷(即杂剧四种),《倡和诗》、《花信诗》、《北上录》各一卷(《花信诗》、《北上录》亦为唱和之作)②。但是有关作品流传极稀,其主要原因何在呢?

黄裳先生曾在《笔祸史谈丛》一书中言及《经锄堂文稿杂著》,提醒笔者查找了《清代禁毁书目》。该书在著录"安抚部院闵"奏缴禁书16种内,有"《经锄堂集》昆山叶奕苞著",理由是"荒诞悖逆,语多狂吠"③。"安抚部院闵"是指乾隆时任安徽巡抚的闵鹗元(四十一年至四十五年任),清廷于"乾隆四十五年七月初八奏准"④,从此《经锄堂集》遭禁。但是,黄裳先生因为"未见"该集"诗稿八卷,杂诗及诗馀五种",只是根据自己所藏之"一册杂著、文稿看,内容多半是考订金石旧史之作,看不出有什么违碍之处,不知何以竟得到'荒诞悖逆,语多狂吠'的评语而列入禁书"⑤。由此来看,黄先生将《经锄堂文稿杂著》作

①[清]叶奕苞:《经锄堂诗稿》卷四,康熙刻本。
②李灵年、杨忠主编:《清人别集总目》,安徽教育出版社2000年版,第315页。
③[清]姚觐元辑:《清代禁毁书目》,商务印书馆1957年版,第324至325页。
④雷梦辰:《清代各省禁书汇考》,北京图书馆出版社1989年版,第132页。
⑤黄裳:《黄裳文集》第三册,上海书店出版社1998年版,第681页。

为"清代的禁书"之一种予以介绍①,恐怕不是非常妥当的,因为清廷禁毁的是整部《经锄堂集》而非仅是其中的杂著和文稿。此杂著、文稿固然珍稀,连《中国古籍善本书目·集部》均无著录,但如果未见《经锄堂集》主干部分,似可不必在"笔祸史"著作中予以评说。

其实,在篇幅不算大的《经锄堂集》中,触忌犯禁之处真不在少数。如卷三《崇祯皇帝挽歌词甲申五月》,主旨在缅怀先帝圣德、抨击庸臣误国;同卷《寓萧山韩氏》,后四句为"故国春风恨,他乡夜雨愁。最怜逢驿使,烽火逼苏州",当写于清军下苏州前夕(其后是《哭长兄水修》,因有"吾父远仍阻,家书久不传"之句,可知约写于顺治二年春夏之际),表达了对舆图换稿的愤懑忧伤。卷二《文果十笏庵拜观崇祯皇帝御书》,记崇祯帝为文震亨(1585—1645)手书诗联,文氏"擎归邸舍宾朋羡,挂向山堂魑魅惊"。鼎革时震亨自尽,其子文果(1631—?)负之逃亡:"一自苏台走麋鹿,十口伶仃身窜逐。可怜车厩废平津,何有牙签与玉轴。蒙恩感激负之趋,百死一生少坦途。与君拜观疑在梦,摩挲双眼泪俱枯。"对清军陷苏导致世家毁灭的忧愤感伤,对先朝君恩的深情缅怀,都是不难感受到的。同卷《秋夜雨》分四节,各以"秋夜雨"叠句起兴,第一节似指抗清义旅隐匿太湖:"阵云高结蔽东吴,杀气远缠亘南楚,芦中固有不羁士,天涯半属思归旅";后三节是描述兵燹战乱和苛税重赋对人民的伤害:"白田浩淼秧未齐,朱笔纵横便输赋,可怜十室九室空,荒凉新被兵过处","大江此日血漂卤……升米涌腾五十五"。凡此,流露了对抗清义士的同情和揭露了新朝统治的严酷。由前二首《白彧如弹琵琶》写于"戊戌五月十二日",即顺治十五年(1658)夏,可以推知《秋夜雨》当作于顺治末年奏销案发生前。

最为触目的是卷二"七言古诗"《悲哉行》。据诗序,其创作起因是:顺治十二年"乙未九月二日,常熟陈丈昆良过茧园。酒半,谭甲申三月北都事甚悉,且曰:'悲哉,南狩之不果也。'因记张尚书召对一事,

---

① 《笔祸史谈丛》介绍该书内容为:杂著两种不分卷,是《半茧园十叟图诗》和《醉乡从事图传》,均有自序,左图右文;《金石小笺》二卷;"文稿"不分卷;最后为"附集",收录陈维崧、姜宸英、施闰章、葛芝、归庄、彭士望、徐开任、李良年、顾苓、魏禧等人为其园林中的园、堂、轩、阁所撰记文。

作《悲哉行》。"全诗以"日落荒城照古寺,柴门欲关客始至。西邻浊酒东园蔬,促膝篝灯共扬觯。感今追昔甫销魂,搔首停杯更裂眦"开篇,详细记述了常熟陈璧(1605—?,字昆良)在崇祯十七年以兵部司务效力京城,当李自成兵临城下时,曾建言兵部尚书张国维将朝廷南迁而不果,随即城陷而陈璧潜逃出京:

> 北望号呼烈帝魂,南归愿睹中兴瑞。谁知阮马复登垄,江左不得如晋季。呜呼灵武即位古何人,南渡临安岂百二?犹然河北有贤豪,何况金瓯尚完备。祯皇求治本圣明,心膂股肱半携贰。天乎不祚又何尤?玉兔金乌走如驶。庭中草已十回青,白发鬖鬖亦可畏。不觉添灯话自长,樽前空落兴亡泪。

结尾诸句,虽然假借陈璧口吻为辞,但亦强烈地表达了作者自己的黍离之悲、沧桑之感。陈璧诗作,今存有古风《饮叶工部白泉茧园,谭及甲申事,白泉公子九来即席作长歌以记其事,聊赋短句答之》,结尾四句为:"呜呼野老空悲伤,得君诗史垂岳渎。天壤倘有采诗人,请献君诗作实录。"学者或认为作于顺治十三年初春①,然将陈诗首句"江头十载吞声哭"与叶诗"庭中草已十回青"对读,似当撰于顺治十一年;而《经锄堂诗集》所收此诗小序则明确指出写于"乙未九月二日",即顺治十二年(1655)深秋。

　　叶奕苞《悲哉行》在当时就影响颇大,于顺治十五年(1658)已收入明遗民太仓陈瑚(1613—1675)所辑《离忧集》(今存《峭帆楼丛书》本)②。值得注意的是,两者文字颇有出入。《离忧集》本不仅在"何况金瓯尚完备"后多出"未尝一日愁土崩,忽焉瓦解天如醉"两句,而且凡是《经锄堂集》本三处"怀宗"、一处"祯皇",均为"先帝"和"先皇",由此可见《悲哉行》原貌和作者收入别集时的修改。但是这些对崇祯皇帝称谓上的改动和对惋惜先朝覆亡诗句的删节,丝毫不能掩抑眷念故国、期冀恢复的情感倾向。所以陈璧"九来即席作长歌以记其事"诗

①江村、瞿冕良:《陈璧诗文残稿笺证》,上海古籍出版社1984年版,第109页。
②江村、瞿冕良:《陈璧诗文残稿笺证》,第200页。

中,有"感君同是岁寒人,把酒相看泪相续。我归肠断不成声,君自悲歌夜击筑。庙谟颠倒天地荒,发竖目眦挥颖秃"等句,既描写出叶奕苞当时奋笔赋诗之时愤激的心态和神态,亦表现了陈璧这位坚贞遗民将叶奕苞引为"岁寒"同调的明确态度。

上述诸诗,诗、史结合,是记载清初史实的极好作品。但由于本集的罕见流传,故现当代学者所撰《清诗纪事初编》、《清诗纪事》和《清人诗集叙录》等书皆未见征引。拙文之所以不惮其冗地详加过录,不仅是想说明它们被清朝统治者视为"荒诞悖逆,语多狂吠"应属当之无愧的评价,而且试图借此提供一个理解其戏剧创作的个人思想背景,因为他的戏剧创作和戏剧活动可能就是开始于顺治末年的。此外,结合这些诗作和其他资料,探求叶奕苞的遗民倾向是怎样随着时间的推移而逐渐淡化的思想轨迹,对于研究清初文学也应当是具有一定意义的学术努力。

叶奕苞这种无意新朝、澹泊功名的处世态度,一直持续到康熙初年。葛芝《经锄堂诗集序》云:"九来……十馀年来,以试事三至金陵。同行诸生简练揣摩,期得一当,九来视之若无有也。方上雨花台,问桃叶渡,吊晋代之衣冠,悲故宫之花草。"①此序约撰于康熙二年②(1663),可见此前叶奕苞虽然三赴南京应举人试,却功名之心非殷,而于吊挽明代遗迹、缅怀故国胜地则用力甚勤。作为"富贵吾所自有"的"游闲公子"③,奕苞不汲汲于新朝的科举,除了对于功名富贵生性就较为澹泊之外,与其具有一定的遗民意识亦不无关系,毕竟其父受明禄而为遗民,毕竟其兄因鼎革而死战乱。但是到了康熙十五年(1676),在他为友人朱用纯五十初度撰[水龙吟]词相贺时,思想已经有所变化:

---

① [清]葛芝:《卧龙山人集》卷八。
② 序中云"子之兄捐骨中野者几二十年",奕苞兄奕荃卒于顺治二年(1645)。结集补注:钱谦益顺治十八年十二月撰《经锄堂序》言及"叶子九来以近刻诗见贻……乎、葛二子之序庶几似之"(呼指呼谷),可知葛芝序言亦撰于当年。
③ [清]陈维崧:《叶九来诗集序》,见《湖海楼全集·文集》卷二,乾隆刻本。

算来三十餘年，惟君闲却持螯手。几回俯仰，石言星陨①，乾坤如旧。衮衮轻肥，少年同学，舒眉伸首。独栖迟不改，箪瓢陋巷，人堪得，其忧否。姓氏高于南斗。论年华，日之方昼。屈伸至理，他时得意，风云驰走。且共偷闲，良朋高弟，劝酬春酒。又何须执著，是非今昨，固辞称寿。②

词中固然对朱用纯入清以来能固穷守节、坚贞无悔十分钦佩，但是面对烈士死难（如用纯之父集璜）却无法左右新朝定鼎、识时务者大多飞黄腾达的社会现实，奕苞由衷地希望好友能看淡是非、随顺时世、一展才华、人生得意。

正是因为有了这样的思想基础，奕苞后来出应宏博之试就不足为奇了，虽然其于赴试十分勉强，其对落选亦十分坦然③。但与朱用纯闻听奕苞堂兄叶方恒（1615—1682）要荐举自己参试宏博，立刻托人严词拒绝，甚有以死自誓之意相比④，两人还是有很大差别的。

叶奕苞康熙十八年举宏博见摈，李集《鹤征录》卷七云是为其堂兄叶方蔼（1629—1682）"所忌，并试卷匿之"。现当代学者叶德辉、邓长风均力辩其非⑤，但是权威史书中有关此事的记载，却未见征引：

> 康熙十八年，举博学鸿儒，试毕，阁臣以卷进呈。上顾杜立德、冯溥、叶方蔼等曰："此外岂无漏珊瑚之网者乎？"于是冯溥以吴农祥、徐林鸿、徐咸清、王嗣槐对，杜立德以白梦鼐、施清、高向台对；叶方蔼以奕苞对，且曰："渠，臣从弟也。"上不怿，乃俱放归⑥。

---

① "石言星陨"或应为"石圻星陨"，古人常将石圻、星陨两者连用，以喻贤哲名儒去世。石言指神灵凭附石头说话，于此难解。

② ［清］叶奕苞：《经锄堂诗馀》，见《经锄堂全集》，康熙刻本。

③ ［清］施闰章：《春及轩记》："去年夏秋间，以博学宏词征，有司敦迫切峻，单车诣阙，逾冬涉春，逡巡待明诏，(九来)乃南望叹曰：'春已过半，逐逐无所底，安能舍吾轩、芜吾田而尘壒处乎？且暮不归，吾病矣！'"见《施愚山集》文集卷一二，黄山书社1992年版，第246页。

④ ［清］朱用纯：《与陶康令》，见《柏庐外集》卷一。

⑤ 邓长风：《明清戏曲家考略》第285页、《明清戏曲家考略三编》第115—116页。

⑥ 《清史列传》第18册，中华书局1987年版，第5795—5796页。

看来,时任翰林院掌院、会试副主考的叶方蔼,不仅没有匿卷不呈之举,似乎还想事后乘机提名增补。不料因为一言不当,惹得龙颜不悦,使得补漏不成,并一齐打发回家。只是在现存奕苞诗作中,没有一首与方蔼诗是写于此际前后的,两兄弟之间似乎已有什么过节,作为外人和后人已经很难弄清究竟了。尤其是奕苞分别撰于康熙十八年(1679)三月"怀归颇切"的《忆鹤》和四月"时将南还"的《后忆鹤》(合之为《北上录》),共收入在京友人46人的唱和诗,却未见其堂兄叶方蔼的大名;而且在方蔼《读书斋偶存稿》四卷中,亦无一首与"九来弟"赠别怀感唱和之作,实在都是意味深长的事情。邓长风先生以《经锄堂诗集》卷九的"倡和诗"中还收入了两人的唱和之作,来证明并没有"兄弟失和"之事①,其实这并不能说明康熙十八年前后两人关系如何。因为据该组唱和诗奕苞"壬寅秋"自序,唱和起因于"今年春,韧庵兄里居无事,好为诗歌,于元日得七言长句四首,苞属而和之"。壬寅此处指康熙元年(1662),叶方蔼正因"奏销"案中欠银一厘而革职家居。时传"探花不值一文钱"之谣,咏的便是这位顺治十六年一甲第三名进士。

    (原载于《文学遗产》2007 年第 3 期,第一节文字为结集时所补)

---

① 邓长风:《明清戏曲家考略三编》,第 116 页。

试论清初戏曲家龙燮及其剧作

在明末清初众多的戏曲作家中,由于作品版本稀见、作者事迹不详,龙燮向来不为治中国戏曲史者所关注。如周妙中在其研究清代戏曲史的著述中,虽开辟专节介绍其人,对其两种剧作却分别只有"失意人最好写得意事,以寄托感慨,是剧作家常态"和"看来剧本没有什么深刻含义,只是游戏的笔墨"等寥寥数语的褒贬①。然就戏曲史的实际而言,所撰传奇《琼花梦》和杂剧《芙蓉城记》,在清初剧坛上曾产生过一定影响,在创作上亦具有相当特色。本文根据家藏龙燮传记和年谱抄本,并辅以清初总集、别集、方志等资料,对龙燮生平及其戏曲创作特色给予粗浅的探讨,以期为研究清初戏曲史者提供参考。

一、龙燮生平及创作

龙燮,字理侯,号石楼,一号改庵,又号雷岸,别号桂崖,晚号琼花主人,江南望江县(今属安徽)人。生于明崇祯十三年正月十七日(1640.2.8),卒于清康熙三十六年八月十一日(1697.9.25)②。望江龙氏,始祖名仁夫,为江西永新人,宋开庆进士,官浙江儒学提举,宋末"避乱"至望江,隐居不仕。燮父名应鼎(1614-1688),字禹九,乐善

①周妙中:《清代戏曲史》,郑州:中州古籍出版社1987年版,第97页。
②龙垓:《燮公年谱》,手抄本。

好施,明末以贡生为南通州海门县教谕,政绩甚佳,明亡弃官归里。

龙应鼎生有七子,长名光,次即为燮,均出于嫡妻朱氏。龙燮少颖异,"有圣童之誉"①。六岁与兄共师事怀宁吴廷楷,"楷具史才,郡邑前后以修志交聘"②。在良师的指导下,龙燮十岁便熟记经史古文"数百万言"③;十四岁,在江南学政蓝润的主持下,被录取为秀才。其少年时期,可谓英姿风发,视博取功名为唾手拾芥。然自顺治十七年(1660)起,他连续参加了四次(或云五次)乡试,却屡战屡败;尤其是其兄龙光于康熙二年、六年先后考中举人、进士,对他多少也产生一些刺激。其母朱氏曾在闻听长子中举的捷报后,竟卧床不起曰:"安有二子赴举,一落孙山乎?"(龙光《燮公传》)不难由此想见当事人自己的心理感受。龙燮康熙六年作《丁未初度》:

> 敲针骑竹浑如昨,破帽青衫忽到身。榆荚囊空难使鬼,梅花赋就尚惊人。独为南阮惭群从,安得西华慰老亲。时未举子。笑问山妻钗典未,且须沽酒过兹辰。④

典钗沽酒的达观之举,难掩其囊空无计、才华空有、青衫无用、青眼难堪的愤懑和抑忧。在此前后所写的《宜城旅兴》云:"江上孤城白日斜,春风轩盖满京华。谁怜寂寞长杨客,犹自漂零广柳车。"⑤面对中举者的春风得意,不由得感伤自身的怀才不遇、落寞无闻。正是这种情绪的不断郁积,在康熙十一年秋闱失利后不久,龙燮终于致书友人云:"某四战棘闱,不获一售。今已矣,丈夫岂堪再辱也?计惟闭户山中,十年静坐耳!"冬,援例入国学。从此弃举业,益肆力于诗赋古文,该年三十三岁。

据年谱云,龙燮在二十四岁时就已"著作日富,才名藉甚,一时诸名公遂致慕焉";更夸张的说法是"龙子甫十岁,而为文章名重江淮"⑥。有

---

① 蒋士铨:《江花梦序》,乾隆刻本卷首。
② 康熙《安庆府志》卷一九《文学》"怀宁·国朝"。
③ 龙垓:《燮公年谱》,手抄本。以下引文不注出处者,均见此文。
④ 曾灿:《过日集》卷一五"七律",康熙十二年(1673)刻本。
⑤ 曾灿:《过日集》卷二七"七绝",康熙十二年(1673)刻本。
⑥ 刘天维:《石楼四集序》,《望江县志》卷一二《艺文》,康熙三十四年(1695)刻本。

关记载出于子弟的回忆或友人的评价,难免有所夸饰,但是至少在而立之前,他已经崭露头角。康熙七年秋知县吴美秀设法减免粮赋摊派,有关碑记《邑令吴美秀裁粮里杂派记》就出自龙燮之手;康熙十一年春撰《募设粥赈饥文》,同年为知县刘天维撰《修筑西圩记》;十二年受刘天维聘修县志,十二月撰新志序①;十三年受知府姚琅聘,参修《安庆府志》。撰写这些文字,与一般的诗词歌赋不同,它们不仅仅显示着文学才能的社会认同,更代表了作者在当地的政治文化地位,足以见其道德文章之声望至少已经著于乡里了。康熙十二年(1673),江西曾灿在苏州辑刻当代名家诗歌总集,即选其作品多首,可见其文学影响。其中《送张天放先生还金沙》诗云:

> 太白有诗泣鬼神,一字不入时人耳;文通有书汗马牛,一字不洗寒儒愁:古来文章每如此!先生被褐归去来,予亦闭门穷欲死。男儿要在论万古,眼底纷纷未足数!②

浑融豪放,气韵沉雄,势压古今,目空俗世,颇有李白之遗风③。凡此,皆为康熙十七年诏举"学行兼优、文词卓越"之人时,龙燮能够被荐赴京参加博学宏词科考试④,进行了足够的舆论和资格准备。次年,在轰动天下的宏博考试中,龙燮取中二等第二十八名,授翰林院检讨,时年四十⑤。"忆昔吾曹五十人,惟君年少多英姿"⑥,是同年友王项龄多年后对龙燮的赞美。

---

① 以上诸文,均见康熙三十四年(1695)刻本《望江县志》卷一二《艺文》。

② 曾灿:《过日集》卷八"七言古",康熙一二年(1673)刻本。

③ 王尔纲《名家诗永》卷一二云"鈃斋叙雷岸集,谓其宗太白"。鈃斋,乃建德江桓之号。

④ 荐举之人,一般文献说是王谷振,《燮公年谱》云为"大学士冯公溥,中翰王公谷振、陈公睿思",龙光《燮公传》独书作"予年友陈睿思荐举应召"。冯溥,山东益都人,顺治四年进士,康熙十七年为文华殿大学士。王谷振,浙江会稽人,陈睿思,福建同安人,均为康熙六年进士,与龙光为同年友,时任内阁中书。研究荐举者与被荐人的关系,是康熙十八年宏博研究中的一个值得探讨的问题。

⑤《康熙十八年鸿博履历》载其"乙酉年正月十七日生",虚减年龄五年。"官年"与"实年"有差,自宋以来已然如此(参洪迈《容斋四笔》卷三《实年官年》),在明末清初的科举履历中乃常见现象。

⑥ 王项龄:《酬龙雷岸比部赠田蒙斋少司寇移居诗韵》,《世恩堂诗集》卷一一,康熙刻本。

　　从此,除了丁父母之忧的康熙二十五年(1686)至二十九年的五年间外,龙燮一直在京为官。先后任詹事府左春坊左中允,兼翰林编修,改署大理寺寺正、刑部河南司员外,调工部屯田司郎中,"受事仅五月余,遽以劳瘁得疾终",享年仅五十八岁。殁后"琴书萧然,家徒四壁,几不能归"。其在京任职的十四年间,为官正直耿介,清廉不苟。虽以"久擅文章著作"之"词臣"而长期从事刑名案牍之务,即所谓"以翰林出为郎署"①,未能充分展示其文学才华,为时论所惜,但仍兢兢业业,政声颇佳。故无论其政绩,还是其文才,都得到时人的好评。平居尝云:"饿死事小,廉耻事大。"又云:"文章不可寄人篱下,须自我出者方可成家。"足可见其在道德和文章两个方面的追求或自律。

　　所著除了剧作两种,尚有《和苏诗》三集,今存有康熙刻本和抄本;另有《石楼藏稿》、《改庵诗文全稿》、《词稿》、《晴牖随笔》②,皆未见传世。为其诗文作序者,皆一时名家(参见《燮公年谱》和《燮公传》)。仅在各家别集中,现存就有《詹允龙雷岸诗序》、《宫允龙雷岸拟苏诗序》③、《和苏诗二集序》④、《题龙石楼和苏诗卷后四首》、《石楼和苏诗序》⑤等。赵士麟、王士禛、田雯为其作序时,分别是吏、户、刑部侍郎,皆是享誉当时的名公大臣,足见其诗文之为世所重。但是,就研究生平与戏曲创作的关系而言,最重要的是曾灿康熙十二年(1673)编刻《过日集》所收其早年诗作,因为从写作时间来看,这些作品与其戏曲创作心态最多相通之处。

二、龙燮剧作的写作时间和本事

　　关于《芙蓉城记》和《琼花梦》的创作时间,前者向无记载。龙燮

① 王士禛:《居易录》卷二七,康熙刻本。
② 一作《晴牖随笔》,见赵景深《龙燮的江花梦》,《明清曲谈》第225页,古典文学出版社1957年版。
③ 赵士麟:《读书堂彩衣全集》卷一四,康熙三十五年(1696)刻本。
④ 王士禛:《带经堂集》卷六五,康熙刻本。
⑤ 田雯:《古欢堂集》卷一五、卷二四,《四库全书》本。

自撰《芙蓉城记引》，只说是客居"兰水"之地①、"拥炉呵笔"之时写下的作品，他曾就创作起因作如下介绍：

> 余客兰水，寓王氏一小楼。曹生、龚生日过寓中……，龚生曰："昨读先生《四集》……先生之《四集》，诗赋文词已具，而传奇独缺。观先生之才，似不止此。且先生未倦诗文，某不敢以传奇请也，以其为游戏也；先生既倦诗文，某敢以传奇请也，以其为游戏也。"②

体味友人"诗赋文词已具，而传奇独缺"的语气，似是其诗文集《石楼四集》已经编就而尚未染指戏剧时的口吻。该书据现存刘天维所撰《石楼四集序》，当即《石楼藏稿》，年谱云成于康熙十二年。本年底，龙燮尚在纂修县志，而刘氏的望江知县至康熙十四年被瓜代③，故杂剧的写作时间只能是在康熙十三年（1674）冬。《琼花梦》（一名《江花梦》，是作者死后为人所改），据年谱记载，乃次年"夏客扬州"时的产物，时年三十六岁。莲池渔隐题诗云："事先已识《江花梦》，又演《芙蓉城》一篇。三百年来都幻见，早知鸿博赋朱笺。"④不仅交待了自己观演两剧的先后顺序，还点明均成稿于康熙十七年六月赴京应举之前，即两剧都是龙燮三十余岁时的作品。他康熙八年（1669）丧偶、康熙十一年弃绝科考。这两件人生大事，不妨作为我们理解其剧作的个人背景。

对于《芙蓉城记》的创作缘由，作者自序云："余尝拟和坡公游芙蓉城诗，至今尚欠此一债，不若以曲偿之。"于是"稍取芙蓉城事，点缀成之"。所谓坡公诗，是指苏轼七古《芙蓉城》诗，诗叙有云："世传王迥字子高，与仙人周瑶英游芙蓉城。元丰元年三月，余始识子高，问之信然，乃作此诗。"后人遂认为该剧是以宋人注释《芙蓉城》诗下引胡

---

① 兰水，此处指"茹兰溪"，为建德城南之著名风景，故以此代称建德（今安徽东至），地与望江毗邻。

② 龙燮：《芙蓉城记引》，《芙蓉城记》卷首，乾隆刻本。

③ 康熙三十四年（1695）刻本《望江县志》卷五《职官》。

④ 莲池渔隐：《题芙蓉城感石楼公作》，《芙蓉城记》卷首，手抄本。

微之《王子高芙蓉城传略》为本事的①。其实，与剧本创作有关的大约只是全诗前四句："芙蓉城中花冥冥，谁其主者石与丁。珠帘玉楼翡翠屏，云舒霞卷千傅停。"且只借用了两位"主者"的前一位石延年之名。南宋施元之注释"石与丁"曰："欧阳公《诗话》：石曼卿卒后，其故人有见之者，言：'我今为仙也，所主芙蓉城。'张师正《括异志》：庆历中，有朝士冒晨赴起居，通衢见美妇三十余人，并马而行，若前导者。俄见丁观文度按辔，继之而去。有一人最后行，朝士问曰：'观文将游何处？'曰：'非也，诸女御迎芙蓉馆主。'时丁巳在告，顷之闻卒。"②苏轼对虚无缥缈的芙蓉仙境的美丽描绘，触动了龙燮的艺术想象。他"稍取"诗句和注释中"千傅停"、"诸女御迎芙蓉馆主"等记载为线索，将汉代以来有关女性被男子欺凌伤害的历史事实或文学故事予以"点缀"，糅合成完整的剧情，藉以发揭自己对历史、男女、情爱等问题的评价和认识。

《芙蓉城记》叙宋代石延年（字曼卿）死后"蒙上帝简授，主芙蓉城事"，众仙姝迎其到任。城中有三千仙女，这里集中了"自古以来，那些倾城美女、绝世佳人，个个是玉骨冰肌，处处尽瑶台琼馆，这乃是仙家第一所温柔乡了"（第二出《仙迎》）。其中所居，不乏王昭君、侯夫人、绿珠、碧玉、霍小玉、崔莺莺等历史和文学史上的悲剧人物。在芙蓉城这个理想王国里，女性人人独立自主，在当年导致她们不幸命运者的面前终于扬眉吐气；与之相对立的男性个个猥琐鄙陋，受尽先前曾被他们残害侮辱者的奚落嘲讽。作为城主，石曼卿要替这些生前命运不幸的下属伸冤理屈，主持公道，遂将有关"未了公案"奏闻上帝，请求对毛延寿、许廷辅、孙秀、武承嗣、李益、元稹等伤害过女性之人，予以惩处。上帝降旨，前四案由阎罗（由寇准担任）审断，皆罚为畜生；后两案由曼卿根据罪过轻重发落，遂判元稹转世为僧，李益转世娶丑妇。对这两个多情而不专情的"才子"而言，如此充满谑虐意味的处罚，实莫重焉。

《琼花梦》主要写荆州书生江云仲，梦见扬州蕃厘观琼花仙使送来

---

① 庄一拂：《古本戏曲存目汇考》，上海古籍出版社 1982 年版，第 701 页。

② 宋施元之：《施注苏诗》卷一四，《四库全书》本。

宝剑和诗笺,说是其婚事的信物。诗笺作者乃广陵女子袁餐霞,因见江作《郅雪斋集》而羡慕其文才。江生本想亲往扬州访袁,因受到进士卓子然的鄙薄,于是焚弃儒冠,前往西北边塞从军,并嘱书童去寻访袁小姐。江生途中遇上女扮男装的扬州鲍雨臣(本名云姬),两人意气相投,结为兄弟。鲍欲暗托终身,遂以佩剑(即梦中之物)相赠。鲍雨臣回乡后,用计为餐霞解除了防御使逼娶为妾之祸。袁母感激,将女许配雨臣。鲍为了保护袁小姐,遂允婚事。江生投军后,用离间计征服敌方,奏凯还朝。功成名就,即赴扬州,袁、鲍两人同嫁之。多年后江云仲晋爵楚国公,告老还乡。经吕洞宾点明,江与袁、鲍乃仙人下凡,三人遂看破红尘,幽居修行。

从题材看,这也是一个没有本事来源的个人新创。虽然剧中也穿插了若干历史人物,如唐介、种世衡、李元昊,皆为宋代和西夏史上有名之人,其基本情节即以诗笺、宝剑为牵合,因梦成婚,却出自作者的创造,历史人物只是起着点缀或烘托故事背景的作用。这一剧本对于作者而言,是有感而作的。有关该剧最早的咏剧诗,乃尤侗写于康熙十七年的《龙石楼金陵纳姬四首》之三"旧梦扬州后土祠",诗末注曰:"石楼感梦,曾制《琼花梦》乐府。"①说明龙燮确实因为自己侨居扬州时感于梦境,而创作了此剧。虽然今人对其梦已难得其详,有一点却是可以肯定的,此剧很有一些自抒胸臆的色彩。尤其是江生自负才华而又功名蹭蹬的经历,遭人睥睨而焚弃儒冠的行为,无疑与作者自幼高才却屡赴秋闱均名落孙山后的决绝态度密切相关。将上引那些写于康熙十二年之前的《丁未初度》、《宜城旅兴》、《送张天放先生还金沙》诸诗与剧本对读,那种内在的情绪和气韵,可谓是诗、剧一体了。

三、龙燮剧作的内容特色

无论是《芙蓉城记》还是《琼花梦》,均更多地表现了作者的人生

---

①尤侗:《于京集》卷一,康熙刻本。

态度和理想。当年知县刘天维云"龙子抱道穷居,忧愁壹郁,其惜时感遇之意,又往往发之于歌词乐府"①;龙燮晚年也曾总结自己一生著述是"我为穷愁漫著书,书成每自哂虫鱼"②,可见其戏剧创作的契机,与个人的早年际遇相关。具体动因,"穷"是指人生道路的不达,"愁"是指个人感情的不顺。作为主旨的归纳,亦可以用事业和爱情来概括,它反映了作者对于这两个人生重要问题的基本态度。

就事业而言,作为清初人士,龙燮对现实世界并没有类似遗民的强烈抵触。江云仲之投笔从军,只是对科举的绝望,并非对整个世界的绝望。至少在江生看来,人生的道路有多种,当科举这条路走不通或不值得走时,还可以选择其它途径去博取功名,按照作者友人郑重咏剧诗的说法,就是"杖策焚冠成壮志"③。在作者的心目中,真正的文士,应是江云仲那样的"文武全才"(第十三出《画策》),既能掉鞅词坛,又能立功疆场。这种人生选择和功名博取的理想,既是对科举制度的不满和失望,似乎也是对晚明以来空谈心性的儒家者流的背弃,体现了作者追求事业的实践理性思想。在其笔下,石延年同样是如此人物:"作赋挥毫,不让雕龙倚马;谈兵把剑,颇思探虎封狼。"(第二出《仙迎》)寇准在契丹入侵之时,善于谋略,希望"替宋朝画一条百年无事的长策",也是个"担当的气魄、正直的须眉"(第六出《惩奸》)。他们成仙之后,更是执政贤良,赏罚分明。龙燮父应鼎,亦可算是文武全才,"生而颖慧……才气不可一世"④,在晚明协助署理知县任允淳抵抗李自成,"率士民数百人,破贼数万众";后在海门教谕任上,曾"以一身拒海兵十万众"⑤。这种家庭背景,无疑会影响着作者的人生理想和追求,并具体化为江云仲、石延年、寇准等戏剧形象的塑造。

就爱情描写而言,两部剧作也有值得肯定的相通之处。尤侗《咏琼花梦》传奇诗,就是将这两个作品联系而论的:"有情眷属无生话,蓬

---

①刘天维:《石楼四集序》,《望江县志》卷一二《艺文》,康熙三十四年(1695)刻本。
②龙燮:赵士麟《读书堂彩衣全集》卷首"题辞"之七,康熙三十五年(1696)刻本。
③郑重:《江花梦诗》,《江花梦》卷首,乾隆刻本。
④乾隆《望江县志》卷七《人物·宦业》。
⑤潘天成:《任还生先生传》,《铁庐集》卷二,《四库全书》本。

岛蓉城别有天。"①末句"蓬岛"指《琼花梦》结局之夫妇求仙,"蓉城"指《芙蓉城记》无疑。

龙燮一方面在《芙蓉城记》中,通过一系列的反面例证,对男性别攀高门、忘恩负义、见异思迁或重利轻别等行为,明确表达了自己的爱憎臧否。李益先娶霍王之女,又背盟割爱,结婚卢氏,"以致那小玉饮痛归泉";元稹先与崔莺莺"密约私通,后来别谐伉俪",又作文"传示同人,表白其事",致使莺莺"韶颜稚齿归泉壤"(第七出《判事》)。再如商人徐必用为求"十来倍利钱。因此住不的手"(第四出《索偶》),以至令妻子朱希真独守空房②。这些不知珍惜感情、不懂怜香惜玉的"卤男儿",在剧中或被斥之为"面热肠寒,才高行短",或被睥睨为"不过是蝇头鸡肋财多大? 你茧丝粟米毛难拔",均遭到批判或讽刺。另一方面,在《琼花梦》中,作者通过江云仲形象的正面塑造,直接表达自己的爱情理想。江云仲心目中的理想配偶,是才华和容貌并重;但如果没有才华,则是不予考虑的。帮闲文人党同为其介绍美如"织女"之人:"更有铜山样家私堆垛"(第五出《拒媒》),便被其婉拒。可是当其仅仅看到袁餐霞"篇章俊逸书端重"的诗笺时,便赞叹道:"你只看她诗饶秀致,字带余妍。"对内在美的欣赏,导致他对诗笺作者外在"倾国好姿容"的美好想象(第二出《梦笺》)。难能可贵的是,江生在功成名就之时,却能表现出视爱情高于权位的感叹:"万一错过这段姻缘,咳,就是取金印如斗大、悬之肘后,也是枉然!"(第十九出《理笺》)在他看来,以"才华"相惜为基础的爱情,是不必以"高车马"为敲门砖的;与心心相印的爱情比较,斗大黄金印又算得了什么呢? 功名、事业、权力、地位,古今有多少海誓山盟在它们的面前会变得不堪一击。因为现实告诉人们,一旦有了高车驷马,自不愁佳偶良配,至于是否有才华相惜之爱,或者说这种爱情到底有多重要,又有谁能说清楚呢。可是在三百多年前,却有人明确地表达了相反的观念,更看重两性之间对彼此才华即内在的欣赏。这种无功利的情爱意识,或者说是纯粹的爱情观念,在权力至上、物欲横流的时代,无疑是具有进步意义的。

①尤侗:《观演〈江花梦〉赠雷岸太史》,《江花梦》卷首,乾隆刻本。
②本事参见徐釚《词苑丛谈》卷八《纪事》三据《名媛集》引朱秋娘词。

　　龙燮从事戏剧写作时，发妻施氏逝世已五六年而尚未再娶，剧本无疑蕴含了他的爱情理想和情感世界。其中表现出的男女观或婚姻观，既有明显的落后观念或低级趣味，如津津于一夫娶二女的艳遇和炫耀于掌管第一温柔乡的美差；同时也有值得称道的理念，如认为女性可以比男子的才华更高，甚至男性文学水平的高低可以由女子来确定，袁餐霞就是"一副弹才子的天平"（第四出《闺选》），江云仲也曾由衷地承认不如其有才（第十九出《理笺》）。在《芙蓉城记》中，作者对男性还提出了应该从一而终、爱情始终不渝的要求："曹姬先逝，奉倩犹与偕亡……红颜难再，白首何嫌？"（第七出《判事》）；认为如果丈夫犯下了不可饶恕的错误，妻子自可分道扬镳，不予原谅；辛辣地讽刺陶谷当年抛弃秦若兰，是"道学先生都是假"，如今想重归旧好，是"老葫芦怎还想仙娥画"；尤其具有时代色彩的是，面对武公业指责其侍妾与人私通为"罪过"时，步非烟竟理直气壮地申辩："俺伴愚庸逢俊雅，惜貌怜才怎放的他？卓文君也守不住临邛寡，这罪过风流煞！"（第四出《索偶》）这其中表达的思想观念，无疑有悖于封建纲常、传统伦理的规定。龙燮在《琼花梦》中，通过江云仲、袁餐霞、鲍云姬三人的情感选择，进而表达了这样的爱情观：就男性而言，所求女子如果"有貌"而不能"兼才"，则是"蠢妆痴态"（第二十四出《疑笺》），故才重于貌，或才更难求。才与义、情与侠的结合，这样才是理想配偶，故重于一切。就女性而言，要追求真丈夫而非假才子，要像袁餐霞、鲍云姬那样，敢于追求爱情，幸福应掌握在自己手里，不必听信父母之命、媒妁之言。总体来看，作者所提倡的是自由自主的爱情、基于内在认同的爱情。固然其中难免有男性作者借以自重的成分在，但诚如鲁迅所云："所谓才子者，大抵能作些诗。才子和佳人之遇合，就每每以题诗为媒介。这似乎是很有悖于'父母之命，媒妁之言'的婚姻，对于旧习惯是有些反对的意思。"①何况作者并非停留于此，故其对"旧习惯"的反对和新思想的提倡，就不仅仅是"有些"了。

---

①鲁迅：《中国小说的历史变迁》，《鲁迅全集》第九册，第331页，人民文学出版社1981年版。

四、龙燮剧作的戏曲史意义

继续明末的繁荣局面,清初戏曲创作仍然保持着旺盛的势头。在李玉为代表的苏州派市民化风格和李渔为代表的风流文人风情剧追求之间,存在着一些以传统文人身份厕身剧坛的戏曲作家,龙燮也是其中的一位。诚如学者所总结的,这批作家的总体特征是"以创作诗词古文的传统模式"从事戏曲创作,以抒发"故国之思、兴亡之叹、身世之感,或世外之情、报应之思、风化之意",作品具有"主观化和案头化的创作倾向"和"以文字为剧、以才学为剧、以议论为剧的审美追求"①。这种概括虽是基于传奇创作而言,但放之清初整个剧坛,也是大体不差的。因为,一旦我们的学术视野包括杂剧在内,诸如"逐渐脱离剧场,仅能提供案头的阅读与欣赏……演出则转为清曲小唱,逐渐小品化,成了文人的专利,仅供案头欣赏和私人吟唱……转向作家自我,内容简洁,表情达意非常自由,凸显出个体的价值与意义"②等文体特征的呈现,与上述传奇的特点,真可谓"如影随形"了。根据这些对清初戏剧的既有研究成果,来观照龙燮的戏曲创作,会发现其人其作在一定程度上具有鲜明的个性化特点。

作为传统文人,龙燮的剧作很难归入"正统派"之列。在其剧作中既无故国之思、兴亡之叹,亦罕报应之思、风化之意。世外之情,在传奇中略有表现,从作者自己对功名仕途的实际态度看,诚如全剧【尾声】所唱"从来收场的歌舞烦喧煞,俺今日提出这方外团圆冷淡些"(第二十八出《遇仙》)更多的是一种艺术创新的考虑。身世之感,在主角江云仲身上有所体现,但是全剧的写作主要还是旨在表达作者对事业和爱情的理想。作为清初文人,龙燮剧作的最大特点,是在黍离麦秀之外,展示了明清普通士子对人生的基本态度,以及对于爱情婚

---

① 郭英德:《明清传奇史》,江苏古籍出版社 2001 年版,第 422 页。
② 杜桂萍:《清初杂剧研究》,人民文学出版社 2005 年版,第 17－18 页。

姻的独特诉求。他们不满于"金银势要,援引钻营,情面关通"的科举腐败,希望能通过其他正当途径实现自己的人生价值。这一想法,自下而上地体现出另外一种积极入世的时代情绪,在一定程度上呼应了三年后实行的在全国范围内荐举、选拔人才的博学宏词考试。在爱情男女观上,主张男女在感情问题上的平等,认为才华重于容貌、爱情重于权位,均有别于一般的才子佳人剧,而体现出作者对情感世界的个性化思考。这样的剧作,与反映正统文人的"故国忧思"和"失意情怀"的作品一起,才构成清初文人剧的整体面貌。

在艺术性上,龙燮两部作品均有较高的水平。清末曲家许之衡曾评《琼花梦》是"文词之工美,排场之新颖,固属有目共赏,而曲律亦复妥协"①。其实在戏剧性、文学性和舞台性等方面,两剧都取得了不错的成绩。戏剧性,在长篇传奇《琼花梦》中,主要体现为故事曲折,可谓一波未平、一波又起,针线绵密,可谓环环相扣、处处照应;在短篇杂剧《芙蓉城记》中,则主要通过喜剧片段的频繁穿插,构建起离奇生动的幻想情节,在轻松浪漫的氛围中,营造出一种荒诞却不乏现实意味的讽刺氛围。同时两剧都非常注意冷热场面的调剂,以及净、丑角色上场的安排频率。文学性,在杂剧中,龙燮善于将关系复杂的文学或历史故事,浓缩化为富有文采、犀利活泼的人物语言,在芙蓉城仙境的当下语境中,交织起汉、唐以来各代人物的矛盾冲突、是是非非;在传奇中,作者长于利用细节描写来揭示人物内心活动,如第十九出《理笺》写江生在军旅之暇,因怀想袁餐霞而"展视"其诗笺:

> 这一叶难抛下,比军符贵重加。字裹烟霞,(嗅介)香余兰麝。怎的皱了这一角儿,似眉黛蹙些些。(就笺上呵气介)待俺气微呵,(手按介)指掌还轻押。

比喻奇特而传神,文辞雅淡而细腻,同时为演员的表演再创造留下了丰富的发挥空间。舞台性。诚如当代戏曲家洪非先生所指出的:

————————

① 许之衡:《琼花梦跋》,古吴莲勺庐钞存本琼花梦卷首。

"作者熟悉舞台，对台上装置、道具运用、人物造型都提出了具体要求。看来剧本是为演出编写的。"①对舞美的关注，的确是龙燮剧作的一个显著特点。《芙蓉城记》第六出《惩奸》写阎罗审案，开场的舞台提示是"先搭一公座，摆设森严"②；《琼花梦》第二出《梦笺》"末扮花神，束发冠，红衣，簪花二枝，左手持笺，右捧剑上"；第二十四出《疑笺》"预将文集、诗笺置桌上介"，对有利于烘托演出气氛或决定剧情发展的舞台设置、角色行头或表演道具，均给予特别的规定和强调。当年友人赞赏龙燮"自掐檀痕亲顾曲，江东惟有阿龙超"③，"只嫌家伎无新调，不遣参军教唱歌"④，也说明作者对舞台、音韵、曲律和演唱的精通。

　　无论从剧作的数量和质量来评价，龙燮都不是一位大戏曲家，虽然真正的戏曲大家孔尚任曾看过《琼花梦》的演出，并给予了"压倒临川旧羽商"的高度赞誉⑤。龙燮及其剧作的戏剧史的意义和价值，除了他的男女观、爱情观的进步性外，或许在于：就是这样一位杂剧、传奇仅各写一部的作者，却已较为练达地掌握了"场上之曲"的创作方法，表现出对观众戏曲欣赏习惯的了解和对古典戏曲编剧手法的谙熟，说明戏曲文学发展到清康熙前期，无论是杂剧还是传奇，即便在纯粹文人的创作中，仍不乏对案头与场上兼美的艺术追求。

（原载于《社会科学辑刊》2010 年第 4 期）

---

① 洪非：《龙燮及其江花梦与芙蓉城》，见《艺谭》1982 年第 3 期。
② "先搭一公座，摆设森严"，刻本无此九字。
③ 王士禛：《观演琼花梦传奇柬龙石楼宫允八首》之三，《蚕尾续集》卷一，康熙刻本。
④ 庞垲：《和田纶霞侍郎同龙石楼比部晚饮寓中》之二，《丛碧山房诗集》之《户部稿》卷一，康熙刻本。
⑤ 孔尚任：《燕台杂兴》之三，《长留集》"七言绝句"，康熙刻本。

《中国文言小说总目提要》求疵录

　　《中国文言小说总目提要》(以下简称"提要")自 1996 年 12 月问世后(山东齐鲁书社版),颇受学界好评。然而作为第一部总目提要式的文言小说工具书,其缺点与成绩同样明显。以下仅就该书明清之部有关条目试加求疵,以向作者和读者请教。

　　1. p. 217《博物志补》作者游潜,署籍贯为"丰城(今属江苏)"。丰城古今皆属江西。

　　2. p. 218《海市辨》作者王崇庆,署籍贯、功名和官职为"开州(今贵州紫江)人。正德戊辰(1508)进士,官至南京吏部二部尚书"。(1)据《中国古今地名大辞典》,开州地名有四处,第四处即所谓贵州紫江。然此人既为进士,经查《明清进士题名碑录索引》(以下简称"进士索引"),知其为"直隶开州",故今地当为河南濮阳。(2)此人官至吏、礼二部尚书,并非是所谓吏部二部尚书。

　　3. p. 218《续巳编》作者郎瑛,署籍贯为"仁和(今浙江余杭)",而上页(p. 217)《纂异集》作者吴瓒籍贯则署为"仁和(今浙江杭州)"。同一仁和,何以今属不同? 其实均为今之余杭。

　　4. p. 219《涉异志》作者闵文振,署籍贯为"浮梁(今属江西)"。浮梁为旧县名,于今江西则不存,1960 年已撤并,故注今地当为江西景德镇市①。

---

①此条最能反映注明今地今属之不易:1989 年《辞海》注此为"旧县名","1960 年撤消,并入景德镇市",故地图出版社 1986 年版《中华人民共和国行政区划图册》已无浮梁之名;而1998 年民政部编《中华人民共和国行政区划简册》于该市名下,又有"浮梁县"之名,分分合合,最易出错。另,浮梁今再出,并不能说明编者写书时尚有其名,故只能云浮梁为今景德镇。——结集补注

白诗"前月浮梁买茶去"即指此地。

5. p. 223《益部谈资》作者何宇度,既言其书有《湖北先正遗书》本,又云其籍贯为"德安(今属江西)"。江西人怎会是湖北先正,令人误解。又据"提要"所云"其父何仙为嘉靖间名儒",查得其父何迁为"湖广德安"嘉靖二十年进士。此德安为府名,治所在今湖北安陆县。与今江西德安县毫不相干。

6. p. 225《说颐》作者余懋学、p. 268《暗然堂类纂》作者潘士藻,均署籍贯为"婺源(今属安徽)"。婺源属安徽已是很久以前之事,自1934年起即已划归江西。

7. p. 226《前定录》作者蔡继善、p. 264《名世类苑》作者凌迪知、p. 343《香饮楼宾谈》作者陆长春等,均署籍贯为"乌程(今浙江绍兴)"。乌程为旧县名,民国并入吴兴县,今均入湖州市,向与绍兴无关。

8. p. 229《花影集》,既言作者陶辅生年为1441年,其书为"模仿瞿佑《剪灯新话》"之作,却又将瞿佑(1347—1433)所著置于陶后还隔一人(见 p. 230)。此举实与该书"按作者生年顺序排列"的凡例相矛盾。

9. p. 231《剪灯新话》作者李昌祺,署其榜名为"永乐二年(1404)进士(或作元年)"。在明清文史研习者看来,进士榜名一般不会有两说,因有"进士索引"可查(明永乐2/2/29)。

10. p. 232《钟情丽集》,署作者为邱濬,同页《双偶集》、《秉烛清谈》和 p. 240《风流十传》提及此人时又作邱浚。濬固然是浚的异体字,然于人名却不宜径改;至于"邱"姓,清雍正三年(1725)为避孔丘讳,始诏令改丘为邱。明代何来此姓?《八十九种明代传记引得》和《明史人名索引》的检字表中无"邱"字,便是这个道理。

11. p. 234《宫艳》作者陆树声,署其功名为"嘉靖辛丑(1541)进士第一",并言"事迹见《明史》本传"。进士第一即为状元,何以该榜第一甲三名中均无其名?查《明史》本传,仅言其会试第一;《献徵录》所载其《墓志铭》说得便更清楚了:"辛丑举会试第一、廷对二甲第四。"二甲第四,始与"进士索引"吻合。进士考试,需经会试、殿试(廷试)两个阶段,会试第一远不等于进士第一。

12. p. 238《女侠韦十一娘传》作者胡汝嘉,署其"嘉靖三十二年

（1553）在京应试"。此似源自《明清江苏文人年表》该年"上元胡汝嘉（秋字）在北京应试"之记载。孰不知"年表"只记经历不及其他，故未交待是赴北闱乡试还是会试。其实只要查一下"进士索引"，便可知所中为二甲五十七名进士。

13. p. 239《广艳异编》作者吴大震，署其籍贯为"休宁（今属安徽）"，并言其子吴之俊为万历四十二年进士。然据"进士索引"，该年进士吴之俊为歙县人。休宁、歙县乃同府相邻之县。

14、p. 246《嗒史》，署该书"惟见《昭代丛书续集》本"，又云"所叙为万历至崇祯年间事"。据此，所言书后有"杨循吉康熙癸卯（1663）跋"必误。（1）杨循吉（1458—1546）明嘉靖朝中期即卒，不可能为该书作跋。（2）据《中国丛书综录》，《嗒史》收入清道光十三年（1833）刊本《昭代丛书戊集续编》，故跋语必为辑者杨复吉（1747—1820）所作。其在世时仅有乾隆四十八年（1783）为癸卯，故康熙云云亦误。

15. p. 250《马氏日钞》作者马愈、p. 262《冰厅礼记》作者徐学谟，均署其籍贯为"嘉定（今属浙江）"。嘉定，旧属江苏，今属上海，从未属于浙江。

16. p. 251《菽园杂记》作者陆容，署其籍贯为"昆山（今属浙江）"。昆山，古今皆属江苏，从未属于浙江。

17. p. 254《邃言》作者张进，署其籍贯为"泽州（今属山西）"。泽州，明代为州，清代为府，治所在晋城，民国初废，故注今地应为山西晋城。又据"进士索引"，张进为张珫之误。另，p. 328《诺皋广志》作者徐芳，言其仕历"山西西泽知州"，西泽为泽州之误。

18. p. 255《已疟编》，既言作者刘玉当为洪[弘]治九年（1496）进士，又云书中记有洪武帝逸事，却说"内容不过明季士大夫闲散之思"。洪武者，明初也；弘治者，明中期也，均与明季（明末）无涉。

19. p. 262《锦囊琐缀》作者姚弘谟、p. 345《谈异》作者王景贤，均署其籍贯为"秀水（今属浙江）"。秀水，旧县名，民国初即已改名嘉兴，故注今地应为浙江嘉兴。

20. p. 265《幼于生志》作者张献翼，言其"以作戏曲著名"，p. 222《谈辂》作者张凤翼小传中又无此类语，实将兄弟事迹错位。

21. p. 272《太平清话》,云其"自序年在万历乙未(1595),可知书成之年。其时满清羽翼渐成……"。此处涉及清朝开国史的基本知识:女真族为明代东北少数民族,至万历四十四年(1616)始由努尔哈赤统一各部,建国大金(史称后金)。其子皇太极继位后,又改女真为满族(1635),改大金为清(1636)。故于万历二十三年(1595)时,是既无"满"族,又无"清"国(朝)。

22. p. 275《一得斋琐言》作者赵世显,署其籍贯为"侯官(今属福建)";p. 278《雾市选言》作者王宇,署其籍贯为"闽县(今属福建)"。侯官、闽县均为旧县名,民国初即合并为闽侯,故注今地应为福建闽侯。

23. p. 276《艺林钩微录》作者马应龙,署其籍贯和功名曰"安兆(疑为安化,今属湖北)人,万历壬辰(1592)进士"。(1)在明清文史研习者看来,进士籍贯一般不应有疑,查"进士索引"可知其为"山东安丘"人;(2)之所以错丘为兆,当是据《适园丛书》本《千顷堂书目》小传,该本此字似"北"而不似"兆",但实为"丘"字古体,亦为该字避讳用法之一。

24. p. 280《晴窗缀语》作者韩期维,署其籍贯为"酃县(今属陕西)"。酃县在今湖南,陕西古今无此地名。据"进士索引",韩氏为鄠县人。此为旧县名,1964 年即已改为户县。

25. p. 289《世林》作者名,署为"兰文炳"。查所据《千顷堂书目》,其人实姓蓝。又 p. 389《山居闲谈》,署"萧智汉辑、肖秉信注"。查所据《贩书偶记》,是书乃"萧智汉辑、其男秉信注"。此致误原因在于不知兰、肖并非蓝、萧的简体。

26. p. 289《樊川丛话》作者姜兆熊、p. 307《山栖志》作者慎蒙、p. 398《坐花志果》作者汪道鼎,均署其籍贯作"归安(今浙江吴兴)"。归安为旧县名,民国并入吴兴县;1981 年撤吴兴县,并入湖州市。

27. p. 290《长安客话》作者蒋一葵,言其所辑《尧山堂外纪》100 卷"今已亡佚"。在明清小说戏曲研究著作中常有人征引此书,另近人所编《新曲苑》,亦辑有《尧山堂曲纪》1 卷,故不当亡佚。果于 1983 年版王重民先生《中国善本书提要》和《中国古籍善本书目·子部》中查得此书,津图即有收藏。需提请使用者注意的是,对《中国古籍善本书目》未能加以充分利用,降低了"提要"中有关书目的"原书已佚"、版本的"未见著录"诸断语的可信度;另有不少《中国古籍善本书目》独载的珍稀小说,为"提要"失收。

28. p. 290《墨卿谈乘》,于作者张懋修,无籍贯、无功名,并言其"事迹未详"。此人在明代文学史上小有名气:大戏曲家汤显祖第四次春闱不第,便是因为拒绝了此人的结纳——懋修者,江陵人,万历八年(1580)状元,首辅张居正之子也。

29. p. 290《山林经籍志》,言其"原书已佚,未见佚文"。其书其实未佚,即其佚文,便有一则载于袁宏道《觞政》十,这就是有关《金瓶梅》流传史的一段著名的文字。研究小说者似不应于此无闻。

30. p. 292《四事豹斑》作者刘璞,署其籍贯为"吕州(今山东吕县)"。山东古无吕州,今无吕县,吕为莒之误。

31. p. 305《宦游纪闻》作者张谊,署其明嘉靖时"升合州学政"。学政为"提督学政"的简称,是清代派往各省的教育行政长官;此当为学正,乃州学教官。另 p. 340《志异续编》作者清代宋永岳,署其"历香山新安巡抚"。巡抚为清代省级地方政府长官(从二品),巡检则为县级属官(从九品)。香山、新安均为清广州府属县(今中山、宝安),故巡抚必为巡检之误。

32. p. 306《西吴里语》作者宋雷,署其籍贯为"湖州(今浙江吴兴)"。湖州,明为府,今为市;吴兴县,旧为湖州府治所在地,今已废,并入湖州市。

33. p. 306《客坐[座]新闻》,言其书中"桑民怿嘲富翁"条是描写"桑民讥讽富户,颇觉辛辣"。民怿是明代著名狂士桑悦的字,其事迹不仅见于正史,"志人"小说《皇明世说新语》、《舌华录》、《明语林》也各载其怪诞言行数条,治小说者自知之。将人名误读之例,尚有 p. 332《蚓庵琐语》"古橋李王逋",被视为古橋的李王逋;p. 355《半[丰]暇笔谈》"孟瑢樾籀甫",被视为名瑢樾,字籀甫;p. 382《遁斋偶笔》"徐昆国山氏",被视为名昆国,字山氏。

34. p. 319《类纂灼艾集》,题解书名及介绍作者王佐曰:"据书名知为万表《灼艾集》一类采摭诸书而成者。明代有五名王佐者,此王佐事迹史传未载,黄虞稷称其为山阴(今浙江绍兴)人,工部尚书。"(1)对照该书所著录的万表《灼艾集》版本(p.260),有"崇祯三年(1630)刊王佐纂评本"。故《类纂灼艾集》或即为此纂评本,或为万表《灼艾集》的"类纂"(分类编纂)本,而不太可能仅是与万著同类之书(按:个人独撰之书而不注意前后照应,这在"提要"中并非仅见。如蒋以化、陈全之、牛应之(朱克敬)、陶越等作者,均是在首次出现时事迹不详而再次出现时又有介绍了;而陈裴之、张道两人则反是)。(2)"明代有五名王佐"之说,其实只是见于《明人传记资料索引》者;而见于《明史人名索引》、《八十九种明代传记综合引得》和"进士索引"明代部分,便分别有9、11、11人。汰去重复,当有20位左右(见于著录)。至于明代到底有多少位王佐,则谁也不知。因"提要"中"明代有X位XXX"之说曾多次出现,故有此一辨。(3)据《明史人名索引》,此王佐为万历时工部尚书。"事迹"在《明史》中出现过6次。

35. p.328《龟台琬谈》作者张正茂,言其籍贯"据书中所题"为"新安(今河北安新)"。新安作为古代县名,河南、河北、广东三省皆有之;另古又为郡名,后为歙州、徽州的别称。在诸说中取河北一说,不知何据。考虑到"书中所题"是出自《檀几丛书》编者歙县张潮之手,张氏籍贯当不言自明了(或为其先人则待考)。

36. p.336《梦阑琐笔》作者杨复吉,言其"以辑刊《昭代丛书》闻名"。《昭代丛书》有康熙刻本和道光刻本两种,前者仅甲、乙集,均由张潮辑,后者甲乙丙集由张潮辑,丁至癸集由沈楙悳、杨复吉续辑,杨氏仅是辑者之一。另于p.354《虞初新志》作者张潮简介中,仅有"少有文名,著述颇丰",未及以辑刊《昭代丛书》、《檀几丛书》而"闻名"之事。

37. p.338《听雨轩笔记》,言作者名字"不详。据沈敬续记跋,知与徐岳同宗,为徐珂之后,浙西人";并云书中《漓渚朱生》一篇是记某尼与朱生"因为环境不容,双双殉情而死,反映旧时青年男女的爱情悲剧,更觉凄厉动人"。(1)该书嘉庆原刻本卷一有其婿程梦麟跋语:"先生讳承烈,字绍家,一字悔堂。"(2)书中卷二《叶柳二侯》篇直接交待了自己籍贯："吾邑自唐初置县后,……始定名德清。"(3)《漓渚朱生》所记两人并非"殉情",而是幽欢之时"阴阳俱脱"而死,"实非谋命"也,故亦无"凄厉动人"之感。不看原本,不看全书,甚至连一篇都不看完便率尔"提要",难免有误。

38. p.343《鹂砭轩质言》作者戴莲芬,"提要"言其"未经科试"。其实书中不仅自记科举所历"补博士弟子员"、"省试"、"秋试"、"会试"、"礼闱"之词屡屡可见,卷三《孟先生》中更明确交待了自己考中秀才和举人的具体年代。

39. p.345《谈异》,言作者王景贤光绪十五年自序称"去年刊成梁绍壬《劝戒近录》"。梁绍壬是《两般秋雨庵随笔》作者,《劝戒近录》作者是梁恭辰,均见于"提要",此处相混。

40. p.349《姗姗传》,署其版本"今有《香艳丛书》本,张潮又收入《虞初新志》中"。将清末虫天子辑、宣统元年至三年始印之书置于前,而将清康熙四十年即已问世之书置后,未见有如此叙述版本流变者。

41. p.353"传奇类"《聊斋志异》,言其问世后"仿作者蜂拥而起",如"冯起凤《昔柳摭谈》等";而 p.389"杂俎类"《昔柳摭谈》,署作者为梓华生,并云昔人"题冯起凤编,误"。既云为"仿作",为何入两类;既知非起凤所撰,为何书前仍冠其名?

42. p.360《里乘》,作者许奉恩,然读过该书全本者皆知卷九系辑纂之作,收陈定九(名鼎)《土司婚礼记》(节录)、郁沧浪《海上纪略》(12篇)和金宗楚《豁意轩录闻》(8篇)。按"提要"体例,此三书当单列条目,并言佚文见《里乘》。现在书中既未设目,《里乘》提要中又未涉此事,是自乱体例,抑或未读卷九,不得而知。

43. p.360《珠江梅柳记》,作者周有良,署其籍贯为"穗垣(今属广州)",又云是叙其"赴省城应试时"事。(1)穗是广州的别称,穗垣即为穗城,代称广州,与广州不是属不属的关系。(2)既云系"赴"省城应试,广州是广东省垣,故此人必非广州人。(3)仅据"提要"所及材料,可知此书写于"穗垣",作者咸丰辛酉(1861)曾赴秋试。如有幸中举,在民国纂修《广东通志稿·选举志》中,或能查得其籍贯。只是此书仅有稿本藏于广东省图，笔者一时是无力办此了。

44. p. 361《田叟传》，作者朱作霖，言其籍贯据《墨馀录》载为"南邑（其地不详）"。其实仅从其友人毛祥麟为上海人来看，此南邑必指南汇县（在今上海东南）①。

45. p. 362《道听途说》，作者潘纶恩，署其生活时代为"咸丰同治间人"。作者堂弟潘申恩"光绪纪元岁乙亥"（1875）所撰序曰"计苇渔先余殁者且二十年"，以 19 年计，纶恩不会活过咸丰六年（1856）。同治年对纶恩来说，真是无从谈起了。

46. p. 368《续剑侠传》，作者郑观应，言其"事迹史传未载，仅据书中所题，知其字陶斋，光绪间香山（今广东中山）人"。郑观应（1842—1922）在近代史上是个显赫人物，在新时期以来的思想文化界亦享有重名，不仅《郑观应集》早由上海人民出版社出版，其《盛世危言》更有多家翻印，常见工具书《中国近代史词典》（1982 年版）、《中国历史大辞典·清史（下）》（1992 年版）、《民国人物大辞典》（1991 年版）、《中国近现代人物名号大辞典》（1993 年版）皆有其传。另，"提要"言卷一所引王士禛"高髻女尼"篇为"清代文言武侠小说之罕见者"亦不确②，此篇即王氏《剑侠传》上篇，因被张潮辑入《虞初新志》卷九而早已为人所熟知，并非罕见之作。

47. p. 371《太恨生传》，言其版本"今有《香艳丛书》本"，并系该作于清末。其实此为单篇传奇，首见于《虞初新志》卷一四。故应上移 21 页，置于《会仙记》之后。

48. p. 372《虞初支志》，言为"清末民初王葆心（1864—1944）编辑"，署其履历为"光绪举人。1930 年到京，历任总司令行走，[、]礼部郎中等职。辛亥革命后……"。既然卒年在 1944，不当言其为"民初"之人；所叙履历更是错误不断，原来"1930"和"总司令"分别是 1903 和总务司之讹（据《民国人物大辞典》）。

49. p. 373《读史随笔》，于作者陈忱字号、籍贯、简历、著述无只字

---

①为今上海南汇区。——结集补注
②此处"提要"也许是指这篇作品的内容不太常见，而非指王氏之作的为人熟悉程度。——
　结集补注

介绍,实为不应有之疏漏,抑或不知此人即为雁宕山樵,是著名的《水浒后传》的作者？p. 362《艳异新编》,介绍作者俞达,便云其"又有白话小说《青楼梦》"。

50. p. 381《看山阁闲笔》,著录作者和版本曰:"黄图泌撰。未见著录。有康熙原刊本,十五卷。未见……似原书类为一卷。"并于作者无只字介绍。(1)图泌为图珌之误,此人为著名戏曲家,事迹见《中国古典戏曲论著集成》(1982 年版)、《古典戏曲存目汇考》(同上)、《明清江苏文人年表》(1986 年版)。(2)《中国丛书综录·子部·小说类》著录,不当言"未见著录"。(3)此书仅有乾隆刻《看山阁集》本(北图、南图、闽图、中科院、北大、复旦有藏),从无康熙原刊之本。(4)"闲笔"为 16 卷而非 15 卷,南开似有藏本,不应"未见"。(5)"闲笔"共分人品、文学等 8 部,而非"类为一卷"。

51. p. 382《裨勺》,作者鲍鉁,署其籍贯为"应州(今属山西)"。应州民国初即废,改为应县。

52. p. 385《漱华随笔》,作者严有禧,署其官职仅是"曾任莱州观察",并言"事迹见"《国朝耆献类徵初编》卷 171。(1)史无莱州道员(观察是道员别称)之官职①,如称莱州,只能是知府;如官道员,只能是登、莱、青(州)道(驻登州)。(2)严氏官终湖南按察使,而非仅任所谓莱州观察。由此两点可知并未查阅《耆献类徵》。

53. p. 386《琼花馆近谈》,作者施朝干,既云该书《杭州府志·艺文志》著录,又云其为"仪徵(今属江苏)人"。此位官至太仆寺卿的施某,既非浙人,又未在杭做官,何以所撰会入杭志,有悖常理,令人生疑。试检《清人室名别称字号索引》,于仪征施某之外,另有一钱塘同名者(字庭午,号琼花街人),其疑顿释。

54. p. 387《晋唐小说畅观》,辑者马俊良,署其籍贯、功名为"石门人。乾隆进士"。不括注今属或今地名,在"提要"中较稀见。据"进士索引"所署"浙江石门"可考知,俊良为今浙江桐乡县石门镇人。

55. p. 390《樗园消夏录》,署作者为郭麟,言其"事迹未详"(此人

---

①此说不确。顺治时设莱州道;康熙五年裁登州道,并为登莱道,三十九年裁青州道,并为登莱青道。——结集补注

名麠而非麟,麠固然是麟的异体,然古籍整理通例于人名一般不改)。此人便是清中叶以诗词著名的郭频伽,《清史稿》、《清史列传》、《国朝耆献类徵初编》、《碑传集补》、《清代学者像传》皆有其传。

56. p. 393《一斑录》,言"未见"其书。1990 年中国书店将该书收入《海王村古籍丛刊》影印出版,极易见,何以未见?

57. p. 396《小家语》,作者黄沐三,言据结衔"海上漠鸿氏随笔"及序跋,知其"号漠鸿氏,莲峰(今福建莲城)人"。其实仅据"提要"所涉文字,即可定其为上海人,字号漠鸿、莲峰。理由如下:(1)海上于晚清犹言沪上,即指上海。(2)卷一记作者用望远镜"远望无锡城内",当为由上海望苏州而误以为望见无锡。(3)卷三记"蒋剑人"逸事,此人便是上海宝山蒋敦复(1808—1867)。

58. p. 397《金壶七墨》,引《笔记小说大观》提要云其书"……微而显,婉而多,风其《诗》与《春秋》之意欤? 若夫遗闻轶事,有关忠孝节义及足以警罪恶而醒痴迷者,则长言永叹,发为诗歌,又屡见不一焉。他如山水登临,朋侪宴会,与之所至,辄以韵语记之"。"提要"于各小说无论珍稀与否,极少录其序跋,惟此处突生兴趣,将极易见之"大观"提要大段抄下。只是仅此一段,即点错一句(应是"婉而多风"),抄漏两字("有关〔于〕忠孝节义"、"屡见不一〔见〕"),错识一字繁简("与〔兴—兴〕之所至")。

59. p. 400《此中人语》,作者程麟,言"据书前吴再福序",知其"约生于同治八年(1869)"。该书卷首有吴序和姚印诠序,撰于光绪八年(1882),均云程麟"年甫弱冠"、"年仅弱冠之馀",故其生当同治元年(1862)左右。

60. p. 404《江樵杂录》,既言作者丁文策"与同郡陆丽京诸人创立坛坫",又将此书系于清末,乃是忘记了丽京是清初陆圻(1614—?)之字(参"提要"p. 328《冥报录》作者介绍)。

61. p. 405《南亭四话》,仅署作者为李伯元,而于其生卒(1867—1906)、名号(名宝嘉,字伯元,号南亭亭长)、籍贯(江苏武进)、功名(诸生)、职业(报人、作家)一无所涉,抑或不知其人便是《官场现形记》等谴责小说的作者? p. 427《趼廛剩墨》作者吴沃尧,便言及"以作

《二十年目睹之怪现状》闻名于世"。

62. p. 408《祇可自怡》，署其版本"《中国丛书综录》小说家类著录"。其实"综录"著录的是《祇可自怡》，简体应作"只"，这样书名方可解读。

63. p. 430《汉林四传》，署其版本有《泾川丛书》本，复言作者郑相如为"泾川（今属甘肃）人"。该丛书所收皆为泾县（今属安徽）人之作。

64. p. 432《吴鳏放言》，作者吴庄，言其人"事迹史传未载"，据"书末自言其书作于丙寅（1746 或 1805[6]）丧偶之后，历一年而成。则为乾隆、嘉庆间人"。(1)吴庄（1624—约 1688）事迹史传有载，见《清代碑传文通检》（1959 年版）、《中国历代人物年谱考录》（1992 年版）（按：陈乃乾编、中华书局出版的《清代碑传文通检》，是检索清人史传最基本的工具书，"提要"似从未使用）。(2)即使不知吴庄事迹，也不能用相隔整整 60 年一个甲子的弹性时间来考订作者生活时代。

65. p. 445《山海漫谈》，"提要"云："明伍环撰。《千顷堂书目》小说类著录，无卷数。《四库全书总目》入集部别集类……书中皆记作者议论之语，故四库馆臣将其列入集部。伍环事迹史传未载……"(1)作者是任环而非伍环，错任为伍，是沿袭《中国文言小说书目》（1981年版）之误。(2)《四库全书》收有是书，《四库全书总目》提要明言是书"文二卷诗词一卷"，"提要"却云"皆记作者议论之语"；《四库提要》明言书后"附谕、祭文、本传、墓志"，而"提要"仍云"事迹史传未载"，大约是未翻阅二书之故。

66. p. 454《官话》、《剧话》、《弄话》三书均为李调元撰，"提要"皆云"今未见传本。据书名度为探讨语言者"。(1)然据《中国丛书综录》，李氏曾著有《赋话》、《诗话》、《词话》等，由此推论，上面三书当是有关"官"、"剧"、"弄"的"话"体杂著。(2)治古典戏曲者皆知李调元著有《剧话》二卷，上卷漫谈戏曲制度沿革，下卷杂考戏曲剧目本事，有乾隆刻《函海》本，收入《中国古典戏曲论著集成》。由此可知《官话》、《弄话》亦绝非"探讨语言者"。

67. p. 455《纪梦》，作者张文虎，言其"事迹未详"，无只字介绍其字号、籍贯及简历。文虎（1785—1862）事迹《清史稿》、《清史列传》、《续碑传集》皆有载，此人就是大名鼎鼎的天目山樵，曾有《儒林外史评》行世。时人杨葆光称读《儒林外史》如"不读张先生评，是欲探河源而未造于巴颜喀喇"，可谓推崇备至。

　　68. p. 457《香莲品藻》，云其为"品花之书"。因古人或以香莲喻女人小脚，即随手翻阅浙江古籍出版社 1986 年影印《说库》，果然是有关女脚的杂俎类笔记。不知香莲的常用喻义，不看原书而随手提要，实在很不应该。

（原载于《古籍整理出版情况简报》2000 年第 9、10 期）

《明语林》版本及人名小议

昔年为《安徽古籍丛书》校点整理吴肃公之笔记小说《明语林》，所撰"校点后记"和"人名缺讹补正"两篇短文，既随书附录而出版问世，亦曾发表在有关刊物上。现将两者合为一篇，以便集中就教于方家。

一、《明语林》版本小议

明人喜作世说体笔记小说，尤喜以当朝人士为对象采摭成书，如《玉堂丛语》、《皇明世说新语》、《玉剑尊闻》①等皆是。影响所及，清初尚有流风馀韵在。只是易代之感、黍离之思，使得当时作者已乏前代作品之轻扬飘逸，而平添了几分厚重沉郁。在内容上，除了对前贤一如既往的推尊，又多出对先烈的缅怀、对奸佞的贬抑和对遗民的称许。皖南宣城吴肃公（1626—1699）的《明语林》，便是这样的世说体著作。

吴肃公事迹，近年出版的一些小说史专著及工具书多云"史传未载"。其实，不仅于其文集中有自撰《墓志铭》，方志中也有其传记，近人邓之诚《清诗纪事初编》亦言之颇详，故此不再饶舌。唯与认识《明语林》创作关系至密者，仍有三点值得拈出一提。

---

① 《四库全书总目》列此书于清代，然据作者自撰《玉剑尊闻引》，可知书成于明崇祯十五年（1642）。

其一是其亲属在清初的遭遇。其父吴煐、叔吴垌（字季野）甲申后皆为遗民，舅父麻三衡则于顺治二年（1645）起兵稽亭，与阮恒等号称"七家军"①。后麻氏兵败被获，于江宁就义。官府欲捕其妻、子，吴煐"潜赴南都，收其尸"回乡，"命肃公诈为乾龄（麻氏子），与乾母俱以待捕"②，暗中掩护乾龄至闽避难。清朝平定江南后，因其族人吴汉超曾起事抗清，"县令中吾族危法"，欲奏请大府灭其族。后虽得免，其族人仍"北系者累累，四叔父、从弟宁等与焉"③，诸事可谓惊心动魄！

其二是其对明史的关注。叔父吴垌很早以前便"因嫉明史芜陋"，而欲仿司马光《资治通鉴》撰写编年体明代通史，遂与肃公"辑'编年'一书，未成，以手录数册相授"④。肃公继其志，终成其书。《明语林》自序所云"叔父季野先生又尝教以史学，谬不自揆，思有所载纪，以备一代之遗"，所云当即此事。

其三是其古文的造诣。明遗民王方岐称其文"与古人参会于芒忽之间，而亦未尝步趋绳尺，求肖乎古人"；王士禛《分甘馀话》甚至认为吴氏古文功力较之享有时名的魏禧，尚"文品似出其右"⑤。以谙明史、善古文之馀力而编纂《明语林》，难怪其在自序中会有"舍函牛之鼎而计酸咸于饾饤"的感慨。

《明语林》一书，分38类辑录有明一代930余人的言行事迹。所涉人事，始于元末，迄于清初⑥，直记明末误国奸臣杨嗣昌、阮大铖，南明抗清烈士左懋第、黄道周，明遗民沈寿民、李清等人行迹言谈，针砭邪恶，表彰忠义。其同邑友人梅圣占曾评之曰："篇中感慨，当于言外得之。"⑦其实于言内，也不难悟其在"丧乱穷饿"之际力存一代"史

① [清]计六奇：《明季南略》卷四，中华书局1984年版，第270页。
② [清]吴肃公：《先考二耕府君行状》，见《街南文集》卷一七，康熙刻本。
③ [清]吴肃公：《叔父季野先生墓志》，见《街南文集》卷一六。
④ [清]吴肃公：《叔父季野先生墓志》。
⑤ [清]王士禛：《分甘馀话》卷四，中华书局1989年版，第93页。
⑥ "德行"下第38条记沈寿民入清后"晦迹兰溪"，"兰令季君亟访之"。此季氏为清初著名藏书家季振宜，曾于顺治四至十年（1647—1653）任浙江兰溪县令。
⑦ [清]梅圣占：《明语林序》评语，见《街南文集》卷九。文集本《明语林序》文字与小说单行本卷首自序颇有出入，且多为违碍犯忌语。

学"①的用心。

由于清代特殊的政治环境和文化政策,《明语林》在清朝不仅是第一部以明人为对象的世说体之作,也是明人世说体著作的绝响。而无论是就肃公有关著作的遭遇来看,还是就清廷对有关明史著述的态度来论,这部书的流传已纯属侥幸,堪称文网綦严下的漏鱼脱兔。仅以吴著遭禁情况为例,不仅所著专书《街南文集·续集》(集部别集)、《读书论世》(史部史评)和《阐义》(子部小说)在乾隆后期先后遭到禁毁,理由多为"语有愤激"、"字句有违碍"或"不但语多偏僻,且有悖谬之处";而且有的总集因收其文便牵连受累,如《宛雅》初、二、三编,就因"内有引李贽《续藏书》语、吴肃公《临江传》语"或"内有引钱谦益、吴肃公、张潮诸人语","俱系触碍狂吠,应请全毁"②。可见其著述待遇,已与李贽、钱谦益同等了。而令人生疑的是,偏偏此人所撰最为触忌犯禁的一种,其名目非但不见于各种禁毁书目,反而堂而皇之地被载入钦定《四库全书总目》存目中;而且四库馆臣除了在形式上略加指责("分类多涉混淆"、"所载亦多挂漏")外,内容上并无任何挑剔。此系御用文臣疏忽所致呢,还是另有原因呢?

疑问之二是,《明语林》初刻由其新安友人吴拱岳(字仲乔)及弟拱权(字与可)资助,于康熙二十年(1681)付梓。这不仅可从卷首自序得证,且晚出的康熙刻本《街南续集》引言亦有"往吴仲乔、与可为街南先生③梓《语林》"之语。然而此康熙刻本《明语林》不仅未见历来公私书目著录,连今人辑印《四库全书存目丛书》亦未访得其书。此本之失传,是系自然流失呢,还是人力所为呢?

疑问之三是,初刻本今虽不可见,然由作者康熙三十六年(1697)自撰《墓志铭》④,可知为十六卷。可是至乾隆时编《四库全书》所见"安徽巡抚采进本"已成十四卷,且已是于"德行、言语、方正、雅量、识

---

① [清]吴肃公:《明语林序》,见《街南文集》卷九。
② 有关吴著的禁毁情况,参见姚觐元《清代禁毁书目》,商务印书馆1957年版;雷梦辰《清代各省禁书汇考》,书目文献出版社1986年版。
③ "街南"系肃公别号之一,因其"世家宣城之街南"而得名,见《街南文集》卷首总目后吴承励识语。
④ [清]吴肃公:《街南文集》续集卷六,康熙刻本。

鉴、容止、俳调七类,又各有补遗数条"①,已非康熙本原貌了。首先卷数与作者自述有较大出入,其次据其书"代年先后,俱未遑及"的"凡例",似不应有补遗,直接缀于各类之后即可(今之点校时,即将"补遗"如此处理)。之所以会造成缺卷数而增补遗,不知是因原版或原书缺损还是后人删节所致?

疑问之四是,即使是《四库全书总目》所见的十四卷附补遗本也未见原本流传(惟于乾隆十四年刻本《宛雅》二、三编中,于梅鼎祚、沈寿民、麻三衡名下共得七条佚文,然均不出今本之外),一直到文网渐疏之晚清光绪十年(1884),始由巴陵方功惠收入其辑刻的《碧琳琅馆丛书》丙部,并于宣统元年(1909)始印行问世,距初刻已约240年。既未遭禁,而运同禁书,其原因又何在呢?

上述疑问,因缺乏有力证据,现在已难索其解了。但从卷数的出入、自序的增删及作者其他著述的遭遇等迹象判断,《明语林》或于康熙十六卷本有抽禁毁板的可能,或于十四卷本有明存暗禁的处理。即使见于"四库存目"著录,也未必能成其免遭厄运的护身符。君不见同列存目小说类的《玉堂丛语》、《孤树裒谈》等,均系禁书榜上有名者②。总之,这部写于清初的笔记,今天所能见到最早且是唯一的版本,只是印于清末的《碧琳琅馆丛书》本了③。

既然原本已佚,今之整理校点只能以碧琳琅馆本为底本。在具体操作中又发现,版本晚出、无从参校固然给整理工作带来许多不便④,而作者当年付梓时也留下了不少文字隐患。如其自序所云,此书写于清顺治末年,"零落箧中且二十馀年,毁蚀听之已耳";直到康熙二十年(1681),新安吴氏兄弟"见而慨然,欲授之剞氏"。当时肃公颇感为难,因为"其中不无纰陋,四方博雅,无从考核;而向所采诸书籍,已经放散,即缺略何由补、讹谬何由勘哉?"虽最终难却友人盛情,终于付刻;但缺略错讹却随处可见,仅涉人名处便有50条左右。其次,肃公

---

①《四库全书总目》卷一四三,中华书局1987年版,第1225页。
②参雷梦辰《清代各省禁书汇考》,书目文献出版社1986年版。
③民国二十四年(1935)南海黄肇沂辑印《芋园丛书》亦收此书,乃是据碧琳琅馆旧板重印。
④如丛书本"容止"第43条,记容貌"娟秀"的麻三衡"乘马过者邑观者相逐",几不可点逗。
　而据乾隆刻《宛雅》麻氏名下所记,前"者"作"都",便文意豁然了。

行文颇不遵惯例,随意性较大,"官字谥号,无定例也,随所记忆,补署其名;大书、分注,先后互异"(《自序》)。不仅以字、以号称人,而且常免去姓,仅以名、以籍贯、以官职代称,如"品藻"第28则:

> 弇州论相臣曰廷和始以易进嫌而居位自称其不胜也不可则止冕与纪其庶几宏内劲于权幸外伸于奸藩惜为德不终假辞国老一清有应变之略无格心之本掉阖操舍将道也而行之揆地孚敬乘机遘会一言拜相强直自遂言诡遇而获器不胜于上僭下逼祸岂不幸嵩以顺为正内固宠而外笼贿即微孽子必败阶才不下廷和惟小用权术收采物情不无遗憾与廷和皆救时相也拱刚愎而忮小才不足道居正申商之习器满为骄……

此段话一气评骘了11位宰辅之臣,如果不知其姓名,要想准确点断也十分不易。其三是人名索引的编制。点校小说而需编制人名索引,尽管耗时耗力往往数倍于点校本身,却是世说体之作的纪实性和史料性给其整理工作提出的特殊要求[①]。其作用在于:一是便于从多角度欣赏、认识所记历史人物;二是便于查找某个人物的资料;三是便于有关传记资料工具书征引采纳。如台湾学人编纂《明人传记资料索引》、《清人传记丛刊人名索引》,亦皆将《皇明世说新语》、《今世说》等视为采撷对象,可见世说体小说自有其史料价值在。但有用却并不等同于易编,因为与书名、篇名索引不同,人名索引不仅仅是或基本上不是将书中所涉各种称谓罗列,而是要在以人名为主目的原则下,归拢书中先后出现的字号、别称、谥号、浑名乃至籍贯、官职。要做到这一点,一人数条,姓、名、字、号分见者,合并起来尚易措手;如姓后仅有字号、人物关系或官职,而在书中又仅一见者,如王竹轩、邝埜父、苏州曹太守、南昌祝太守等,要查出本名来,则非借助于史传或方志不可了。无论是正讹补缺、标点断句,还是考核人物,虽然笔者均已努力为之,但是否准确、完备,则非自己所能尽知。如能令方家觉得差强人意,便也不

---

① 文史研究专家余嘉锡、徐震堮、周勋初诸先生整理《世说新语》、《唐语林》,皆附编人名索引。

枉一番劳作了。

二、《明语林》人名缺讹补正

据作者自序及凡例可知,《明语林》编成于康熙元年(1662),"零落箧中"20 年始付刻,当时原稿已有"毁蚀",而"向所采诸书籍已经放散,即缺略何由补、讹谬何由勘哉?"本文仅就该书所涉人名,对所知的"缺略"处予以补足、"讹谬"处予以订正,故曰"缺讹补正"。

(一)"缺略"补足

《明语林》原文于人名的"缺略"有两种形式,一是在字号后留下空白,占一字位置(本文以缺字方框□代替),一是在姓或字号后注明"原缺"(凡无缺字空格及"原缺"者,皆不在本文补足之列),共计 11条,现试予补足于下:

> 1. 卷四"言志"第 16 条:"杨文懿语徐少詹原缺曰:'平昔才无半斗而喜作文……'"

按:此条亦见于《皇明世说新语》卷一"言语",作"杨守陈语徐少詹曰……"。"原缺"之"原",或即指该书。徐少詹指徐溥(1428—1499),字时用,号谦斋,曾官詹事府少詹事,累迁至华盖殿大学士。笔记中语即据《杨文懿公文集》卷二六《与少詹事徐时用书》有关文字改编而成。

> 2. 卷五"雅量"第 9 条:"陈僖敏□掌宪,荐王文。……"

按:僖敏为陈镒(1389—1456)谥号,官终左都御史,掌都察院(宪府)。

3. 卷六"赏誉"第六条:"吴宗伯□小时能文,识之者曰:……"

按:宗伯指礼部尚书,高安人吴山(?—1578)官至此职。参见卷四"方正"第36条"吴宗伯生一女,严世蕃欲求为姻"而不允,此事《明史》卷二一六本传有记载。

4. 卷六"赏誉"第21条:"陈伯献□称林文安瀚曰:'贱者即之,不知其贵……'"

按:此段语出章懋撰林瀚《传》附引"李氏《藏书》云副使陈伯献尝称公贱者即之……"诸句(见《国朝献征录》卷四二)。陈氏莆田人,名伯献,字惇贤,弘治十二年(1499)进士,官至广西提学副使。他与闽县林瀚(1434—1519)为福建同乡,并同因忤刘瑾削职,同于瑾诛后而起任。依《明语林》称谓习惯,姓名后不该有空格,此处当是误将名作字了。

5. 卷七"箴规"第27条:"有年少上书王司寇,称'元美先生'。司寇拂然曰:'竖子胡以'元美'我?'徐叔明原缺曰:……"

按:叔明为徐学谟(1522—1593)字,与王世贞(1526—1590)同时,身份、地位亦相近,一为礼部尚书,一为南刑部尚书(司寇)。《玉剑尊闻》卷一〇《忿狷》收此条,即为徐学谟。

6. 卷一〇"术解"第6条,"张三原缺不修边幅,人谓之邋遢。日行千里,……数月不饥。"

按:《明史》卷二九九《张三丰传》言张三丰"不饰边幅,又号张邋遢",事迹亦相同。

7. 卷一〇"企羡"第28条:"万士和之饶,唐原缺以双磁罂赠之,曰:'饶非乏磁,而予以磁赠,知君不取磁于饶也。'"

按:万士和(1516—1586),字思节,师从唐顺之(1507—1560)。查清江南书局刻本《唐荆川先生》文集补遗卷三,有《与万思节金事》书,笔记系根据此封书信改编而成。

8.卷一〇"企羡"第 30 条:"赵高邑吏部南星,过王半庵司空□,图史纵横,异香绸绕,少为流连。归叹曰:'司空故有佳致,不及陈少宰□自有香也。'一日,语叶福清向高曰:'冢宰不足喜,喜与陈孟谔同官!'"

按:赵南星(1550—1627)天启三年(1623)十月任吏部尚书,次年十月致仕,与之同时官工部尚书(司空)王姓者为会稽王舜鼎。此人天启三年八月上任,次年四月卒于任(据《明史》卷一一二《七卿年表》)。然据康熙《会稽县志》卷二三《人物志》,言舜鼎"卒于邸舍,萧然四壁,榻前一敝簏、书数卷,无不叹服其清云",似与"图史纵横"有所不合①。赵南星任吏部尚书时,左侍郎(少宰)是陈于廷(1567—1635),可谓"同官"(《明史》卷二五四陈于廷传:"改吏部,进左侍郎;尚书赵南星既逐,于廷署事。")而陈于廷恰字孟谔。

9.卷一一"宠礼"第 25 条:"邢侗就童子试,学使者原缺赏其文,因即院置治具迎宾,为行冠礼。"

按:邢侗(1551—1612),字子愿,山东临清人。李维桢《大泌山房集》卷七九《邢公墓志铭》言其"十四为诸生,十七督学使安福邹公首录之,(曰)异日当文名天下。召读书济南司衡堂,邹公亲行冠礼,东方

①此"王半庵"指河南祥符王惟俭,天启五年曾任工部右侍郎。《明史》卷二八八《本传》云"惟俭资敏嗜学,初被废,肆力经史百家,苦《宋史》繁芜,手删定自为一书。好书画古玩,万历、天启间世所称博物君子,惟俭与董其昌并。"清孙承泽《庚子销夏记》卷三云《石田江山一览图》"卷在开封王半庵惟俭家",《石田画册》"祥符王半庵司空宝之如拱璧"。——结集补注

传为盛事"。据清康熙刻《山东通志》卷二四《职官·副使》:"邹善,安福人,由进士嘉靖间任。"提学使即提学,又称督学,明代多以按察司副使或佥事充任,管理全省学校行政,亦称提学副使或提学佥事。邹善,字继甫,号颍泉,守益(1491—1562)子,嘉靖三十五年(1556)进士。

10. 卷一一"排调"第7条:"阁中试《春阴》诗,命题不欲泥律体。王钦佩韦作歌行,……后储柴墟过钦佩,索观之,击节称赏曰:'绝似温、李。'原缺亦在座,曰:'本是摩诘、苏州,何言温、李?'"

按:据明万历刻《金陵琐事》卷二《诗话》首条,后两句为陆俨山语。陆深(1477—1544),字子渊,号俨山,官至詹事府詹事。

11. 卷一二"假谲"第9条:"周原缺以贪欺赐死,犹作诗自鸣……"

按:明代周姓因贪欺被皇上赐死者,似唯周延儒(1593—1643)。《明史》卷三〇八《奸臣传》有传,记其因"蒙蔽推诿"和"吴昌时赃私巨万,大抵牵连延儒"等欺、贪之事而被人所劾。终致"圣怒不可回,延儒遂赐死"(《崇祯五十宰相传》)。

(二)"讹谬"订正

此处订正的"讹谬",不包括明显的笔误或刻误的人名,如卷一"德行"第52条陈员韬误作陈负韬,卷三"文学"第12条吴文泰误作吴文太,卷五"识鉴"第28条罗玘误作罗岐,"识鉴"补遗首条余曰德误作余日德,卷六"赏誉"第25条顾璘误作顾隣,卷九"夙惠"第18条董玘误作董屺,卷一〇"术解"第12条仝寅误作全寅,卷一一"伤逝"第9条马理误作马埋等,而是指一些需要略作辨析方可认定的错误,主要有下列诸条:

1. 卷一"德行上"第51条:"陈恭愍选句宣东粤时,市舶司韦泰倚贡市为奸。"

按:据《明史》卷三〇四《宦官传·梁芳传》附韦眷传,"泰"系"眷"之误。韦泰另有其人,亦为中官,然较韦眷晚出,为人"谨厚",见《明史》卷一八九《徐珪传》。

2. 卷二"德行下"第 4 条:"杨文懿廷陈,凡为赐赉,必为亲供,馀辄分与族众。"

按:杨守陈(1425—1489)官至吏部侍郎,谥文懿,非廷陈。

3. 卷三"文学"第 10 条:"征士梁孟在礼局,……以老辞归,结屋石门山,四方多从之学,称为'梁五经'。"

按:梁寅(1309—1390),字孟敬,人称梁五经,又称石门先生,《明史》卷二八二有传。文中"梁孟"后脱一"敬"字。

4. 卷四"言志"第 27 条:"给谏田汝耕,与崔铣交旧。"

按:田汝籽(1478—1533),曾官兵科给事中(给谏),崔铣《洹词》卷一〇有《田君墓志铭》。"耕"系"籽"之误。

5. 卷四"言志"第 33 条:"罗状元洪先传胪日,外舅吴太仆曰……"

按:罗洪先(1504—1564)妻为曾氏,故岳父(外舅)不应姓吴。查所著《石莲洞罗先生文集》卷一八有《寿外舅曾三符翁序》,卷二二有《曾公墓志铭》,可知其外舅为曾直(1467—1547),号三符,官至太仆寺卿。

6.卷四"方正"第 14 条:"门达诬陷袁彬,漆工杨暄抗疏论救。"

按:据《国朝献征录》卷一一三所收《杨义士传》,"暄"乃"埙"之误。

7.卷四"方正"第 47 条:"方寿卿良以佥事补官,入朝即叩头左顺门。鸿胪令向东揖瑾,方径趋出。"

按:寿卿是方良永(1461—1527)字,所记不谒刘瑾事,《明史》卷二〇一本传亦予记载。

8.卷四"方正"第 47 条:"沈乌城潅媚妖姆客氏……"

按:沈潅字铭镇,官至礼部尚书兼大学士,天启初勾结内竖,《明史》卷二一八有传。此人为乌程(今浙江湖州)人,"城"乃"程"之误。

9.卷五"雅量"第 16 条:"王康禧承祐少有雅量……"

按:康禧为南户部尚书王承裕(1465—1538)谥号。"祐"乃"裕"之误。

10.卷五"识鉴"第 19 条:"谢尚书翱,最为英宗信任。仲孙以荫入监,洎秋试,持有司印卷白尚书。尚书曰:'汝有阶得仕,何乃强所不能,以冀非望?'遽裂卷火之。"

按:英宗朝尚书惟有吏部王翱(1384—1467),《明史》卷一七七《本传》言其孙"以荫入太学,不使应举,曰:'不妨寒士路。'"且有明一代无谢翱为尚书者。

11. 卷六"赏誉"第 22 条:"钱宁蠹钞浙中,方良力诤不得,遂疏乞致仕。"

按:此方氏仍为方良永,其事亦见于《明史》本传。

12. 卷六"赏誉"第 37 条:"王子衡廷陈云献吉'执符于雅谟,游精于汉魏……'。"

按:子衡系王廷相(1474—1544)字,王廷陈字稚钦,号梦泽,两人基本同时。然据《列朝诗集小传》言廷相曾序李梦阳(1472—1529)《空同集》而盛赞何、李,可知此处当为王廷相。

13. 卷七"箴规"第 30 条:"王冏伯士勋,元美子。"

按:王世贞之子有文名者,一为长子王士骐,一为王士骕。士骐字冏伯,故"士勋"有误。

14. 卷九"容止"第 34 条:"司寇萧道亨长身伟貌,瞻视非常。万历中……,时人以方魏阳元。"

按:司寇指刑部尚书,查《明史·七卿年表》,万历二十三至三十年间(1595—1605)官此职者为萧大亨(1532—1612)。萧氏泰安人,字夏卿,号岳峰,《明史》无传。据清乾隆《泰安县志》卷一〇《人物》记载,其"体貌奇伟"。

15. 卷一〇"企羡"第 8 条:"刘闵恭,日无二粥,身无二衣,而处之裕如。徐贯、刘大夏每拜其门,辄曰:'今之颜子!'"

按:此刘闵恭当即刘闵(1447—1516),字子贤,莆田(今属福建)人,"家甚贫"(《国朝献征录》卷一一二《刘孝子闵》),"丧父,贫不能葬"(同书卷九一《训导刘闵传》)。徐贯(？—1502)、刘大夏(1436—1516)既与之同时,又均曾任福建右参政或右布政使,所拜会者必为刘闵,故"恭"字为衍文。

16.卷一一"简傲"第5条:"康德涵罢官居鄠杜,杨侍御庭仪,少师介弟,以使事北上过德涵。"

按:杨廷和(1459—1529)官终太子太师(少师),其弟名廷仪,弘治十二年(1499)进士。"庭"为"廷"之误。

17.卷一二"俭啬"首条:"江景曦侍郎尝为客设一鸡,……京师为之语曰:'经年请客屠正伯,七日悬鸡江景曦。'"

按:据《玉剑尊闻》卷一〇"俭啬"类记载,前句是指屠文伯。此人名应埙(1489—1541),曾任礼膳员外郎(《国朝献征录》卷八八《行状》)。言其"经年请客",当为戏语。"正"为"文"之误。

(两文分别原载于《文教资料》1998年第2期和《古籍整理出版情况简报》1999年第2期,并收入陆林校点《明语林》中为后记和附录,黄山书社1999年出版)

《志异续编》——《亦复如是》版本考

民国年间,上海进步书局辑印《笔记小说大观》,于第五辑中收入《志异续编》一种。该书提要云:

> 清青城子撰,凡四卷。既不详其姓氏,而书又颜曰"续编",其"初编"安在,莫能考也。

对这部文言小说的作者和版本,均语焉不详。90 年代初,笔者因主编《清代笔记小说类编》丛书,翻阅了为数甚夥的清人说部,偶尔发现《志异续编》原书名为《亦复如是》,青城子是宋永岳之号。其时,王欲祥先生正协编《历代文言小说鉴赏辞典》,负责作者小传和附录资料的撰写,遂将此一得之见告诉王兄。大著问世后,有关说明文字是这样的:

> 宋永岳,号青城子,生卒及生平事迹不详。他大约是清乾隆、嘉庆年间的人。……《亦复如是》,四卷。现在可以大致推断:《志异续编》即是《亦复如是》。想是书贾为了牟利,故将《亦复如是》次序加以调整,题目加以更换,篇目略有增删,并易名以《志异续编》以行世。①

---

① 谈凤梁主编:《历代文言小说鉴赏辞典》,江苏文艺出版社 1991 年版,第 1654 页。

可能是当时编务繁忙,无暇详考,故于有关问题的交待略嫌简略。笔者不揣冒昧,对《志异续编》与《亦复如是》(以下简称"续编"、"如是")的版本问题稍加考述。至于作者宋永岳的生平事迹,则已另撰专文介绍①。

在《笔记小说大观》(以下简称"大观")之前,笔者所见现存最早的"续编",是《申报馆丛书》(以下简称"申报")本。该种收入丛书正集新奇说部类,聚珍仿宋排印,时为"光绪丁丑季春",即清光绪三年(1877)。越二年,至"光绪己卯重阳日"香山郑观应辑刻《续剑侠传》,于第三卷中收入《道人》一篇,已注明出处是"续编"。稍后不久问世的邹弢《三借庐笔谈》(有光绪七年潘钟瑞序),在卷五《短裹》条中,记"《志异续编》载有寡妇求去而翁姑不允者"。此两书所引,当均是根据申报本而来。所涉篇目,一为卷七《何配耀》,一为卷八《讼师》,可见此书在当时还是颇有影响的。

比较申报本与晚出的大观本,虽然书名均为"续编",但内容却有较大的出入。其中,申报本卷首有序一篇,为钱塘洪涛"道光十年辛卯季春题于扬州秋声馆";另有凡例七则,据文意当为作者自撰。大观本则直接是小说正文,无序和凡例。其二,申报本共八卷 353 篇,大观本仅四卷 202 篇。两相对照,可知大观本的四卷,分别是申报本的第三、四、六、八诸卷,只占全书的一半篇幅!

现在要探讨的问题是,大观本提要所云"凡四卷",是确实所见,还是人为加工(删节)的结果,窃以为后者的可能性较大。理由之一,《申报馆丛书》在民国前期是极为普通的图书(即在今日,各大图书馆亦多有收藏),如果编者当时所遇的确是仅存四卷的残书,要配齐其他各卷或另觅一全书,可谓举手之劳;或者起码应在提要中交待原书为八卷,而不应径称"凡四卷",此举难脱造假之嫌。理由之二,就笔者有限的阅读经历可证,《笔记小说大观》所收之书,与原本内容篇幅多有较大出入,明清之部尤甚。如《舌华录》较明刻原作少去半篇序言、三段 29 则正文和所有的眉评,《客窗闲话》和《夜雨秋灯录》篇幅仅及原

---

①见《清代文言小说家宋永岳事迹系年》,载《明清小说研究》1998 年第 4 期。——结集补注

书的一半,《里乘》删去后两卷。可见删减篇幅,在大观编者,是随心所欲且无需说明的事情。"续编"一书,再次证明大观所收明清诸作,作为整理和研究对象,其价值是要大打折扣或大可怀疑的。

申报本虽是现存所知最早的"续编",但它与宋永岳所撰小说原作"如是",仍有较大的差别。"如是"原刻本未见,《贩书偶记续编》"小说家类·杂事之属"著录有"《亦复如是》四卷,清青城子撰,嘉庆十六年刊,光绪间撷华书局铅字排印本"①(袁行霈、侯忠义《中国文言小说书目》失收),笔者所见即属此本。它与八卷本"续编",有以下几点异同:

一、"如是"为四卷、"续编"为八卷,但实际上是后者将前者每卷均一分为二;各卷内,作品篇目的编排顺序则没有变化。然据笔者所见各种序言、传记、方志资料,凡言及永岳小说卷数者,或云"若干卷"②,或云"数十卷"③,或干脆不提卷数。由此或可推知"如是"成稿时不分卷数,厘为四卷,当系付梓者所为。至于具体作品,"如是"较"续编"多出两篇,分别是《鬼子》("如是"卷三、"续编"卷八)和《八月望夜》(全书最后一篇),可知青城子所撰小说全书当为 355 篇。但对申报本"续编"来说,这恐怕不是有意增删的结果,而系漏排所致。

二、"如是"卷首搴芙外史(江阴沈莲)序及青城子自序,为"续编"所无;"续编"钱塘洪涛序,则非"如是"所有。"如是"的序文除了有助于了解青城子其人外④,尚可解决三个问题:1. 两序同撰于嘉庆十六年(1811),说明了成书的大致时间。不仅小说中最晚纪年者即在此年(见卷四《李贵兰》"余于十六年被议"⑤),而且作品中凡能考出年代者均在此之前。2. "如是"取名立意,当是旨在通过"聚众我以成一我"、"以人之见闻为见闻"的创作方式,使读者可知"天下古今亦复如

---

① 孙殿起:《贩书偶记续编》卷一二,上海古籍出版社 1980 年版,第 180 页。
② [清]沈莲:《序》,见《亦复如是》卷首,光绪间撷华书局铅字排印本。
③ [清]姚莹:《沈宋二君传》,见《东溟文集》卷六,《中复堂全集》,道光刻本。沈即沈莲,为宋永岳好友。
④ 沈莲序称青城子"以名诸生六试乡闱不中"及"擢升县佐,未得缺即被吏议去官",均为其他史料所未言者。
⑤ 此指"如是"本,"续编"本在卷八。

是"(自序)。3. 书贾易"如是"为"续编",虽为牟利计,亦非无本之木。据沈莲序"其大致仿《广记》、《志异》诸书体"一语,再联系洪涛序"前有《聊斋》之著……,兹读'续刻'一遍",则不难推测出"续编"易名的根据所在。大观按语欲考其"初编安在",如非故弄玄虚,当系未见"如是"原书,亦未细读申报本"续编"所致。

三、两书具体篇名有较大差异。在共有的 353 篇中,篇名文字不同的竟有 158 篇左右,这其中又大致可分为三类。一类是"续编"将"如是"的篇名删去一字或数字,如《符生正道》、《某翁患消症》、《有奏口技者》、《一洋盗在狱中》,便分别删去带点的字,此类篇名约 62 篇。一类是"续编"在"如是"文字基础上略作改动,如《军犯吴某》、《太史某》、《一富家子》,分别改为《吴军犯》、《某太史》、《富家儿》,此类约 20 篇左右。一类是根据内容重拟篇名,约有 75 篇。此类改动,或较原名更能涵盖内容,如《猫犬相争》原为《余曾蓄一猫》,《生财有法》原为《甲乙二人》;或比原名更为具体生动,如《北地有鸟》、《银》分别为《寒号虫》、《银化》;或较原题更能提示主旨,如《一富人最贪刻》、《大内画桌》分别改为《贪刻受愚》、《急智》;或比原名更为凝练概括,如《化生》原为《雉入大水为蜃》,《鹡鸰》原名《诗云惟鹡在梁》。通过比较,可知"如是"篇名的确定,正如其《凡例》所言"即拈首一句作题,遵古体也",而不论其是否能概括或提示作品的旨意或内容。相反"续编"对篇名的改动,较之原作则传神、生动或简练多了,虽然它是有违原作者宋永岳本意的。

"如是"除撷华书局排印本外,民国年间上海会文书局曾有石印本问世。此书北京图书馆普本书目著录,6 册无卷数,或为残本。因为如是全本,依其体例应注明卷数,而且似不应为 6 册(全本当为 4 或 8 册)。当然,它也可能是编排不同于排印本的又一版本。如获一读,自当校之。

(原载于《文教资料》1997 年第 1 期)

欧阳兆熊生卒及其他

近日闲暇,饶有兴味地翻阅了中华书局 1997 年重印的清代史料笔记《水窗春呓》。此书系谢兴尧先生点校,整理《说明》撰于 1983 年 6 月,注重介绍该书对研究近代政治、经济和社会风习的史料价值,写得深入浅出、要言不烦。唯不知何故,对上卷作者欧阳兆熊的生卒起迄未做任何推考,似不类有关点校前言的通例。其实,兆熊的生年在笔记正文中有明确表述,如第五则《左相少年事》首句即云"左恪靖小予五岁"。左恪靖、左相指左宗棠,因其爵封恪靖侯、官至军机大臣而得称。宗棠生于嘉庆十七年(1812),长其五岁者自当生于 1807 年。不过兆熊行文多凭记忆为之,未必精确,例如此则接下来的一句"其中乡榜却先予四科",即与史实不合。左氏为道光十二年壬辰(1832)科举人,欧阳氏中举在十七年丁酉科,中间仅隔甲午、乙未两榜,故"四科"必为"三科"之误,似"小予五岁"之说亦不可信。然而第 13 则《癸巳县试》中有道光十三年(1833)"时予方二十六岁"的自白,以此上溯,兆熊当生在嘉庆十三年(1808)。在两种说法中取后一数字,是因为一是以他人为参照,容易生错("先予四科"即是显例),一是自述本人年龄,不当讹传。由此再联系谢氏《说明》所引光绪《湖南通志》(原书名号标在"光绪"之前)卷一七九本传"年近七十卒"之说,将其生卒注为 1808—约 1876,应不致与事实相差太远。

说到征引方志,光绪十四年(1888)刊《湘潭县志》将欧阳兆熊与罗汝怀(1804—1880)合传,归入《列传》第三十七。所记事迹与省志颇有异同,值得相互参读,故掐头去尾,节录如下:

兆熊道光中举人，家故饶裕，好奇多通，喜文学宾客，坐席恒满，颇周贫儒。当承平时，人家不妄交游，又谨于财，留客百钱以为费，唯兆熊嵚奇，为游谈宗。与汝怀雅善，馆之家，始搜刻王夫之遗书及议积谷，皆两人共倡之。湖外经济之学，始魏源而左宗棠继之，迂生以为戈名谋食之说，兆熊独推助焉。道光以后，县人有名称者，无不以兆熊为重。然门多杂宾，时亦类豪强，见谓偏颇。曾国藩故与深交，及其督军，广求人才，竟不荐也。西夷以焚教堂咎县令罗才衔，必欲名捕士民。才衔力言主名不可得，出己资偿之俾建堂，县人一无坐罚者。众酿金偿才衔，又谢不受，兆熊乃议筑亭显其事。巡抚恽世临入人言，以兆熊假官敛财，将提问。众复恐吓之，使走江南，遂以不还（未几，世临免官，众酿金资其行）。众乃知酿金非罪，由兆熊不理于人口，恶其隽异也。

翻阅县志之始，笔者对《水窗春呓》整理《说明》中这样一个现象略存困惑：点校者征引作者传记，为何选择卷帙浩繁、极难翻检的省志，而不使用篇幅适中、较易检索的县志（对下卷作者金安清则反是）？在仔细对读了省志与县志及县志与《说明》的异同后，产生了一种猜想，即这很可能是有意识地回避而非失于知见。因为县志中对兆熊的有关描述和评价，与省志和《说明》颇有抵牾之处。最明显的是兆熊与曾国藩的关系，省志曰："国藩督师，招之入营，不赴，偶客军中，去留听便。固要之，则为司榷税及两淮盐局，屡保员外郎，以其不乐外吏也。"《说明》并据笔记第 12 则所记，言兆熊"鉴于"曾氏对冯树堂的往事，遂在曾营中"只求闲住，不受差遣"，"实际就是对曾国藩无义的批评"。而县志与此观点完全相左，言其因交结杂乱、见识偏颇，以致曾氏虽"故与深交"而"竟不荐也"。无人荐官与不乐就职，这完全是两回事。另外，不取县志传记的原因，或许还在于该传对其性格遭际的评述时露微辞，如"人家不妄交游"，唯兆熊"为游谈宗"，如门多"杂宾"，性近"豪强"，见谓"偏颇"，皆在看似客观的描写中，寓有批评。至于时论"恶其隽异"而不直其人云云，其褒贬色彩之强烈，在为乡贤立传的方志中，不敢断言仅见于此，起码可谓十分稀见。

县志所载兆熊传，虽不能完全替代省志（如"年近七十卒"对推考卒年的作用），但对阅读所著笔记却有一定的参考价值。如读该书者不难感觉到作者似有訾议时贤（按当时的标准）之习，不仅对曾国藩时用《春秋》笔法示以贬意，对左宗棠也曾"嗤之""大言欺人"；在首肯他人时，亦常常有自我标榜、自高位置之嫌。此等大约皆可为县志所云"不理于人口，恶其隽异"作注。再如第13则《癸巳县试》，自记道光十三年（1833）县试时，将官府要求试子所具"不致滋事"结状当场撕裂而带头闹事，公然与县令对抗，以致"闹伤考官"；旋又因自己"所保之三百馀人"不准进场而自改"孟浪"，指挥数千考生皆从己令，将混乱局面控制得井然有序：

> 乃集戏园中茶担长凳数百条，摆到考棚外东西两头，（点校本此逗号在前四字之前）入坐者送茶一钟，又唤水烟袋数十管，均不索钱。城内酒肆，通夜以酒面伺应送考之人，亦不索钱。又令礼房造具影牌，仿照乡试科场之法，每牌五十名，派一绅士按名前后押令鱼贯而入，无不步履安缓。官亦无从发作，但怒目相视而已。

不读县志，很难知晓何以当时尚为秀才的兆熊能有如此能耐和胆量。如无"家故饶裕"之资，必无力办此；如非"门多杂宾，时亦类豪强"，亦无因至此，颇有几分操纵试事、戏弄官府的滑棍手段。

此种手段，在兆熊并非偶尔显示，如第22则《赈济良法》记因索还湘省所欠该邑赈谷不果，遂设计让时任布政使的恽世临（1817—1871）难堪：

> 予知其明日当由南乡往衡，山路百馀里，是夜草状纸百馀，驰急足散交沿途农民，拦舆求还仓谷，有掷途泥者，有拥舆不得前必见允而后已者。恽大窘，但称"候批，候批"云云。

所用之法，与其大加赞赏的某"老讼师"令曾国藩撤除"意见箱"的方式（见第四则《设柜求言》），似有异曲同工之处。在近代史上有着重要位置的湖南，其民情和风习，正是于这种不经意的描状中展露无遗。此外，兆熊在笔记中自鸣得意的两事，即辑刻《船山遗书》和谋划积谷赈济，据县志所载，乃是与友人罗汝怀"共倡"而成。然书内有关篇目中未提汝怀只字，不免令人于此心生慨叹。

《湘潭县志》的史料价值不仅在"列传"部分，在"艺文"之部中还著录了兆熊所撰的两部书名，一为《兵法集览》二十六卷，一为《四柏山房文集》二卷，不知此二书尚存天壤间否。其著述存世者，除了《水窗春呓》卷上外，据笔者所知，另有光绪二十三年（1897）刻《寥天一斋诗文稿》，收诗、文各一卷，今仅湖南省图书馆等一两家见藏；而1997年中华书局出版的《中国家谱综合目录》，载有民国十年（1921）活字印本欧阳之炳等纂修的《湘潭锦石欧阳氏五修族谱》三十卷（国家图书馆和广东中山图书馆有藏）。如有缘获睹有关别集和家谱，或许会发现一些欧阳兆熊的新史料。

最后想对《水窗春呓》（包括金安清所撰下卷）的校印差错略加求疵：第10页倒五行"因有监于树堂之事"，监似为鉴之误；第68页第二行"丧事礼薄，皆其手录"，薄或为簿之误。第16页倒一行"呼之为五代史，言其开口即曰呜呼也"，五代史应加书名号，呜呼应加引号（此处是指欧阳修所撰《新五代史》，在列传分类卷首和传中论赞部分，"呜呼"触目皆是）；第78页第一行"四库全书，江浙共三阁"，前一句以标出书名号为佳。第11页第四行"怀中亦出四金赠之？"之问号，第36页第一至三行两处问句的引号皆有终无始，亦似为不应有之讹。至于第八页第三行所言"予与邓相皋"谋刻《船山遗书》，无论原本如何，"相"字似皆应改作"湘"。清代湖南重要出版家邓显鹤（1778—1851），字子立，号湘皋，新化人，中华书局版《中国文学家大辞典·近代卷》和《中国历代人物年谱考录》皆著录。唯均言其生于1777年不够精确，当是据《续碑传集》卷七八杨彝珍撰《邓先生传》"以咸丰元年八月二十五日卒于濂溪书院，年七十有五"推出。邓氏在所著《南村草堂诗钞》卷二十中，有一首诗题明标《丙申十二月十六日六十初度，何子贞绍基自都中以诗来寿，次韵奉答》。此丙申指道光十六年（1836），其生当在乾隆四十二年（1777）十二月十六日（1778.1.14）。

（原载于《书品》1999 年第 4 期）

古典白话小说整理的又一创举

——从黄山书社新版《红楼梦》谈起

作为一家古籍出版社,古代白话小说一直是安徽黄山书社的出版重点,《红楼梦》更是其常印常销之书。该社出版的《红楼梦》,最早的大约是1989年由李汉秋先生和笔者以程甲本为底本整理的本子,其最大特色是首次辑录了晚清黄富民(字小田)的数千条评语,为红学研究提供了有价值的文献史料。不仅黄小田是古代唯一的兼评《红楼梦》和《儒林外史》的批评家,黄山书社也成为迄今为止唯一刊行黄评两书的出版社(后者由李汉秋辑校整理,1986年版)。到了1990年代的后期,不知出于何种考虑,该社将《红楼梦》黄评全部删掉,从此再印的就是一个毫无特色可言的纯文本了。

乙酉岁末,收到该社惠寄的2005年8月新版《红楼梦》。平心而论,就个人的欣赏习惯来说,其大红色的封面底色给人以一种俗艳之感,而缺乏"遍被华林"的"悲凉之雾"①;著名画家戴敦邦先生绘制的数十幅彩色插图,虽然细致精美,因不出其一贯风格,固然是锦上添花,却也不令人意外。至于"以'程甲本'为底本,参照他本(包括脂本),择其善者而从之,其不善者而改之"(序语)的校勘,既然是出自以红学家白盾先生为主的专家之手,想必不会有大的问题。至于具体何者为善、不善,从、改是否得当,因为没有校记,一时间也很难置评。那么,"又一创举"之说从何谈起呢?

---

①鲁迅:《中国小说史略》,见《鲁迅全集》卷八,人民文学出版社1957年版,第193页。

1920 年,上海亚东图书馆首次出版了吾皖汪原放(1897—1980,徽州绩溪人)用新式标点、分段排印的《水浒传》。当时的胡适先生肯定说:"这是用新式标点来翻印旧书的第一次。"①今日的学者更进而指出:"这是中国出版史上了不起的大事。"②所以我认为,应该用"创举"一词来评价汪原放先生整理古典白话小说的创新行为。在今人眼里,对古代典籍尤其是白话小说进行分段标点的加工,似乎是人人皆可为之的小儿科行为,哪里有什么文化意义? 可是在民国前期,其作用却非同小可。著名的小说研究家吴组缃先生曾经用生动的笔墨记录了自己当年阅读亚东版《红楼梦》的感觉和心情:

> 高小毕业时,借看过石印本《金玉缘》,堆墙挤壁的行款,密密麻麻的字迹,看得头昏眼胀,似懂非懂。……现在我买到手的,属于我所有的这部书,是跟我平日以往看到的那些小说书从里到外都是完全不同的崭新样式:……每回分出段落,加了新式标点,行款疏朗,字体清楚,拿在手里看看,确实悦目娱心。我得到一个鲜明印象:这就是新文化! ……我们不只为小说的内容所吸引,而且从它学做白话文:学它的语句语气,学它如何分段、空行、低格,如何打标点用符号③。

即便仅就小说整理谈小说整理,在一向只有句逗圈点、连篇累牍刻(排)满文字的旧天地内,硬是开辟出一片句意豁朗、段落分明的新世界,算得上是白话小说整理出版的首次创举,拓荒者的胆识、眼光和水平,又何尝不值得赞许! 至少胡适之先生就认为,施加了新式标点的汪式《水浒传》,比金圣叹评点更利于对文意的理解④。

自亚东版古典白话小说系列问世至今,已经过去 80 馀年。在这 80 年间,尤其是建国以后,我们的古籍整理出版事业取得了巨大的成

---

①胡适:《中国章回小说考证》,上海书店 1980 年影印本,第 1 页。
②石钟扬:《文人陈独秀》,陕西人民出版社 2005 年版,第 67 页。
③吴组缃:《说稗集》,北京大学出版社 1987 年版,第 236 页。
④胡适:《中国章回小说考证》,上海书店 1980 年影印本,第 4 页。

就。但是在古典小说的整理形式上,除了将繁体字改为简体字、异体字改为通行字外,可谓尚未越亚东雷池一步。时间已经进入 21 世纪,古典小说早已失去了最具吸引力的图书地位;面对着的潜在读者,主要是整日从互联网上汲取丰富多采的种种信息的新新人类。作为古典白话小说的整理者,我们能为他们做些什么,或者说应该为他们做些什么? 对此,黄山书社的新版《红楼梦》做出了崭新的尝试,归纳起来,主要有两点:其一,对小说语言原本不分的"他"、"那"、"的"等代词、助词"按现代汉语规范"处理;其二,对小说人物对话"以现代小说形式排版"(《校勘说明》)。对于今人来说,第二点一说就明白,其最大好处是既得版面疏阔之美,又合当代读者阅读习惯。第一点则要稍加说明:在白话小说中,1. 无论是男性、女性,还是猫鼠、松竹,只要是指代第三者,皆用"他"字混称;2. 无论是表疑问的代词,还是表指示的代词,均以"那"字表示,故一个"那"字,在诵读古旧小说时要根据上下文意,临时决定是发第三声还是第四声;3. 结构助词,无论是与定、状、补搭配,一般都用"的"字(有时会分用"地"、"得",但并不彻底)。如此混用混称,其于阅读文意的不便、对领会文心的窒碍,是自不待言的。否则,就不会有现代汉语中的有关改变和规定了。只是在白话小说的整理中,数十年依然如故。现在,在黄山版的《红楼梦》中,则根据具体内容,区分为他、她、它(们),那、哪(里),以及的、地、得。为省篇幅,仅举第三十二回贾宝玉因反感史湘云劝其"仕途经济"而令其"请别的姐妹屋里坐坐"后,丫鬟袭人打圆场的一例:

原本文字	改后文字
袭人连忙解释道:"……提起这些话来,真真的宝姑娘叫人敬重,自己讪讪的过了一会子去了,我倒过不去,只当他恼了,谁知过后还是照旧一样,真真是有涵养、心地宽大的。谁知这一个反倒同他生分了。那林姑娘见他赌气不理他,他后来不知赔多少不是呢。"宝玉道:"林姑娘从来说过这些混账话不曾? 若他也说过这些混账话,我早和他生分了。"	袭人连忙解释道:"……提起这些话来,真真的宝姑娘叫人敬重,自己讪讪地了一会子去了,我倒过不去,只当她恼了,谁知过后还是照旧一样,真真是有涵养、心地宽大的。谁知这一个反倒同他生分了。那林姑娘见他赌气不理他,他后来不知赔多少不是呢。"宝玉道:"林姑娘从来说过这些混账话不曾? 若她也说过这些混账话,我早和她生分了。"

这段引文里，连续出现七个"他"字，先后指代薛宝钗、贾宝玉和林黛玉等两女一男，新版《红楼梦》按其性别用"她"和"他"代替，文意便豁然开朗、一目了然了。

"他"、"那"、"的"三字一统天下，这在古人，无论是作者，还是读者，都是没有问题的，既非文字毛病，亦无阅读障碍，因为在明清时期原本就是基本不分的。所以在刚刚推行五四新文化的汪原放时代，自然也不是问题，无需加以区分。今天则完全不同了，不仅现代汉语已经流行近百年，繁体改简体也有40馀载，在现今一般人的规范化的阅读语境中，有关他、她、它，那、哪，的、地、得的分别使用，早已习以为常（电视肥皂剧字幕的使用错误除外）。在当代的文化氛围中，黄山书社新版《红楼梦》对原本混一不分的有关代词、助词用现代汉语规范，对小说人物对话以现代小说形式分段，可以说是对古典白话小说整理出版既有形式的重要革新，堪称继亚东版新式标点、分段排印之后的又一创举。套用吴组缃先生之语，这就是当代文化意识在古典白话小说标点整理中的一个体现。具体到像《红楼梦》这样对于学习汉语具有"白话语言教科书"作用的经典之作，经过整理，使之在形式上与现代汉语、现代小说实现无缝连接，这种学术努力，对传播汉语文化的价值和意义不可低估，道理也是显而易见的。

本文之所以对黄山书社新版《红楼梦》的有关创新加以几无保留的鼓吹，首先是因为此举实在是深得我心。作为一个有着一定的校点、选注、主编古代白话、文言小说学术经历的整理者，近些年来一直在考虑如何通过我们的努力，在形式上缩短古代文本与当代读者之间的阅读距离。1998年9月，我在为校点一部晚清白话小说撰写前言时，就分段问题曾经写下过这样的文字：

> 古典白话小说在创作时原本是不分段落的，往往一回即一段；今人的整理，在分段上向来是宜粗不宜细，段落划分偏大不偏小。这种偏粗偏大的分段，虽比原本已较易于读者的阅读欣赏，但在观感上似仍觉得嫌满嫌累。此次整理，……尝试着将段落以偏小偏细的方式予以断开，希望能取得眉目更清楚、层次更分明、

视觉更轻松、版式更疏朗的形式效果；也是本人蓄意多年的想以现代小说形式去整理古代小说的一个最初步的尝试。①

从形式上说，就我个人的理解，自汪原放后的白话小说整理，主要是根据情节进展分段；而现代小说似乎叙述内容是以情节为据来划分段落，但人物说话则往往一次结束便另起一行。既然是"最初步"的尝试，自然是没有完全到位（主要顾虑是怕出版社认为想多骗稿酬），往往是以一次对答为一段。2003年下半年，南方某经济特区出版社拟出一套白话小说丛书，我承担了《儒林外史》的整理工作，于是又进而提出区别他、那、的等字和按照现代小说形式分段的建议。由于未得该社L总编辑的认同，故"的"字一仍旧贯，只是擅将"他"、"那"根据情节而具体分为他、她、它和那、哪。因为反正交出的是电子文本，如果社方不同意，可以很轻易地用电脑的查找、替换功能复其旧貌的。自以为颇有创意的此书至今未见出版，而黄山版《红楼梦》已经闪亮登场了！作为先行的思考者和实践者，自然会为其在小说整理"变脸术"的采用上拔得头筹拍案叫好。

撰写此文的第二个原因是，我并不认为对古典白话小说实施"变脸术"就一定会博得专家学者的一致好评；相反，此举很可能会引发来自多方面、多角度的意见。尤其是当它的试验对象还是经典之作《红楼梦》时，可能更容易惹起争议。态度严厉者，会斥之为"破坏经典"；态度保留者，会说"只可供一般读者阅读"：其理由是共同的，就是这样的变化，与原来的那张古旧的"脸"不一样了。如果遭到此类的批评或质疑，我有义务为黄山书社分担其责。因为，不仅我自己已有如上所说的尚未问世的相同试验，而且"按现代小说形式分段"更是该社接受我的建议后的直接结果。所以，如果出现反对意见，我自有其必须承担的责任。只是那么我不禁要问：从1920年代的汪原放的分段标点，到1960年代的繁改简、异改通，哪一项变化不是在将古旧小说的形式部分，努力使之离开在后人眼中并不好看或者并不时尚的外貌，改造

①黄小配著、陆林整理：《太平天国演义》，黄山书社2000年版，校点前言第5页。

得更加容易为现代读者所喜观乐见？如彼可以，如此为什么就不可以了呢？何况只要在凡例中予以说明，恐怕连小学生也不会认为她、它、哪、地、得在古人早已是区分得清清楚楚的了；而且我相信，总有一天连在凡例中说明都不需要，一如当今白话小说的横排简体整理本无须说明原为不分段、无标点的竖排繁体字文本一样。此外我以为，这种区分他、那、的的整理本，不仅有利于一般读者阅读，而且适宜于除了研究古典白话小说版本、文字之外的一切研究。当我们在撰文分析"林黛玉她这一个独特形象"时，却引出"林姑娘他"如何如何的原文；在考证"某日贾宝玉去了哪里"时，却引出"宝二爷去了那里？"的问话——如果从此能摆脱这种叙述语境的别扭和引文内外的抵牾，难道就会有碍于红学家的实证考辨、文本分析或美学阐释，难道就会远离古典白话小说的真髓和精神？

我对黄山书社新版《红楼梦》的竭力提倡，并无排斥其他整理方式的意思。无论是珍稀版本的存真影印，还是楷笔端钞的汇校汇评，以及严格按照某一版本点校的电脑照排，还有其他等等方式，均有各自存在的价值和理由，且将长期并行而不悖。只是希望学术界在目前能容忍类似新版《红楼梦》的整理尝试，并满怀信心地展望：这种对有关代词助词用现代汉语规范、对人物对话以现代小说形式分段的整理方式，随着时间的推移，会越来越成为以文学欣赏和文学研究为对象的古典白话小说简体标点本的主要形式。

有一事颇耐寻味，在此版《红楼梦》的版权页和图书在版编目数据中，并无整理者的大名。当然，有关的"变脸"举措可能并非出自校点者之手，而是出版社的同志再加工的结果，或许有关专家根本就未必完全同意。只是有意思的是，据说当他们看到样书时，也觉得这样的改动可以接受。这不禁令人感叹：习惯是可以改变的，阅读习惯也是如此。

（原载于《学术界》2006 年第 4 期）

也谈寅半生之"八应秋考"和"堂备"

"寅半生"是清末民初钟俊文（1865—?）之笔名,刘德隆先生《出房·堂备·寅半生——对晚清一位小说理论研究者的考察与探讨》①,首次(?)披露了寅半生自撰之长篇五古《自述诗》,并节引其《亡室童孺人小传》(惜未注明出处),对寅半生的生平给予较为详细的描述,资料珍稀,值得发表。关于钟俊文的文学身份,说其是"小说理论研究者"毫无问题,因为有《小说闲评》存世;但是,也还有学者认为他是"晚清小说家",著有《禽海石》(一般认为是符霖撰)、《中国脑》等②,详情待考;另辑有地方总集《海上调笑集》五卷,存清末铅印本。关于其籍贯,《清人室名别称字号索引》著录其字号而于此阙如。刘文说是"浙江永兴人",其实不确。"永兴"为旧县名,三国吴始名,隋朝省入会稽县,唐代天宝年间改名萧山,即今浙江萧山市。

刘先生的文章集中主要篇幅,对《自述诗》之"屡困棘闱中,主司非矇瞍。八应秋试,六次出房,两次堂备。临榜终被黜,数奇真不偶。辛卯科已取中,临榜被黜。"诗句及注文予以考证,旁征博引,详加推论,认为作为一位光绪十年(1884)的秀才,因其后只举行过七次乡试,再除去因父丧而停试一次,故其"只可能参加六次秋试";并在确信他的"八应秋试"之说"无法成立"的前提下,对"八应秋试,六次出房,两次堂备"以及"临榜被黜"进行了颇有创意的"翻译":

---

① 刘德隆:《出房·堂备·寅半生——对晚清一位小说理论研究者的考察与探讨》,载《明清小说研究》2006年第2期。

② 陈玉堂:《中国近现代人物名号大辞典续编》,浙江古籍出版社2001年版,第226页。

（我）曾经八次参加过秋试考试（或秋试的考务工作），其中有六次考试或通过第一关或（当对读生）[引者按：此句从文字形式上应删去前"或"，将后"或"移入括弧内]，有两次有幸直接归主考官调遣。但是考试结束后，我就与考试没有关系而离开了。

据刘先生所云，"出房"、"堂备"两词"不见于任何书籍"，他的解释"纯为个人的理解"，是"顾名思义"的产物，并进而对于作者为何将"这样含糊、艰涩、不易理解、几乎没有被其他人使用过的词"写在《自述诗》中予以分析，结论是：这是两个"羞羞答答、掩人耳目的用词。是他反映他的心态、处境的词。是两个无法理解的词"。

我认为，刘先生对"八应秋试，六次出房，两次堂备"以及"临榜被黜"的基本判断存在不少可议之处：

其一，乡试次数。自光绪十年后，一共举行了九次乡试而非七次，分别是光绪十一年乙酉科、十四年戊子科、十五年己丑恩科、十七年辛卯科、十九年癸巳恩科、二十年甲午科、二十三年丁酉科、二十八年壬寅科、二十九年癸卯恩科。除去因父丧而不能赴考的甲午科，寅半生所能参加的乡试恰为八次。

其二，出房与堂备。"出房"其意，根据科场改卷程序，当指"试卷被同考官选中，并推荐给了主考官"，因同考官又名"房官"，故曰"出房"（见所引裴效维信件）。"堂备"，裴先生的解释，虽不中，亦不远；刘先生的翻译，却与原意有较大距离。作为当时流行的科举术语，它是指在乡试录取正卷之外，再备选若干考卷，主考于卷内批语下书"备"字或"堂备"字，名为"堂备卷"，以"备写榜时忽遇中卷察出纰缪、仓猝撤去者，临时得以补入之用，并不榜示，士子于领取落卷时，知之而已"①。寅半生八次乡试，六次通过初选、两次名列候补，可见其八股文的水平是不错的。有关自述，毫无"羞羞答答、掩人耳目"之意。

其三，临榜被黜。弄清"堂备"的含义，便不难理解其"辛卯科已取中，临榜被黜"（其实原本就不难理解的）所指了，即该科其卷本已

①商衍鎏：《清代科举考试制度述录及有关著作》，百花文艺出版社2004年版，第108页。

为主考官取中,在发榜前一日"写榜"时被取消。当是在其卷中"察出纰缪",被别人的"堂备"卷给替补了。刘先生认为七八次考试有六次"出房"而无结果是"几乎不可能"的事情,其实有关诗句就是要说我寅半生之所以最终也考不中举人,既非自己没水平,亦非考官没眼光,而是自家运气不好:六次初选"出房"且不说,两次"堂备"没成正果,一次"取中"却被别人"堂备"了,真是所谓"数奇"也。

在整个考证过程中,刘先生有三点可取之处:一是注意到研究对象为清末人士,而科举制度于光绪三十一年(1905)结束,从而在其有生之年能够参加乡试的次数就很可能不够八次;二是注意翻阅《清史稿》之《选举志》以及有关科举制度的部分书籍,努力设法了解清代乡试的基本程序;三是注意到寅半生"甲午"丧父须家居守孝,此"甲午"指光绪二十年(1894),为乡试年。凡此说明刘先生在文献史实研究方面的敏感和深细,有着相当不错的文史研究素质。但是,其对"八应秋试,六次出房,两次堂备"以及"临榜被黜"的基本判断,为何会与一般理解存在如此大的差距呢,我想或许与这样几点因素存在些许关系:

其一,研究古代文化,语感非常重要:此事无捷径,必须多读多悟。如果具有起码的语感,绝对不会对"屡困棘闱中,主司非矇瞍。临榜终被黜,数奇真不偶"诸句及其自注,做出是曾经参加过"秋试的考务工作"或"当对读生",以及"有两次有幸直接归主考官调遣。但是考试结束后,我就与考试没有关系而离开了"等奇特的解释。无论如何,"辛卯科已取中,临榜被黜"也不应被"翻译"或"理解"成以"对读生"身份"参加考务工作"、发榜之前其"使命也随之而结束",这要费多大的劲呀。因为考试结束后遣散工作人员纯属自然之事,既谈不上"被黜",也不同于"下岗",是扯不上"数奇"与否的,谁也不会把它作为倒霉事拿来在"自述"生平概要的诗中去感叹。

其二,对自己不明白的事情,因"手边无此材料,不能妄断"而不加评说的审慎态度固然值得肯定,但如仅仅因为"手边"没有相关材料便不去设法探索问题,并遽下种种推理、判断,这种态度就流于武断了。至于查找自光绪十年后举行过几次乡试乃至整个清代此类情况的权威著述,直接资料便有《清秘述闻三种》,常用的《明清进士题名碑录索引》也能间接地解决问题;至于在民国纂修《杭州府志》等书之《选举》部分中,也应不难查找到清代后期历科乡试时间的记载的;关于两次"恩科"的缘由,今人所著《清通鉴》和《清史编年》按理当有记载,有兴趣者可以查查看。

其三,自己不知道的名词、制度,如果没有真正遍阅诸书,最好不要说"不见于任何书籍"记载,即便在今日各种电子文本检索大行于世之时,也不要轻易下此判断;因为这样会误导读者,以为你真的阅遍天下书籍而后得此结论,使之会放弃继续查找的努力。对自己不理解的古代词语,更不能简单地"顾名思义";因为如果知识不够、感觉不够,这种顾名思义很容易变成"望文生义",有时会难以避免沦为自己主观上竭力反对的"妄断"。

感谢刘德隆先生,是其大作"出房·堂备·寅半生"这样颇有特点的命题勾起了我对此文的阅读兴趣,又因他对相关问题的独特考论而促使笔者去查阅资料,对寅半生是否有可能"八应秋试"进行了考察,并有幸在有关书籍中查到对"堂备"的确切解释。希望小文能够得到有关专家、学者的教正。

（原载于《明清小说研究》2008 年第 1 期）

附记:拙文发表后,收到刘德隆先生于 4 月 22 日赐函:"十分钟前读完大作,第一感谢您对我的文章的注意,第二感谢您对我的文章错误的纠正,第三感谢您关于治学态度的议论。"我随即回信表示钦佩他的学术气度和学者风度。

后　记

　　2005 年下半年，因为种种原因为自己编选了第一部论文集，由故乡的出版社——安徽黄山书社于次年出版。出于虚度半百的时间考虑和反观自我的学术追求，为之取名《知非集》，问世后颇得友人鼓励和学界好评。自入大学中文系读书以来，长长短短的文字也发表约百篇，然于编选论文集，本是十年之内不做二次想的。不料时光刚刚过去两载，又有了此次的出版机会，这要感谢本校文学院及古典文学专业有关先生的抬爱。虽然多年来我在学院指导古文献、戏剧文学博士生以及古典文学、戏剧戏曲学硕士生，并承蒙专业学科带头人的举荐，担任小说戏曲方向带头人，但由于不承担本科生的教学任务，实际上并没有为古典文学专业作出什么贡献。

　　《知非集》的副标题是"元明清文学与文献论稿"，所收 35 篇文章，分戏曲、小说和诗文研究三辑。本书之取名《求是集》，是因为在选篇上虽然集中到戏曲与小说，但在研究对象、学术理路等基本方面，与《知非集》仍是相辅相成的。例如已发表的近 20 篇有关元代曲论的研究论文，出于已出专书的考虑，在《知非集》中只选了三篇；但是友人见书后批评道：《元代戏剧学研究》（安徽文艺出版社 1999 年）问世已经八载，市面早已绝迹，其实不妨多选几篇。再如有关"金圣叹史实研究"的系列论文，基于拟出专书的考虑，也只选了两篇；此次本想干脆将之结集付印，不料列入国家社科基金项目的选题，在没有结项前是不能将主要成果拿去出版的，选入的三篇，多半是新近撰写和刊布的。正因为两本论文集有着堪称姊妹篇的血缘关系，在"知非"之后，"求是"可谓绝配：不仅名称上是互文见义，并且就本心而言，"知非"只是治学的过程，"求是"才是人生的指归。

　　将发表在不同时间、不同书刊上的论文汇于一书，如何对待文章内容的缺失或错漏，正如我在编辑《知非集》时所采取的处理原则：对于论文内容不做观点和文献上的修改，需要补充订正者以"结集补注"的形式在脚注中予以说明。如《明语林》有这样一段文字："赵高邑吏部南星，过王半庵司空□，图史纵横，异香绷绕，少为流连。"我在"人名缺讹补正"中认为"王半庵"是会稽王舜鼎，同时指出方志云其"卒于邸舍，萧然四壁，榻前一敝篚、书数卷"，似与"图史纵横"有所不合。此次结集时发现，"王半庵"的确不是浙江王舜鼎，而是河南王惟俭，天启五年曾任工部右侍郎，《明史》云其"好书画古玩，万历、天启间世所称博物君子，惟俭与董其昌并"，《庚子销夏记》云沈周《石田画册》"祥符王半庵司空宝之如拱璧"。对于这样的出入，就是在当页之下以"结集补注"修正的。有关的征引文献，将发表时限于篇幅及体例而省略甚或原本就漏掉的具体出处努力补足，将原先随文括注或文末注释统一集中为当页脚注，既是将论文汇成专书时所应做的，也是这套"文史研究丛书"的统一要求。

　　编选论文集有一个好处，可以借此清理一下自己多年来的学术经历，可以将碌碌生涯中渐渐沉睡的往事重新唤醒。例如第一篇，是因为某出版社约写"中国小说学通论"，要求在两年内交出 60 至 80 万字的书稿；我在列出提纲后，耗时整月才写出万余字的第一章，立即明白此类任务非己所能，于是婉辞盛情并代约名家。又如第二篇，其初稿实际上是本科毕业论文中的一节，它令人想起曾给我许多帮助却已多年没有联系的指导老师。至于每篇文章的刊发者即各位编辑，在我已经发表和出版的文字中，或多或少都凝结着他们的心血和汗水，虽然有的至今尚无缘一面，有的依然如水之交，有的成为时时联系、无话不谈的挚友，有的却早已失去往来、不知下落……但他们以智慧和劳动推举出我的成果，我内心深处对此永远存着一份感念——这是在《知非集》后记中就应该表达而没有流露的思绪。

　　感谢安徽大学黄德宽教授再次为拙著扉页题签。作为本科学兄，他对我总是有求必应;其墨宝的增光效应,早在《知非集》中已经得到了充分验证!

陆　林

丁亥大雪后二日,草于金陵石头城对岸之丽景阁;庚寅白露补记